ANDERE UMSTÄNDE

GRIT POPPE
ANDERE UMSTÄNDE

ROMAN

BERLIN VERLAG

Ich danke dem Ministerium für Wissenschaft,
Forschung und Kultur des Landes Brandenburg
für die Förderung.

Grit Poppe

3. Auflage 1998
© 1998 Berlin Verlag, Berlin
Alle Rechte vorbehalten
Umschlaggestaltung:
Nina Rothfos und Patrick Gabler, Hamburg
Gesetzt aus der Bembo
Druck & Bindung: Druckerei Friedrich Pustet, Regensburg
Printed in Germany 1998
ISBN 3-8270-0229-X

Gedruckt auf chlor- und säurefreiem Papier

»Einmal, als er einen Blick zurückwarf, sah er, wie der Wolf hungrig seine blutige Fährte beleckte, und er begriff klar, was sein eigenes Ende wäre, wenn – ja, wenn nicht er selbst dem Wolf den Garaus machte.«

JACK LONDON

INHALT

ERSTER TEIL

KAPITEL I – KÄSE

Es ist das erste Mal, daß ich nach San Francisco fliege.
Das Flugzeug dreht eine langsame gemächliche Runde über die
Golden Gate Bridge. Ich sehe die Lichter. Es ist Nacht. Mein Baby
liegt in meinem Arm, schläft und schwitzt.
Der Kapitän räuspert sich, bevor er sich kurz und gelassen verabschiedet. Es klingt, als wäre er gerade aufgewacht.
Die Menschen an Bord bleiben stumm. Niemand klatscht. Von
Atlanta sind wir fünf Stunden geflogen.
Kurz nach dem Start schnallten sich die amerikanischen Passagiere
ab. Sie stürzten sich auf die freien Sitzreihen, warfen sich lang hin
und schlossen die Augen. Im ersten Moment dachte ich, es handle
sich um eine Übung für den Fall eines Absturzes. Der Mann in
meiner Reihe flüchtete wie die anderen, und so hatten mein Baby
und ich drei Sitze für uns.
Die Stewardessen brachten Chips und Erdnüsse und Getränke.
Dann wurde »Ghost« gezeigt. Der Film lief in englischer Sprache,
und ich kannte ihn schon. Trotzdem weinte ich etwa eine halbe
Stunde lang. Ich hörte Viktor etwas sagen; ich fuhr herum, aber da
lag nur ein Amerikaner, der im Schlaf murmelte. Ich versuchte mir
vorzustellen, wie Viktors Seele über uns schwebte oder neben uns.
Doch ich sah ihn so deutlich vor mir; seine ungelenken, ungeduldigen Bewegungen, wenn er den Reißverschluß seiner Jacke
hochzog. Er hatte es eilig; er haßte es, zu spät zu kommen. Der
Reißverschluß klemmte. Sein Haar stand ein wenig zu Berge;
elektrisiert vom Kämmen. Ich konnte ihn in keinen leichtfüßigen
Geist verwandeln.
Nach dem Film gab es Abendessen, und anschließend einen Thriller, bei dem ich eindöste.
Mein Kind weckte mich. Es brüllte. Die Stewardess hastete herbei

und reichte mir zwei pralle Tütchen. Offenbar glaubte sie, daß meine zahnlose Tochter schon Erdnüsse knabbern konnte. »Thank you«, sagte ich.

Alice steckte die Tüten abwechselnd in den Mund. Sie sabbelte, und der Speichel tropfte von ihrem Kinn auf das Hemdchen. Mit einem Papiertaschentuch wischte ich ein wenig an ihr herum und schaute um mich. Niemand beobachtete uns. Trotzdem rieb ich weiter, und die Kleine lachte und pfefferte die Tütchen durchs Flugzeug. Ich staunte, daß sie das schon konnte.

Die Maschine sinkt in die Tiefe, und Alice stößt einen erschreckten Laut aus. Sie öffnet die Augen und blinzelt mich verstört an. Ich gebe ihr die Brust, sie saugt gleichmäßig und verdreht selig die Augen. Ich wiege sie in meinen Armen, und sie schnurrt wie ein Kätzchen und schläft wieder ein.

In Deutschland ist jetzt Nacht.

Am Flughafen nehmen wir ein Taxi.

Der Fahrer schaut sich um und mustert einen rauchenden Mann in unserer Nähe. Ich schüttele den Kopf. Viktor ist nicht hier.

»Ich liebe diese Stadt«, hatte er gesagt, so oft, daß ich ihm nicht mehr zuhörte. An den Abenden, wenn er erschöpft von der Arbeit kam, griff er nach einem Reiseführer oder Bildband und träumte eine Viertelstunde. Manchmal seufzte er anschließend und sang »Iffjugoingtusänfränzisko«. Er sang gern und oft und nicht einmal falsch. Nur die Texte konnte er sich nicht merken. Er sang immer nur die ersten Zeilen der Lieder.

Er war nie in San Francisco gewesen.

Im Hotel nehme ich den Tannenzapfen aus dem Koffer. Ich rieche an ihm; er duftet noch immer nach Harz. Ich lege ihn in die Schublade meines Nachtschranks, neben die Bibel.

Ich trete ans Fenster, starre die fremden Lichter an. Zu Hause stehen die Leute jetzt unter der Dusche, schlürfen müde ihren ersten Kaffee oder hasten die Stufen hinunter, um das Lokalblatt aus dem klapprigen Briefkasten zu holen. Hier geht der Tag zu Ende.

Hinter mir sitzt Mark Twain. Er hat es sich gemütlich gemacht, die Beine lang ausgestreckt, die Zeitung aufgeschlagen.

Alice schläft auf dem Doppelbett. Wir sind über zwanzig Stunden unterwegs gewesen.

Das Foto ist auf alt gemacht, beinahe so braun wie die Nacht.

Mark Twain vergißt, die Seite umzublättern. Er liest dieselbe Seite noch einmal, wieder und wieder. Er schaut nicht zu uns.

Ich lege mich zu Alice, kuschle mich an ihren warmen Babyspeck, atme ihren milchigen Geruch ein, nach dem ich süchtig bin.

Als ich erwache, sieht mich meine Tochter mit großen Augen an. Wie lange hat sie mich schon beobachtet?

Ich wickle sie, gehe mit ihr in dem engen Zimmer auf und ab, zeige ihr die Pfeife in Mark Twains Mund. »Pfffeifffe«, sage ich.

Dann nehmen wir den Fahrstuhl.

In der Bar sitzt eine Chinesin und weint. Sie schluchzt. Ihr Körper bebt. Der Portier eilt auf mich zu und fragt, ob er helfen könne. Er sieht mager aus und blaß. »No thanks.« Ich wiege demonstrativ mein Kind. Er nickt verständnisvoll und lächelt.

Drei Männer, ebenfalls Chinesen, reden auf die Frau ein. Sie kreischt, als einer der Männer sie berührt.

Ich laufe mit Alice auf und ab. Vor dem Informationsstand bleiben wir stehen. Ich blättere in einem Heftchen über Alcatraz. Alice zieht es mir aus der Hand und steckt es in den Mund. Ich lasse sie darauf herumkauen und nehme mir eine neue Broschüre.

Die drei Männer reißen die Chinesin von ihrem Barhocker. Die Frau schreit. Sie schlägt fahrig um sich. Sie flucht auf englisch.

Der junge Portier wird noch blasser und sieht mich ratlos an. »Sorry.« Er schüttelt den Kopf. Er hebt die Hände, als wolle er seine Unschuld beteuern. Dann eilt er zur Eingangstür und hält sie für die Männer auf. Draußen wartet ein Taxi. Die Männer tragen die Frau, die sich windet und mit den Beinen strampelt, wie ein Paket hinaus.

Meine Tochter hat Al Capone weichgelutscht. Wir kehren in unser Zimmer zurück und warten auf den Sonnenaufgang.

Mark Twain ist eingenickt; sein Kopf sinkt ihm langsam auf die Schulter.

Ich denke an meinen Lehrer. Er las uns »Tom Sawyer« im Original vor. »The Adventures of Tom Sawyer«. Er ließ uns ein Kapitel ins Deutsche übersetzen. Nicht diese harmlose Szene, in der Tom den Zaun streichen läßt, sondern die schaurige auf dem Friedhof. Mit der toten Katze und Indianer-Joe. Ich mochte Huck lieber als Tom. Er ging nicht zur Schule und tat, was er wollte.

Mein Lehrer starb auf mysteriöse Weise. Die ganze Klasse kam zu seiner Beerdigung.

Neben mir stand ein Junge, den wir Feuerstein nannten. Er hielt meine Hand, und ich sagte zu ihm: »Käse. Käse, Käse, Käse.« Er nickte bloß. Ich trug eine Rose bei mir, die ich aus dem Garten eines Nachbarn gestohlen hatte. Ich beobachtete die Familie meines Lehrers und warf als letzte die Rose auf seinen Sarg. Sie hinterließ einen weißen Klecks auf dem Holz, denn ich hatte die roten Blütenblätter zu Hause angemalt, und die Farbe war noch nicht ganz trocken.

Mark Twain schnarcht. Die Pfeife gleitet ihm aus dem Mund.

Ich habe lange nicht an Herrn Kraus gedacht. Dabei fing wohl damals alles an.

Breakfast in Amerika: Bratkartoffeln, Spiegeleier, Speck. Orangejuice. Coffee. Viel Coffee.

Alice sitzt auf meinem Schoß und zerdrückt eine Kartoffel. Wie der Seewolf.

Ich bin vor dem Sonnenaufgang noch einmal eingeschlafen. Es war ein kurzer unruhiger Schlaf. Ich träumte von meinem Lehrer. Er trug einen schwarzen Anzug und ein weißes, ziemlich schmuddliges Hemd. Er rief meinen Namen, und als ich auf ihn zulief, hielt er die Arme auf. Ich rannte schnell, denn er sollte mich auffangen und durch die Luft wirbeln. Doch während ich lief, wurde er immer kleiner. Er schrumpfte wie Pan Tau, und als ich bei ihm eintraf, hob ich ihn auf und steckte ihn enttäuscht in meine Schultasche. Er paßte genau zwischen die Brotschachtel aus Plastik und eine angerissene Papiertüte mit billigen Eukalyptusbonbons aus der Drogerie. Ich muß ihn wohl in der Mappe vergessen haben, denn ich erwachte mit einem deutlichen Schuldgefühl.

Die Chinesin ist wieder da. Sie bedient mich und lächelt.
Als meine Tochter den Orangensaft mit einer raschen Bewegung vom Tisch stößt, bringt sie lächelnd zwei neue Gläser. Eins für mich. Eins für das Baby. »A nice baby, very nice«, sagt sie und lächelt.
Alice zerpflückt unbeeindruckt die Papierservietten. Die Chinesin sammelt lächelnd die Scherben auf, mit bloßen Händen. Sie tupft mit einem weißen Leinentuch in der rechten Hand den Boden trocken, in der linken hält sie die Glasstücke. Alice und ich betrachten ihr schwarzes Haar. Mein Baby versucht mit aller Macht, sich zu dieser Haarpracht hinunterzubeugen. Ich halte mein Baby mit aller Macht fest. »Nein nein«, sage ich streng.
Die Chinesin blickt auf und lächelt.

Ich war dreizehn, als ich mich in meinen Lehrer verliebte.
Außer Englisch unterrichtete er auch Deutsch, und natürlich war ich die Beste in seinen Fächern. In den Nächten büffelte ich, obwohl ich die Käse-Sprache nicht sonderlich mochte.
»Cheese, Mila! Sag: Cheese!« Und ich sagte »Cheese«, aber auf den Fotos meiner Mutter sah ich aus, als ob ich »Käse« gesagt hätte. Sie schien es nicht zu bemerken, zeigte die Bilder den Nachbarn, der Postfrau, ja sogar ihrem Ex-Mann.
Sie war eine gute Mutter. Sie schrieb mir Entschuldigungszettel, wenn ich die Schule geschwänzt hatte, und abends ließ sie mir manchmal die Wahl zwischen Bratkartoffeln und Eierkuchen.
Wenn ich nach Hause kam, war sie nicht da. Sie arbeitete als Krankenschwester, und da es nicht genug Krankenschwestern gab, blieb sie häufig länger als geplant in der Klinik.
Es machte mir nichts aus. Ich holte mir etwas zu essen aus dem Kühlschrank und trank kalten Pfefferminztee. Dann setzte ich mich an meinen kleinen Schreibtisch und erledigte die Deutsch-

und Englischaufgaben. Meist geriet ich dabei ins Träumen und bekam heiße Wangen davon. Die Bücher für Mathematik, Physik und Chemie schob ich an den äußersten Rand des Tisches.

Eine Freundin borgte mir ein zerfleddertes fleckiges Romanheftchen, das davon handelte, daß eine Sechzehnjährige ein Baby von ihrem Pauker bekam. Sie trug das Kind heimlich aus, auf dem Bauernhof ihrer Großmutter, aber sie war schrecklich unglücklich. Eines Tages beschloß sie, sich umzubringen. Sie stieg auf eine Klippe, den Sohn fest im Arm und schaute ins Meer hinab. Natürlich rettete der Lehrer sie im letzten Moment, und zwei Jahre später heirateten sie.

Wie würde das Kind von Herrn Kraus und mir aussehen?

Ich spähte in fremde Kinderwagen, betrachtete die eingepackten Säuglinge, die schliefen oder apathisch vor sich hin stierten. Was sollte ich mit solch einem Bündel? Was sollte Herr Kraus damit?

Schließlich holte ich die Pappkartons mit den alten Fotos aus der Kammer. Ich stellte beruhigt fest, daß ich ein hübsches Baby gewesen war, mit Löckchen und Kulleraugen. Solch ein Kind würde Herrn Kraus sicher gefallen.

Als meine Mutter an diesem Abend nach Hause kam, lagen die Bilder überall verstreut herum. Ich saß vor dem Fernseher und schaute »Derrick« und kritzelte lustlos Chemieformeln in ein Heft.

Meine Mutter sammelte die Fotos ein und murmelte etwas.

»Was hast du gesagt?« fragte ich.

»Fehlt dir eigentlich dein Vater?« fragte sie.

Der Portier, es ist jetzt ein anderer, älterer, erklärt mir den Weg zur Haltestelle der Cable Car. »Two blocks«, sagt er. Er fährt mit einem dünnen Stift die Straßen auf dem Stadtplan entlang, wie ein Kapitän, der den Kurs seines Schiffes erläutert. »Two blocks to the cable car.«

Er zeigt mir ein grünes Viereck. »Union Square«, sagt er stolz.

Ich nicke. »Powell Street. Union Square.« Ich tippe auf die Punkte, die er mir gezeigt hat.

»Yes.« Er scheint zufrieden.

»Okay«, sage ich. »Thank you very much.«

Er pocht mit seinem Stift noch einmal warnend auf die Stelle, die er dick eingekreist hat. Das ist die Gegend, in die ich keinesfalls einen Fuß setzen soll. Ich denke an Al Capone und lächle Mister Kassandra an.

»Have a nice day«, sagt er.

»Mememem«, sagt Alice. Sie hockt auf meinem Arm und trägt ein Flower-Power-Kleid, das ich eigens für die Reise gekauft habe.

»Bye«, fällt mir noch ein zu sagen. Dann gehen wir endlich.

Über unseren Köpfen flattert die amerikanische Flagge. Ich setze einen Schritt auf die Taylorstreet, noch einen und noch einen.

San Francisco! denke ich. Ich hüpfe mit Alice bis zur nächsten Ecke. Sie jauchzt vergnügt. Die Sonne scheint kalifornisch.

Vor dem Haus an der Ecke steht eine lange Schlange ärmlich gekleideter Männer. Sie scheinen alle aus der Richtung zu kommen, in die ich nicht gehen soll.

Ein Mann löst sich aus der Reihe, der einzige, der nicht schwarz ist. Er trägt einen weiten zerschlissenen Mantel und einen fleckigen Cowboyhut. Al Capone. Er läuft direkt auf uns zu. Er zeigt mit all seinen Fingern auf uns. Seine Fingernägel sind so lang wie die Klingen einer Schere. Er ruft etwas, mit tiefer kehliger Stimme. Ich verstehe die Worte »baby« und »beautiful«.

Was will er? Uns mit seinen Nägeln aufschlitzen? Geld? Worauf warten die Männer? Warten sie darauf, daß jemand in die verbotene Zone eindringt? Eine weiße Touristin mit Baby auf dem Arm? Der Mann steht mit geöffneten Armen vor uns, als wolle er mich an sich drücken oder als wolle er mir Alice wegnehmen.

»Let it be«, bitte ich. »Please.«

Er scheint mich nicht zu hören. Er starrt Alice an und lacht. Ihm fehlen fast alle Zähne. Er streckt seine Scherenhand nach meiner Tochter aus.

Ich weiche zurück.

Er springt um uns herum wie ein Indianer beim Büffeltanz.

Er berührt meine Tochter am Ohr. Er *zieht* ihr etwas aus dem Ohr. Eine Nuß. Er hält eine Walnuß in der Hand.

Er verbeugt sich halb und hält sie mir hin. Ich nehme die Nuß.
Er verabschiedet sich und stellt sich wieder in die Reihe. Nein, er
stellt sich *hinten* an. Er winkt uns zu. Ich winke zurück.
Ich denke: Al Capone ist durchgedreht. Und ich denke: Hier sind
sogar die Verrückten nett.

»Fehlt dir eigentlich dein Vater?«
Ich sah meine Mutter entgeistert an. Normalerweise stellte sie
nicht so blöde Fragen. Wahrscheinlich steckte sie in irgendeinem
seelischen Tief. Vielleicht begannen ihre Tage wieder mal zu früh
oder einer ihrer Lieblingspatienten war gestorben. Das zog sie run-
ter, wenn einer den Geist aufgab, den sie mochte.
Wollte sie wirklich eine Antwort?
»Nö«, sagte ich schließlich.
Sie seufzte – erleichtert oder enttäuscht.
An diesem Abend kochte sie nur Spaghetti.
Sie setzte sich an den Küchentisch und sah mir beim Essen zu.
»Ist jemand gestorben?« fragte ich.
Sie erzählte von einem alten Mann, der sie an ihren Vater erinnert
hatte.
»Stell dir vor, er ist desertiert«, sagte sie. »Neunzehnhundertvier-
undvierzig. Er ist einfach davongelaufen, hat sich durchgeschlagen
zu seiner Familie. Die Frau hat ihn versteckt, bis der Krieg zu Ende
ging.«
»War er ein Antifaschist?« fragte ich einfältig.
Meine Mutter lächelte säuerlich. »Er hatte Sehnsucht.«
»Sehnsucht?«
»Seine Frau bekam ein Kind, und sie schickte ihm ein Bild. Und er
träumte Tag und Nacht davon, dieses Baby in den Armen zu halten. Er wollte es *riechen*, er wollte es *fühlen*, es *schmecken*. Es hat ihn
verrückt gemacht, dieses Foto, der Krieg … Verstehst du?«
»Ja«, flüsterte ich. Ich hatte plötzlich keinen Appetit mehr.
Ich verschwand in mein Zimmer und warf mich auf mein Bett. Das
Kissen fest in den Armen, träumte ich von Herrn Kraus. Er saß in
unserem Keller, trug eine zerfetzte Uniform und um das linke

Knie einen Verband. Er hockte ganz traurig da, mit schmutzigen Wangen, doch dann ging die Tür auf und … Ich brachte ihm eine dünne, aber wohlschmeckende Suppe, und auf der Hüfte schleppte ich ein goldlockiges Baby. Herr Kraus nahm unser Kind, küßte es ab und begrub seine Nase in den weichen Speckfalten. Natürlich mußte er dann mich umarmen, mich, die Zauberin, die diese Wunder vollbrachte.

Eine Zeitlang träumte ich den Traum von Herrn Kraus ohne Baby. Es konnte doch auch sein, daß er desertierte, weil er sich nach *mir* sehnte.

Meine Mutter war noch ein paar Tage bedrückt. Ich fragte sie, ob der tote alte Mann ihrem Vater sehr ähnlich gesehen habe.

Sie zuckte mit den Achseln und sah mich ärgerlich an.

»Ich war ein Baby, als er starb«, sagte sie. »*Du weißt doch* … Er kam nicht zurück aus dem Krieg.«

Ich zuckte zusammen; mir fiel die Jahreszahl ihrer Geburt plötzlich ein: Neunzehnhundertvierundvierzig.

Mein Vater war auch gefallen und fiel immer noch: von einer Frau zur nächsten, von Kind zu Kind, von Job zu Job.

Er hatte sich von uns getrennt, als ich noch Zöpfe trug und glaubte, daß es Hasen gibt, die Schokoladeneier legen.

Mein Vater lebte auf seine Weise in den Tag hinein: Er fand Freunde und verlor sie und fand neue Freunde. Er verliebte sich in Frauen und heiratete und ließ sich wieder scheiden, weil er wieder verliebt war. Und er zeugte Kinder, spielte mit ihnen Hoppe Reiter und vergaß sie und zeugte neue Kinder.

Ich trug ihm das nicht nach. Über die Hälfte meiner Mitschüler waren Scheidungskinder, es war nichts Besonderes, und wir Kinder nahmen es hin wie den süß-sauren Linseneintopf am Montag. Irgendwie sah ich mich als Mitglied der zweiten vaterlosen Generation. Nicht daß ich stolz darauf gewesen wäre. Es war nur so normal, so normal wie die Berliner Mauer und der Untergang des Kapitalismus.

Mein Vater besuchte mich regelmäßig: einmal im Jahr, am zweiten

Weihnachtsfeiertag. Während er mir feierlich wie der Papst einen Hunderter, manchmal mehr, manchmal weniger, überreichte, schenkte ich ihm ein Paar dicke Baumwollsocken oder einen karierten Schal aus Polyacryl. Er hatte es stets eilig, denn ein paar Häuser weiter wohnte eine Halbschwester von mir, die er auch noch beglücken mußte.

In den Ferien fuhr ich manchmal ein paar Tage zu ihm. Er wohnte in Berlin, in einer dunklen Hinterhofwohnung. Er lebte von Gelegenheitsjobs. Er arbeitete ein paar Monate als Kellner, fuhr nebenbei Schwarztaxi, im Sommer verdiente er sein Geld als Bademeister in einem Freibad; er hatte im Theater die Bühne beleuchtet und in der Post Pakete und Briefe sortiert; als Pfleger im Zoo kehrte er eine Zeitlang die Misthaufen der Nashörner und Elefanten zusammen. Ich lernte seine Frauen und Freundinnen kennen. Sabine, Brigitte, Hanni, Ulla und Karin. Auch die Kinder wechselten, und ich konnte mir die vielen Namen nicht merken. Ich verlor den Überblick, mit welchen der Kleinen ich verwandt war. Meist lebte mein Vater in Scheidung, oder er verbrachte seine Flitterwochen.

Eine Zeitlang begegnete ich auf dem Flur auch einer Namenlosen, die mich hochmütig ansah und nicht mit mir sprach. Sie war blond und hellhäutig und schrecklich dürr. Sogar ihr Haar war dünn.

Einmal blieb sie mir die Antwort schuldig, als ich sie nach der Uhrzeit fragte.

»Sie haßt dich nicht, Liebes«, sagte mein Vater, als ich mich bei ihm beschwerte. »Sie haßt nur Kinder.«

»Das ist doch dasselbe«, meinte ich.

Mein Vater lächelte weise. »Nein«, sagte er. »Ist es nicht. Sie kann keine Kinder bekommen. Und wenn sie nicht haben kann, was sie will, dann … Das verstehst du noch nicht«, endete er abrupt. Er mochte es nicht, wenn ich mich in seine Angelegenheiten einmischte. Er gab mir Geld und schickte mich ins Kino. Als ich wiederkam, war die blonde Namenlose verschwunden. Ich sah sie nie wieder.

Auf seine Weise liebte mich mein Vater.

Er war es auch, der mir das Taschenmesser schenkte. Es war keines dieser Spielzeuge, die man zum Nägelkürzen und Flaschenöffnen verwendete. Ausgeklappt sah es aus wie ein spitzer langer Dolch, ziemlich scharf. Ein Kindermörder verbreitete in diesen Tagen Angst und Schrecken.

»Am besten, du nimmst es in beide Hände, wenn du zustichst«, meinte er.

Es rührte mich, daß er sich so besorgt zeigte.

Er war gerade frisch geschieden und opferte für mich vier Tage Urlaub.

»Paß auf, daß du dich nicht schneidest«, warnte er.

»Ich komm schon klar«, murmelte ich verlegen.

Es klingelte an der Tür. Die Frau, die eintrat, kannte ich noch nicht.

Sie war stark geschminkt, elegant gekleidet und roch nach Parfum.

»Das ist Resi«, sagte mein Vater.

»Hallo, Mila«, sagte die Frau freundlich.

Ich staunte, daß sie meinen Namen kannte. Resi reichte mir zwei Tafeln Kinderschokolade. »Ich dachte, du wärst jünger«, sagte sie.

»Resi kommt aus Westberlin«, erklärte mein Vater.

»Ach so«, sagte ich und gaffte neugierig. Ich kannte niemanden von dort.

Wir tranken zusammen Kaffee und aßen Westkekse aus einer Riesenschachtel. »Mhm, lecker«, sagte ich artig.

»Von Bahlsen«, sagte Resi. Ich nickte, obwohl ich nicht genau wußte, was sie damit meinte. »Wir haben nur welche von Hansa«, sagte ich unsicher. »Die sind aber nicht so knusprig.«

Resi bestand darauf, Hansa-Kekse zu probieren.

Am Abend fuhr sie nach Westberlin und kam am nächsten Morgen wieder. Sie brachte mir eine Jeans mit. Sie paßte genau, und mein Hintern wölbte sich so sexy unter dem blauen Stoff, wie ich es nie für möglich gehalten hätte. Ich wurde rot vor Freude und stotterte irgend etwas, statt einfach Danke zu sagen. Resi achtete jedoch ohnehin nicht darauf, was ich sagte. Sie sah ernst und besorgt aus und forderte meinen Vater auf, aus dem Fenster zu schauen.

Er tat es und sagte: »Ja, ja, ich weiß.«

Ich drängte mich neben ihn und schaute auf Resis Auto hinunter. Es war blau und glänzte. Ich fragte sie höflich nach dem Typ, und sie sagte: »Nur ein Golf, Mila.« Offenbar mochte sie meinen Namen. Sie sprach ihn bei jeder Gelegenheit aus.

Hinter ihrem Wagen parkte ein Wartburg, und zwei Männer saßen darin.

Ich hatte keine Ahnung, *was* mein Vater *wußte*.

Erst am Nachmittag, als wir zu einem Café spazierten, ging mir ein Licht auf oder besser gesagt: es wurde für mich angeknipst. Die beiden Männer folgten uns, und Resi sah sich immer wieder nach ihnen um. »Die spinnen«, sagte sie gereizt. »Was haben wir denn *verbrochen?*«

»Kennt ihr die?« Ich trug mein Messer bei mir. Es ruhte in ein Geschirrtuch eingewickelt in meiner Tasche.

Mein Vater lachte.

»Du solltest es ihr sagen«, meinte Resi.

»Die Kerle sind von der Stasi«, erklärte mein Vater trocken. »Sie observieren uns.«

»Wie in 'nem Krimi?« platzte ich heraus.

»So ungefähr«, sagte er und grinste mich an. »Wahrscheinlich glauben die, Resi will mich in ihren Kofferraum verfrachten und gen Westen chauffieren.«

»Das ist nicht komisch«, sagte Resi.

»Doch«, entgegnete ihr Liebhaber. »Es ist sogar sehr komisch.« Er legte seinen Finger an die Nase, und als ich ihn ansah, schielte er ein wenig. »Ich bin wütend, aber es ist auch komisch«, meinte er.

»Mila, es gibt etwas, was wir dir sagen müssen.« Resi sprach schnell und blickte mich nicht an. »Dein Vater und ich wollen ...«

»Heiraten«, sagte ich. Sätze wie diesen hatte ich schon oft gehört. Aber diesmal war es wohl anders. »Du willst nach drüben«, stellte ich fest.

Er nickte. »Ja.«

»Scheiße«, sagte ich, aber ich schaute ihn dabei fröhlich an. In diesem Moment dachte ich wohl nicht daran, daß ich meinen Vater ein zweites Mal verlieren würde. Ich dachte an Jeans und an Herrn Kraus.

Die beiden Herren folgten uns in das Café. »Ich werde immer wütender«, sagte mein Vater. »Weißt du, was passiert, wenn ich wütend werde?« Ich schüttelte den Kopf und starrte ihn interessiert an. »Nun, dann richten sich alle Gedanken, alle Kräfte, also die inneren und manchmal auch die äußeren, gegen die, die diese Wut verursachen. Verstehst du das?« Ich nickte, obwohl ich nicht wußte, worauf er hinauswollte. »Hör zu, Tochter … Wenn du wütend bist, dann nutze die Energie deiner Wut, verstehst du?« Es schien ihm wirklich ernst zu sein, er sprach mich nur äußerst selten so förmlich an.

Wir aßen unser Eis ohne Appetit, bezahlten und gingen rasch wieder. Die Kerle hatten sich die größten, teuersten Eisbecher bestellt. Sie glotzten uns blöde an, als wir an ihnen vorbeiliefen.

»Kommt!« rief mein Vater. Er packte Resi, und sie griff nach meiner Hand. Wir stürzten über die Straße in das erstbeste Geschäft. Es war ein Bücherladen. Wie beim Versteckspielen kauerten wir hinter einem mit Lenin-, Marx- und Engels-Wälzern beladenen Tisch und lugten durch das Schaufenster auf die andere Seite. Die beiden Männer rannten aus dem Café und warfen sich im Laufen die Jacken über die Schultern. An der Straße blickten sie sich ratlos um. Schließlich rannte einer nach rechts und der andere nach links. Sogar Resi mußte lachen.

»Was machen Sie denn da, wenn ich fragen darf?« sagte eine strenge Stimme. Die Verkäuferin sah mißbilligend auf uns hinab, und wir standen auf.

»Wir wollten nur schauen, was Sie zur Zeit so unter dem Ladentisch verkaufen«, sagte mein Vater frech.

Die Frau holte tief Luft, doch ehe sie etwas erwidern konnte, reichte Resi ihr einen Schein. »Haben Sie nicht ein schönes Buch für die junge Dame?« fragte sie. Die Verkäuferin wurde blaß, sie knüllte die fünf Mark West in ihre Hand, und einen Moment glaubte ich, sie würde der Versuchung widerstehen und Resi das Geld vor die Füße schmeißen. Doch sie nickte mir zu, ihr zu folgen.

»Was lesen Sie denn?« fragte sie schroff. Es war das erste Mal, daß mich jemand siezte.

»Haben Sie … was Spannendes?« fragte ich hilflos.

Sie winkte mich zur Kasse, und ich bezahlte vier Mark sechzig. Das Buch war in graues Papier gewickelt.

In der Wohnung meines Vaters packte ich das Päckchen aus. Es waren Erzählungen von Jack London, und die erste hieß »Die Liebe zum Leben«.

Wir schaukeln mit der Cable Car durch die Stadt der Träume. Wir sitzen im Wageninneren. Wegen der Zugluft. Alice macht Turnübungen auf meinem Schoß, beugt sich vor, läßt sich zurückfallen, wippt mit Armen und Beinen.

Kurz nach meinem sechzehnten Geburtstag reiste mein Vater aus. Lukas, beinahe zwei, sein jüngster Sproß, öffnete ihm die Tür der Wohnung in Berlin-Zehlendorf. Ich sah meinen Vater erst Jahre später wieder. Nach dem Fall der Mauer. Er lebte noch immer mit Resi und Lukas zusammen, und ein Junge Namens Henning war dazugekommen.

Mein Vater machte später als Kommunalpolitiker von sich reden. Er stellte Forderungen, die sinnvoller waren, als sie im ersten Moment klangen. So versuchte er, eine Windelpflicht für Hunde durchzusetzen.

Ein paar junge Leute und Kinder stehen auf den Trittbrettern der Cable Car und halten sich an den Stangen fest. Der Wind fährt ihnen ins Gesicht, und sie albern und lachen. Ich denke, daß in Deutschland niemand auf diese Art reist. Abgesehen von den Männern der städtischen Müllabfuhr.

Die Bahn hält am Union Square. Auf der Wiese, die so grün und eckig ist wie das Viereck auf der Karte, sitzen Menschen. Manche liegen auch. Sie tun nichts. Sie lümmeln einfach nur da rum. Mitten in der City. Nicht einmal die Palmen schauen sie an. Palmen! Viktor hat nie etwas von Palmen gesagt.

Alice läßt sich zurückfallen. Ihr Kopf knallt gegen mein Kinn. Tränen rollen über ihr rot angelaufenes Gesicht. An der Endhaltestelle steigen wir aus.

Alice gehört zur dritten vaterlosen Generation, und es ist meine Schuld.

Auch wenn Viktor mich zum Schluß wohl haßte, hätte er doch dieses Wesen aus Fleisch und Blut lieben können.

Ich dränge den Gedanken beiseite. Laufe auf das Meer zu, das türkis und ruhig vor uns liegt. Alice brüllt noch immer. Ich stemme sie hoch, halte sie mit gestreckten Armen, ihr Kleidchen flattert wild wie die amerikanische Flagge, der Wind pustet über die Bay, pustet ihr ins Gesicht. Alice verstummt, schluckt und blinzelt, blinzelt und schluckt; das tut sie immer, wenn ihr jemand ins Gesicht bläst.

»An angel«, sagt eine Stimme. Ich drehe mich um und sehe einen Cop.

Ein echter Cop. Mit Uniform und Sonnenbrille sitzt er auf einem braunen Pferd. Ich schaue ihn an und halte ihm meine Tochter entgegen. Er nimmt sie behutsam, wie eine Frucht, die platzen könnte, setzt sie vor sich hin. »Hottehü«, rufe ich Alice aufmunternd zu. Aber sie beachtet mich nicht, greift in die schwarze Mähne.

»Wait a moment, please«, sage ich zu dem Polizisten. Ich krame meinen kleinen Fotoapparat aus dem Rucksack und knipse siebenunddreißigeinhalbmal. Alice zerrt an den Fransen des Pferdes, und ihr Sabbel tropft auf die Hände des Reiters. Der Mann hält sich gerade wie ein Denkmal. Als der Film zurückspult, gibt er meiner Tochter einen Kuß. »Schade«, sage ich.

»Shadow«, sagt er und klopft seinem Pferd den Hals.

Ich nicke. »A very nice name«, gebe ich zu.

Er reicht mir mein Baby zurück, und ich danke ihm. Alice hat schwarzes Pferdehaar in ihrer Faust. Ich versuche, die Augen des Polizisten zu erkennen, aber ich sehe nur unser verkleinertes Spiegelbild. Er tippt mit zwei Fingern an seinen Hut und reitet davon.

Meiner Mutter erzählte ich nichts von den Plänen ihres Ex-Mannes. Ich erzählte ihr auch nichts von Stasi und Kindermördern. Sie hätte mich nie wieder zu meinem Vater fahren lassen. Das Messer versteckte ich unter meiner Matratze.

Die restlichen Ferientage verbrachte ich damit, von Herrn Kraus zu träumen, in meiner Jeans vor dem Spiegel zu stehen und die steile Treppe in den Keller hinabzusteigen. Im Keller fand ich einen Sack mit alten Kartoffeln. Sie waren schrumplig und faulten vor sich hin. Ich ging mit meinem Messer auf sie los, wieder und wieder. Mal mußte der Sack als Kindermörder herhalten, mal als Stasimann.

Das Ding war schnell durchlöchert, die Kartoffeln zerstückelt, und ich war mit meiner Wut noch lange nicht am Ende. Ich nahm mir einen Kohlesack vor, aber der machte sich nicht so gut, und ich mochte das Knirschen nicht, wenn ich eine Kohle traf.

Endlich waren die Ferien vorbei, und ich schwebte zur Schule.

Ein neues Schuljahr begann, und es begann mit einem Fahnenappell und einer schrecklich langen Rede des Direktors. Wir standen mehr oder weniger gerade und sangen »Brüder zur Sonne zur Freiheit« und »Die Internationale«. Hinter mir krächzten zwei Jungen, die im Stimmbruch waren. Dann redeten ein paar Lehrer, aber Herr Kraus war nicht dabei. Ich konnte ihn nirgendwo erblicken. Das war nicht ungewöhnlich. Die Appelle mied er meist. Er trug auch kein »Bonbon«, kein Parteiabzeichen, an der Jacke. Einmal, als er einen Preis bekam – ich erinnere mich nicht mehr, wofür –, nötigte ihn der Direktor, etwas zu sagen. Zögernd ging er nach vorn, nickte den Versammelten zu und nestelte an seinen Fingern herum. Schließlich sprach er ein Gedicht auf englisch, das wahrscheinlich niemand verstand. Aber *wie* er es sagte, klang wie eine wehmütige Melodie.

In den ersten Stunden hatten wir Physik, Chemie und Russisch. Erst in der vierten Stunde sah ich ihn.

Mein Herz klopfte bis zum Hals, und als alle Schüler sich setzten, blieb ich noch einen Moment stehen. Gerade so lang, daß er mir einen Blick zuwarf. Ich lächelte und setzte mich langsam. Er lächelte zurück.

Den Rest der Stunde sirrte etwas in meinem Kopf wie eine Libelle, und ich konnte nicht klar denken. Ich hörte ihn sprechen, aber ich verstand nicht, was er sagte; ja, anfangs registrierte ich noch nicht einmal, in welcher Sprache er redete.

Er ging ernst und langsam auf und ab und spielte mit einem Stück Kreide. Seine hellrosa Finger färbten sich allmählich weiß. Unwillkürlich dachte ich an das Märchen, in dem der Wolf sechs Geislein lebendig hinunterwürgt. Der Wolf hatte seine Pfoten mit Mehl bestäubt und die Kreide gegessen, um die Geislein zu täuschen. Kurz: Ich schaute Herrn Kraus an und dachte lauter Unsinn.

Es geschah noch in dieser Stunde, daß ein Schüler einschlief, und mein Lehrer blieb verdutzt stehen, als hätte er noch nie einen Jungen schlafen sehen. Fred, ein lieber Kerl, der mit seinen Knallerbsen niemanden mehr erschrecken konnte, lag da wie ein Baby: er schien kaum zu atmen, und seine Arme rahmten den Kopf ein, der auf den Tisch gesunken war. Unser Lehrer ließ ihn schlafen, aber sein Redefluß war unterbrochen, und einen Augenblick stand er still da, und es kam mir vor, als würde er sich fragen, was er eigentlich hier suchte. Blicke schwirrten umher, und ein unterdrücktes Kichern hockte im Raum. Herr Kraus schaute auf das Stück Kreide in seiner Hand. Ich hätte ihn gern beschützt. Mein Arm schwebte empor wie der einer Fee, aber dann fiel mir nur ein, das Fenster zu schließen. Herr Kraus warf die Kreide plötzlich in die Luft und fing sie geschickt wieder auf.

Er war mein Lehrer, einundzwanzig Jahre älter als ich, und ich wartete darauf, daß er seine Maske fallen ließ, vor mir fallen ließ. Natürlich träumte ich davon, Hand in Hand mit ihm durch ein hohes Kornfeld zu laufen. Wir waren beide keine Riesen, und so würde man uns nicht entdecken. Die Ärmel seines Hemdes hochgekrempelt, auf einem Halm kauend – so sah ich ihn, und Fred, den alle nur Feuerstein nannten, rekelte sich im Schlaf.

Mein Lehrer zog es nun vor, die englischen Sätze an die Tafel zu schreiben, angestrengt lautlos.

Nach Schulschluß wartete ich auf ihn.

Ich vertiefte mich in die Initialen, die in die Rinde der alten Kastanie geritzt waren. Anfangsbuchstaben, Herzen, von Pfeilen durchbohrt.

M. R. + J. K. = Love. Mila Rosin und Joachim Kraus.

Meinen Nachnamen mochte ich nicht. Rosinen waren braun und schrumplig, süß, aber saftlos. Nach der Scheidung bestand meine Mutter darauf, ihren Mädchennamen zurückzubekommen, und auch ich durfte nicht länger Kampert heißen.

Ich nahm mein Messer aus der Schultasche, ließ es aufschnappen und setzte ein Ausrufezeichen hinter Love. Etwas fiel mir vor die Füße, und ich bückte mich und hob die Kastanie auf, die noch feucht war und klebrig, wie ein geschlüpftes Küken. Ansonsten tat der Baum, als würde er mich nicht bemerken.

Ich träumte vor mich hin und summte ein Lied und versuchte, mich an die Strophen zu erinnern. »Wenn der Topf aber nun ein Loch hat ...«, sagte ich, als mein Lehrer aus dem Schulgebäude trat. Er ging schnell und schwenkte ein wenig seine Aktentasche. Es sah aus, als wollte er sie ins Gebüsch werfen oder hoch in die Luft. Ich kratzte mich am Bauch und nahm die Verfolgung auf.

Ich wollte alles über ihn wissen. Welche Musik liebte er? Welchen Käse? Welche Blumen? Wollte er als Kind Feuerwehrmann werden oder Insektenforscher? Schaute er Westfernsehen? Glaubte er an den Sieg des Sozialismus? Trug er nachts einen Schlafanzug? Küßte er seine Frau noch auf den Mund? Mochte er Mädchen wie mich? Mochte er mich?

Die letzte Frage schien mir am schwierigsten zu klären.

In der Klasse fühlte ich mich heimlich von ihm beobachtet. Aber wenn ich aufsah, blickte er aus dem Fenster oder schrieb etwas an die Tafel. Er hatte eine kleine, zierliche, energische Schrift, und seine Finger hielten die Kreide wie ein Dirigent seinen Taktstock. Er redete leise, aber ich verstand jedes Wort. Wenn er bedächtig ein Buch aufschlug und vorlas, ließ ich mich treiben wie auf einer sanften salzigen Welle. Und wenn seine Stimme sich hob und das Ge-

dicht seinen Höhepunkt erreichte, fühlte ich mich wie eine Puste-
blume, die der Wind zerpflückt. Während alle um mich herum kicherten, lächelte ich meinem Lehrer zu und nickte leicht.

Einmal las er ein Gedicht in englischer Sprache, es handelte von einem Raben, und obwohl ich nur wenig verstand, wurde mir
schwindlig, vom Rhythmus der Worte, von seiner melancholi-
schen Stimme.

Als ich wieder zu mir kam, fand ich mich vor der Tür des Klassen-
zimmers wieder. Er hatte mich hinausgeworfen, weil ich mich hinreißen ließ, zu klatschen.

Ich folgte meinem Lehrer, seinen zielstrebigen dynamischen
Schritten. In meiner Jeans fühlte ich mich so schön wie der Kaiser
in seinen neuen Kleidern. Obwohl ich angezogen war, kam es mir
vor, als starrten mir die Leute auf den nackten Hintern. Nur ge-
nierte ich mich kein bißchen dafür.

»Stopf es zu, liebe, liebe Liese! Liebe Liese, stopf es zu!« Die Jeans
verlieh mir ein neues Lebensgefühl. Ich dachte in etwa: Wenn die
Heimat der Jeans Amerika ist, dann stecke ich in einer amerikanischen Hülle und kann tun und lassen, was ich will. Ich tanzte und
steppte wie in diesem Musical, nur daß es nicht regnete und ich
nicht »I'm singing in the rain« singen konnte.

Als er an einer Ampel stand, betrachtete ich ein Schaufenster. Es
war ein Gemüseladen, und außer Äpfeln gab es noch Apfelsaft und
Zwiebeln.

Ein Autofahrer hupte wütend. Ich zog den Fuß von der Straße. Die
Ampel zeigte schon rot. Ich wartete und wartete und verlor Herrn
Kraus aus den Augen. Es war kalt. In meiner Hand wärmte sich die
Kastanie, die gerade, vor wenigen Minuten, aus ihrer stachligen
Hülle geplatzt war. Der Verkehr krachte vorbei, es stank ranzig,
und ich versuchte, meine Nase zu schließen. LKWs und Busse ver-
sperrten mir die Sicht über die Straße. Die Ampel schaltete auf
grün; ich ging hinüber und starrte in alle Richtungen. Die Kastanie in meiner Hand schwitzte. Mein Lehrer blieb verschwunden.

Die Bay von San Francisco. Der Hyde Street Pier.

Segelschiffe liegen vor Anker, die ausgelaufen waren, als Jack London hier noch in See stach.

Ich gehe an Bord eines Dreimasters und schaue mich nach allen Seiten um. Da ist der Pazifik, die Golden Gate Bridge leuchtet hinüber, die Insel Alcatraz ... Ich blicke stadteinwärts, sehe die Cable Car die hügelige Straße hinauffahren, gemächlich wie eine Raupe schleppt sie sich aufwärts, bis sie am Horizont verschwindet. Es ist, als wäre ich in Viktors Lieblingstraum geraten.

Die Sonne flutet auf das Deck; sie brennt nicht hinab; sie ist mild und hell, weiß und erfrischend. Sie blendet uns und scheint sagen zu wollen, daß sie über diese Stadt herrscht. Meine Tochter kneift mißmutig die Lider zusammen, gähnt und reibt sich die Nase mit beiden Händen. Reibt sich die Augen, den Mund und wieder die Nase. Zupft gnadenlos an ihrem Ohr herum, als wollte sie es abreißen. Ich tanze ein bißchen mit ihr über das Deck, sie lacht, vergißt ihre Müdigkeit. Ich werfe sie hoch und fange sie auf und drücke sie an mich. Ich summe ihr die Scott-McKenzie-Melodie ins Ohr, und San Francisco gehört uns.

Nachdem ich Herrn Kraus an der Kreuzung verloren hatte, fuhr ich mit der Straßenbahn in der Stadt umher, in der Hoffnung, ihn irgendwo zu entdecken. Am nächsten Tag wartete ich wieder an der Schule auf ihn und lief ihm nach wie ein streunender Hund. Und auch am Tag nach diesem Tag folgte ich ihm in meinen Jeans. Ich wußte bald, wo er wohnte, wann seine Frau nach Hause kam, bei welchem Bäcker er Sonnabend früh einkaufte – er bevorzugte Mohnzöpfe zum Frühstück.

Ich kam immer später nach Hause, und die Schulaufgaben erledigte ich, wenn überhaupt, in der Nacht. Manchmal lauerte ich schon auf Herrn Kraus, wenn die anderen Mädchen aus meiner Klasse noch auf dem Schwebebalken herumturnten oder Kampflieder sangen. Und manchmal hockte ich nachts in den Büschen vor dem Zweifamilienhaus, in dem er wohnte, und versuchte, in das obere Stockwerk zu spähen.

Überall schleppte ich mein Messer mit und quälte die Bäume mit meiner Liebe.

»So kann es doch nicht weitergehen, Kind«, sagte meine Mutter. Ich versuchte meist, vor ihr zu Hause zu sein, aber es gelang mir nicht immer. »Wo treibst du dich nur herum?« fragte sie. »Du machst doch keine Dummheiten, oder?«

Ich erfand eine Geschichte über eine neue Freundin, und sie gab sich damit zufrieden.

Meine Mutter hatte den Keller aufgeräumt. Der niedergemetzelte Kartoffelsack war ebenso verschwunden wie die anderen zerstochenen Dinge. »Das müssen Einbrecher gewesen sein«, meinte sie. »Die haben nichts gefunden und ihre Wut rausgelassen.«

Herr Kraus wurde mir in der Zeit, in der ich ihn verfolgte, so vertraut wie meine Zahnbürste, und das deutliche Gefühl, einen Anspruch auf ihn zu haben, ließ sich nicht mehr beiseite schieben. So nahmen die Dinge ihren Lauf.

Alice weint, jammert über ihre Müdigkeit. Ich krabble mit ihr unter einer hölzernen Brücke hindurch. An dem Strand staksen nur ein paar überdimensional große Möwen. Sie sehen uns neugierig an, sie scheinen auf etwas zu lauern. Sie hocken träge und selbstbewußt am Ufer und fliegen nicht davon, als wir dicht an ihnen vorbeilaufen. Der Strand ist winzig; schmal und flach und senfgelb. Eigentlich ist er nicht mehr als ein Streifen Sand. Außer uns ist niemand hier. Ich ziehe meine Jacke aus und mache es mir darauf bequem, stille meine Tochter und warte, daß sie einschläft. Die Augen fallen ihr zu, sie reißt sie wieder auf, wehrt sich gegen den Schlaf und schaut um sich. Sie entdeckt die Möwen, die immer näher kommen und uns umringen. Ich schaukle meine Tochter, gebe ihr den Schnuller, den letzten, den wir besitzen, den anderen müssen wir wohl im Flugzeug vergessen haben. Meine Tochter will nicht geschaukelt werden; sie strampelt, bäumt sich auf, sie will die Möwen sehen. Ich schaukle mein Baby; Alice brüllt, die Möwen weichen keinen Schritt zurück. Ihr Gefieder sieht aus, als hätten sie im Schlamm gebadet. Der Schnuller fällt in den Sand, und ehe ich ihn nehmen kann, stürzt sich eine der Möwen darauf, die größte, wie mir scheint. Ich stoße einen gellenden Schrei aus. Der letzte Schnuller! Werfe meine Tochter unsanft in den Sand und jage dem Vogel hinterher. Die Möwe fliegt schwerfällig, und einen Moment fürchte ich, sie würde Kurs aufs offene Meer nehmen. Doch sie fliegt mit ihrer Beute nur ein Stück, kommt wieder herunter und pickt wütend auf den Sauger ein. Ich hebe einen faustgroßen Stein auf und werfe. Ich verfehle mein Ziel mindestens um zwei Meter, doch sie flüchtet, läßt das ungenießbare Ding liegen. Alice brüllt. Ich renne, verteile Tritte, die nicht treffen. Die Möwen lachen laut.

Der Schnuller springt in einem großen Topf mit kochendem Wasser umher. Die Chinesin steht daneben und lächelt nicht. Vielleicht hat sie schon Feierabend. Mit einem Teelöffel stukt sie den Schnuller wieder und wieder unter. Sie schaut mich zweifelnd an, und ich nicke ihr aufmunternd zu. Offenbar ahnt sie nicht, daß Dinge für Babys ausgekocht werden müssen, damit die lieben Kleinen nicht die Möwenpest bekommen. Ich versuche, ihr von der Möwe zu erzählen, aber sie versteht mich nicht.
»Very big birds on the beach«, murmle ich verlegen.
»Birds?« fragt sie. »On the beach?«
Ich gebe ihr fünf Dollar Trinkgeld.

Die Chinesin muß dem Portier irgend etwas Wirres über die Deutsche, das Baby und Tiere an der Bay erzählt haben. Der freundliche Mann schickt uns am nächsten Morgen zu den Seelöwen am Pier 39.
Ihr Grunzen ist schon von weitem zu hören. Ich marschiere mit Alice vor den Bauch geschnallt durch das Gedränge. Wir laufen über Planken, als wären wir auf einem großen Vergnügungsschiff. Es gibt bunte Läden, Bars, Restaurants; es gibt zwei minderjährige Feuerschlucker, einen schwarzen Jongleur mit weißen Handschuhen, eine Zauberin und ein doppelstöckiges Karussell. Und es gibt die Seelöwen.

Sie liegen dicht an dicht, hunderte fette glänzende Leiber. Sie sehen aus, als hätten sie ein besonders öliges Sonnenöl benutzt. Ich schaue Alice an, warte, was für ein Gesicht sie machen wird. Sie guckt. Die Seelöwen heulen. Manche wanken hin und her wie Aufstehpüppchen, manche schlafen, einer platscht ins Wasser.

»Haaaaaaa«, singt Alice. »Mabma bwww.«

»Ihr Baby hat doch sicher genug gesehen.« Die Frau spricht Deutsch und drängt uns beiseite.

»Pardon me?« sage ich rasch.

Die Frau seufzt. »I'm come from Germany. East Germany.«

»I'm believe, the wall is falling down«, sage ich.

Augenblicklich höre ich Viktor singen: »The German wall is falling down, falling down, falling down ...« An diesem Tag tranken wir auf dem Ku'damm Sekt und stießen immer wieder auf San Francisco an.

»*East* Germany«, wiederholt die Frau stolz. »It's a long way from here.«

Ich nicke. »Very long.«

»Where do you come from?«

»I'm from ... the dark side of the moon.«

»Fine.« Sie reibt sich mit einem Papiertaschentuch den Schweiß aus dem Gesicht. »It's a long way from here?«

»Yes. Very long.« Ich drücke Alice an mich und gehe.

Die Kleine reibt verzweifelt ihr Näschen an mir und greift nach meiner Brust. Sie lutscht ausgiebig an meinem Hals.

Am Rand des Bordsteins parken einige Fahrradrikschas.

Alice krümmt sich, beugt sich hinab und versucht, durch den Stoff meines T-Shirts an der Brust zu saugen.

Die jungen Leute, die um das erste Gefährt herumstehen und sich unterhalten, sehen aus wie Studenten. Sie tragen schwarze Shorts, rote Hemden und rote Käppis. Ich lasse mich mit Alice in den letzten Wagen fallen und ziehe mein T-Shirt hoch.

Ein junger Mann, gutaussehend und unrasiert, kommt auf uns zu und setzt sich auf den Fahrersitz. Er dreht sich zu uns um und beginnt etwas zu fragen, doch dann schaut er genauer hin.

»Sorry«, sagt er.

Ich schüttle den Kopf und winke ihm zu und überlege, ob ich mich auch entschuldigen soll. Doch da fährt er schon los.

Die Sonne scheint kräftig. Ich schwitze ein wenig auf der mit schwarzem Kunstleder bezogenen Bank, doch mein Kind trinkt gierig und glücklich, ein leichter Wind kommt von der Bay, weht über die Imbißstände, und es riecht nach Krabbenfleisch. Es ist, als würde mich die Stadt berühren, sanft an mir saugen. Der Rikscha-fahrer strampelt eifrig für uns und blickt sich nicht um. Als er sich einen ziemlich steilen Hügel hinaufkämpft, bekomme ich Schuld-gefühle.

Ich muß wohl eingenickt sein, als ich die Augen öffne, steht der Student vor mir. »Chinatown«, sagt er knapp.

»Mhm«, sage ich.

Alice hängt immer noch an mir, sie saugt jetzt an der anderen Brust. Wahrscheinlich sind die Bratkartoffeln heute früh etwas sal-zig gewesen.

»We're in Chinatown«, sagt der Student. Er erwartet wohl, daß ich aussteige.

»It's great«, sage ich.

»She'll like it«, sagt er und deutet auf meine trinkende Tochter.

»Yes.« Ich lächle ihn an, bedanke mich und zahle mit einer Hand.

Es geschah an einem sonnigen Tag im September.

Ich folgte Herrn Kraus durch die Stadt.

Mal blieb ich hier, mal dort stehen, band mir die Schuhe zu, be-trachtete Schaufenster – eine trödelnde Schülerin, die niemandem auffiel.

Mein Lehrer war in der Post verschwunden, einem hellgrünen Gebäude mit bröckelndem Putz. Ich studierte ein Kinoplakat, schaute auf unnatürlich weit geöffnete Augen, einen Mund, der »Cheese« sagte, ganz eindeutig, und die dicken eingezwängten Tit-ten einer Blondine. Zweifellos würde sich die Hälfte meiner Klasse in dieses Kino drängen. Es war einer von den Filmen, die immer ausverkauft sind, selbst wenn sie schon um vierzehn Uhr spielen.

Ich hörte es knallen und sah eine dünne Rauchsäule aufsteigen. Feuerstein, der an der Kasse stand, winkte. Er hatte mir in der Schule eine Karte zugesteckt. Er war ein perfekter Fälscher. Ich schüttelte den Kopf und hob bedauernd die Hände, zwischen meinen Füßen knallte es.

Meine Finger spielten mit der Kastanie. Ich warf sie hoch und fing sie auf. Eine Frau zog ihren bleichen Sohn mit sich; Rotzblasen blühten aus der kleinen Nase. Die Mutter starrte in die Schaufenster, in denen elegante weiche ungetragene Schals lagen, mit Röschen bedruckte Blusen und gelbe Handschuhe. Das Kind quengelte und quiekte, und ich hielt Ausschau nach dem Lehrer, an dessen Gesicht ich mich plötzlich nicht erinnerte. Die Frau preßte sich an die Scheibe, hinter der es nach Kaugummi roch und nach Lux-Seife, hinter der die Welt plötzlich anders war, so bunt und süß wie Gummibärchen. Auf dem Kinn meines Lehrers sprossen am Morgen leichte Stoppeln – die sah ich vor mir. Und der Mund? Himmelherrgott! Schmale Lippen, ein wenig blaß … Ich legte ein spöttisches Lächeln um seine Mundwinkel, aber es paßte nicht.

Seine Schuhgröße jedenfalls war zweiundvierzig.

Die Kastanie sprang mir aus der Hand und rollte auf das Kind zu. Es nahm sie und stopfte sie sich in den Mund.

Ich betrat den Shop und nickte den Verkäuferinnen zu. Durch die Fenster sah ich die grüne Posttür, die sich öffnete und schloß, öffnete und schloß. Wo blieb mein Lehrer?

»Ich möchte eine Uhr, die im Dunkeln leuchtet«, erklärte ich der Verkäuferin, die mich musterte, als wollte ich den Laden ausrauben. Unter dem dicken Glas tickten Uhren ohne Laut, und jede gab eine andere Zeit an. Ich zog etwas aus der Hosentasche: einen Briefumschlag mit der Handschrift meines Vaters. Ein Zettelchen segelte zu Boden, und ich hob es auf. »Herzlichen Glückwunsch zum Geburtstag. Dein Vater.« Er mußte mich wohl mit meiner Halbschwester verwechselt haben, die ein paar Straßen weiter wohnte, denn ich hatte erst in vier Monaten Geburtstag. Ich legte den Schein auf die Platte und bügelte ihn mit der Hand glatt. Noch nie zuvor hatte ich Westgeld besessen.

»Sie meinen eine Digitaluhr?«

Ich nickte.

»Für Sie?«

»Ja, für mich.«

»Leder- oder Metallarmband?«

Ich starrte die Frau verblüfft an. Hatte ich mich so undeutlich ausgedrückt? »Eine, die leuchtet«, wiederholte ich, »und zwar, wenn man das Licht ausknipst.«

Sie legte stumm eine Uhr neben das Geld. Groß und häßlich, aber sie leuchtete rot, wenn man auf einen Knopf drückte, sie strahlte wie ein Scheinwerfer.

»Ja«, sagte ich, »das ist sie.«

»Modern, sportlich, zeitlos«, sagte die Verkäuferin matt.

»Zeitlos …«, wiederholte ich verwundert.

»Neunundneunzigneunundneunzig.«

Ich dachte an die Nase meines Lehrers. War sie nicht eher klein? Auf jeden Fall unauffällig, wie es ihrem Rang zukam. Die Ohrläppchen leuchteten dezent unter dem kräftigen dunklen Haar. Oder waren sie gar nicht zu sehen? Den Pfennig ließ ich als Trinkgeld zurück.

Der Junge spuckte aus, und da lag sie wieder, die Frucht des Baumes: glänzend und feucht. Noch ehe ich dazu kam, die Kugel zu bergen, trat die Mutter des Kleinen zu, rasch und frohlockend und kräftig. »Ih, bäbä«, sagte sie.

Die Augen meines Lehrers mußten graublau sein oder blaugrau, mehr blau als grau, und das Fruchtfleisch leuchtete freundlich gelb, und das Kind brüllte. Ich stellte meine Uhr eine Viertelstunde nach, dann wandte ich mich ab und eilte an dem hellgrünen Posthaus vorbei.

Der Putz knirschte unter meinen Sohlen; Staub setzte sich auf meine Schuhspitzen. Eine Baustelle versperrte mir den Weg, und ich wußte nicht weiter, und darum kehrte ich um.

Ich sah den Lehrer nicht, aber ich spürte ihn, nah, sehr nah. Er mußte dicht hinter mir sein oder über mir wie ein Engel. Ich roch ihn: diese Mischung aus Parfum, Kreide und Eukalyptus. Er lutschte alle halbe Stunde einen Eukalyptusbonbon – nach der Schule, versteht sich.

Cheese, Mila, dachte ich, Cheese. Und ich grinste die Frau an, die ihr Kind jetzt unter den Arm geklemmt trug, wie ein Paket mit Wäsche. Sie beachtete mich nicht, sondern sah ihn an, den Mann meiner Träume, der mir nun fast in die Hacken trat. Schnell, Mila, dachte ich, dreh dich nicht um, Mila.

Am Tag zuvor hatte ich den Fehler begangen, mich umzudrehen. Da stand er dann, ganz außer Atem. Da stand ich dann, ganz außer Atem.

Und ich lächelte, und er lächelte – nicht.

Ich liebe dich! Ich liebe dich! Ich liebe dich! pochte es in meinen Schläfen. Du oder keiner. Jetzt oder nie. Kurz: Ich konnte nicht mehr denken.

Aber warum zum Teufel breitete er seine Arme nicht aus?

»Lisa«, keuchte er. »Liebe Lisa, so kann es doch nicht weitergehen!« Er schob die Ärmel hoch, und seine sehnigen, bleichen Unterarme lächelten mich an. »Nicht so, verstehst du? Nicht so.«

»Mila«, verbesserte ich ruhig. »Ich heiße Mila.« Wenn Herr Kraus durcheinander war, verwechselte er nicht selten die Namen seiner Schüler. Ich wagte mich einige Zentimeter vor. Noch einen Schritt bis ins Himmelreich!

»Lisa ... Mila, hör mir bitte zu!«

Ich wollte zu ihm gehen, ganz bei ihm sein, aber er streckte plötzlich seine Hand aus, abwehrend, als wäre ich ein Köter, der ihn ankläffte.

»Li ... Mila, hör mir zu!« schrie er und wedelte mit irgendeinem Stück Papier vor meiner Nase herum. »Laß es sein, bitte. Laß es sein, Mila.«

Ich schüttelte den Kopf. »Was ...? Was soll ich lassen«, flüsterte ich.

»Du bist verrückt. Ich meine, laß mich in Ruhe! Oder ich spreche mit deinem Vater! Oder ich gehe zur Polizei! Hörst du, Mila?« Seine Stimme zitterte.

Ich hörte. Zu meinem Vater. Da mußte er wohl noch bis Weihnachten warten. Und die Polizei? Ha! Was wollte er denen erzählen. »Du bist es, der verrückt ist«, sagte ich. »Ich bin doch nur verliebt.«

Aber das hatte er schon nicht mehr gehört. Er war davongelaufen, einfach davongelaufen. Vor mir. Ich hob den Schein auf, ein nagelneuer Hundertmarkschein, der penibel sauber aussah, wie frisch gedruckt, und knüllte ihn in die Hosentasche.

Nein, ich drehte mich nicht um. Noch nicht. Ich bog in eine enge Gasse. Die Stadt war berühmt für ihre engen Gassen. Die Eukalyptuswolke benebelte mich, und ich weinte ein wenig. Seine Schritte klangen schwerer, als ich es für möglich gehalten hätte. Er keuchte wie gestern. Sportlich ist er nicht, dachte ich gerührt. Ich liebte ihn immer noch.

Auch jetzt, als er mich drängte, ja, fast schubste, und dabei war doch diese tiefe Baugrube vor uns.

Ich drehte mich nicht um. Noch nicht.

Ich ließ erst das Messer aufschnappen.

Die Blondine auf der Leinwand zappelte in einem viel zu engen schwarzen Kleid. Feuerstein schlief. Ich ließ mich auf den Sitz neben ihn plumpsen und hieb ihm den Ellenbogen in die Rippen.

»He, Alter.«, Feuerstein liebte es, wenn ich ihn so nannte. »He, Alter, danke für die Karte, wirklich super der Streifen!«

Ich legte ihm meine linke Hand auf den Schoß, und meine Uhr leuchtete ihm entgegen.

»Eh, Alte«, sagte er. »Neu …?«

»Modern, sportlich, zeitlos«, sagte ich.

Er pfiff leise. Seine Jeans fühlten sich feucht an und klebten ein wenig, doch als ich meinen Arm vorsichtig zurückzog, merkte ich, daß es meine Hand war, die klebte und einen leicht süßlichen Geruch verströmte. Ich hatte das Messer in beiden Händen gehalten.

»Schon sechzehn Uhr fünfzehn«, fügte ich hinzu. »Weißt du schon das Neuste?« Etwas kitzelte mich an der Nase, und ich mußte niesen. »Morgen fällt Englisch aus.«

KAPITEL II – GRÜNER TEE

Ich habe noch den Geruch der Bay in der Nase, den Geruch nach Meer und Crabs, und ich wäre gern mit dem Rikschafahrer zurückgefahren. An einer Bar sitzen, etwas Kühles trinken, den Pazifik anstarren und mit dem Studenten plaudern … Doch von dem Fahrradtaxi ist schon nichts mehr zu sehen. Alice hockt zufrieden in ihrem Beutel, und ich fühle mich wie ein müdes Känguruh, das versehentlich in China gelandet ist.

Nun, eine Bar oder etwas Ähnliches muß es doch hier auch geben. Je weiter wir in das Viertel eindringen, desto voller werden die Bürgersteige. Chinesen und Chinesen und Touristen. Die Asiaten gehen mit seltsam steifen kleinen Schritten; es sieht aus, als kämen sie nicht vom Fleck und beeilten sich gleichzeitig. Ich habe Angst, ihnen in die Hacken zu treten und versuche, mich anzupassen. Alice quittiert mein Trippeln prompt mit einem Rülpser.

Die Pagodendächer, die chinesischen Schriftzeichen, der ganze Pomp läßt mich an die rotgoldene Plüschpracht der China-Restaurants in Deutschland denken. Ich mag kein chinesisches Essen, es ist mir zu fettig, und die Gaststätten sind mir zu dunkel. Das Süß-Saure erinnert mich an eine Senfsoße meiner Schulzeit, die Feuerstein Fliegenkotze nannte. Einzig der grüne Tee schmeckt mir.

Grüner Tee! »Grüner Tee! Die Idee!« singe ich Alice albern ins Ohr, und meine Tochter lächelt schelmisch.

Wir gehen in das erstbeste Restaurant; es ist angenehm hell, mit weißen Decken auf den Tischen. Ein paar Männer essen mit Stäbchen aus sanft schimmernden Porzellanschälchen. Ich setze mich an einen freien Tisch und plaziere Alice auf meinem Schoß. Ein Aquarium leuchtet matt grün. Der Kellner läßt uns zehn Minuten Zeit, die dicken Fische mit den großen traurigen Augen zu betrachten, und die neblige Brühe, in der sie schwimmen.

Dann steht er plötzlich neben uns, stumm und mit Stift und Schreibblock in den Händen.

»One green tea, please«, sage ich höflich.

»No tea«, sagt der Mann.

»No tea?«

»No tea.«

Aha, dann eben nicht.

»Do you like fish?« fragt er, ohne mich anzublicken.

»No«, sage ich.

»No?«

»No!« Ich springe auf, klemme mir Tochter und Rucksack unter den Arm und renne auf die Straße.

Mein Mund, mein ganzer Körper fühlt sich trocken an; Alice hat jeden Tropfen aus mir gesaugt. Wir gehen an einer Reihe von Läden vorbei. In den meisten gibt es Nippes für die Touristen, vom Fächer bis zum Kimono, in einem liegen tellergroße Chips bis zur Decke gestapelt, im nächsten Geschäft sind tote Vögel im Angebot. Sie liegen Seite an Seite, federlos und ohne Kopf. Ich denke an die Möwen, aber es müssen wohl Wachteln sein, die hier aufgebahrt werden. Das ganze Schaufenster ist voll davon.

In einer Seitengasse finde ich ein Café; jedenfalls sieht es auf den ersten Blick so aus. An der Tür hängt eine fleckige Papptafel: Coffee, Tea, Cake, Sandwich. »Na also«, sage ich zu Alice, und wir treten ein. Auf der linken Seite ist ein Büfett, auf der rechten stehen kleine runde Plastetische mit weißen Plastestühlen.

»Green tea, please«, rufe ich der Alten zu, die an der Theke steht und den Kopf in unsere Richtung reckt.

Dann fällt mein Blick auf den Kuchen. Er sieht aus wie das Ergebnis einer Kreuzung zwischen Kohle und Rollmops. Auf jeden Fall schwarz und ölig. Gleich daneben liegt ein Sandwich, aus dem ein magerer Fischkopf lugt.

Die Alte kommt und stellt einen Plastebecher vor mir ab.

»Green tea?« frage ich.

»Black«, sagt sie.

»Black?« frage ich.

»Black«, sagt sie.

»No green …?«

»No.«

»All right«, sage ich. Besser black als gar keinen Tee.
Das Getränk ist so schwarz wie der Kuchen und sehr heiß. Ich
puste zehn Minuten, dann trinke ich zwei Schluck, und dann zahle ich. Immerhin kostet der Becher nicht einmal einen Dollar.

An der Schule herrschte einige Tage lang Aufregung und Verwirrung. Niemand wußte, was geschehen war, und es kursierten die
unterschiedlichsten Gerüchte. Herr Kraus sei leider unglücklich
gestürzt, lautete die Version, die die Lehrer uns weismachen wollten. Es gab eine winzige Zeitungsmeldung über einen tragischen
Unglücksfall. Die Mädchen aus den höheren Klassen redeten von
Selbstmord. »Seine Frau ist eine Zicke«, zischten sie. »Wißt ihr
noch beim letzten Schulfest? Vor den Sommerferien? Da ist sie
ständig hinter ihm hergelaufen und hat ihn nicht aus den Augen
gelassen. Sie hat ihn mit ihrer Eifersucht terrorisiert.«

»Sogar beim Hundertmeterlauf ist sie ihm hinterhergerannt«, sagte eine aus der Zehnten und kicherte nervös.

Die Jungen redeten von Mord. »Er war jemandem im Weg. Vielleicht hatte seine Frau einen Liebhaber. Oder jemand hat eine alte
Rechnung beglichen.«

»Vielleicht kennen wir den Mörder«, sagte Feuerstein. »Und die
Rechnung ist noch gar nicht so alt …« Er sah mich dabei an oder
bildete ich mir das nur ein? »Ist es nicht seltsam«, sagte er. »Da sitzen wir nichtsahnend im Kino, und ein paar Schritte weiter
stirbt … Herr Kraus.«

Ich nickte. »Ja, seltsam.« Ich dachte daran, daß meine Finger Spuren auf Feuersteins Jeans hinterlassen haben mußten, Blutspuren.

»Aber er war doch so ein netter Typ«, meinte er verwundert. »Du
mochtest ihn doch auch, nicht?« fragte er mich.

»Ja«, sagte ich. »Ich mochte ihn auch.«

»Kann ja sein, daß ihn jemand verwechselt hat«, sagte ein älterer
Junge. »Oder er hatte Feinde. Ehemalige Schüler, denen er

schlechte Zensuren gegeben hat zum Beispiel. Was denkt ihr, wer sich hier nachts rumtreibt und die Fensterscheiben einschmeißt?« Ich hörte mir das alles an und gähnte. Ich fühlte mich unendlich müde. Am liebsten hätte ich mich zusammengerollt in irgendeine Ecke gelegt. Wenn ich von der Schule nach Hause kam, kroch ich in mein Bett und schlief sofort ein. An Träume erinnere ich mich nicht. Ich schlief fest bis zum Morgen, und meine Mutter kämpfte mit allen Mitteln, mich aus den Federn zu holen. Meist half nur ein kalter nasser Waschlappen in meinem Gesicht.

Das Messer hatte ich zu Hause gründlich gewaschen und wieder unter die Matratze gesteckt. Als ich es aus Herrn Kraus herauszog, dachte ich nicht an meine Fingerabdrücke, sondern einzig daran, daß es ein Geschenk von meinem Vater war. Ich gönnte das Messer niemandem, nicht einmal Herrn Kraus.

In der Schule liefen zwei fremde Männer in Zivil herum.

»Mordkommission«, raunte mir Feuerstein zu.

Wir sahen sie über die Flure hasten, und die Treppen hinauf und hinab rennen. Keiner ihrer Blicke verirrte sich zu uns Schülern.

Der eine war dünn, blaß und hatte Stoppelhaar. Der andere war älter, beleibt und trug einen altmodischen Igelschnitt. Feuerstein nannte sie bald Dick und Doof.

Ich wartete darauf, daß sie meine Kritzeleien und Liebeszeichen auf der Schulbank und an den Bäumen finden würden. Jeden Tag, wenn ich nach Hause kam, befürchtete ich, daß meine Mutter mir mit irrem Blick die Tür öffnen würde. »Mila«, hörte ich sie flüstern, »hast du etwas mit der Sache zu tun?« Ich sah ein Bild der Verwüstung vor mir: herausgerissene Schubläden, umgeworfene Lampen, zerbrochene Vasen, überall lagen Scherben ... Die Gemäldekopien fehlten an den Wänden, nur eine baumelte da noch – schief und vorwurfsvoll – ein Stilleben mit aufgeschnittenem Obst und einem achtlos beiseite gelegten Messer.

Eine Zeitlang dachte ich daran, die Tatwaffe im Ententeich zu versenken. Doch ich fühlte mich zu müde, und ich hing schließlich an dem Ding.

Englisch und Deutsch hatten wir jetzt bei einer neuen Lehrerin. Sie war sehr jung und unerfahren, frisch vom Studium. Sie unterrichtete mit roten Wangen und sich vor Aufregung überschlagender Stimme.

In Deutsch las sie uns »Die kleine Seejungfrau« von Hans Christian Andersen vor. Ich brach in Tränen aus. Sie kam zu mir und umarmte mich ganz fest. »Es tut mir so leid«, schluchzte ich.

»Ich weiß«, sagte sie.

»Ich werde alles sagen.«

Sie streichelte meinen Kopf. »Du kannst mir alles sagen.«

»Ich habe ihn geliebt«, flüsterte ich in ihr Ohr, an dem ein großer silberner Anhänger hing.

»Er war ein guter Mensch«, sagte sie hilflos.

Ich nickte, und plötzlich wußte ich, daß ich mich stellen würde. Ich wischte mir die Tränen weg. In der Klasse herrschte eine Grabesstille.

Einen Moment dachte ich daran, mein Geständnis in diese Lautlosigkeit zu schreien. Doch ich wollte Feuerstein nicht wecken.

Ich suchte im ganzen Schulgebäude nach den Männern der Mordkommission. Das Lehrerzimmer war leer, auch im Speisesaal und in der Turnhalle waren sie nicht. Ich rannte über den Pausenhof und kämpfte mich durch die Massen, die ihre Brote aßen und schwatzten. Nirgendwo erblickte ich die Fremden.

»Mila! … Mila, warte!«

Ich wandte mich um, und die neue Lehrerin kam auf mich zugelaufen.

»Komm, bitte. Sie suchen dich schon überall. Die Herren von der Staatssicherheit möchten dich dringend sprechen.«

»Die sind von der …?«

Die Lehrerin rang nach Atem. »Wo hast du nur gesteckt? Ich suche schon eine viertel Stunde nach dir!«

»… Staatssicherheit?«

Sie legte sich erschrocken die Hand auf den Mund. »Das hätte ich dir wohl jetzt nicht sagen dürfen …«

Eine Eiseskälte kroch in mir hoch.

»Keine Angst, Mila, sie stellen nur ein paar Fragen.«

Sie schubste mich vor sich her, und wir gelangten in einen Raum, den ich nicht kannte. Es stand ein Tisch darin und drei Stühle. In einer Glasvitrine waren Pokale aufgestellt. Die beiden Männer starrten mir entgegen.

»Danke«, sagte der eine. »Wir möchten jetzt allein mit Fräulein Rosin sprechen.«

Die Lehrerin nickte, doch sie ging nicht gleich. »Bitte …«, sagte sie. »Ja …?«

»Die Schülerin ist sehr … betroffen, von dem, was passiert ist.«

Die junge Lehrerin schob mich zu dem Stuhl hinüber. »Setz dich«, sagte sie leise. Dann ließ sie mich allein. Ich wandte mich nach der Tür um, die sich beinahe ohne ein Geräusch schloß.

»Wir machen es kurz«, sagte der eine, der Jüngere. »Schließlich möchten wir nicht, daß du deinen Staatsbürgerkundeunterricht verpaßt.«

»Wir haben jetzt Russisch«, murmelte ich.

Der andere lachte, als hätte ich einen Witz erzählt.

»Eto lampa«, sagte er und zeigte auf die Lampe.

Der Jüngere verzog nicht einmal die Mundwinkel.

»Wo warst du am siebzehnten September um sechzehn Uhr fünfzehn?« fragte er.

Ich zog die Stirn in Falten und kratzte mir den Kopf. »Im Kino«, sagte ich schließlich.

»In welchem Kino? Wie hieß der Film? Und mit wem?«

»Wie die Schauspielerin hieß, weiß ich nicht mehr«, sagte ich. »Sie war blond und hatte große Brüste.«

Der Ältere wieherte.

»Mit *wem* warst du im *Kino*?« fragte der Jüngere genervt und warf seinem Kollegen einen frostigen Blick zu.

»Fred Feuerstei… Fred Joditz.«

»Bist du dir da absolut sicher?«

»Absolut«, antwortete ich.

»Ist er mal aufgestanden und hinausgegangen?«

»Nein!«

»Und er kam auch nicht zu spät zu eurer Verabredung?«

Ich schüttelte heftig den Kopf.

»Laß mich mal«, sagte der Ältere plötzlich. Er beugte sich über den Tisch und griff nach mir. »Hör mal, Mädel«, brummelte er. »Du kannst uns alles sagen. Wir wissen es ja sowieso.«

Seine Hände waren feucht und plump wie Seehundflossen. Ich hielt eine Weile still, dann zog ich meinen Arm von der Tischplatte. »Na schön«, sagte ich. »Sie wollen wissen, wie das Blut auf seine Hose kam, nicht wahr?«

Die Männer schwiegen und starrten mich an.

»Er kann nichts dafür«, sagte ich und wippte mit dem Stuhl hin und her.

»Na, red schon, Mädel«, befahl der Ältere.

»Es ist alles meine Schuld.«

»*Was* ist deine Schuld?« fragte der Jüngere.

»Es war so … Der Fred hatte mich eingeladen. Er will nämlich was von mir, verstehen Sie?« Ich betrachtete meine Fingernägel. Sie waren bis aufs Fleisch abgeknabbert und mit farblosem Lack bepinselt.

»Also, Fred … Ja, also … Er wollte mich küssen, und ich hab ihm eins auf die Nase gegeben. Es war ja dunkel, und ich habe ihn wohl recht hart getroffen. Also … Das Blut tropfte gleich aus ihm raus, und er hatte kein Taschentuch und ich auch nicht …«

Die Kerle warfen sich finstere Blicke zu. »Das hätte der Joditz uns doch sagen können«, murrte der Ältere verstimmt.

Ich zuckte mit den Achseln. »Er ist ein bißchen … verklemmt.«

»Na ja«, sagte der Jüngere. »Du verstehst sicher, daß wir jeder Spur nachgehen müssen.«

»Natürlich«, sagte ich. »Wie sind Sie nur auf die schmutzige Hose von Fred gestoßen?«

Der Ältere winkte ab. »Seine Mutti …«

»Vielen Dank für deine Hilfe«, fuhr der Jüngere dazwischen. »Du kannst jetzt gehen.«

Seine Mutter also. Ich konnte es nicht fassen. Seine Mutter hatte

Feuerstein an die Stasi verraten! Das konnte doch nicht wahr sein. Den eigenen Sohn.

Wieder durchstreifte ich die Schule. Diesmal suchte ich nach Fred.

Alice quengelt und windet sich in meinen Armen. Ich schnuppere an ihr. Sie riecht verdächtig. Ich halte Ausschau nach einem Restaurant, das einigermaßen anständig aussieht. Nach einigem Herumirren betreten wir ein Gebäude, das an einen Tempel erinnert.

Alice zieht eine Schippe, zorniges Blut steigt in ihr Gesicht, und sie stößt einen Schrei aus. Wir eilen durch rotes Schummerlicht, hinein in die weiße Welt eines chinesisch-amerikanischen Restrooms. Es riecht nach chemischer Frische. Der Fußboden glänzt. Der Raum ist groß und hell. Leider nur stehen hier drei Frauen und zwei Mädchen, plappern, kichern, kämmen und schminken sich. Ich lächle ihnen zu, so harmlos es geht, bewaffne mich mit ausreichend Papier, lege mein Töchterchen auf die sahneweißen Kacheln, hocke mich neben sie und überhöre ihren Protest. Alice verstummt schneller als erwartet, und als ich aufblicke, bemerke ich die Chinesinnen, die sich über uns beugen und deren schönes schwarzes Haar zu uns hinabbaumelt wie Weihnachtsbaumschmuck. Alice streckt ihre Ärmchen aus, und die Chinesinnen beugen sich noch tiefer, so daß sie beinahe mit ihren Köpfen zusammenstoßen. Alice erwischt eine Strähne und zieht heftig und ernst an ihr. »Sorry«, murmle ich und versuche, die Frau, die einen prächtigen Rapunzelzopf hat, zu befreien. Ich biege die speckigen Fingerchen meiner Tochter auf und kitzle sie ein wenig, doch zu meiner Überraschung seufzt die Erlöste enttäuscht. Sie streckt vorsichtig ihre Hand aus und kneift Alice in die Wange. Die Kleine schaut verblüfft, dann verzieht sie ihr Gesicht, doch die Asiatinnen beginnen wie auf Verabredung zu schnalzen und zu gurren, und die Züge meiner Tochter glätten sich. Sie läßt sich von mir widerstandslos wickeln und anziehen.

In der Gaststätte riecht es angenehm – nach Tee. Ich setze mich an den einzigen freien Tisch und schiebe Alice auf das rote Plüschsofa. In unserer Nähe steht ein Kellner; er trägt einen maßgeschneiderten schwarzen Anzug, als wollte er noch zu einer Beerdigung. Ich winke ihm zu, und er schaut zu uns herüber, zögert und blickt zum Eingang. Ich schüttele leicht den Kopf, winke erneut, und plötzlich eilt er zu uns, verbeugt sich und fragt nach meinen Wünschen.

Ich frage vorsichtig nach Tee. Und als er nickt, füge ich rasch hinzu: »Green tea?«

Er nickt und wartet, was ich noch zu sagen habe.

»That's all«, sage ich.

Er blickt mich verwirrt an und schaut zu Alice hinüber, die mit einem Kordelschwänzchen der Tischdecke spielt.

Der Mann verschwindet, kehrt jedoch beinahe sofort zurück und stellt schweigend eine Kanne und eine Tasse auf den Tisch, und außerdem ein Schälchen mit Gebäck und eines mit Kandiszucker. Ich danke ihm, und er bleibt stehen und wartet.

Will er jetzt schon ein Trinkgeld? Ich hebe den Deckel von der Kanne und lasse ihn schnell wieder fallen und puste auf meine Fingerkuppen.

»It's green tea«, sage ich dankbar.

Der Kellner sagt nichts dazu. Ich krame in meinem Rucksack, doch als ich mein Portemonnaie zücke, läuft er erschrocken davon.

Ich trinke meinen Tee, esse Kekse und muß mich nur darum kümmern, daß Alice nicht die Decke vom Tisch zerrt. Ich schiebe ihr ein Stück Keks in den Mund und schaue mich um. An den Tischen wird üppig gespeist. Offenbar kommen ganze Familienstämme her, um hier zu essen.

»Mnjammnjammnjamm«, macht Alice zufrieden.

Nach einer Weile erscheint der Kellner wieder. Er schiebt einen Wagen, auf dem eine riesige Suppenterrine steht. Ich gebe ihm ein Zeichen mit der Hand, und er lächelt erfreut.

Ich erkläre ihm, daß ich zahlen wolle.

Er scheint mich nicht gehört oder nicht verstanden zu haben. Er stellt eine hübsch gemusterte Schüssel vor mich hin und beginnt, die Suppe hineinzuschöpfen.

»No«, sage ich. »No, thanks.«

Der Mann erstarrt in seiner Bewegung. In Zeitlupe wendet er den Kopf zu mir, und ich sehe … ich sehe etwas Unglaubliches. Die Augen des Kellners füllen sich mit Tränen! Offenbar mache ich alles falsch.

Eine Träne rinnt über seine Wange und platscht in die Suppenschüssel. Es scheint ihn nicht zu kümmern. Er sieht nur mich an, seine sanften braunen Augen werden schwarz vor Verzweiflung. Und in seiner Pupille flackert ein winziges weißes Flämmchen.

Ich öffne mein Portemonnaie und fische einen Fünf-Dollar-Schein heraus. Genügt das für ein Kännchen Tee?

Der Mann stellt die halbgefüllte Schale zurück auf den Servierwagen. Als er den Geldschein erblickt, läßt er alles stehen und läuft davon.

Er kehrt mit einem älteren Ober zurück, und der redet in einem nuschligen Englisch auf mich ein. Ich verstehe ihn nicht und sage ihm, daß ich zahlen wolle. Er schüttelt den Kopf und erklärt, daß ich ihnen nichts schuldig wäre. Ich halte ihm meine Fünf-Dollar-Note hin, doch er hebt abwehrend die Hand. Warum nehmen sie mein Geld nicht?

»Ten Dollar?« frage ich. »Twenty?«

Sie starren mich entsetzt an, dann laufen sie davon.

Alice fällt von dem Plüschsofa und reißt die Tischdecke mit sich. Die Teekanne zerspringt in viele bunte Scherben. Die Kandiszuckerstückchen klickern auf den Boden wie die Perlen einer zerrissenen Kette. Nach einer Schrecksekunde beginnt meine Tochter zu brüllen. Sie schreit gellend, voller Zorn, den Mund weit aufgerissen. Ihre ganze Welt ist plötzlich eingestürzt. Ich kenne dieses Gefühl; sie hat allen Grund zu kreischen. Ich schwinge sie auf meine Hüfte, greife nach meinem Rucksack und laufe davon.

Ich fand Feuerstein auf dem Pausenhof der unteren Klassen. Er hockte hinter einem Busch, dicht an den Zaun gezwängt und zitterte. Der rostige Draht preßte sich in seine blasse Haut, und er wirkte wie ein verschüchtertes gefangenes Tier.

Ich setzte mich zu ihm und legte den Arm über seine schmalen Schultern.

Wir saßen einfach so da, zehn Minuten, eine halbe Stunde. Ohne ein Wort. Dann ließ das Zittern allmählich nach.

»Sie denken, ich war's«, sagte Feuerstein schließlich.

»Jetzt nicht mehr«, erklärte ich rasch.

»Haben sie dich auch verhört?« fragte er überrascht.

Ich erzählte ihm von dem Gespräch. Nur von seiner Mutter sagte ich nichts.

»Stasi?« Feuerstein schüttelte den Kopf. »Warum das denn? Der war doch nicht mal in der Partei.«

Ich zuckte mit den Schultern. »Vielleicht wollte er weg.«

»Weg? … Du meinst in den Westen? Der?«

»Was weiß ich«, antwortete ich mürrisch.

»Und das Blut?« bohrte Feuerstein weiter. »Ich dachte, es wären Ketchupflecken …«

»Vielleicht waren's ja welche«, wich ich aus.

»Dick und Doof haben gesagt, es wär Blut.«

»Dick und Doof sind dick und doof, und die ziehen jetzt ab.« Feuerstein lachte verzweifelt.

»Gehn wir 'n Eis essen?« fragte ich.

Er schüttelte den Kopf. »Keinen Appetit.«

Ich nahm meine Uhr vom Handgelenk und band sie Feuerstein um. »Steht dir gut.« Er sagte nichts dazu und ließ die Zeit rot aufleuchten.

»Gehört dir«, murmelte ich.

»Du meinst, du *borgst* sie mir?« fragte er ungläubig.

»Nein, nein. Ich *schenke* sie dir.«

Feuerstein schaute mich an, als hätte ich den Verstand verloren. Dann fummelte er in seiner Hosentasche herum. Er hielt mir eine Taschenuhr hin, alt und aus Silber und ohne Zeiger.

»Von meinem Opa«, erklärte er zögernd.

Ich nahm sie und hielt sie ans Ohr. Sie tickte noch. »Klasse«, sagte ich und steckte sie ein.

Von diesem Tag an *gingen* Fred und ich miteinander. Das bedeutete nicht viel. Wir trödelten zusammen im Park herum und hielten Händchen. Ich empfand nichts dabei. Ich mochte Feuerstein, und ein bißchen tat er mir leid, weil ich ihm diesen Ärger eingebrockt hatte. Nach der Beerdigung dachte ich kaum noch an Herrn Kraus.

Wochen später gelangte ich zufällig an den Ort meines Verbrechens. Ich ging Hand in Hand mit Feuerstein an der Baustelle vorbei. In einer Plastevase trockneten drei Rosen vor sich hin. Das Gefäß steckte ganz schief im Sand, und ich ging hin und richtete es auf. Zwei Minuten später saßen wir im Kino und schauten »Abenteuer auf der Lucky Lady« mit Liza Minnelli und Gene Hackman.

Eines Tages schleppte ich Fred mit nach Hause und stellte ihn meiner Mutter vor.

Er nannte bei der Begrüßung seinen Vor- und Nachnamen, verbeugte sich leicht und lächelte meine Mutter an, als würde er sich tatsächlich freuen, sie kennenzulernen. Sein aschbraunes Haar glänzte frisch gewaschen; den Scheitel hatte er gerade gezogen wie mit einem Lineal, und er trug eine graue Hose und ein weißes Stehkragenhemd.

Meine Mutter bildete sich viel darauf ein, auch über Probleme zu reden. Und so sagte sie, als wir gerade Limonade tranken und den Apfelkuchen aßen, den sie extra gebacken hatte: »Schreckliche Sache, das mit eurem Lehrer.«

Feuerstein warf mir einen kurzen flehenden Blick zu; er mochte dieses Thema nicht. Dick und Doof saßen ihm noch im Nacken, und seine Jeans, die er in einem Päckchen ohne Absender zurückerhielt, hatte er eigenhändig zur Mülltonne getragen.

»Unsere neue Lehrerin ist nicht übel«, sagte ich rasch.

»Das war doch Herr Kraus auch nicht, oder?« Meine Mutter durchbohrte mich mit einem fragenden Blick.

»N … nein«, stotterte ich. »Ich werde ihn nie … niemals vergessen.«

»Ich auch nicht«, hauchte Feuerstein. Er paßte auf, daß er seine Krümel nicht überall verteilte, wie er es sonst immer tat.

Ich hoffte, das Thema wäre erledigt, doch meine Mutter seufzte tief.

»Seine arme Frau …«

»Was ist denn mit ihr?« Ich hatte nie einen Gedanken an sie verschwendet.

»Sie ist in anderen Umständen«, sagte meine Mutter.

»In anderen … *was?*«

»Sie bekommt ein Kind.«

»Sie bekommt ein …?« Ich brachte das Wort nicht über meine Lippen.

»O je«, sagte Fred deprimiert.

»Kacke. Das gibt's doch gar nicht«, entfuhr es mir. »Das ist nicht wahr!«

»Mila!« Meine Mutter ließ ihre Kuchengabel klirrend auf den Teller fallen. »Es ist wahr. Die ganze Stadt redet von nichts anderem.«

»Ach du Kacke«, sagte ich geistesabwesend.

Feuerstein fiel ein Stück Kuchen aus dem Mund. »'tschuldigung«, murmelte er verdutzt.

»Das ist … ungerecht«, fügte ich sachlich hinzu. Eigentlich wollte *ich* doch das Baby von Herrn Kraus.

»Die Welt ist so …«, sagte meine Mutter.

Fred krabbelte unter dem Tisch herum und sammelte seine Kuchenkrümel auf. »Tut mir leid«, stammelte er. Er war puterrot, und ich sah, daß er ein Lachen hinunterwürgte und fast daran erstickte. Ich lotste ihn in mein Zimmer, und dort warf er sich auf den Boden, und das Lachen brach aus ihm heraus wie die Lava aus einem Vulkan.

»Ein netter Kerl«, sagte meine Mutter, als Feuerstein weg war. Sie schien zufrieden oder sogar erleichtert. Was hatte sie gedacht, mit wem ich mich herumtrieb?

Fred lud mich bald zu sich nach Hause ein, doch ich fand immer einen Grund, Nein zu sagen. Seiner Mutter wollte ich keinesfalls begegnen.

Die schwangere Frau Kraus versetzte mich in eine üble Laune. Ich empfand eine absurde Eifersucht. Ich wußte nicht genau, um was ich mich betrogen fühlte, denn um nichts in der Welt wünschte ich mir einen dicken Bauch und einen watschelnden Entengang.

Die Treffen mit Fred ließ ich jetzt manchmal sausen. Es war kühl geworden, und ich mochte nicht stundenlang auf einer Parkbank sitzen und frieren. Im Kino lief nichts, das mich interessierte, und das Eiscafé hatte schon seit mehreren Tagen aus »technischen Gründen« geschlossen.

Ich lag auf meinem Bett und ließ mir von meiner Mutter Medikamente gegen Kopfschmerzen und ein Glas Leitungswasser bringen. Sie schloß behutsam die Tür hinter sich, ließ mich allein, und ich steckte die Tabletten in die Erde meines kränkelnden Kaktus und goß ihn ein wenig.

An diesem Tag schlug ich das erste Mal das Buch von Jack London auf. Die Geschichte begann mit einem Vierzeiler, den ich übersprang, weil ich Gedichte nicht mochte. Ich las: »Sie humpelten mühsam die Uferböschung hinunter, und einmal stolperte der vordere der beiden Männer zwischen den wild umherliegenden Felsbrocken. Sie waren müde und kraftlos, und ihre Gesichter trugen jenen erschöpften Ausdruck der Geduld, den lange erduldetes Ungemach mit sich bringt.«

Überrascht las ich den zweiten Satz noch einmal. Ich erhob mich und schaute in den Spiegel, der neben einem Beatles-Poster hing. Jenen erschöpften Ausdruck der Geduld …

Ich seufzte und nickte meinem Spiegelbild zu, da klingelte es. Einmal lang, zweimal kurz: Feuerstein. Ich dachte nicht daran, ihm zu öffnen, doch meine Mutter war da und ließ ihn ein.

»Weißt du«, sagte Feuerstein, der alles ahnte und nichts begriff, eine Viertelstunde später, »weißt du, in drei, vier Jahren könnten wir schon ein Bambino haben.«

»Ein was?« fragte ich verwirrt.

»Ein Bambino«, wiederholte Feuerstein lächelnd.

Ich verstand, und das Blut schoß mir in den Kopf.

»Und später dann so zwei oder drei«, fügte Fred hinzu.

Ich stellte mir drei Bengel vor, die Knallerbsen nach mir warfen.

»Fred ...«, begann ich ernsthaft.

»Ja?« Er schaute mich erschrocken an. Ich nannte ihn sonst Feuerstein, wie alle anderen.

»Du, ich muß dir was sagen.«

»Was Blödes?« fragte Feuerstein.

»Ja«, sagte ich. »Was ziemlich Blödes.«

»Dann kann ich's mir schon denken.«

»Was kannst du dir denken?«

Feuerstein verschränkte die Arme. »Spuck's schon aus.«

»*Was* kannst du dir denken?« wiederholte ich.

»Ist doch egal. Sag, was du sagen wolltest.«

Ich wußte plötzlich nicht mehr, was ich sagen wollte.

»Gehn wir spazieren«, sagte ich lahm.

»Du willst Schluß machen«, stellte Feuerstein fest.

Ich nickte. Fred atmete schwer. Wir schwiegen ein paar Minuten und starrten auf die Strohmatten auf dem Boden, in deren Ritzen sich Staubfusseln und Büroklammern sammelten.

»Warum?« fragte Fred.

»Keine Ahnung«, sagte ich ehrlich. »Es liegt nicht an dir.«

»An wem dann?« fragte mein zukünftiger Exfreund.

»An mir«, sagte ich.

»Du bist ein komisches Mädchen.«

»Kann schon sein«, sagte ich. »Und du bist ein komischer Junge.«

Feuerstein lächelte traurig, beugte sich vor und küßte mich auf den Mund. Es war unser erster und vorerst letzter Kuß.

Die Straßen in North Beach sind wohltuend leer. Ich laufe an Pizzerias und Cafés vorbei. Mein Bauch knurrt wütend, aber ich mag kein Lokal mehr betreten.

Die Italiener haben offenbar ihr Revier genau abgesteckt. Sogar die Lichtmasten tragen italienische Flaggen wie Tätowierungen.

Ein Yellow Cab rollt gelangweilt die Straße hinab. Der Fahrer beugt sich aus dem Fenster und blinzelt mir zu. Ich blinzle zurück.

Das Taxi hält. »Golden Gate Bridge«, sage ich.

KAPITEL III – HOT DOG

Eine Schar Geschäftsleute ist gerade angekommen. Alice quengelt auf meinem Arm, und ich drängle mich zu dem Portier durch. Er reicht mir meinen Schlüssel, und ich wende mich zum Gehen, doch er ruft mir etwas nach. Ich verstehe ihn nicht, ich mag nichts hören. Wir brauchen ein Bett und Ruhe. Auch liegt mir der Hot dog, den ich an der Golden Gate Bridge hinuntergeschlungen habe, schwer im Magen.

Der Portier eilt mir nach und tippt auf meine Schulter. Er erklärt mir, daß da ein Anruf für mich gewesen sei, aus Deutschland.

»For me?« frage ich ungläubig. Er nickt.

»Who …?«

Er hebt seine Arme wie ein Pinguin. »A woman.«

»Machen Sie bitte die Rechnung fertig. Ich reise ab«, sage ich.

»Sorry?« fragt er verwirrt. Er deutet auf die Männer in den Anzügen und auf seine Ohren.

Ich wiederhole meine Bitte, und er preßt einen Moment verärgert die Lippen zusammen. »Okay«, sagt er kühl.

Ich fahre mit dem Fahrstuhl hinauf, eingeklemmt zwischen drei Aktenkofferträgern, und bin dem Heulen nahe. Man spioniert mir nach!

Mark Twain raucht einsam seine Pfeife.

Ich stille Alice in den Schlaf. Packe leise meinen Koffer. Das geht schnell. Ich habe nicht viel herausgenommen.

Ich lege mich neben mein Baby. Mir ist schlecht. Der Hot dog schwamm neben hundert anderen in einem großen Kessel. Die Haut der Wurst schillerte leichenblaß. Warum, zum Teufel, mußte ich meinem Hunger nachgeben? Ich sehe die beschmierten Plasteflaschen mit Senf und Ketchup und eine schleimige grüne Soße vor mir und die Golden Gate Bridge im Hintergrund. Die Brücke leuchtet hellrot, wie Hummer. Ich sehe das falsche Lächeln des Verkäufers, seinen Blick, der mich mustert. Berechnete er, während er mir das Kleingeld zurückgab, meine Überlebenschance?

Die Wurst war lauwarm und schmeckte verdächtig nach nichts. Ich schlang sie herunter wie der Frosch den Regenwurm, und aus denselben Gründen.

Alice atmet gleichmäßig. Ihre Lippen bewegen sich im Schlaf, als sauge sie noch. Ein Milchtröpfchen sitzt auf ihrer runden Wange. Ihre Mundwinkel verziehen sich zu einem flüchtigen Lächeln. Ihre Arme sind nicht angewinkelt, wie meist bei schlafenden Babys; sie bevorzugt es, alle viere von sich zu strecken und mindestens ein Bett zu beanspruchen.

Zum Glück hat Alice nichts von der Wurst gegessen. Ich stopfte ihr nur ein paar Krümel von dem pappigen Weißbrot in den Mund.

Ich renne ins Bad und kotze. Das Ding kommt langsamer heraus als es hineingekommen ist. Tränen laufen mir übers Gesicht, und ich spüle halbblind. Wenigstens muß ich das Resultat meiner Übelkeit nicht betrachten.

Das letzte Mal hatte ich mich so gefühlt, als sich Alice ankündigte. Ich erbrach mich am Fleischstand eines Supermarktes. Die Schlange, in der ich an diesem Donnerstag abend stand, löste sich im Nu auf. Ich brachte es sogar noch fertig, die Schnitzel zu kaufen, die Viktor sich zum Abendbrot gewünscht hatte. Allerdings verging ihm ziemlich schnell der Appetit.

»Du bist doch nicht etwa schwanger?« fragte er fröhlich.

Ich zuckte mit den Achseln. »Und wenn …?« gab ich genauso fröhlich zurück.

Viktor wurde blaß und dann ganz allmählich rot. »Und San Francisco …?« fragte er.

»Wir nehmen das Baby mit«, schlug ich vor.

Das Schnitzel war in Wirklichkeit ein Kotelett. Als Viktor auf den Knochen biß, brach ihm ein Stück eines Eckzahns ab.

Er legte das Stückchen auf seinen Handteller und betrachtete es.

»Weißt du, was du da tust?« fragte er. Einen Augenblick glaubte ich, er würde mit seinem Zahn schimpfen. »Du ... du hast nie gesagt, daß du ein Kind willst.« Seine Zunge wanderte wie ein dicker Wurm in seinem Mund herum. »Und ich will nicht ... *Ich will nicht!* Ich baue meine Existenz auf. Ich will Geld verdienen. Ich will den Aufschwung Ost. Und ich will nach San Francisco – und zwar ohne Windeln.« Er schrie nicht; er sprach ganz leise, so daß ich ihn kaum verstand.

Ich beugte mich über den Zahnsplitter und befühlte ihn mit dem Zeigefinger. Es piekte ein bißchen. »Du brauchst einen Termin, Schatz«, murmelte ich zärtlich.

»Ich werde alt«, sagte er mit einem bitteren ironischen Seufzer. »Siehst du, ich werde alt.«

Der leichte Vorwurf in seiner Stimme konnte nur heißen, daß das meine Schuld war. Ich brachte ihn dem Tod näher, weil ich ihn zum Vater machte. In gewisser Weise sollte er recht behalten. Damals ahnte natürlich keiner von uns, daß Viktor die Geburt seines Kindes nicht überleben würde.

Als ich Viktor kennenlernte, schwärmte ich gerade für einen Dozenten, der ungefähr doppelt so alt war wie ich. Natürlich hütete ich mein Geheimnis, denn der Mann war verheiratet, und ich wollte ihn, wollte ihn, wollte ihn.

Ich war achtzehn und lernte Maschineschreiben, Stenographie und paukte die verworrenen Rechtschreibregeln der deutschen Sprache. In der Klasse gab es nur Mädchen, und das Ausbildungspersonal bestand fast ausschließlich aus Frauen. Als Gasthörerin saß ich in einem Psychologieseminar, das mich eigentlich gar nichts anging. Ich hörte auch kaum zu, wenn Herr Leopold Christiansen mit seinen Fremdwörtern herumjonglierte. Er trug sein Hemd so weit aufgeknöpft, daß es sich lohnte, einen Blick in seinen Ausschnitt zu werfen. Kleine braune Löckchen kringelten sich da und entzündeten meine Phantasie. Diesmal stellte ich es geschickter an, als mit Herrn Kraus. Ich bombardierte ihn nach seinem Unterricht mit naiv interessierten Fragen, die seiner Eitelkeit ganz gehörig schmeichelten. Er lächelte mich an, und in seinen Augen glaubte ich zu erkennen, daß er schon begriff, warum ich *eigentlich* hier stand. Er antwortete stets höflich und geduldig, doch das, was da noch zwischen uns hin und her schwang wie ein Glöckchen, bimmelte ein eigenes Lied. Schließlich war ich volljährig, recht hübsch, und nicht seine Schülerin. Zu unserem Glück fehlte uns lediglich ein Termin und ein ungestörtes Plätzchen.

Gespannt und nervös saß ich in seinem Unterricht, bastelte Büroklammerketten oder säuberte meine Fingernägel und feilte an ihnen herum. Auf der Schulbank lag mein Lieblingsbuch. Ich schlug es auf, umkreiste das Wort *Liebe* mit einer dicken Linie, setzte ein Ausrufezeichen darüber und darunter und schrieb vorsichtshalber meinen Namen zwischen den Titel und den Vierzeiler, in dem von Leben und Glück die Rede war und von dem Gold, das Jack London nie fand.

Ich ließ das Buch liegen, aufgeschlagen. Als ich hinausging, achtete ich darauf, daß sich unsere Blicke trafen.

Dann trödelte ich so langsam ich konnte über den Flur und betrachtete die verstaubte Wandzeitung vom letzten Jahr. Der kahle Schädel von Ernst Thälmann hing schief, und die Reißzwecke war durch sein linkes Ohr gebohrt. Daneben baumelte eine lieblose Auflistung seiner Lebensdaten. Die Schule hieß Ernst Thälmann, wie hunderttausend andere Schulen auch.

Ein paar Schritte weiter befand sich noch eine Tafel. Zettel hing neben Zettel. Dort suchten Studenten WGs oder Zimmer zur Untermiete. Jemand bot seine Briefmarkensammlung zum Verkauf; ein Mädchen fragte nach einem netten Jungen, der sie in den Semesterferien an den Ostseestrand begleiten wollte, möglichst mit großem Zelt.

Ich warf einen harmlosen Blick zurück, doch Leopold war nicht zu sehen. Ich seufzte und wollte schon weitergehen, als mir ein kleiner Aushang am äußersten Rand auffiel. Es war der Name, der mir ins Auge sprang: »A. Kraus. Suche nette Studentin für stundenweise Betreuung meines Sohnes.« Neben der Adresse stand eine Telefonnummer.

Mein Herz machte einen Sprung. Ich riß das Papier an mich und schob es in die Innentasche meiner Jacke. Dieser Platz blieb nur den wichtigsten Dingen vorbehalten; meinem Messer zum Beispiel, das ich in dieser Zeit Tag für Tag bei mir trug.

»Fein«, murmelte ich vor mich hin. »Fein, fein, fein.« Ich beeilte mich nun, die Schule zu verlassen. Wenn das Schicksal schon Zaunpfähle nach mir warf, wollte ich mich dessen würdig erweisen.

Mein Weg führte zur nächsten Telefonzelle. Der Apparat war kaputt, er schluckte mein Geld und blieb stumm. Mit der Straßenbahn fuhr ich die zwei Stationen zur Post und betrachtete dort eine halbe Stunde den Rücken eines Fernfahrers, der sich mit einer Frau herumstritt, die er Sweetheart nannte.

»Sweetheart!« schrie der Mann. »Sweetheart, bist du noch dran?« Er hieb mit der Faust auf die Wählscheibe ein. »Hilde, hörst du mich?«

Der Mann schüttelte den Hörer, als könnte Hilde dort herausgekrochen kommen.

»Nix geht mehr«, sagte er zu mir. »Automat futschikato.« Er grinste mich breit an.

»Darf ich?« fragte ich artig.

Ich wischte den Schweiß von der Muschel und wählte. Es klingelte ungefähr zehnmal.

»Wer ist da?« brüllte mich der Knirps an, der beinahe mein Sohn geworden wäre.

»Die nette Studentin«, antwortete ich so liebenswürdig wie der Wolf zum Geislein. »Ist deine Mama da?«

»Einkaufen!« schrie der Junge und legte auf.

»Na schön, dann komme ich vorbei«, sagte ich zu dem Telefon. Hinter mir duftete es nach einem herben Parfum, und ich verabschiedete mich höflich, ehe ich mich lächelnd umwandte.

»Sie haben Ihr Buch vergessen«, sagte Leopold Christiansen. Ich errötete und wagte kaum, ihn anzusehen. Er trug irgend etwas Flauschiges über seinem kornblumenblauen Hemd.

»Ja«, sagte ich, »kann schon sein.«

Er öffnete seine Tasche, ein klobiges schwarzes Ding aus Kunstleder, und reichte mir das Bändchen.

»Sie lesen also, wenn ich unterrichte«, stellte er fest.

»Nein!« sagte ich rasch.

»Nein?« Er lachte.

»Es ist mein Lieblingsbuch«, stammelte ich wie eine Dreijährige.

»So«, sagte er gedehnt. »Dann mögen Sie wohl Abenteuer, was?« Er sprach leise und spöttisch.

»Kann schon sein«, sagte ich.

»Das ist schön, Mila.« Er berührte meinen Arm, ein paar Sekunden zu lang. Seine Hand war warm und schwer, und seine Fingernägel schimmerten perlmuttfarben. Er stand so dicht, daß ich ihn riechen konnte. Er duftete nach Seife, als hätte er gerade geduscht. Ich schaute ihm ins Gesicht. In seinen Augen glänzte etwas wie Hunger. Mir fiel nicht ein, was ich sagen könnte, und so schwieg ich. Er räusperte sich. »Ich möchte telefonieren.«

Ich nickte und machte ihm Platz. Ich ging ein Stück zur Seite und betrachtete einen Aushang mit Sonderbriefmarken. Es waren kleine Abbildungen von schwarzen und braunen Pferden mit Reitern und Wagen. »Internationaler Kongreß für Pferdezucht der sozialistischen Staaten« las ich auf dem gezackten Rand.

Herr Christiansen telefonierte nur kurz.

»Na, komm«, sagte er freundlich.

Ich folgte ihm. Wir gingen einfach in den nächsten Hauseingang. Wir sagten beide kein Wort. Er drängte mich an die Wand, von der Putz bröckelte, und küßte mich. Seine Zunge spielte mit meiner, während er meinen Hintern umschlang und mich zu sich zog. Ich spürte etwas Hartes unterhalb meines Bauchnabels. Konnte es sein, daß Leopold – wie ich – ein Messer bei sich trug?

Ich drückte meine Nase in seine Jacke, die so weich war wie ein Bademantel. Herr Christiansen begann sich mit den Knöpfen meiner Bluse zu beschäftigen.

»Hast du's schon mal französisch gemacht?« fragte er.

»Ich hatte nur Englisch«, erwiderte ich zögernd. »Bei Herrn Kraus. Wissen Sie …? Er starb dann.«

»Ja, ja. Eine dumme Geschichte. Warum erzählst du davon?« Der Dozent für Psychologie bekam die Knöpfe nicht durch die Löcher gefädelt.

»Nun ja, ich habe ihn geliebt ... So wie ich Sie liebe.«

Leopold lachte. »Wiederholungstäterin«, meinte er.

»Oh, ich hoffe nicht«, sagte ich.

Herr Christiansen hatte seine Hand durch meine Bluse gefummelt und betastete meine Brüste.

»Ich würd' dich gern sehen«, sagte er.

»Der Lichtschalter ist da drüben.«

»Nackt«, erklärte er.

»Ach so. Hier?«

»Das geht wohl nicht, was?« Herr Christiansen schnaufte an meinem Hals. »Du bist wirklich ein süßes Mädchen. Machst du's nun oder nicht?«

»*Was* denn?«

»Französisch?«

Das Licht sprang an, und unwillkürlich duckte ich mich. Schritte polterten auf der Treppe.

»Merde«, sagte ich spontan.

Leopold und ich flüchteten auf die Straße hinaus. »Na dann ...«, sagte er und winkte mir flüchtig zu. Er rannte zu der Straßenbahn, die ihr Maul aufsperrte und ihn verschluckte.

»Adieu«, fiel mir noch ein.

Alice wacht auf und rudert mit Armen und Beinen. Ich gehe zu ihr und helfe ihr hoch. Sie sitzt auf dem Bett und dreht den Kopf hin und her, als könne sie sich nicht erinnern, wie sie an diesen Ort gelangt ist. Ich lache leise, und da blickt sie mich an und lächelt zurück.

Sie sieht Viktor nicht ähnlich. Mir auch nicht. Wenn sie schläft, erinnert sie mich manchmal an Feuerstein, an sein unschuldiges zufriedenes Gesicht, wenn er auf die Schulbank gesunken war und schlummerte.

Ich nehme meine Tochter auf den Arm und spaziere mit ihr zu

Mark Twain hinüber. »Pipe«, sage ich und zeige ihr die Pfeife. »Pipe.«

Eine Zeitlang traf ich mich mit Herrn Christiansen in einem leeren Klassenzimmer der Fachschule »Ernst Thälmann«. Er faßte mir an die Brust und zwischen die Beine. Ihm zuliebe trug ich Röcke und einen Slip mit Spitze, den einzigen schwarzen, den ich besaß und den ich jeden Tag heimlich im Bad waschen und fönen mußte. Ich wußte indessen, daß Leopold kein Messer in der Hosentasche trug. Ich siezte ihn auch noch, während ich seinen Penis in die Hand nahm.

»Ich liebe Sie«, sagte ich.

»Ach was«, sagte er zerstreut. »Das tut mir aber leid.«

Er führte mein Handgelenk und hielt das Taschentuch.

Irgendwann in dieser Zeit traf ich Viktor das erste Mal ...

Ich laufe zu Fuß – mit Koffer, Rucksack und Kind – bis zur Haltestelle der Muni. Die Bahn bringt uns für wenig Geld ans Ende der Welt. Genauer: an eines der Enden der Welt. Ocean Beach.

Es wird Abend. Das Sonnenlicht fließt wie eine goldene Soße über die leere breite Straße, gleitet über die Schienenstränge und quillt die bunten zweistöckigen Häuser hinauf. Vor dem letzten Haus der Straße, einer kleinen Kneipe, sitzen junge Leute an verschrammten Holztischen, essen Sandwiches und trinken Cola, blättern in Zeitungen und schreiben Briefe oder tun jedenfalls so. Ein paar Schritte weiter, hinter dem Highway: der menschenleere Strand, ein kräftiger Wind, Wellen, der Ozean.

In dem Motel gebe ich einen falschen Namen an und zahle cash für drei Nächte.

Viktor wohnte in der gleichen kleinen Stadt, aber wir kannten uns nicht. Es gab einen einzigen Buchladen. Es war eigentlich nicht einmal ein richtiger Buchladen, man konnte auch Spielzeug und Schreibwaren kaufen. Ich ging jeden Donnerstag in dieses Geschäft. Jeden Donnerstag kam Ware. Jeden Donnerstag lungerte ich zwischen Linealen, Schulheften und verstaubten Anna-Seghers-Büchern herum. Wartete darauf, daß Herr Jacobi die neuen Bücher in sein Regal stellte. Ergatterte Hemingway, Mark Twain, Edgar Allan Poe, Steinbeck, Theodore Dreiser und sogar »Moby Dick« von Melville. Nur bei Jack London kam ich immer zu spät. Atemlos riß ich die Tür auf, Herr Jacobi, eigentlich ein netter Kerl, der sich weigerte, etwas *unter dem Ladentisch* zu verkaufen, packte schon aus, und ich kauerte mich zu den rosa Plastesparschweinen.

»Etwas dabei?« fragte ich ungeduldig.

Er lächelte mich kurz an und zuckte mit den Schultern. »›Der Seewolf‹ ist gerade verkauft«, sagte er mitleidlos.

»›Der Seewolf‹ …? Von Jack London?«

»Natürlich von Jack London.«

Ich bekam Zahnschmerzen. *Jemand* war mir zuvorgekommen. Vor vier Wochen war mir »Martin Eden« durch die Lappen gegangen, und vor etwa drei Monaten »Wolfsblut«.

Ich schaute dem Verkäufer auf die Finger. Er stellte einige neue Anna-Seghers-Bücher zu den alten.

»Was soll das?« knurrte ich wütend.

»Was?« fragte er irritiert.

Ich deutete auf die Bände. »Die kauft Ihnen kein Mensch ab.«

Der Mann seufzte. »Ich habe zehnmal den Seewolf bestellt und nicht ein einziges Buch von *ihr*«, sagte er. »Bekommen habe ich *einen* Seewolf und *zwanzig* Bücher von …« Er sprach den Namen nicht aus und musterte mich. »Immerhin ist sie die bedeutendste Autorin unseres Landes«, murmelte er vorsichtshalber. In meinem Backenzahn pochte es. Und ich bin die bedeutendste Kundin ihres Ladens, hätte ich ihn am liebsten angeschrien. Doch ich schwieg. Er konnte ja nichts dafür.

Ich kaufte eines dieser Plasteschweinchen und verließ den Laden.

Einen Moment stand ich ratlos herum, dann pulte ich mit der Schuhspitze einen losen Pflasterstein aus dem Bürgersteig und kickte ihn auf die Straße. Er landete in einem Schlagloch, und ich murmelte leise »Treffer«, obwohl ich in Wirklichkeit nicht gezielt hatte. Meine Zahnschmerzen verflogen, aber ich bekam Hunger und wollte meinen restlichen Ärger mit einem Glas Rotwein hinunterspülen.

In dem Café sah ich Viktor. Das heißt, eigentlich sah ich nicht ihn, sondern das Buch, in dem er blätterte. Ich konnte den Titel so deutlich lesen, als würde eine Reklameschrift zu mir herüberleuchten.

Er war unrasiert und trug ein weißes zerknittertes Hemd ohne Kragen. Das Fenster hinter ihm war weit geöffnet, und ein plötzlicher Windstoß blähte sein Hemd auf, wie ein Segel, und warf ihm die graue Gardine über den Kopf. Ich half dem gutaussehenden jungen Mann, sich zu befreien.

Wir sprachen schon in den ersten fünf Minuten von Jack London, und etwa eine halbe Stunde später erwähnte Viktor das erste Mal San Francisco. Er nannte diese Stadt das Tor zur Welt, und ich hörte ihm gerne zu.

»Wir werden wohl nie auf der Golden Gate Bridge stehen.« Er spielte unruhig mit einem Stapel Bierdeckel, mischte die eckigen Pappuntersetzer wie Skatkarten, und ich spürte den Zorn in seinem Körper. »… werden nie über den Pazifik spazieren …« Er baute ein Haus aus sechs Deckeln und pustete es um.

Ich zuckte mit den Achseln. »Vielleicht unsere Kinder.«

Viktor verschluckte sich an seinem Wein, und ich wurde rot. »Ich meinte, *meine* Kinder oder *deine*«, stammelte ich verwirrt.

»Was in dreißig, vierzig Jahren ist, interessiert mich nicht«, sagte er grob.

Wollte er erst in zehn, zwanzig Jahren Vater werden? *So* jung war er nun auch nicht mehr. Ich schätzte ihn auf sechsundzwanzig, siebenundzwanzig.

»Wer weiß«, versuchte ich ihn zu besänftigen, »womöglich gibt es ja mal den ganz großen Knall, und die Mauer fällt um.«

Viktor lachte böse. »Die in China vielleicht«, meinte er. »Die Deutschen sind so starrköpfig …« Er betrachtete sein Spiegelbild im Rotwein und schaukelte sacht das Glas. »… mit dem Hinaus verbunden durch eine Träne«, sagte er.

»Was?«

»Ach nichts.«

»Nun sag schon …«

Er pochte auf den Seewolf. »Hinaus mit dir und ringe mit dem Meere …«

»Von Jack London?«

Er nickte.

»… mit dem Hinaus verbunden durch eine Träne …«, wiederholte ich seine Worte. »Das ist von dir?«

»So leben wir.« Er hob das Glas und prostete mir zu. »Auf den passiven selbstmitleidigen Ostdeutschen.« Wir tranken seinen Wein und bestellten eine zweite Flasche. Er lächelte mich an, beugte sich vor und blies mir eine Haarsträhne aus dem Gesicht.

Ich nahm ein wenig Abstand, denn in meinem Herzen saß ganz allein Leopold Christiansen. Trotzdem interessierte mich Viktor. Es kam mir vor, als schleppe er ein Geheimnis mit sich herum. Als wüßte er etwas, was ich nicht wußte. Aber was?

Das Motelzimmer ist groß und schmuddlig. Ein riesiger Fernseher steht in dem staubigen Regal. Es gibt eine Küche und einen Kühlschrank.

Ich verbringe beinahe vierundzwanzig Stunden auf dem Bett. Erhebe mich nur, wenn es sein muß, das heißt, wenn ich ins Bad gehe, um das wenige, das ich gegessen habe, zu erbrechen.

Ich putze mir die Zähne und vermeide es, in den Spiegel zu blicken; schleppe meinen Körper wie eine fremde Last zurück und wundere mich, wie ich es geschafft habe, mit meiner Hot-dog-Vergiftung bis in dieses Motel zu kommen.

Alice sitzt in meiner Reichweite, spielt mit meinem Schlüsselbund, zerreißt die TV-Zeitung sorgfältig in tausend Schnipsel, und ich ziehe die Papierfetzen immer wieder aus ihrem Mund. Als sie unruhig wird, schalte ich den Fernseher an und lasse sie die Sesamstraße, Popeye und schließlich die Bill Cosby Show sehen. Gebannt verfolgt sie die Sendungen, während ich neben ihr döse.

In der Nacht wird es kühl, und ich schalte die Heizung ein. Sie pustet lauwarme Luft ins Zimmer und lärmt dabei ungefähr wie eine Horde Staubsauger.

Ich kann nicht schlafen und denke an Viktor. Oder genauer gesagt an die Pizza Mozzarella, die er bestellte, nachdem ich ihm das Ultraschallbild gezeigt hatte.

Ich wälze mich auf dem Bett hin und her, springe auf, schalte die Heizung aus, um sie eine Viertelstunde später wieder anzustellen, und ich kann an nichts anderes denken als an Essen. Es kommt mir jetzt vor, als wäre die Pizza groß wie ein LKW-Rad gewesen.

»Mit Tomaten, Basilikum und viel Knoblauch«, sagte Viktor, während er ungeschickt die Pappe aufriß.

Er sprach nicht viel an diesem Abend. Beugte sich wieder und wieder über das knittrige Schwarzweißbild und schüttelte fassungslos den Kopf. Damals hoffte ich wohl, daß er gerührt sei …

Ich aß Pizza, trank meinen Lieblingswein aus einem Likörglas und lächelte Viktor zu. Den Knoblauch mußte er zusätzlich bestellt haben. Der Knoblauch zählte bei Pizza Mozzarella als Extra und kostete eine Mark mehr.

Viktor aß nichts. Er mochte keinen »Italo-Imbiß«, wie er es nannte. Er schaute das Bild an und legte gelegentlich die Hand auf meinen Bauch, der sich noch nicht einmal ein bißchen wölbte. Seine Finger lagen kalt und steif auf meiner Haut. Als ich aufgegessen hatte, rutschten sie tiefer und wurden warm.

An diesem Abend sprachen wir nicht von San Francisco. Viktor sprach überhaupt nicht mehr von der Stadt seiner Träume.

KAPITEL IV – BÜFFELSCHWÄNZE

Frau Kraus lebte allein mit ihrem Sohn. Der Junge, der beinahe mein Kind geworden wäre, hieß Tim.

Der Kleine spielte mit Metallautos, während seine Mutter in der Küche den Abwasch erledigte. Ich hockte in einer Klötzerburg, döste vor mich hin und dachte an Leopold Christiansen. Abgesehen von der wenigen Zeit, in der ich mit ihm zusammen war, döste ich eigentlich immer vor mich hin und dachte an ihn. Ich weiß nicht, warum das Verlieben beinahe ausnahmslos als rauschhaftes Erlebnis geschildert wird. Ich jedenfalls befinde mich dann in einem umnachteten Zustand, in dem ich kaum noch sehe, höre und schmecke. Ich träume die süßen bunten Bilder von seinem Gesicht, seinem Körper, seinem Mund, der wie ein flügellahmer Schmetterling auf mich zufliegt. Dem geöffneten Hemd, dem gespannten Reißverschluß seiner Hose, den Schuhen, die er von den Füßen streift. Genaugenommen war Verliebtsein für mich der erste Schritt in die Verblödung; eine geistige Krankheit, die zum Glück vorüberging und nur – so hoffte ich – geringfügige bleibende Schäden hinterließ.

Tim kreischte in der Kurve und ließ seinen Minimercedes gegen die Wand rasen. Die Klötzerburg stürzte ein. Ich erwachte aus meinem Halbschlaf und murmelte ein sinnloses »Hoppla« in Tims Richtung.

»Sie müssen sich erst einmal kennenlernen«, hatte Frau Kraus gemeint. Sie konnte sich nicht an mich erinnern. Für sie war ich irgendeine Studentin, die ein paar Mark brauchte. Gut so.

Nach einer Weile hatte Tim seine Autos satt und schleppte ein Buch an. Ich schlug es wahllos auf und las vor, was ich vor meiner Nase fand.

Irgendwie ging es um einen Pilz. Es regnete und regnete, und da kamen Tiere und wollten sich unterstellen, und eigentlich gab es kein freies Plätzchen mehr. Die Tiere rückten notgedrungen zusammen, und schließlich paßten doch alle drunter, weil der Pilz nämlich indessen gewachsen war. Sogar der Hase konnte sich vor dem Fuchs verstecken …

Ich erklärte Tim, daß es auf der Erde ganz ähnlich zugehe. Eigentlich gebe es schon viel zu viele Menschen. Aber für die süßen Babys sei immer noch ein Plätzchen frei … Tim schaute mich skeptisch an. »Fressen Füchse auch Babys?« wollte er wissen. Ich überlegte eine Weile und sagte dann unentschlossen: »Na, weißt du …«

»Noch eine vorlesen«, sagte Tim und blätterte weiter.

Frau Kraus schaute zu uns herein und nickte zufrieden. Das schummrige Licht des Kinderzimmers fiel auf sie, und unter ihren großen braunen Augen lagen schattige Kuhlen. Ihr schwarzes Haar stand ein wenig vom Kopf ab; sie wirkte immer, als sei sie über irgend etwas schockiert.

»Ich gehe jetzt für eine Stunde fort«, sagte sie bedeutungsvoll.

Ich nickte ihr zu. »Wir kommen schon klar miteinander, was, Tim?«

Der Junge preßte seinen Mund auf mein Ohr und flüsterte: »Katzenkotze.« Dann kicherte er albern. Ich lachte und fuhr ihm durch die Locken.

»Wiedersehen, Schatz«, sagte Frau Kraus ernst. »Ich bin bald zurück.«

»Wohin gehst du?« fragte Tim.

»Den Papi besuchen.«

Ich zuckte zusammen.

»Ach so«, sagte Tim enttäuscht. »Auf'n Friedhof.«

»Mila spielt mit dir«, versprach Frau Kraus und ging.

Tim wollte Indianer spielen und kämpfen. Ich zeigte ihm, wie ein Indianer sich an die Büffel heranschleicht. Lautlos. Gerade als ich meinen Bogen spannte, sprang Tim auf meinen Rücken. »Und jetzt kämpfen!« schrie er mir ins Ohr. Ich warf ihn ab, doch er hielt sich an meinen Haaren fest und riß ein Büschel aus.

»Schluß jetzt«, sagte ich. »Rauchen wir die Friedenspfeife.«

Von der Friedenspfeife wollte Tim nichts wissen. Er umklammerte meinen Hals und versuchte, mich umzuwerfen.

»Okay, großer Krieger. Ich ergebe mich. Du hast gewonnen.«

»Ich bin der Sieger«, stellte der Junge fest.

»Ja, klar«, gab ich zu und schob ihn ein Stück beiseite. Tim setzte wieder zum Sprung an, da fiel mir etwas ein. »Komm, ich zeig dir was.«

Er folgte mir in den engen Korridor, und ich zog mein Messer aus der Jackentasche. Ich ließ es aufschnappen und wieder einklinken.

»Darf ich? Darf ich?« bettelte der Knirps.

Ich gab es ihm für ein paar Sekunden, dann fiel mir ein, daß Tim eine Mordwaffe in der Hand hielt, und ich nahm ihm das Messer behutsam fort.

»Du könntest dich schneiden«, sagte ich sanft.

Ich drückte einen Moment seine weiche Kinderhand. Hätte ich Herrn Kraus auch getötet, wenn ich von Tim gewußt hätte? Ich überlegte, klappte ein Fenster meiner Erinnerung auf, wie ein Türchen im Weihnachtskalender. Ich fand nichts. Dein Vater wollte mich loswerden, dachte ich müde. Er wollte mich in diese gottverdammte Grube schubsen.

»Au, du tust mir weh!« sagte Tim.

»Nicht mit Absicht«, murmelte ich und ließ ihn los.

Frau Kraus kam schon nach einer halben Stunde mit besorgtem Blick heim. Ihre Wimperntusche war verschmiert, und sie trug schwarze Zeichen im Gesicht.

Ich hatte für Tim einen Häuptling gezeichnet, und er malte die Federn bunt aus. Er strahlte seiner Mutter entgegen. »Wir haben Indianer gespielt«, sagte er artig. Frau Kraus drückte ihren Sohn und nickte mir zu.

Wir tranken einen Pfefferminztee zusammen und vereinbarten den nächsten Termin.

Leopold wollte unsere Treffen in der Schule nicht fortsetzen. Auch weigerte er sich, zu mir nach Hause zu kommen. »Das Problem ist nicht deine Mutter, sondern eure Nachbarn«, meinte er.

Damals hielt ich ihn für sensibel, heute denke ich, er war ein bißchen feige. »Jedes Problem ist ein Problem zuviel«, sagte er und seufzte traurig. »Ich habe Frau und Kind zu Hause. Ich kann mir keine Enthüllungen leisten. Alles, was uns fehlt, meine Liebe, ist ein passender Zufluchtsort und ein größeres Bett.« Er saß an seinem Schreibtisch und kritzelte etwas in ein Buch, und ich stand neben ihm und spielte mit einem Kugelschreiber.

»War die Hübner heute da?« murmelte er. »Beate Hübner?«

»Kann schon sein«, sagte ich.

»Kann schon sein?« fragte er.

»Ja, sie war da«, sagte ich, obwohl ich mich an das blasse Gesicht nicht erinnern konnte. Leopold setzte ein Kreuz hinter Beate Hübner, als wäre sie gerade gestorben.

Ich ließ meinen Kugelschreiber fallen, und Herr Christiansen hob ihn auf und piekte mich in den Bauch.

»Wissen Sie … es gibt da einen Weg«, sagte ich.

Er nickte. »Es gibt immer einen Weg.«

»Es gibt da 'ne Wohnung und sogar ein schönes Bett …« Mein Herz klopfte bis zu den Ohren, und ich erzählte ihm von Tim und der einsamen Frau Kraus, die er − wie sich herausstellte − flüchtig kannte. Von dem Zimmer, in dem noch immer das Ehebett stand.

»Das wäre eine Möglichkeit«, sagte Herr Christiansen. Er hatte mir meinen Kugelschreiber nicht zurückgegeben, sondern lutschte darauf herum. »Das wäre *sicher* eine Möglichkeit, wenn das Kindlein *schläft* …«

Er leckte an meinem Kugelschreiber, und ich wünschte ihm, daß er eine blaue Zunge davon bekam.

Auf seinen Wunsch ging ich nur noch selten in seinen Unterricht. »Sieh mal, es würde auffallen, wenn wir abschließen. Findest du nicht?«

Einmal sah ich ihn mit einer Studentin an der Straßenbahnhaltestelle stehen. Er sprach und gestikulierte lebhaft, seine Hände tanzten in der Luft wie die eines Dirigenten.

»Warum unterrichten Sie gerade Psychologie«, fragte die Studentin, als ich zu ihnen trat. Er antwortete nicht gleich, sondern legte den Zeigefinger über die Lippen und berührte seine Nase. Sie legte den Kopf schräg, mit ironisch verzogenem Mund. Die beiden schienen mich nicht zu bemerken, und so grüßte ich laut und sagte: »Ja, Herr Christiansen, das wollte ich Sie auch schon mal fragen.«

Leopold blickte von ihr zu mir und von mir zu ihr. »Das ist ganz einfach«, antwortete er im Unterrichtston. »Jeder Mensch beschäftigt sich mehr oder weniger mit sich selbst. Wie es so schön oder schlecht heißt: Jeder ist sich selbst der nächste und versucht, seine Interessen durchzusetzen. Und das führt natürlich zu Konflikten. Diese zu lösen ist unter anderem Aufgabe der Psychologie.«

»Ja, ja«, sagte ich. »Die Tiere fressen einander einfach auf, wenn sie sich in die Quere kommen. Aber wir Menschen sind ... nun, eben Menschen, nicht wahr?« Es hörte sich sarkastischer an, als ich es beabsichtigt hatte.

Die Studentin warf mir einen vernichtenden Blick zu.

Herr Christiansen lächelte verärgert. »Nun, Mila, die Gesetze der Wildnis sind gewiß nicht übertragbar auf die Zivilisation, in der wir leben ...«

»Warum nicht?« fragte ich angriffslustig.

Leopold schaute mich einen Moment sprachlos an. »Das liegt doch auf der Hand ...«, meinte er schließlich. »Wir besitzen Verstand und Sprache. Schaffen uns Systeme; eine Ordnung, in der alles seinen Platz hat.«

»Vielleicht sind die Tiere ehrlicher«, meinte ich. »Sie tun, wozu sie Lust haben. Sie bespringen sich, wenn ihnen danach ist, oder sie töten einander.«

»Ach, du liebes bißchen«, entfuhr es der Studentin.

Die Straßenbahn kam, und ich stieg mit den beiden ein, obwohl ich eigentlich woandershin wollte. Die Studentin verließ die Bahn eine Station später, und ich teilte Leopold den nächsten Babysitter-Termin mit. Frau Kraus mußte ihren kranken Vater besuchen und würde erstmals die Nacht wegbleiben. Leopold brummelte etwas Unverständliches, und ich kniff ihn unauffällig in den Schenkel.

In einem nahegelegenen Supermarkt kaufe ich ein paar Dinge für Alice und mich: Windeln, Instantkaffee, Bananen, sechs verschiedene Muffins, Cornflakes, ein Glas Erdnußbutter, Milch, Kekse, ein Sonnenschutzmittel für Kinder, Chips, einen Rotwein aus Glen Ellen und Orangensaft in einer Zwei-Liter-Flasche aus Plastik. An der Kasse greife ich nach dem »San Francisco Chronicle«.

Am frühen Abend essen wir im Cliff House, schauen den Wellen zu, die sich an den Klippen brechen. Im Souvenirgeschäft nebenan kaufe ich für meine Tochter einen weißen Plüschseehund.
Das Glitzern auf dem Meer erinnert mich an Leopolds Reißverschlüsse. Alice und ich sitzen am Strand, knabbern Cookies mit saftigen Schokoladenstückchen, betrachten die Sonnenfunken auf dem Wasser, Alice zerpflückt den »San Francisco Chronicle«, und ich denke an die Reißverschlüsse des Herrn Christiansen.

Sie waren meist goldfarben oder silbrig glänzend und ließen sich leicht und beinahe geräuschlos öffnen. Wahrscheinlich kaufte ihm seine Frau diese Hosen. Ich stellte mir jedenfalls damals eine vierzigjährige Dame vor, die in einem kleinen Geschäft für Männerkleidung die Verschlüsse mit ihren blutrot lackierten Fingern prüfte: auf und zu, auf und zu. Erst nach diesem Test durfte Leopold mit dem guten Stück in die Umkleidekabine.
Gelegentlich ließ mich Leopold seine Hose öffnen, meist machte er es jedoch selbst. Er sagte mir, wann ich es tun sollte und gab mir direkte Anweisungen. »Langsam, Mädchen, langsam …«
»Ist es Ihnen so recht …?« Es war spöttisch gemeint, aber er bemerkte es nicht.
»Ja, so ist es gut, ja …«
Selbst wenn wir auf dem Boden lagen, blieb er mein Lehrer. Er schien stolz darauf, daß er mir etwas beibringen konnte.

Viktor hatte mit seinen Reißverschlüssen nicht soviel Glück. Sie klemmten häufig, oder sie ließen sich nicht mehr schließen, oder sie gingen ganz von allein und unbemerkt auf. Vielleicht bevorzugte Viktor deshalb Knöpfe. Er mochte es jedenfalls, wenn ich ihn aufknöpfte – vom Hemdkragen bis ganz hinunter. Knöpfen dauerte natürlich länger als reißen. Aber wenn es klappte, hatten wir beide etwas davon. Bei neuen oder frischgewaschenen Jeans mußten meine Finger allerdings recht geschickt und kräftig arbeiten. Und die Erregung verwandelte sich nicht selten in eine zapplige Nervosität. Einmal entführte ich seine Lieblingshose mitten in der Nacht ins Bad und schnitt mit einer leicht angerosteten Nagelschere die Knopflöcher ein bißchen weiter auf. Es war wirklich eine Erleichterung.

»Eigentlich hat er nachts einen tiefen, festen Schlaf. Er wird Sie nicht stören«, erklärte Anna Kraus.
Ein Engel also, blondlockig und pausbäckig, das friedlichste Kind ... Nur was bedeutete *eigentlich*?
»Wohin fährst du?« fragte Tim zum siebenundsiebzigsten Mal.
»Zum Opa«, erklärte Frau Kraus geduldig. »Er ist krank.«
»Der Opa an der Ostsee oder der Opa in Thüriringen?«
»Es heißt Thüringen«, verbesserte Anna Kraus automatisch. »Zum Opa an der Ostsee fahre ich, Schatz.«
So ging es noch eine Weile. Ich hielt mich zurück und ließ den beiden die Zeit, die sie brauchten. Schließlich zog ich das Matchbox aus der Hosentasche. Ich hatte den Jeep vor ein paar Tagen auf dem Gehweg gefunden. Ihm fehlte ein Rad, und er war etwas zerkratzt. Dennoch vergaß Tim augenblicklich seinen Abschiedsschmerz.

Tim saß zu meinen Füßen und überfuhr sie ab und zu mit dem Auto, drehte Runden auf dem zimtfarbenen Teppich.
»Ich mache eine Sahara«, sagte er.
»Safari«, sagte ich.
»Sahara«, sagte er. »Mit Löwen. Mit Jeep. Siehste doch.«

»Safari meinst du. Sahara ist …«, begann ich zu erklären und stockte. »Eine Wüste. Und Sahari … äh Safari …« Tim kicherte. »Safari ist …«

»Du bist blöd«, sagte Tim.

Er hatte recht. Ich fand keine Erklärung für Safari. »Was glaubst du, was eine Sahara ist?« fragte ich ihn.

»Na, mit Jeep hinter Löwen herfahren.«

»Genau das ist eine Safari«, behauptete ich. Tim ließ mir meinen Glauben und überfuhr meinen rechten Fuß.

»Wann kommt Mami zurück?« wollte Tim wissen.

»Morgen. Morgen abend.«

Tim legte sich auf den Sahara-Teppich und beobachtete die sich drehenden drei Räder.

»Hoffentlich bringt sie was mit«, sagte er.

»Bestimmt«, sagte ich.

»Was?« fragte er.

»Mhm. Vielleicht ein paar Muscheln?«

»Pff«, machte Tim. »Hab ich schon. Mit Muscheln brauch sie erst gar nicht hier aufkreuzen.«

Ich machte eine Miene, die ich für streng hielt. »Von Muscheln kann man nie genug haben«, belehrte ich. »Freust du dich denn nicht, wenn deine Mutti zurückkommt?«

Er zuckte die Achseln. »Doch, aber nich ohne Geschenk und nich mit Muscheln. Davon habe ich schon genug.«

»Na schön«, sagte ich. »Vielleicht bringt sie dir was anderes mit.«

»Was?« fragte Tim.

»Woher soll ich das wissen?«

»Ein Motorboot«, sagte Tim.

»Vielleicht«, wich ich aus.

»Ein echtes«, sagte Tim.

»Mhm.« Ich starrte wieder in mein Buch.

»Und wenn nicht?« fragte Tim.

»Dann nicht«, sagte ich.

»Dann schenkst du mir eins«, sagte Tim.

»Ich kann dir keins schenken.«

»Warum nicht?«

»Ich habe kein Geld.«

»Das ist kein Grund.«

»Für mich schon.«

»Du mußt mir eins schenken«, behauptete Tim.

»So, und warum muß ich?«

»Darum. Du *mußt* einfach.«

Ich schwieg. Ich hielt es für das Klügste zu schweigen. Tim sagte auch nichts mehr. Er fuhr mit dem Auto eine große Runde, vergrößerte die Wüste über den Teppich hinaus.

»Der Löwe ist hinter Bob her!« schrie er plötzlich.

Ich zuckte zusammen, und das Buch glitt mir aus den Händen. Tim bemerkte es nicht.

»Bob! Bob, paß auf. Renn weg! Schneller!«

Ich hob das Buch auf und beobachtete Tim. Seine rechte Hand steuerte den Wagen in rasender Geschwindigkeit zwischen meine Füße, hielt an. »Spring auf, Bob! Schnell!«

In seiner Atemlosigkeit erinnerte er mich ein wenig an seinen Vater. Ich sah seinen gehetzten Blick vor mir, die roten Wangen … Nicht einmal meinen Namen konnte er sich merken.

»Jetzt!« kreischte Tim und ließ den Jeep losfahren. Bob war fürs erste gerettet.

Ich atmete auf und suchte den Absatz in meinem Buch. Der Mann in Jack Londons Geschichte war gerade in ein Schneehuhnnest gestolpert und stopfte sich die frischgeschlüpften Küken lebendig in den Mund. »… kleine Häufchen pulsierenden Lebens …«, die er »wie Eierschalen zwischen den Zähnen zermalmte«.

»Er verfolgt uns!« schrie Tim. »Der Löwe ist hinter uns her!« Ich klappte das Buch zu und stand auf. »Hast du Hunger?« fragte ich. Er schwieg.

»Möchtest du etwas essen?«

»Büffelfleisch«, lautete die knappe Antwort.

»Okay, Boß«, sagte ich und ging in die Küche.

Im Kühlschrank fand ich ein paar Wiener. »Büffelschwänze«, murmelte ich.

Tim sagte nichts zu den »Büffelschwänzen«. Er blickte mich nur mitleidig lächelnd an und verschlang fünfeinhalb Wiener. Fasziniert betrachtete ich ihn dabei. Die letzte halbe Wiener machte er zur Jagdbeute und stieß mit einem Zischen abgebrannte Streichhölzer in das Fleischstück. »Erledigt«, sagte er mit Bonanza-Stimme. Er stand auf und hielt mir den durchbohrten Leichnam entgegen. »Weg damit«, sagte er. »Weg damit. In die Küche.«

»Wie wär's denn, wenn du das selbst machst?«

»Bin doch kein Weib.«

»Von wem hast du denn diese tollen Sprüche …«

Tim schwieg und warf blitzschnell das Stück Wurst an die Wand.

»Aber sonst geht's dir gut, ja?« Allmählich wurde es mir zu bunt. Wie hielt es Frau Kraus nur tagtäglich mit ihm aus? »Heb das auf, und bring es in die Küche.«

Tim antwortete nicht und schaltete den Fernseher ein.

»Bitte tu, was ich dir sage.« Ich hörte mich sprechen und dachte, wie furchtbar ich solche Sätze fand.

»Jetzt kommt ›Hart aber herzlich!‹« schrie Tim mich plötzlich an.

»Na und!« brüllte ich zurück. »Bring das weg … oder …« Ich erschrak. Fast hätte ich gesagt: oder ich knall dir eine.

»Tim, bitte. Du mußt doch sehen, daß es so nicht geht …«

Tim sah es nicht. Er sah fern.

»Na schön.« Ich nahm das Stück Würstchen und trug es zum Mülleimer. Das ist kein Kind, das ist ein Wilder, dachte ich. Aber wo kommen diese Wilden her? Ringsum dickste Zivilisation … Sein Vater war ein ruhiger Kerl gewesen, der nicht einmal aufschrie, als er ungläubig auf das Messer hinabstarrte … Das Messer in seinem Bauch … Und seine Mutter? Sie schien so still und gefaßt zu leben, wie der Geist in Aladins Wunderlampe. Eines Tages würde sie vielleicht entweichen, aber bis dahin diente sie ihrem Sohn.

Ich schmierte mir eine Stulle und bemerkte dabei, daß das Brot fast alle war. Hoffentlich hatte Leopold schon mit seiner Familie gegessen. Hier reichte es nicht mal mehr zum »Liebesmahl« – der Brotrest mußte für Tim bleiben, nur die Flasche Rotwein stand erwartungsvoll auf dem Kühlschrank.

Ich sah nach Tim, der in einem Ein-Meter-Abstand vor dem Fernseher saß. Gerade stießen zwei Wagen zusammen, überschlugen sich, Männer krochen aus dem Auto und schossen aufeinander – hart aber herzlich.

Für ein paar Minuten verschwand ich ins Bad, öffnete den obersten Knopf meiner Bluse, nutzte einen hellroten Lippenstift von Frau Kraus, der meinen Mund aussehen ließ, als hätte ich gerade Kirschen gegessen. Tupfte einen Hauch Parfum hinter meine Ohren und kämmte mein frisch gewaschenes Haar.

Ich überlegte, wie ich Tim am diplomatischsten ins Bett schaffen konnte.

Ich griff nach meinem Buch und setzte mich in den Sessel. Wann Leopold kommen würde, wußte ich nicht. Wir hatten keine Zeit ausgemacht. Ich erwartete ihn, aber ich wartete nicht auf ihn. Warten machte mich nur nervös.

Tim schaltete selbst den Fernseher aus, und ich überlegte, ob ich meinen Zu-Bett-Geh-Vorschlag mit Frage- oder Ausrufezeichen versehen sollte, und gleichzeitig, was ich anstellen mußte, damit Leopold heute mit mir schlief. »Du hast drei Wünsche frei«, könnte ich sagen. Leopold war stolz auf seinen stets frisch duftenden Körper, auf die Löckchen, die seine Brust schmückten, sogar auf seine gepflegten Fuß- und Fingernägel. Er zeigte gern alles her und mochte es, wenn ich mich ihm zeigte. Seinen Penis präsentierte er mir wie ein besonderes Geschenk, dessen ich mich erst noch würdig erweisen mußte. »Du darfst ihn anschauen«, sagte er. »Du darfst ihn jetzt anfassen ...« Er tat, als wäre sein Schwanz so etwas wie ein exotisches Haustier. Streicheln und füttern erlaubt. Keine Angst, er beißt nicht.

Tim ging aus dem Zimmer, vielleicht würde er meine Anweisung gar nicht benötigen ... Nach einer knappen Minute folgte ich ihm und konnte ihn gerade noch am Ärmel seiner Jacke erwischen. »Wohin so eilig? Weißt du, wie spät es ist?« Ich zog Tim von der Tür weg und schloß ab.

Er riß sich los. »Zu Maik will ich! Laß mich raus!« Ich steckte den

Schlüssel in die Hosentasche. »Du gehst ins Bett. Verstanden, Freundchen …?«

»Ich will zu Maik!«

»Tim … Du kannst morgen zu Maik gehen. Jetzt darfst du noch ein bißchen spielen, und dann gehst du aber ins Bett.«

Ich zog an seiner Jacke. »Komm, zieh aus.«

Tims Gesicht wurde rot. »Nein!« schrie er. »Nein, nein, nein!« Er warf sich auf den Fußboden. So ging es nicht. Ich hockte mich zu ihm.

»Was willst du denn jetzt noch bei Maik? Sicherlich liegt er schon im Bett.«

»Gar nicht. Maik liegt gar nicht im Bett. Ich will mit ihm spielen.«

»Du kannst morgen …«

Tim sprang plötzlich auf und stieß mit seinem Kopf gegen mein Kinn.

Dabei biß ich mir auf die Zunge und stöhnte. Jetzt würde ich Leopold nicht richtig küssen können …

Ich hörte ein leises Klicken im Korridor, und schon war Tim wieder da. Er hielt mein Messer in beiden Händen.

»Laß mich raus«, sagte er. »Oder ich töte dich.«

»Leg das Messer weg, Tim.«

»Laß mich raus! Ich will nicht immer allein spielen! Ich will zu Maik!«

»Wenn du das Messer wegbringst, spiele ich mit dir.«

»Ich will nicht mit *dir* spielen!«

Wie er da stand, sah er aus wie die Wiedergeburt seines Vaters. Es war seltsam: erst in diesem Moment bemerkte ich diese Ähnlichkeit. Der kleine, spitz wirkende Mund – den ich immer küssen wollte. Die wachsamen klugen Augen. Die Ohrläppchen, die rosa leuchteten. Nur das dunkle Haar seines Vaters hatte er nicht geerbt.

»Weißt du, was das ist: töten?«

»Ich steche in deinen Bauch, und du fällst um. Dann gehe ich zu Maik.«

»Weißt du auch, daß ich dann nie wieder aufstehen werde? Und daß überall Blut sein wird? Das Blut wird aus meinem Bauch spritzen und auf den Fußboden tropfen, und es wird an deinen Fingern kleben.«

Tim sah mich mit großen Augen an. »Rotes Blut?«

Ich nickte und ging ein Stückchen auf ihn zu.

»Ich will zu Maik!« flüsterte er, und der Trotz kehrte in seine Augen zurück. Ich streckte die Hand nach dem Messer aus.

»Nie mehr stehst du auf?« wollte Tim wissen.

»Nein. Ich stehe nie mehr auf. Ich sage nie mehr etwas. Ich esse nicht mehr. Ich schlafe nicht mehr. Ich weine nicht.«

»So wie Papa«, sagte der Kleine.

»Ja«, sagte ich leise und wurde rot. »Ich werde tot sein. Mausetot.«

Tim lachte. »Mausetot. Du spinnst.«

»So? Versuch's doch.«

Er zögerte.

»Na los!«

Tim stieß mit dem Messer in die Luft. »Laß mich gehen!« sagte er. Ich schüttelte den Kopf. Da stieß er in meine Richtung. Er traf mich nicht, doch ich ließ mich fallen, blieb still liegen.

»Du tust ja nur so als ob«, sagte Tim.

Ich rührte mich nicht.

»Steh auf!« befahl Tim.

Schweigen. Dann klingelte es. Leopold!

Nein, ich war tot. Tote können keine Türen öffnen.

»Hörst du nicht, es klingelt! Mach auf!« wimmerte der Junge.

Wenn Leopold wüßte, daß ich tot vor der Tür liege, würde er sie aufbrechen oder das Weite suchen?

Es klingelte noch einmal. »Bitte, steh auf und lebe wieder.«

Ich blieb liegen. Leopold suchte das Weite. Seine Schritte verebbten auf der Treppe.

KAPITEL V – ZITRONE

Eine Zeitlang ging ich mit Tim Schwäne füttern, und Enten; er interessierte sich für das große Nest, das die Vögel gebaut hatten. Wir saßen am Ufer, und ich erzählte ihm vom häßlichen Entlein. Er hörte aufmerksam zu, und am Ende warf er einem Ganter den harten Brotkanten an den Kopf. Ich zeigte ihm, wie man auf einen Baum klettert; ich baute ihm aus dem Ast einer Weide und einem Stück Angelsehne einen Bogen und dachte mir Indianergeschichten aus. Ich lernte Maik kennen, schaute zu, wie die beiden kämpften und griff nur ein, wenn Tränen flossen oder ernsthafte Schäden zu befürchten waren.

Ich versuchte, Herrn Kraus so gut es ging zu ersetzen.

Vielleicht wäre alles anders gekommen, wenn Tim *mein* Sohn gewesen wäre.

Mit Leopold traf ich mich nicht mehr. Ich leistete mir den Luxus, hin und wieder von ihm zu träumen. Ich stellte mir vor, wie er mich deflorierte. Wie er sich in mir entlud. Ich stellte mir meinen Bauch vor, der langsam, aber unaufhaltsam anschwoll. Ich stellte mir ein Baby vor, das wie ein feuchtes Küken aussah und nach Seife duftete und dem statt Nägel kleine glänzende Muscheln an Händen und Füßen wuchsen.

Vom Dachboden holte ich mir einen alten Spiegel mit wurmstichigem Rahmen. Wenn ich zur Besinnung kam, schaute ich hinein und sagte streng: »Es war nur ein Tagtraum, Mila, nichts weiter.« Dann streckte ich mir die Zunge heraus und schnitt so häßliche Fratzen, das ich selbst davor erschrak. Ich nannte das: der Realität ins Auge schauen. Ansonsten polkte ich manchmal mit einer Stecknadel in den kleinen Löchern des Spiegelrahmens herum, auf der Suche nach dem Holzwurm.

Ich begann in einem kleinen verschlafenen Büro eines kleinen verschlafenen Betriebes zu arbeiten. Meine Kollegen waren kurz vor der Rente. Mein Chef schickte mich jeden Morgen in den nächsten Konsum, Zigaretten und Bier einkaufen. Von Tag zu Tag langweilte ich mich mehr. Ich dachte schon daran, Leopold wieder aufzulauern, da klopfte es eines Tages an meiner Zimmertür.

»Besuch für dich«, sagte meine Mama und stieß die Tür ohne Erbarmen auf. Plötzlich stand ein Soldat in meinem Zimmer.

Ich sprang aus dem Bett, und ein paar Bücher fielen zu Boden.

»Na, da habe ich ja noch Glück gehabt«, sagte der Eindringling.

»Ich dachte schon, du wohnst nicht mehr hier.«

»Wie bitte?« stotterte ich.

Der Uniformierte nahm seine lächerliche Mütze ab und fächelte sich Luft zu. »Na ja, haben se dir noch keine angeboten?« Er grinste in mein erstauntes Gesicht. »'ne Wohnung, mein ich.«

»Feuerstein«, sagte ich.

»Ja? Seh komisch aus, was?« Er schmiß sein Käppi auf den Fußboden und setzte sich auf mein Bett. »Deine Mutter hat mich auch nicht gleich erkannt, aber dann ...«

»Dann ...?«

»... hat sie sich gefreut.«

»Aha.«

»Freust du dich nicht?«

»Doch, doch. Es ist nur so ... überraschend.« Ich nahm die Bücher und seine Mütze und legte alles ins Regal. »Wie geht's dir?«

»Siehst ja«, meinte er. »Beschissen.« Er griff rasch nach meiner Hand und zog mich auf das Bett hinunter. »Weißt du, ich muß immer an dich denken ... dort. Wie schön es damals war. Du hast mir aus der Klemme geholfen ... Und die Bank im Park ... Deine Uhr ... Sie geht nicht mehr, aber ich habe sie noch.«

Er griff mir zwischen die Beine, und ich versteinerte. »Ich hab dich noch lieb, Mila«, sagte er. Mein Messer lag unter der Matratze, doch wie sollte ich es hervorholen, wenn wir darauf saßen?

»Ich hab dich noch ganz doll lieb«, wiederholte er, als er mir den Schlüpfer runterzog. Er handelte schneller, als ich denken konnte. Ich konnte überhaupt nicht denken.

»Sag mal, spinnst du?« fragte ich schließlich. Aber da stand er schon halb nackt vor mir, und sein Penis glänzte und wippte frech auf und ab.

Ich dachte an das Messer, als er mich entjungferte. Aber wie sollte ich es erreichen, wenn wir darauf lagen?

Danach schlief Feuerstein beinahe sofort ein. Selbst im Schlaf sah er fremd aus. Die Zufriedenheit war aus seinem Gesicht verschwunden; die Augen unter seinen Lidern bewegten sich rasch, als träume er wild. Die Wangenknochen zeichneten sich deutlich unter der Haut ab; das Kinn sah eckig aus. Er roch nach Schweiß, Alkohol, Zigarettenqualm und Rasierwasser. Er schlief konzentriert, mit geballten Fäusten, als wäre er mitten im Kampf eingeschlafen. Er hatte sich in ein hungriges Tier verwandelt.

Wie gelähmt lag ich neben ihm und konnte nicht aufhören, ihn anzuschauen. Dieser Mistkerl. Ich hatte nie etwas anderes als Mitleid für ihn empfunden, und er kam hier hereinspaziert in seiner gräßlich stinkenden Uniform und fickte drauflos. Fickte *mich*. Der Schmerz pochte zwischen meinen Schenkeln, und ich fühlte, das etwas aus mir heraussickerte. Blut!

Nicht Herr Kraus, nicht Leopold, *ausgerechnet Feuerstein …*

Ich erhob mich, kramte eine Binde aus einer Schublade und wankte zum Bad. Zum Glück begegnete ich meiner Mutter nicht. Wir hätten allen Grund gehabt, uns gegenseitig zu ohrfeigen.

Als ich in mein Zimmer zurückkehrte, saß Feuerstein angezogen auf dem Stuhl vor meinem Schreibtisch und rauchte.

»Hast du keinen Aschenbecher?« fragte er schroff. Er hielt die Hand wie eine Schale unter die Zigarette und fing die Asche auf.

Ich nahm meinen Schmuck aus einer Glasschale und stellte sie für Feuerstein auf den Schreibtisch.

»Du bist ja ein ziemlicher Flegel geworden«, stellte ich fest.

Fred musterte mich erstaunt. »Findest du?« Seine Arglosigkeit erinnerte mich an den früheren Feuerstein, und ich lächelte wider Willen.

»Ich wußte nicht, daß du … also ich dachte nicht …«, sagte er und räusperte sich. Ich verschränkte die Arme vor dem Bauch und ließ ihn hängen.

»… daß du Jungfrau … ich meine, es ging wohl ein bißchen zu schnell für dich, hm?«

»Hauptsache, du hattest deinen Spaß«, antwortete ich, und es beruhigte mich etwas, daß er rot wurde.

»Beim nächsten Mal wird es anders. Das kannst du mir …«

»Ach, Quatsch«, fuhr ich dazwischen.

»Mila«, sagte er bittend.

»Hau ab«, sagte ich. »Nimm dein Zeug und hau ab.«

Feuerstein rührte sich nicht.

»Ich habe mich nach dir gesehnt, Mila. Ich habe von dir geträumt.«

Ich starrte kalt in seine Augen, die mich hündisch anbettelten.

»Ja, wirklich?« fragte ich. »Ein nettes Wiedersehen. Vielen Dank für deinen Besuch. Und tschüß.«

Fred bewegte sich nicht. Er blieb sitzen, wo er saß. »Das mit dem Blut ist nicht so schlimm«, meinte er. »Das geht mit Zitrone wieder raus.«

»Zitrone?« wiederholte ich. Wovon faselte er? Ich folgte seinem Blick.

Das Laken auf dem Bett sah aus wie die japanische Flagge. Der Fleck war ein roter Kreis.

»Aha, du kennst dich aus, was?«

»Nicht, was du denkst, Mila«, antwortete er ernsthaft. »Ich bin bei der Armee. Da lernt man so einiges … Erst mit Zitrone und dann einweichen.«

»Feuerstein«, sagte ich freundlich, »leck mich mit deiner Zitrone und geh, ja?«

Fred erhob sich schwerfällig, als hätte *er* die Wunde zwischen den Beinen, und setzte sein Käppi auf. »Tschüß dann«, sagte er traurig.

Ich wich seinem Kuß aus und öffnete die Tür.

»Du gehst schon?« hörte ich meine Mutter fragen.

Fred antwortete knapp und so leise, daß ich ihn nicht verstand. Mir war flau im Magen, und meine Beine begannen zu zittern. Ich riß das Laken von der Matratze und rannte an der Küche vorbei, in der meine Mutter mit Geschirr klirrte, aus der Wohnung, über den Hof, zur Mülltonne. Ich klappte den Deckel hoch, und mein Blick fiel auf eine Mischung aus Essensresten und Kartoffelschalen. Ich stopfte das Laken da hinein, so tief wie möglich. »Ich bin schwanger«, sagte ich zu der schwarzgrünen Fliege, die sich auf meine Hand gesetzt hatte. Mir wurde schwindlig, und ich mußte mich an der Tonne festklammern. »Verdammt«, wimmerte ich. »Ich krieg ein Knallerbsenkind!«

Am Morgen wusch ich mich flüchtig, putzte mir lieblos die Zähne und fuhr ins Büro. Mit meinen Kollegen unterhielt ich mich über die üblichen Belanglosigkeiten: Frau Weihrauchs Katze hatte fünf Junge geworfen, und zwar ausgerechnet im Korb mit der Bügelwäsche, Herr Karbe hatte einen Dreier im Lotto und Frau Fielitz einen kaputten Fernseher. Herr Schröder suchte in der Frühstückspause nach einem Indianerzelt mit vier Buchstaben. »T-i-p-i«, diktierte ich. Herr Schröder, von dem einige behaupteten, daß er für die Stasi arbeitete, weil er sowenig Fachwissen besaß und trotzdem ein hohes Gehalt bekam, bedankte sich und schenkte mir einen halben Apfel. Es war die rote Hälfte, und ich warf sie heimlich in den Papierkorb.

Kaum zu Hause, legte ich mich aufs Bett, die Hände auf dem Bauch, und döste. Ich dachte voller Haß an Leopold. Er hatte es ein für allemal versäumt, mich sanft und erfahren auf die andere Seite des Ufers zu bringen. Er hatte mich diesem geilen Soldaten überlassen. Ich war ihm ungefähr so wichtig, wie das Stück Kreide, das er im Unterricht in der Hand hielt. Er mochte, daß die Kreide ihm diente, er mochte nicht, daß sie seine Finger beschmutzte und der Staub auf seine geputzten Schuhe herabrieselte. Einen Moment stellte ich mir vor, seinen goldfarbenen Reißverschluß mit einem einzigen Ruck aufzureißen. Einen Moment stellte ich mir vor, daß die Kreide unter dem Druck seiner Finger brach. Einen Moment stellte ich mir vor, daß seine Finger unter dem Druck der Kreide brachen.

Nach ein paar Tagen trat ein, was ich niemals für möglich gehalten hätte: meine Periode begann pünktlich, und die üblichen Pickel sprossen auf meiner Stirn.

Zwar blieb ich skeptisch, denn wer wußte schon, welche Streiche einem der Körper spielen konnte, doch verschwendete ich keinen Gedanken mehr an heiße Bäder, Sprünge von irgendwo hinunter und schon gar nicht ans Stricken. Nach ein paar Tagen vergaß ich meine erste Beinahe-Schwangerschaft.

In den Wochen und Monaten, die folgten, schrieb mir Feuerstein einige Male. Ich las die Briefe und bewahrte sie in einem Schuhkarton auf. Schließlich waren es die ersten Liebesbriefe, die ich bekam.

Er hatte eine große Kinderschrift, und vor meinen Namen setzte er die Abkürzung »Frln.«. Die Umschläge waren grau und trugen meist den Stempel »Schützt die Münzfernsprecher, sie sind lebenswichtig!« Er schrieb, daß er an mich denke, mich vermisse, und daß ich ihm nicht böse sein solle. Urlaub werde er in nächster Zeit nicht mehr bekommen. Er wisse also nicht, wann wir uns sehen können.

Seine Schrift lief schräg nach unten, als würde sie gleich vom Papier fallen.

Er schien viel Bier und Schnaps zu trinken; er erwähnte oft, daß er sturzbetrunken vom Ausgang gekommen sei. Natürlich zählte er die Tage, die er noch Soldat sein mußte. Es waren zur Zeit ziemlich viele.

Ich antwortete ihm nicht, obwohl er jedesmal darum bat.

»Bist du immer noch böse auf mich?« fragte er in seinem letzten Brief wieder einmal.

Nein, ich war längst nicht mehr wütend; nur hatte ich keine Lust, mir Feuersteins Probleme aufzuhalsen, und vor allem hatte ich keine Lust, mir Feuerstein aufzuhalsen.

Dennoch schaute ich jeden Tag nach der Arbeit in den Briefkasten und reagierte mit schlechter Laune, wenn mal ein paar Tage lang keine Post kam.

»Wie geht es denn deinem Freund?« fragte meine Mutter neugierig.

»Welchem Freund?« fragte ich.

»Na, dem Fred. Fred Joditz. Er schreibt dir doch, oder?«

»Wie soll es ihm schon gehen?« Mir fiel ein, was er über das Feldlager berichtet hatte, in dem er gerade war. »Er lernt schießen, pengpengpeng!« Ich schoß mit Zeigefinger und Daumen auf die Lampe, auf das Fenster und auf die Mühle aus Ton, die an der Wand hing. »Panzer fahren und Gräben buddeln. Sie bringen ihm bei, welche Granaten er wohin schmeißen soll, damit möglichst viele hops gehen. Er krabbelt mit Schutzanzug und Gasmaske durch Schlamm und Dreck, und sie erklären ihm, wie er den Atomkrieg überleben kann. Ansonsten geht es ihm prima.«

Ich ließ meine Mutter stehen, flüchtete in mein Zimmer und knallte die Tür zu.

Ein paar Tage später stand auf unserem Küchentisch ein großer Karton.

Meine Mutter schaute kaum zu mir, als ich eintrat. Sie riß die Tür unserer Speisekammer weit auf und nahm die Büchsen mit Fisch, Schmalzfleisch und Leberwurst aus den Regalen.

Ich schaute schweigend zu, wie sie alles in das Paket packte. Sie legte noch einige Apfelsinen dazu, nach denen sie sicher ewig lange angestanden hatte, zwei Tafeln Schokolade, Kekse, Zwieback, eine Tüte mit gesalzenen Nüssen, eine mit Rosinen und eine mit nackten Himbeerbonbons, die aneinanderklebten, als würden sie sich paaren. Sie öffnete den Kühlschrank, starrte eine Weile hinein und schlug ihn wieder zu.

»Eier«, sagte sie zu mir und zog die Kühlschranktür erneut auf. »Ich werde noch ein paar Eier kochen.«

»Ach ja?« fragte ich. »Ist Ostern nicht schon vorbei?«

Meine Mutter erstarrte einen Moment in ihrer Bewegung, dann setzte sie den Topf auf den Gasherd.

»Was ist mit dir los, Mila?« fragte sie ernsthaft. »Ich schicke dem *armen* Fred ein paar *Lebens*mittel …«

»Bis jetzt ist er noch nicht verhungert, glaub ich. Und außerdem habe ich *meine* letzte Apfelsine am vierundzwanzigsten Dezember gegessen.«

Ich mochte es nicht, wenn sie sich in meine Angelegenheiten mischte. Vielleicht war das etwas, was ich von meinem Vater hatte. Meine Mutter warf mir eine Apfelsine zu. »Gib mir lieber ein paar Tips … Schließlich schreibt er dir beinahe täglich. Was könnte er gebrauchen?«

»Wie wär's mit den restlichen Knallern von Silvester?« fragte ich und ließ die Apfelsine in den Karton fallen.

»Sei froh, daß du kein Junge bist!« rief mir meine Mutter nach.

»Liebe Mila!

Vielen vielen Dank für Euer Paket! Ich habe mich riesig über alles gefreut. Apfelsinen! Wo hast du die denn gekriegt?

Habe mir mit Klein und Behrendt gleich ›Sändwitschs‹ gemacht. Na ja, so Brötchen und dazwischen geklautes Gemüse aus den umliegenden Gärten und die Eier, die Heringe und die Tomatensoße aus Deinem Paket, und zum Nachtisch gab's Apfelsinen. Herrlich! Du bist wirklich ein Schatz. Ich habe ein bißchen von Dir erzählt (nur ein bißchen, wirklich!), und die Jungs hier beneiden mich.

Weißt du, ich denke hier viel an die Schulzeit. Komisch, es kommt mir so vor, als hätten da die ollen Saurier noch gelebt. Ich meine, so lang her und so weit weg. Verstehst du?

Wenn wirklich mal Krieg kommt, erschieß ich zuallererst mich selbst.

Das hab ich auch dem großen Boß schon ins Gesicht gesagt. Er wußte gar nicht, was er sagen sollte im ersten Moment. Dann hat er rumgebrüllt und mir den Ausgang gestrichen.

Bin aber trotzdem raus. Samstag haben wir mal wieder ›zugeschlagen‹. Nachdem wir echt angeheitert waren, sind wir in Zivil über'n Stacheldraht und ab in die Dorfdisko. Haben ganz gut Stimmung gemacht. Nachdem wir zwei Kapos degradiert hatten und Behrendt versucht hatte, mit leeren Flaschen als Wurfgeschosse, eine Massenschlägerei anzuzetteln, sind wir rausgesetzt worden.

Draußen haben wir noch bei 'nem vorbeifahrenden Zug Scheiben eingeschmissen.

Nüchtern betrachtet ist das alles sicher nicht so lustig, aber wir hatten trotzdem unseren FUN. Manchmal schlägt die Stimmung hier blitzartig um. Ich glaub, wir sind hier alle schon reichlich verhaltensgestört.

Sonntag sind dann Klein und Behrendt gefaßt worden, als sie wieder raus wollten. Ich hoffe, daß sie nicht so lange im Bau bleiben müssen.

Zusammen mit den wenigen Leuten, die hier noch ein bißchen was merken, wollen wir dann gemütlich feiern. Meinen zwanzigsten. Kommst Du? (Kleiner Scherz.) Na, vielleicht feiern wir den einundzwanzigsten zusammen. Was meinst Du?

Irgendwann ist es ja soweit: Urlaub. Mein Lieblingswort. Darf ich kommen? Ich rühr Dich auch nicht an (wenn Du's nicht willst). Versprochen. Okay?

In Liebe Dein Fred

P. S. Die Uhr, die Du mir mal geschenkt hast, geht wieder. Behrendt ist im ›richtigen Leben‹ Uhrmacher und hat sie repariert.«

Es kam mir vor, als hätte Feuerstein – mit Hilfe meiner Mutter – ein Lasso nach mir geworfen. Die Schlinge legte sich um meinen Hals und zog sich abrupt zu.

Der Junge schien ernsthaft anzunehmen, daß *ich* ihn mit Apfelsinen, Eiern und Fisch fütterte, daß *ich* ihm dieses Paket geschickt hatte und daß *ich* ihn mit offenen Armen und frischem Laken empfangen würde.

Zum Glück gab Tim mir an jenem Abend noch Gelegenheit, mein Heim zu verlassen. Frau Kraus, die ich inzwischen Anna nannte, erwartete mich in Regenmantel und mit Schirm. Sie schien eine Verabredung zu haben; sie war geschminkt und trug Pumps.

Tim war schon im Schlafanzug. Er stürzte aus dem Bad und umarmte mich. Sein Haar klebte ihm naß an der Stirn, und er roch nach Zahnpasta.

»Nun, husch, ins Bett«, sagte Anna und küßte ihn auf seine feuchte Wange.

Wider Erwarten lag Tim inmitten seiner Kissen und Plüschtiere, als ich zu ihm stieß.

»Erzähl mir was!« sagte er.

»Was denn?« fragte ich.

»Was tolles Grusliges.«

Ich überlegte eine Weile, und dann erzählte ich ihm das Märchen von der Schneekönigin, die den kleinen Kai in ihr eiskaltes Reich entführt.

»Gibt es die Schneekönigin wirklich?« wollte Tim wissen.

»Ja, natürlich«, sagte ich.

Tim krabbelte tiefer unter die Decke und starrte zum Fenster hinüber. »Kann die hier rein kommen?«

»Sie kann überall reinkommen«, antwortete ich. »Und nun schlaf schön.«

»Nö«, sagte Tim. »Jetzt hab' ich Angst. Ich warte, bis Mama wieder da ist.«

»Na, hör mal. Die Schneekönigin kommt doch nur im Winter, wenn Schnee liegt.«

»Wirklich?«

»Wirklich. Sie braucht den Schnee, weil sie mit dem Schlitten fährt, verstehst du?«

»Aber warum?«

»Was warum?«

»Warum kommt sie?«

»Nun, sie holt sich ein Kind.«

»Wozu?«

»Weil sie keins hat. Und nun mach die Augen zu.«

Tim klammerte sich an mich und schloß die Augen. Seine gerunzelten Brauen verrieten die Anstrengung, die ihn das kostete. Der kleine Kerl meinte es wirklich gut mit mir.

Anna kam ein wenig beschwipst nach Haus. Sie roch nach Wein und Rauch.

»Schläft mein Baby?« fragte sie und kicherte albern.

»Tief und fest«, murmelte ich müde und griff nach meiner Jacke.

»Danke«, sagte Anna und gab mir einen Fünfzigmarkschein.

»Das ist zuviel«, sagte ich.

»Macht nichts«, sagte sie. »Macht gar nichts. Mein Junge liebt dich, weißt du? Wie eine … Schwester.«

»Fünfzig Mark sind zuviel für einen Abend«, stellte ich sachlich fest. »Sie haben dann noch was bei mir gut, Anna. Okay?«

»Der Rest ist Trinkgeld«, sagte Frau Kraus, als hätte sie mir nicht zugehört. Wir reichten uns die Hand.

An der Straßenbahnhaltestelle traf ich Leopold. Er trug noch Annas Lippenstift auf der Wange. Ein leuchtendroter Fleck, der aussah wie ein ins Poesiealbum gestempelter Schmetterling. Er strahlte mich an, als hätte er erwartet, mich hier zu treffen, als wären wir verabredet.

»Hallo, Mila«, sagte er sanft.

Ich schüttelte den Kopf. Er gehörte Anna. Das war ich ihr schuldig.

Einige Tage später schrieb ich Feuerstein einen Brief. Ich gratulierte ihm zum Geburtstag und teilte ihm mit, daß das Paket von meiner Mutter und nicht von mir gepackt worden sei. Ich kaufte eine »Fußballwoche« zu fünfzig Pfennig und faltete sie solange, bis sie in den Umschlag paßte. Ich wußte nicht genau, wofür Fred sich interessierte, und ich tippte auf Fußball, weil es mir für einen Jungen in seinem Alter am wahrscheinlichsten vorkam.

»Lieber Fred«, fügte ich als Postskriptum hinzu, »sei mir bitte nicht böse. Es ist nicht so, daß ich Dich nicht mag, nur ist es eben nicht mehr.«

Ich dachte daran, daß der Brief wahrscheinlich an seinem Geburtstag eintreffen würde, und so fügte ich hinzu: »Vielleicht ändert sich das ja irgendwann einmal.«

Mein Brief deprimierte mich selbst, doch ich klebte ihn trotzdem zu, betupfte die rosa Marke mit meiner Zungenspitze und schlug mit der Faust auf den Mini-Lenin ein, der starr wie ein Zombie vor einer Fahne und den gräßlichsten Neubaublocks stand.

Als ich die Klappe des gelben Kastens öffnete, empfand ich plötzlich Mitleid. Hatte Feuerstein nicht schon Ärger genug? Nun bekam er auch noch ein paar kalte Sätze hingeklatscht. Na ja, immerhin mit einer Fußballzeitung als Beilage.

Ich schob den dicken Umschlag in den Schlitz und hörte, wie er auf den Boden des Kastens plumpste. Mir fiel plötzlich ein, daß der Brief für eine Zwanzigpfennigbriefmarke wahrscheinlich zu schwer war; die Post würde ihn womöglich gar nicht befördern und an mich zurücksenden. Oder der arme Fred mußte auch noch zuzahlen. *Der arme Fred.* Jetzt dachte ich schon wie meine Mutter.

Ich wandte mich ab und trabte den Hügel hinauf, auf das Haus zu, in dem die Kommunale Wohnungsverwaltung residierte. Es war Dienstag, und ich wußte, worauf ich mich einließ. Ein bis zwei Stunden Warten, genervte Blicke, Es-tut-uns-leid-Floskeln, die niemand ernst nahm.

Es gab keinen Warteraum; nur einen langen Korridor ohne einen einzigen Stuhl. An der weißgetünchten Wand lehnten zwei Schwangere und ein Pärchen mit winzigem Baby, das in den Armen des Vaters schlief.

Warum sollte ausgerechnet *ich* eine Wohnung bekommen?

Die Tür öffnete sich, und ein junger Mann trat heraus. »Wer ist der nächste?« fragte er und schaute höflich in die Runde. Sein Blick traf mich, und mein Herz schlug bis zum Hals. Es war Viktor.

KAPITEL VI – WASSER

Wenn wir durch die Straßen von San Francisco spazieren, gibt es kaum jemanden, der Alice nicht anlächelt oder in die Wange kneift. Ich verlerne das blicklose Aneinandervorbeirennen mit Leichtigkeit.

Viktor hatte recht: San Francisco *existiert wirklich*.

Die Straßen sind breit und sauber; auf den Bürgersteigen treibt nicht ein Papierfitzelchen umher. Die wenigen Autos fahren gemächlich den Hügel hinauf, dem Horizont entgegen. Die Luft riecht nach ewigem Frühling. Der Himmel verspricht einen Tag, an dem alles möglich ist.

Ich stehe an der Haltestelle der Muni und denke, daß ich nicht hierher gehöre.

Aber wohin gehöre ich? Ins Gefängnis? Und Alice?

Oder sollte ich an Viktors Grab stehen? Die Rolle spielen, die mir zugewiesen wurde?

Zuletzt hatte ich geglaubt, die Erde sei Schuld. Sie habe sich aufgetan und ihn verschluckt. Und ich … pflanzte Blümchen, Vergißmeinnicht und Osterglocken. Jeden Tag schwenkte ich diese blöde grüne Gießkanne über die Pflänzchen, und der klumpige Matsch zu meinen Füßen stieg in mein Gehirn und setzte sich allmählich dort fest.

In der Kommunalen Wohnungsverwaltung tanzte Viktor um mich herum wie ein Schauspieler. »Sie sehen so blaß aus, ist Ihnen nicht gut?«

»Na ja … also … so richtig … flau …«, stotterte ich.

»Kommen Sie bitte«, forderte Viktor mich auf. Niemand von den Wartenden wagte zu murren. Ich tippelte neben ihm her und senkte den Kopf, um zu verbergen, daß ich errötete.

Viktor schob mich in das Büro und wies mir einen Stuhl zu. Die Schreckschraube vom letzten Mal gaffte mich neugierig an.

»Was ist denn mit der«, raunte sie laut genug, daß ich es verstand.

»Möchten Sie etwas trinken?« rief Viktor fröhlich. Er stellte ein Glas mit Selter vor mir ab.

»Sie sind sicher nicht zum ersten Mal hier«, sagte er laut.

»Nein«, sagte die Schreckschraube, bevor ich antworten konnte. »Das Fräulein war …« Sie blätterte in ihren Unterlagen. »Die letzten Wochen haben wir uns jeden Dienstag gesehen, und ich habe ihr wieder und wieder gesagt, daß wir ihr leider keine Wohnung anbieten können.«

»Schön«, sagte Viktor. »Dann ist das ja heute ein Glückstag für Sie, Frau …«

»Rosin«, sagte ich.

Die Schreckschraube öffnete ihren Mund und schloß ihn nicht wieder.

»Wir haben nämlich gerade erfahren, daß in der Juri-Gagarin-Straße zwei Einraumwohnungen frei werden. Die beiden alten Damen ziehen in wenigen Wochen ins Altersheim und …«

Die Schreckschraube holte tief Luft und sah Viktor mit geweiteten Augen an.

»Also, ich denke, daß sich da etwas machen läßt, nicht wahr, Frau Türnagel?«

»Wissen Sie, junger Mann«, sagte Frau Türnagel, »darüber haben weder Sie noch ich zu entscheiden.«

»Oh, wer redet denn von *entscheiden*, liebe Kollegin!« Viktor zwinkerte der Schreckschraube zu. »Aber sagen Sie selbst, ist es nicht ein Zufall, daß heute diese beiden liebenswürdigen alten Damen zu uns kamen, vor …«, Viktor schaute auf seine Armbanduhr, »… gerade einer halben Stunde … Und dann haben Sie gleich mit Ihrer Nichte telefoniert. Und nun sitzt diese junge Frau hier …?«

Die Schreckschraube preßte einen Moment ihre Lippen zusammmen.

»Ich meine, wenn doch gleich *zwei* Wohnungen frei werden …«

»Man wird sehen«, sagte Frau Türnagel frostig.

»Das wird man«, sagte Viktor.

Um nicht lachen zu müssen, schaute ich das schimmlige Honecker-Bild an. Der Staatsratsvorsitzende hatte grüne Wangen und einen olivfarbenen Mund. Er sah aus, als säße er mit einer Magengrippe in einer Badewanne mit eiskaltem Wasser.

»Geht es Ihnen etwas besser?« fragte Viktor.

Ich nippte an der Selter und nickte. »Schon viel besser«, antwortete ich so ernst es ging.

Ich erhob mich und reichte erst der Schreckschraube, dann Viktor die Hand. Die Finger der Frau waren kalt und knochig, Viktors Hand fühlte sich warm und trocken an. Ich wagte einen Blick in seine braunen Augen, bevor ich artig den Stuhl an den Tisch schob und den Raum verließ.

Drei Monate später zog ich in meine erste eigene Wohnung. Die Räume rochen noch nach Farbe, und die Küche war so groß wie das Zimmer. Es gab einen winzigen Flur und ein Bad mit Dusche, die man mit Kohlen beheizen mußte.

Viktor hatte ich seit jenem Dienstag nicht wiedergesehen. In der Wohnungsverwaltung reagierte man auf meine Anfragen abweisend. »Wir geben keine Privatadressen weiter, Fräulein«, krächzte die Schreckschraube ins Telefon. Ich bekam lediglich heraus, daß er in Leipzig studierte und in seinem Heimatort gelegentlich die Praktikumswochen absolvierte.

In der Reihenhaussiedlung, die in den fünfziger Jahren gebaut worden war, wohnten viele alte Leute. Sie standen versteckt hinter den Gardinen oder lehnten sich ganz offen aus den Fenstern – an ihrer Seite einen Pudel, einen Dackel oder einen kläffenden Spitz, der meist Trixie hieß. Man konnte in zwei Richtungen schauen: nach vorne hinaus auf die Straße, eine ruhige Seitenstraße mit wenig Verkehr, und nach hinten über eine Wiese auf das Gelände einer Kaserne. Ich sah Panzer und Armeefahrzeuge umherfahren und dachte flüchtig an Fred, der sich nicht mehr gemeldet hatte, seit meinem krötigen Brief. Das Militärgebiet war mit einem Drahtzaun von der zivilen Welt getrennt, doch es gab eine Durchschlupfmöglichkeit, die seit längerer Zeit geduldet wurde: die Armee besaß ein eigenes Freibad. Und da die normale Bevölkerung der kleinen Stadt diesen Luxus nicht hatte, schlüpften an heißen Tagen Kinder, Jugendliche und Erwachsene hin und wieder durch das Loch im Zaun und planschten ganz unmilitärisch im Wasser herum. Bei meinem Umzug nahm ich nicht viel mit: mein Bücherregal, den Spiegel mit dem wurmstichigen Rahmen und einen alten Nachtschrank, den mir meine Oma zu meinem sechsten oder siebenten Geburtstag geschenkt hatte.

Zum Schlafen legte ich mir zwei Matratzen auf den Fußboden. Einige der Möbel der alten Frau, die ausgezogen war, standen noch im Keller der Nachbarin, und für ein paar Mark bekam ich einen Kleiderschrank, der zu meinem Spiegel paßte, zwei Stühle, einen leicht modrig riechenden Ohrensessel und einen kleinen runden Tisch. Mein Vater schickte mir Lampen, zwei Papierballons, einer weiß und einer mit chinesischen Schriftzeichen. Meine Mutter spendierte mir einen Kühlschrank und ein Bügeleisen. Sie organisierte einen alten Staubsauger, eine gebrauchte Waschmaschine und dazu eine Schleuder. Wenn ich auch über meine Unabhängigkeit jubelte, die technischen Geräte jagten mir Angst ein. Abgesehen vom Kühlschrank ließ ich die Maschinen zwei Wochen unberührt. Die schmutzige Wäsche stopfte ich in einen Umzugskarton.

Ich hütete Tim, wann immer es Anna wollte. Es tröstete mich etwas, mit ihm am Tisch zu sitzen und »Mau Mau« oder »Mensch, ärgere dich nicht« zu spielen und dabei Salzstangen zu knabbern.

Leopold Christiansen fuhr jetzt einen Wartburg, auf den er etliche Jahre gewartet hatte. Manchmal unternahmen sie zu dritt Ausflüge, und ich beneidete Anna, wenn sie fröhlich und braungebrannt von einem Wochenende an der Ostsee wiederkam. Aber ich war ihr nicht böse; ich wünschte ihr, daß sie glücklich wurde.

Es schien jedoch nicht immer so gut zu laufen. Es gab Nachmittage, da schubste sie Tim müde in den Flur, nahm ihm die Brottasche ab und verbot ihm das unentwegte Plappern. Sie brummelte einen schlechtgelaunten Gruß in meine Richtung und sah mich kaum an. Sie verschwand im Bad, die Toilettenspülung rauschte, und ein paar Minuten später verließ sie gekämmt, aber ungeschminkt die Wohnung.

Eines Tages kam sie mit geröteten Augen und später als verabredet nach Hause. Tim schlief schon lange, und ich hockte gelangweilt vor dem Fernseher und schaute einen Bericht über Affen. Die Schimpansen grinsten artig und schauten so weise drein wie Weihnachtsbaumkugeln und kratzten sich die Bäuche.

Als Anna zur Tür hereinschlich, versuchte ich einen Moment, sie als große Äffin zu sehen. Die Äffin hätte wahrscheinlich erst einmal an ihrem Kind herumgeschnuppert, ob auch alles in Ordnung sei. Vielleicht hätte sie ein paar Läuse geknackt und verspeist, und sich dann dicht zu ihrem Nachwuchs gekauert. Anna ließ sich in den Sessel plumpsen und starrte in den Flimmerkasten.

Ich fragte nicht nach; ich dachte, es ginge mich nichts an. Außerdem mußte ich mich beeilen, wenn ich die letzte Straßenbahn noch schaffen wollte.

»Das Leben ist ein einziger Scheißhaufen«, sagte sie.

Ich hatte Jacke und Schuhe bereits angezogen und die Klinke in der Hand.

»Nur manchmal, Anna«, sagte ich und schaute sie prüfend an. Sie war nicht betrunken. »Meistens ist es nicht so schlimm.«

Sie schien mich gar nicht zu hören. »Und wir sind die Fliegen, die um die Kacke herumsurren.«

O weh. Ich konnte mir Anna schon als Äffin nicht vorstellen, geschweige denn als Fliege. »Ich muß los«, sagte ich nervös.

»Ja, vielen Dank, Mila«, sagte sie plötzlich ganz normal. »Komm gut nach Hause.« Irgendwie gefiel mir ihr Stimmungswechsel nicht, doch ich hatte keine Zeit, darüber nachzudenken.

Ich rannte die Treppe hinunter, in die Dunkelheit hinein, zur Haltestelle. Die Bahn stand schon da, aber sie fuhr noch nicht los. Auf der Straße wendete ein Wartburg und blockierte die Gleise. Ich stieg in den ersten Wagen, warf zwei Zehner in die Box und zog den Fahrschein. Dann stieg ich wieder aus. Ein saurer schaler

Geschmack breitete sich in meinem Mund aus, und ich bekam Sodbrennen. Der Mann in dem Auto rauchte, und obwohl ich kaum etwas sah, glaubte ich, Leopold zu erkennen. Er fuhr zu Anna.

Das ist nicht dein Problem, dachte ich. Doch wenn Anna sich wie eine Fliege fühlte, dann war Christiansen wohl die Fliegenklatsche.

Ich zwang mich, ruhig zu bleiben. Vielleicht sah ich Gespenster. Gemächlich ging ich zurück. Der Wartburg parkte am Straßenrand. Leopold war nicht zu sehen. Das Licht im Wohnzimmer brannte nicht mehr. Nur der Schwarzweißfernseher flackerte.

Ich besaß einen Haus- und einen Wohnungsschlüssel. Falls ein Feuer ausbrach, sollte ich Tim retten können.

Die Haustür, die um diese Zeit immer zugesperrt war, stand halb auf. Offenbar war Anna recht freigiebig mit ihren Schlüsseln. Ich rannte die Treppe hinauf, das Licht ging aus, und ich tastete mich an der Wand entlang weiter. Unter meinen Fingern bröckelte die Farbe, ein Mann hustete irgendwo laut und anhaltend, die Stimme eines bekannten Fernsehmoderators redete unermüdlich auf seine Zuschauer ein.

Ich ließ das Schloß aufklicken und schob mich in Annas Wohnung. Auf dem Flur war es stockfinster. Ich wartete ab und lauschte. Niemand sprach, kein Schritt war zu hören, nichts. Was wäre, wenn die beiden mich hier entdeckten? Was würden sie denken?

Behutsam lugte ich um die Ecke und sah gar nichts, jedenfalls nichts Auffälliges. Anna saß in dem Sessel und schlief. Sogar mit geschlossenen Augen wirkte sie traurig und erschöpft. Ihre Mundwinkel sanken hinab wie welkende Blumen.

Dann bemerkte ich Leopold. Er hockte halb unter dem Tisch, und ein paar Sekunden lang glaubte ich, er wäre auch eingeschlafen oder vielleicht betrunken. Er kniete vor Anna wie vor einer heiligen Statue. Doch er bewegte sich. Seine Hände schoben sich unter ihren Rock.

Ach, du liebes bißchen, dachte ich. Bekommt er nicht genug, wenn sie wach ist? Ging mich das etwas an? Wohl kaum. Aber

Anna konnte nicht Nein sagen. Und das störte mich. Sie trug den schwarzen Rock mit den roten Rosen, passend zu der schwarzen Bluse mit den kurzen Ärmeln. Das nackte Fleisch ihrer Arme und Beine wirkte weich wie warme Butter. Leopold zog ihr den Slip aus, der ebenfalls schwarz und rot war, und ich hörte, wie sein Atem schneller ging.

Anna schlug die Augen auf. Sie blickte ihn ungläubig an. Sagte: »Was machst du denn hier?« Sie klang nicht einmal ärgerlich, nur verblüfft. Da versetzte er ihr einen kurzen heftigen Schlag. Sie sackte weg, ohne Laut. Leopold zog den Reißverschluß seiner Hose auf und wälzte sich auf sie. Doch ehe er loslegen konnte, hieb ich ihm mein Messer zwischen die Rippen. Wieder und wieder. Einmal traf ich einen Knochen und glitt ab. Er wandte sich um, versuchte nach dem Messer zu greifen, nach *mir* zu greifen. Er packte mein Handgelenk. Er fletschte die Zähne und knurrte. Die buschigen Brauen wölbten sich über den Augen, schwollen an, als würden sie jeden Moment platzen. In seinem Blick lag kein Entsetzen, keine Wut, nicht einmal Überraschung. Da war nur Haß. Ich entzog mich ihm mit einem einzigen Ruck. Stach zu, sprang auf. Er rührte sich nicht mehr. Ich versuchte zu erkennen, ob er noch atmete. Doch irgendwie hing ein Schleier vor meinen Augen. Nebel bei Morgenröte, dachte ich. In meinen Ohren rauschte etwas, wie Wellen, die an ein felsiges Ufer schlagen. Das Messer in meiner Hand begann zu zittern, und ich dachte, es würde mir aus der Hand springen, da griff er nach meinem Bein. Ich schüttelte ihn ab. Stach zu. Tanzte über ihm, um ihn herum, zerrte den Wolf von der bewußtlosen Frau herunter.

Ich mußte mich einmischen, das war ich Anna schuldig.

»Wo ist er?« fragte sie, als sie zu sich kam, und richtete sich auf. »Wo ist das Schwein?«

»Im Bad«, sagte ich.

»Im Bad?«

Ich nickte. Leopold lag in der Wanne. Ich hatte das Wasser aufgedreht, damit es das viele Blut wegspülte. »Er ist tot«, sagte ich.

»Tot?« Anna lächelte ganz schief, als hätte ich ihr einen ziemlich dummen Witz erzählt.

»Wir müssen etwas unternehmen«, sagte ich, »bevor Tim aufwacht.«

Anna entdeckte, daß ihre Bluse, daß ihr Rock und sogar ihre Schuhe ..., daß alles feucht war, alles voller Blut.

Ich erzählte ihr, was passiert war. Ich sprach ganz ruhig, als erzählte ich von einem Film. Sie zog sich aus und wischte ihre Schuhe mit dem Rock ab.

Sie sagte nichts. Sie ging ins Bad und kehrte gleich wieder zurück.

»Ich werde nie wieder in dieser Wanne baden«, sagte sie. Anna trug einen blau-weiß gestreiften Bademantel. Die Ärmel waren ihr zu lang, und ich fragte mich, ob er Leopold oder Herrn Kraus gehört hatte.

»Du mußt dich richtig anziehen«, sagte ich sanft.

»Nie wieder baden«, sagte Anna. »Nie wieder in dieser Wanne. Nie wieder Wasser. Nie wieder ...«

Sie zählte an ihren Fingern die Niewieders mit. Sie wiegte sich hin und her wie in Trance.

»Du mußt dich anziehen, Anna.« Es kam mir vor, als spräche ich zu Tim und nicht zu seiner Mutter. »Wir müssen ihn fortbringen.«

»Nie wieder Leopold?« fragte sie.

Ich schüttelte den Kopf. »Nie wieder.«

Anna stopfte die schmutzige Wäsche in die Waschmaschine und wollte sie anschalten.

»Nicht jetzt«, sagte ich und hielt ihre Hand fest.

»Es war mir zuviel«, erklärte Anna mit einem hauchdünnen Stimmchen. »Es war mir *einfach zuviel* ... Seine Frau ... Die Studentinnen ... Es ging immer hin und her, weißt du? Ping Pong Ping Pong Ping Pong. Mal die, mal die, mal ich. Und am meisten liebte er sich selbst. ›Meine Gespielin‹ hat er mich genannt.« Anna warf mir einen irren Blick zu. »Er wollte mich nicht lassen. Er wollte mich nicht *gehen* lassen.«

Ich half ihr, ein paar unauffällige Sachen auszusuchen. Eine graue Hose, eine beige Bluse und einen kurzen grauen Mantel. Ich kämmte ihr den Pony ins Gesicht und band ihr ein Tuch um den Kopf. Sie ließ es geschehen, ohne Fragen zu stellen. Wir zogen uns Handschuhe aus Leder über.

Leopold sah recht sauber aus. Ich drehte den Wasserhahn zu und vermied es, in sein glasiges Gesicht zu blicken. Anna starrte ihn immerzu an. »Meinen Mann durfte ich damals nicht mehr sehen«, murmelte sie. »Ich weiß bis heute nicht, was eigentlich passiert ist.« Anna schloß ihrem toten Geliebten die Augen. Wir wickelten ihn in ein großes Badetuch.

Anna schüttelte den Kopf. »Wenn wir so mit ihm herumlaufen, fallen wir auf.«

Wir wickelten ihn aus, und Anna fuhr erschrocken vor ihm zurück. Seine Augen waren wieder offen, und seine Kinnlade heruntergeklappt, als wollte er einen letzten Schrei ausstoßen. Diesmal drückte ich ihm die Augen zu. Es kam mir vor, als wehrte er sich dagegen. Ich versuchte auch, ihm den Mund zu schließen, aber sein Kinn sackte wieder herunter. Sein Körper war schon kalt, aber noch nicht starr. Wir zogen ihn an, so ordentlich es ging. Anna fand einen Schal von Leopold und band ihn so, daß er den Kiefer nach oben drückte.

»Wir müssen Tim allein lassen«, sagte ich.

Anna sog die Luft zwischen den Zähnen ein. »Normalerweise schläft er durch«, sagte sie. »Er hat einen tiefen Schlaf.«

»Ich weiß.«

Anna ging noch einmal nach Tim schauen, dann nahmen wir Leopold zwischen uns, als wäre er betrunken. Wir setzten ihn auf den Beifahrersitz und schnallten ihn fest. Ich warf Anna die Schlüssel zu, die ich Leopold im Bad abgenommen hatte, und stieg hinten ein.

»Wohin?« fragte sie gleichmütig wie ein Taxifahrer.

Ich sagte es ihr und beobachtete sie dabei. In ihrem Gesicht zeigte sich keine Regung.

»Können wir …?« fragte ich.

Sie legte ihre Hände aufs Lenkrad und zog sie wieder zurück.

»Ich muß noch mal rein«, sagte sie.

»Warum?«

»Ich muß noch mal rein«, wiederholte sie. »Komm gleich wieder.«
Sie verschwand hinter der Haustür, und ich starrte in die Nacht. Es
war kurz nach halb zwei und kein Mensch auf der Straße. Ich war
allein mit einer Leiche namens Leopold. Ein seltsamer Geruch
nach Gummi stieg mir in die Nase. Rochen Tote so? Oder war das
der Mief des neuen Autos?

Anna kam wieder.

»Alles klar?«

Sie nickte. »Ich hatte Durchfall und habe in die Wanne gekotzt.
Beides gleichzeitig«, teilte sie sachlich mit.

Ich lächelte ihr zu und dachte, daß sie jetzt leicht sein mußte wie
ein Engel. Während der Fahrt sagte jede von uns nur einen Satz.

»Es tut mir leid«, sagte ich.

»Du kannst nichts dafür«, sagte sie.

Sie fuhr nicht zu schnell und nicht zu langsam. Leopolds Kopf
schwenkte in den Kurven hin und her. Sein Haar war noch naß.
Seine Haut hatte jede Farbe verloren, aber sein Haar glänzte. Ich
zog einen Handschuh aus und berührte ihn vorsichtig. Ich strich
ihm durch die nassen Strähnen und wunderte mich. Warum mußte ausgerechnet *ich* ausgerechnet *ihn* töten?

Ich sah ihn wieder vor mir, wie er über Anna hing, der einzigen
Frau, die beinahe meine Freundin war. Was hätte ich denn tun sollen? Mich dazwischen drängen? Ihn anschreien, damit er mich
auch noch schlägt? Die Polizei rufen? Die Telefonleitung in Annas
Wohnung war wieder einmal seit Tagen gestört. Sie war kein Par-
teimitglied und auch sonst nicht von Bedeutung für den Staat. Also
durfte sie zusehen, wie sie ihren Vergewaltiger loswurde.

Sein Haar war seidig weich; es fühlte sich lebendig an, es fühlte sich
an, als hätte es irgendwie überlebt.

Wir zogen unsere Schuhe aus und liefen auf Strümpfen über die
kurzgeschorene Wiese. Leopold hing wie ein Betonklotz zwischen uns.

Ich krabbelte durch das Loch im Zaun und zog den Toten an den
Beinen. Anna schob ihn.

In dem Becken plätscherte leise das Wasser. Anna faßte unter seine Achseln, ich packte ihn an den Füßen.

»Eins, zwei, drei und hopp«, sagte ich. Bei Hopp warfen wir ihn hinein.

Das Wasser platschte in alle Richtungen, und wir wurden ein bißchen naß.

Wie beim Neptunfest, dachte ich.

Anna fuhr den Wagen in ein nahegelegenes Wäldchen.

»Müssen wir das Auto jetzt anzünden?« fragte sie müde.

»Das müssen wir wohl ...«

»Sechzehn Jahre ...«, sagte Anna.

»Was?«

»Er hat sechzehn Jahre auf den Wagen gewartet.«

Mir kam eine andere Idee. Wir montierten die Nummernschilder ab und schoben sie unter den Müll, der hier lagerte. Alte Reifen, rostige Rohre, ein Topf ohne Boden, das Gerippe von einem Fahrrad. Ich schaute mich um. Kein Mensch mit erhobenem Finger, überhaupt kein Mensch. Von den Tannen bröselten die Nadeln wie von vertrockneten Weihnachtsbäumen. Die dürren Birken ließen ihre Äste schlaff hängen, als wollten sie nichts mit ihnen zu tun haben.

Anna fuhr mit einem Handfeger hektisch über die Autositze.

»Gibt es da keine Wachen?« fragte sie skeptisch.

»In dem zivilen Bereich seit ein paar Wochen nicht mehr«, antwortete ich.

Leider war ich nicht so sicher, wie ich tat. Was wußte ich schon von den Russen?

Wir stiegen in den Wartburg. Ich saß wieder hinten. Anna hatte zwar den Beifahrersitz notdürftig gesäubert, aber er war noch feucht. Jedenfalls bildete ich mir das ein.

Die Tore standen tatsächlich weit auf. »Perestroika« hieß das Sesam-öffne-dich. Von den roten Sternen, die man an den silbergrauen Türen angebracht hatte, blätterte die Farbe.

Wir parkten zwischen Russenmagazin und Kinderspielplatz. Es war still und finster. Auch in der Schule der Sowjets brannte kein Licht.

Wir ließen den Zündschlüssel stecken und lehnten leise die Türen an.

Von hier waren es nur zehn Minuten bis zu Annas Wohnung. Außer einem Betrunkenen, der lallend an einem Zaun lehnte, begegnete uns niemand.

Tim lag friedlich in seinem Bett. Er murmelte etwas im Schlaf und drehte sich auf die andere Seite.

Ich ging ins Bad und scheuerte und wischte und sparte nicht mit Wasser. Anna schrubbte den Teppich. Bald roch es überall nach Zitrone.

Als wir fertig waren, fiel Anna in meine Arme. Sie zitterte. Ich hielt sie fest, und sie fing an zu weinen. Ich wiegte sie hin und her, und sie weinte, bis sie irgendwann einschlief.

Plötzlich fiel mir etwas ein. Ich bettete Annas Kopf vorsichtig auf ein Kissen. Ihre Brust hob und senkte sich ruhig. Sie ähnelte jetzt Tim ein wenig. Die Wangen sahen wie kleine Hügel aus.

Ich schlich in der Wohnung umher und schaute überall nach. Aber ich konnte mein Messer nicht finden.

KAPITEL VII – MELONEN

Am Morgen nach meinem zweiten Mord fuhr ich wie gewöhnlich mit der Straßenbahn zur Arbeit. Es war ein ruhiger Tag. Ich schrieb Briefe, Bestellungen, Rechnungen und Mahnungen, telefonierte, ging Kaffee und Zigaretten für den Chef kaufen, in der Frühstückspause sprachen die Frauen über die verschiedenen Möglichkeiten, einen Apfelkuchen zu backen, und die Männer über Fußball. Ich verriet das Rezept meiner Großmutter, die den saftigsten Apfelkuchen der Welt backen konnte, und erkundigte mich höflich nach den Spielergebnissen von Dynamo Dresden, einer Mannschaft, von der Tim neuerdings unentwegt plapperte.

Anna hatte wie üblich ihren Sohn in den Kindergarten gebracht und war zu der Bibliothek gefahren, in der sie arbeitete.

Als ich am späten Nachmittag zu ihr fuhr, öffnete sie die Tür nur einen Spaltbreit. »Ach, du bist es«, sagte sie erleichtert und ließ mich ein. Sie sah erschöpft aus und hatte gelbe Krokodilsaugen.

»Ich denke immer, *er* kommt zurück.«

»Wer?« fragte ich arglos. »Leopold?«

»Natürlich«, jaulte sie.

Obwohl sie größer war als ich, nahm ich sie in die Arme. »Schsch. Schon gut«, murmelte ich. Hoffentlich drehte sie nicht durch.

»Ich koch uns einen Tee, ja?« Anna machte sich los und ging in die Küche.

Erst jetzt fiel mir auf, daß Tim mich anstarrte.

»Hallo«, sagte ich.

Tim erwiderte den Gruß nicht.

»Weißt du«, sagte ich, »weißt du, alle reden jetzt von Dynamo Dresden. Sie haben da ein sauberes eins zu null hingelegt, nicht wahr?«

Tims Augen begannen zu leuchten. Er rannte in sein Zimmer und knallte die Tür zu.

Ich überlegte, ob ich vielleicht doch etwas Falsches gesagt hatte. Da kam er schon zurück und hielt triumphierend einen schwarz-gelben Stoffetzen in der Faust. »Hab ich getauscht«, sagte er stolz. »Gegen drei Matchbox.«

»Darf ich?« fragte ich und begutachtete den leicht angeschmuddelten Wimpel. »Du bist wirklich zu beneiden«, murmelte ich anerkennend. Tim schlüpfte in meine Arme und erzählte mir, daß er Fußballer werden wolle oder »Sportreporta«.

»Ja«, sagte ich überzeugt. »Du schaffst es bestimmt.«

»Dann werde ich berühmt und verdiene eine Menge Geld«, erklärte mir Tim. »Ich kaufe einen riesengroßen Koffer, und Mama und ich fahren auf eine Insel mit Palmen und kommen nie wieder.«

»Och, und ich?«

Tim blickte mich verlegen an. »Du darfst uns besuchen, wenn ...«

»Wenn was?«

»Ach nichts.«

»Wenn was, Tim?« fragte ich drohend.

»Wenn du aus dem Gefängnis wieder raus bist«, wisperte Tim.

»Wie kommst du denn auf so was?« Ich drehte ihn mit dem Gesicht zu mir.

»Mama hat es gesagt.«

»*Was* hat sie gesagt.«

Tim überlegte und blickte mich trotzig an. »Sie hat gesagt: O Gott, Mila kommt ins Gefängnis.«

»Das hat sie zu *dir* gesagt?«

Tim schüttelte den Kopf.

»Zu wem denn?«

Der Junge zuckte mit den Achseln. »Zu niemandem.«

Er wand sich, und ich ließ seine Arme los. »Hör zu«, sagte ich leise. »Wenn du mich lieb hast, darfst du so was nicht sagen, und deine Mama auch nicht.«

»Okay.«

»Versprochen?«

»Versprochen.«

»Dann ist gut.«

»Du darfst auch mitkommen auf die Insel«, sagte Tim.

»Schön.«

Anna brachte den Tee und Kekse, und ich holte das Mensch-ärger-dich-nicht-Brett aus der Schublade.

In den folgenden Tagen geschah nichts. Jedenfalls so gut wie nichts. Es gab keine Meldung in der Presse oder im Fernsehen. Anna bekam keinen unerwarteten Besuch.

Lediglich der Zaun der Kaserne wurde geflickt. Es war kein Badewetter, und kaum jemand bemerkte, daß das Freibad jetzt nur noch der Armee vorbehalten blieb. An dem Bassin stand jetzt ein Soldat. Regungslos verharrte er vor dem schillernden Wasser. Ich schaute durch den Zaun zu ihm hinüber. Der Soldat trug ein Gewehr. Leopold schwamm nicht mehr im Wasser. Er war verschwunden. Beschlagnahmt. Sicher wurde er jetzt irgendwo kühl gehalten und untersucht. Der Gerichtsmediziner würde die Einstichstellen zählen und einen Bericht für eine Akte schreiben. Ich wußte nicht, wie oft ich zugestochen hatte. Ich dachte an seine nassen Haarsträhnen und stellte mir vor, wie sie sich dort, wo er jetzt war, langsam in Eiszapfen verwandelten.

Vor dem Russenmagazin hatte sich eine lange Menschenschlange gebildet, die fast bis auf die Straße reichte. Ich stellte mich hinten an.

»Was gibt es denn?« fragte ich die Frau, die vor mir stand.

Sie sah sich kaum nach mir um und zuckte mit den Achseln. »Johannisbeeren oder Kirschen«, brummte sie.

»Erdbeeren«, meinte eine, die zwei Meter weiter stand.

Auf dem Spielplatz tobten ein paar Kinder herum; die Jungen schossen mit Holzgewehren aufeinander; die Mädchen spielten Fangen und kreischten; sie trugen bonbonfarbene Kleider und Schleifen im Haar, die aussahen wie große Schmetterlinge. Natürlich war von dem Wartburg weit und breit nichts zu sehen.

Es dauerte eine Stunde, ehe ich in den Laden hineingelangte. Noch immer warteten etwa zehn Frauen vor mir. Ich betrachtete das Sammelsurium von Waren: in einer Vitrine wurden Uhren, Wecker, Kristallschalen und Vasen angeboten; daneben lagen Spielzeug, Schreibblöcke und Buntstifte. Dann kamen die Regale mit den Textilien und auf der anderen Seite Schuhe. Es gab große klobige Männerschuhe und silberne Pumps, die aussahen, als hätte Aschenputtel sie nach ihrem Ball stehenlassen. Die Lebensmittel lagen etwa einen halben Meter von den Sandalen entfernt, in Kisten verstaut oder in den Regalfächern. Das in buntes Papier eingewickelte russische Konfekt war teuer, aber ich betrachtete es gern und voller Gier. Die meisten Menschen dieser Stadt liebten dieses Geschäft mehr als jedes andere, ausgenommen diejenigen, die in den Intershop gehen konnten.

Ich kaufte eine halbe Wassermelone und die letzten, schon etwas gammeligen Erdbeeren. Die Verkäuferin hieß Tanja und sprach nur Russisch. Sie trug ein weißes kittelähnliches Kleid, das sie wie eine Krankenschwester aussehen ließ; ihre Arme lugten nackt aus dem Stoff hervor; sie hatte einen dicken braunen Zopf und stark geschminkte Wimpern. Ihre Lippen waren knallig pink. Ich hätte sie gern nach dem Wartburg gefragt, statt dessen deutete ich auf ein Päckchen Papiertaschentücher, die man nirgendwo sonst in der Stadt zu kaufen bekam. Ich zahlte und sagte »Doswidanija«, bevor ich mich mit meiner Einkaufstasche an den nachrückenden Frauen vorbeidrängelte.

Auf dem Nachhauseweg lief mir ein kleiner Junge nach, nicht älter als drei. Es war ein Russenkind, und ich scheuchte es mit einer Handbewegung zurück. Der Junge blieb kurz stehen, dann folgte er mir erneut. Schließlich ließ ich ihn herankommen.

»Was willst du?« fragte ich ungeduldig.

Er hatte ein sehr schmales Gesicht und trug die Haare geschoren wie ein Soldat. Er plapperte etwas in seiner Sprache, die ich nicht verstand. Ich schenkte ihm einen Bonbon und drei Erdbeeren. Er stopfte die Früchte sofort in den Mund, und als ich weiterging, lief er neben mir her.

»Mama«, sagte er. Der Saft der Erdbeeren sickerte ihm übers Kinn.
»Nix Mama«, sagte ich. »Deine Mama ist da!« Ich deutete in die
Richtung, aus der wir gekommen waren. Ich kramte in meinem
Kopf nach ein paar Russischvokabeln, aber sie reichten nicht, um
mich verständlich zu machen.

»Maaammaaa!« schluchzte der Junge.

Ich nahm ihn an die Hand und zerrte ihn zurück. Er stolperte einige Male, die Gummistiefel, die er trug, waren ihm viel zu groß.
Er lutschte seinen Bonbon und schmatzte genußvoll dabei.

Die Melonen und Erdbeeren waren ausverkauft, und Tanja fegte
den leeren Laden. Fleckige Obstkisten standen herum, und die
Frau warf mir einen abweisenden Blick zu.

Ich schob den Jungen in ihre Richtung. »Er sucht seine Mama«, erklärte ich. Tanja redete auf den Kleinen ein, der verlegen zu Boden
schaute und nur spröde antwortete.

Die Verkäuferin seufzte und schimpfte und kehrte das Häuflein
Schmutz zusammen. Sie roch nach Schweiß und einem ho-
nigsüßen Parfum.

Der Junge und ich warteten. Der Kleine griff nach meiner Hand,
und ich brachte es nicht fertig, ihn abzuschütteln. Vielleicht hätte
ich ihn mit nach Hause nehmen sollen? Offensichtlich suchte er
nach einer *neuen* Mama.

Ich hockte mich zu ihm und flüsterte ihm ins Ohr: »Beim nächsten
Mal nehme ich dich mit.«

Der Junge schaute so ernst drein, daß ich plötzlich fürchtete, er
habe mich verstanden. Tanja öffnete ein Fenster und rief eines der
größeren Mädchen zu sich. Sie machte mir mit einer Handbewegung und ein paar deutschen Brocken klar, daß ich jetzt gehen
könne.

Ich blieb stehen. Zum einen hielt der Junge noch immer meine
Hand umklammert, zum anderen wollte ich sehen, daß ihn seine
Mutter in Empfang nahm. Tanja kümmerte sich nicht weiter um
mich. Sie sagte dem Mädchen ein paar Worte, die recht barsch
klangen. Vielleicht hatte es versäumt, auf den Kleinen aufzupassen.
Das Mädchen ging voraus, und wir folgten der rosaroten Schmet-

terlingsschleife, die vor uns auf und nieder hüpfte. Wir liefen über den weichen Waldboden; es gab keine Wege vor den Häusern der Offiziersfamilien. Das Mädchen führte uns an eine Tür und klopfte, und eine dickliche Frau öffnete. Der Junge drängte sich an sie und schluchzte erbärmlich. Das Schmetterlingskind erläuterte die Situation. Die Frau drückte ihr Söhnchen an sich, und nun wollte ich gehen. Sie hielt mich fest und zog mich am Ärmel in die Küche. Beinahe sofort stand Tee auf dem klobigen Tisch, Äpfel und Gebäck.

Die Gastgeberin stellte einen kleinen Teller und eine Tasse mit Goldrand vor mich hin. Sie sah mich nicht an dabei, sondern redete unaufhörlich auf den Jungen ein.

Ich wollte ein Schlückchen trinken und dann gehen. Doch der Tee war zu heiß, ich mußte warten. Die Frau schob mir die Kekse näher hin. Ich lächelte Kolja an, doch der Junge schaute nicht zu mir. Er griff sich etwas, was auf dem Tisch lag, und klimperte damit herum. Die Mutter riß es ihm mit einer heftigen Bewegung aus den Händen.

Es war ein Schlüssel, ein Autoschlüssel, mit einem silbernen L daran.

Die Frau warf mir einen wachsamen Blick zu, doch ich schlürfte ihren Tee, der so heiß war, daß ich nichts schmeckte. Es machte mir nun nichts mehr aus, daß ich mir die Zunge verbrühte.

Anna fand ich in Tränen aufgelöst. Sie stand am Fenster und schaute in ihren kleinen Garten hinunter. Tim schippte im Sandkasten. Eine Schaukel bewegte sich im Wind. Die Blätter einer Birke tanzten.

Als sie nicht auf mein Klingeln reagierte, hatte ich die Tür aufgeschlossen.

»Was ist passiert?« fragte ich.

Anna schluchzte nicht, die Tränen liefen ihr stumm über das Gesicht, als würde sie schon lange – schon Stunden – weinen.

»Sie waren hier«, sagte sie.

»Wer?« fragte ich.

»Zwei Männer. Ich weiß nicht. Sie hielten mir ihre Karten unter die Nase. Irgendwelche Polizisten.«

»Und?«

»Sie haben alles durchwühlt.«

Ich schaute mich in dem Zimmer um. Es sah nicht anders aus als sonst.

»Ich habe schon aufgeräumt«, sagte Anna. »Sie haben mich am Vormittag aus der Bibliothek abgeholt und hierhergefahren. Ich habe Ihnen erzählt, daß ich mit Leopold aus war, erst im Kino, dann Essen, daß er mich zu Hause abgesetzt hat … Hier hast du gesessen, vor dem Fernseher, und auf mich gewartet. Die letzte Bahn war schon weg, und du bist über Nacht geblieben.« Anna erzählte mechanisch und müde. Die Tränen hörten auf zu fließen, doch ihre Wangen und ihre Augen blieben feucht. Sie winkte Tim zu, der eine Sandburg baute.

»Sie haben viele Fragen gestellt. So viele Fragen …« Anna faßte sich an die Stirn. »›Seit wann kannten Sie Herrn Christiansen? Wo haben Sie ihn kennengelernt? Welchen Film haben Sie angeschaut? In welchem Restaurant haben Sie gegessen? Waren Sie an jenem Abend mit Herrn Christiansen intim? Haben Sie sich gestritten?‹ Manche Fragen haben sie immer wieder gestellt … drei- oder viermal … Sie wollten mich verrückt machen, verstehst du?«

»Ja, Anna«, sagte ich bedrückt. »Ich versteh schon.«

Sie drehte sich zu mir um und schaute mich ernst an. »Ich dachte, du seist noch ein Kind«, sagte sie verwundert. »Aber du bist kein Kind mehr, nicht wahr?«

Ich zuckte mit den Achseln. Was wollte sie damit sagen? »Nein, ich glaube nicht«, sagte ich steif und wich ihrem prüfenden Blick aus. »Ich glaube, ein Kind bin ich nicht mehr.« Meine Mundwinkel zitterten, und ich grinste sie idiotisch an, aber sie achtete zum Glück nicht darauf.

Anna sah aus wie ihr eigener Schatten, so dunkel das Haar und grau das Gesicht. »Sie haben das Messer gesucht, glaube ich«, sagte sie. »Sie waren überall, in jedem Zimmer. Sie haben in jeder Schublade nachgesehen. Unter den Schränken, in der Speisekammer, im Kühlschrank, in der Waschmaschine, unter der Matratze ...«

»Unter der Matratze?« fragte ich interessiert.

Sie nickte. »... in Tims Spielkiste ... Zwischen seinen Bauklötzern ...«

»Und?« drängte ich.

Sie schaute mich überrascht an. »Nichts«, sagte sie. Ich hatte ihr nicht erzählt, daß ich das Messer vermißte, und behielt es auch jetzt für mich.

Tim kam hereingestürmt, und ich war froh, daß ich ihm die halbe Wassermelone präsentieren konnte.

Anna lächelte leicht, dann erstarrten ihre Züge wieder.

Ich ging mit Tim in die Küche und schnitt ihm ein großes Stück von der Melone ab.

Anna folgte uns und zog ihrem Sohn das T-Shirt aus, damit er es nicht bekleckerte. Tim tropfte dafür alles andere voll, seine Brust und seinen Bauch, die Tischdecke, seine Hose, seine Sandalen und den Fußboden.

Anna schien es kaum zu bemerken. Sie schaute auf meine Hände, die mit einem Messer die Erdbeeren bearbeiteten.

Sie wusch die Früchte und zuckerte sie, doch essen wollte sie nicht von ihnen. In diesen Tagen aß sie kaum etwas, und wenn, schnitt sie alles in kleine Happen, als falle es ihr schwer zu kauen. Irgendwie schien sie in kürzester Zeit zu altern. Ihre Bewegungen wurden langsam, sie schaute versonnen auf den Salznapf, bevor sie ihn in die Hand nahm. Sie schminkte sich nicht und kleidete sich nachlässig. Das Haar hing ihr strähnig ins Gesicht.

Ihre Augen glänzten, als würde sie wie ihr Sohn davon träumen, auf eine ferne Insel zu fliehen.

Tim ging – verklebt wie er war – wieder in den Garten hinunter, und Anna stellte sich an die Fensterscheibe und sah zu ihm hinaus.

»Mila, ich möchte dich um etwas bitten«, sagte sie leise.

»Ja?« fragte ich. Mein Herz pochte einen schnellen schweren Rhythmus.

»Ich möchte dich bitten ...« Sie legte ihre Fingerspitzen auf die

Scheibe und zog die Hände hinab, so daß es unangenehm quietschte. »Ich möchte dich bitten, nicht mehr zu kommen.« Sie sagte es ganz ruhig und wandte den Blick nicht ab von ihrem Sohn, der jetzt mit sich selbst Fußball spielte.

»Aber Anna«, sagte ich vorwurfsvoll. »In ein paar Tagen sieht die Welt schon wieder anders aus.«

Die Frau schüttelte den Kopf. »Es ist mein Ernst«, sagte sie mit einem drohenden Unterton. »Geh bitte. Laß uns allein. Laß uns … nun … in Frieden kann ich wohl kaum noch sagen. Laß uns … los, Mila.«

»Na schön, wenn du willst«, sagte ich beleidigt. »Und was sagt Tim dazu?«

»Es ist wegen Tim«, sagte Anna. Sie wandte sich um und sah mir direkt in die Augen. Ihr Blick war dunkel, das Schwarz der Pupillen schien in die Iris zu fließen. »Du darfst ihn mir nicht wegnehmen.«

Ich starrte sie entgeistert an. »Tim ist *dein* Sohn«, sagte ich. »Ich mag ihn, und ich mag dich. Und es tut mir leid, *wirklich* leid, was passiert ist. Aber ich würde euch doch nie etwas Böses antun!«

Ich hörte mich reden, und ich wußte, daß ich log. Ich schüttete das Böse in Kübeln über ihnen aus.

»Sie haben mir erzählt, daß du Schülerin in der Klasse meines Mannes warst.«

Ich sagte nichts, sah sie nur an.

»Sie haben behauptet …« Anna schluckte. »Sie haben mir erzählt, daß Joachim … daß mein Mann … erstochen worden ist.«

Ihre Augen sahen aus wie harte schwarze Murmeln.

Mir fiel ein, daß Anna mich verraten konnte.

»Glaubst du *denen*? Vielleicht wollen sie dir eine Falle stellen …«

Ich begann vor dem Fenster auf und ab zu laufen.

»Ich weiß nicht, was ich glauben soll«, sagte Anna. Ihr Blick verwandelte sich, und sie schaute mich besorgt und traurig an. »Du wirst Tim fehlen.«

Wir sahen zu dem Jungen hinaus. Er wälzte sich mit dem Ball im Gras herum.

»Darf ich ihm auf Wiedersehen sagen?« Ich kam mir vor wie in einem Melodrama, und ich wollte plötzlich gehen.

Tim kletterte auf die Schaukel, als er mich kommen sah.

»Schubs mich an, Mila!« schrie er.

»Das kannst du doch auch allein«, sagte ich, lief zu ihm und brachte die Schaukel in Schwung. Tim kreischte vor Vergnügen, und ich spürte Annas Blicke im Rücken.

Ich hielt die Schaukel an und beugte mich an Tims Ohr. »Wo hast du denn mein Messer versteckt, du kleiner Pirat?«

»Welches Messer?« fragte der Junge erschrocken; seine Augen wanderten verstohlen zum Sandkasten.

»Komm schon«, sagte ich. »Wir sind doch Freunde, oder?«

Tim schwieg trotzig.

»Gehen wir mal buddeln?« fragte ich.

»Wozu brauchst du denn ein Messer?« sagte Tim. »Du bist doch 'n Mädchen.«

»Erinnerst du dich an den Schwan, der sich ein Nest gebaut hat?«

Er nickte, das Gesicht zur Grimasse verzogen.

»Er hat einen starken Schnabel … zum Bauen und um sein Nest zu verteidigen … Und ich will mir auch ein Nest bauen.«

Tim kicherte und wurde gleich wieder ernst. »Du bist doch kein Schwan.«

»Genau, ich habe keinen Schnabel. Und deshalb brauche ich … eine Waffe.«

Der Buddelkasten war zum Glück klein und das Taschenmesser nicht sehr tief eingegraben.

ZWEITER TEIL

KAPITEL VIII – SALZ

Es war Sommer, als ich eine meiner Schwestern kennenlernte. Ich hatte es mir in meiner Wohnung gemütlich gemacht und hockte meist auf dem geblümten Sofa und las oder schaute fern. Von meinem Lieblingsplatz aus konnte ich nicht aus dem Fenster sehen, was mir nur recht war. Die Fahrzeuge der Armee rollten nervös hin und her; die Soldaten wurden gescheucht, als stünde ein Krieg unmittelbar bevor. Die Pfiffe, die kurz und wütend schrillten, erreichten mich auch auf der Couch, und ich stellte den Fernseher lauter.

Die Wohnung verließ ich nur, wenn es sein mußte. Wenn ich zur Arbeit fuhr oder zum Einkaufen. Ich mochte niemanden sehen, und ich vermißte niemanden. Das Leben draußen erschien mir zu kompliziert, um mich mehr als unbedingt nötig darauf einzulassen. Ich hatte zwei Männer ermordet; zwei Männer, die ich eigentlich mochte und die mir nichts getan hatten. Die Ermittlungen waren eingestellt, hatte mir Anna berichtet, als wir uns eines Tages zufällig in einem Kaufhaus trafen. Sie sagte es und starrte dabei die Stoffrollen an. Tim war nicht bei ihr, und ich wußte nicht, ob ich froh oder traurig darüber sein sollte.

»Ich will mir neue Gardinen nähen, weißt du?« sagte Anna.

Ich nickte und wagte nicht zu fragen, wie es ihr ging. Sie schien abgenommen zu haben; sie trug ein blutrotes Kleid, und ihr Gesicht war braun getönt. Auf den ersten Blick sah sie aus wie eine Prinzessin aus Tausendundeiner Nacht.

»Wir sind umgezogen«, teilte sie mir mit. »Wir schauen auf die gläsernen Dächer einer Gärtnerei, und ich suche etwas ... Helles ...«

»Das ist schön«, sagte ich steif.

»Etwas Helles, das die dunklen Gedanken verscheucht.« Sie lächelte, als hätte sie einen Witz gemacht.

»Sind die Männer noch mal gekommen … wegen Leopold?«
Sie seufzte. »Oft.«

»Bei mir waren sie auch, so zwei-, dreimal«, sagte ich. »Aber in letzter Zeit nicht mehr.« Ich dachte an die nackten bartlosen Gesichter der Männer, ihre glasigen Augen. Sie hatten ausgesehen wie zweieiige Zwillinge. Der eine schwammig, der andere glatt wie ein Aal.

»Vielleicht gelb«, murmelte Anna. »Vielleicht nehme ich diesen gelben Stoff da …« Sie befühlte die Ware zwischen Daumen und Zeigefinger.

»Hübsch«, sagte ich und streifte den Ballen mit einem gleichgültigen Blick. »Ich hoffe, du wirst jetzt nicht mehr belästigt?«

»Tim mag keine Gardinen«, sagte sie. »Er möchte immer wissen, was draußen los ist. Er beobachtet die Gärtner beim Pflanzen. Er sitzt bei offenem Fenster da und schaut und schaut.«

»Hört sich gut an«, meinte ich. »Grüß Tim von mir, ja?«

Ich wollte mich abwenden, aber sie hielt mich am Ärmel fest und sagte sanft: »Hab keine Angst, Mila. Ich habe dich nicht verraten. Das Ermittlungsverfahren wurde eingestellt.«

»Ja, gut«, sagte ich.

»Sie haben es mir geschrieben.«

Ich schwitzte plötzlich; in dem Kaufhaus war eine grauenhaft stickige Luft. Anna kramte in ihrer Handtasche, und einen Moment glaubte ich, sie suche nach einer Waffe. Sie hatte allen Grund, sich an mir zu rächen. Aber sie zog nur ein Foto hervor, ein Bild von Tim. Sein Gesicht war ernster geworden, schmaler, ohne Babyspeck. Es war ein Porträtfoto aus der Schule, und er trug ein Pioniertuch um den Hals. Anna verdeckte den Knoten mit zwei Fingern. »Na ja«, sagte sie verlegen.

»Ein großer hübscher Junge«, sagte ich.

Als ich nach Hause kam, schob ich die Bücher vom Tisch und legte die neue Decke auf. Sie war blaugrau gemustert wie das Gefieder einer Taube, ein angenehm grober Stoff. Ich hoffte, meine Mutter ein klein wenig zu erfreuen. Den Lappen, den sie mir vor ein paar Monaten geschenkt hatte, rosa, mit grünem Blumen-druck, hatte ich gründlich mit Kaffee und Marmelade vollge-kleckert und in den Mülleimer geworfen.

Im Fernsehen lief die Tagesschau. In China wurde auf Menschen geschossen, Panzer rollten; das blutige Chaos tobte auf einem Platz, der ›Himmlischer Frieden‹ hieß.

Mein Fernseher zuckte zusammen oder jedenfalls kam es mir hin-terher so vor. Es gab ein Zischen und eine Art Blitz, und dann war die Mattscheibe tot. Ein paar Sekunden glaubte ich an einen Über-tragungsfehler, oder hatte man gar auf den Kameramann geschos-sen? Doch das Gerät reagierte auch nicht, als ich den Sender ver-stellte. Der kleine Schwarzweißapparat von »Robotron« gab den Geist auf.

Ich ging in die Küche und trank gleich aus der Flasche. Der Rot-wein umspülte meine Zunge und machte sie schwer und rauh, doch der bittere Geschmack blieb.

Dann klingelte es. Es war das Mädchen, meine Schwester, aber ich erkannte sie nicht gleich. Ich hatte sie zwei oder drei Jahre nicht gesehen, und abgesehen von der Tatsache, daß wir mit dem glei-chen Sperma gezeugt worden waren, verband uns nichts.

Sie bemühte sich auch gar nicht erst, zu lächeln. Sie warf die rech-te Hand lässig in die Luft, eine Geste, die alles und nichts bedeuten konnte. Sie trug irgend etwas Selbstgestricktes und einen großen Schlapphut und sah aus wie eine Schäferin.

»Hast du fünf Minuten Zeit?« fragte Ilona.

»Guten Tag«, sagte ich.

»Kann ich reinkommen?« fragte sie und schob sich an mir vorbei.

Sie drängte in die Küche, als wohnte sie hier, schnappte die Flasche »Cabernet« und zwei Gläser und sagte: »Ich darf doch, oder?«

Ich nickte verdattert. Was blieb mir anderes übrig? Sie brachte al-les in mein Zimmer, stellte die geöffnete Flasche ohne Untersetzer auf den Tisch und fläzte sich auf das Sofa. Ich setzte mich auf den einzigen Stuhl, verschränkte die Arme und starrte sie an.

»Ein bißchen überfallartig, was?« fragte sie und grinste. Sie schenk-te den Wein ein und drehte die Flasche geschickt, so daß nur ein einziger Tropfen den gläsernen Hals hinabbrann. Ich stoppte ihn und leckte meinen Finger ab. Ich saugte an meiner Haut, bis sie geschmacklos wurde. Wie wohl ein Babyfinger schmeckte? Auch salzig oder eher süß …? Die Frage tauchte ganz beiläufig auf und verschwand gleich wieder.

Ilona steckte sich eine Zigarette an und schaute sich nach einem Aschenbecher um. Ich ließ sie eine Weile suchen, dann erhob ich mich langsam und kehrte mit einem Gurkenglasdeckel zu ihr zurück.

Sie blätterte in meinen Büchern herum.

»Alles bloß Romane?« fragte sie.

Ich nickte. Wieso bloß?

»Du liest viel, was?« So wie sie es sagte, klang es verächtlich.

Sie erwartete wohl keine Antwort, und ich warf ihr den Deckel zu.

Ilona schaute sich um und stülpte die Lippen vor, als wäre sie gekommen, um meine Wohnung zu begutachten. »Nicht übel«, sagte sie.

»Danke. Und was willst du?«

Sie warf ihre Hand hoch, wie vorhin, und Asche fiel auf den Teppich.

»Nichts, eigentlich.«

»Nichts?«

»Na ja, eine Kleinigkeit.«

»Ich höre …«

Ilona pustete den Rauch über meinen Kopf. Ihre Lippen sahen rund aus dabei, wie bei einem Fisch. »Eine Adresse.«

»So?« Ich betrachtete sie jetzt etwas aufmerksamer. Vielleicht gab es doch eine Ähnlichkeit zwischen uns. Die runden Wangen? Das schmale Kinn? Aber es war wohl nichts Äußerliches …

»Und dreimal darfst du raten, welche?«

»Die von unserem Vater?«

»Genau.« Sie zappelte mehr herum als ich, aber sie schien etwas dringend zu wollen, zu brauchen, und sie würde es sich holen, davon war ich überzeugt.

»Du hast keinen Kontakt zu ihm?« fragte ich.

»Nö. Mama hat's verboten. Als er in den verfaulenden Kaputalismi rüber is, der Böse.« Sie kicherte.

»Willst du weg?«

»Du nicht?« fragte sie schnippisch zurück.

Ehe ich über ihre Frage nachdenken konnte, redete sie schon weiter. »Familienzusammenführung, verstehste? Is doch *unsere* Chance, oder siehst du das anders?«

»Was willst du denn drüben?« fragte ich und kritzelte die Adresse, die ich im Kopf mit mir herumtrug, auf einen Zettel.

»Was willst du denn hier?« gab sie patzig zurück. »Na, hör mal … *Was willst du denn drüben?* Da fällt mir so einiges ein. Den Eiffelturm besteigen und die Freiheitsstatue, falls man da rauf kann. Und die Pyramiden sehen und die Rocky Mountains und im Londoner Tower die Dinger da klauen. Die … na sag schon …«

»Kronjuwelen.«

»Richtig. Also nich wegen Coca-Cola und Onkel Bens Reis. Ich mag klebrigen Reis lieber, und Cola ist mir zu süß. Aber ich hab null Bock auf Rotlichtbestrahlung bis zur Urne und lebenslänglich zwei Wochen Jahresurlaub im Thüringer Wald, verstehste?«

»Ja.« Ich lächelte schwach und bekämpfte den Neid, der in mir hochstieg.

»Sag bloß, dir fällt nicht auf Anhieb eine Ecke der Welt ein, in die du möchtest.«

»Doch«, sagte ich und reichte ihr die Adresse. Meine Halbschwester war jünger als ich und ziemlich albern. Warum ließ ich mich von ihr wie ein Kind behandeln? »San Francisco«, sagte ich leise.

»Berlin-Zehlendorf«, las Ilona, die nicht zu hören schien, was ich sagte. »Klingt doch nett. Gar nicht so bösebös.«

Irgend etwas muß passieren, dachte ich. *Irgend etwas …*

Seitdem meine Halbschwester mich besucht hatte, fühlte ich mich auf meinem Sofa nicht mehr so recht wohl. Vielleicht lag es auch an den Toten in China oder an meinem kaputten Fernseher. Ich mußte raus.

Die nächsten Tage irrte ich in der Stadt umher, ohne rechtes Ziel, schaute in den Bücherladen hinein, ging ins Café, ins Kino und an einem Sonnabend in die Disko. Doch Herr Jacobi hatte kein vernünftiges Buch für mich, im Café saßen nur ein paar Frauen, die einer Rentnerband lauschten, im Kino lief russischer Müll, und in der Disko fühlte ich mich alt. Ich saß allein an einem riesigen Tisch und nippte an einem warmen Bier. Das Glas hatte einen Sprung, und ich dachte daran, daß ich den Fernsehmonteur endlich anrufen mußte. Es war so verqualmt, daß ich kaum die Paare auf der Tanzfläche erkennen konnte. Die Musik dröhnte. Und das bunte Licht, das umherspritzte wie Wasser aus einem Springbrunnen, machte mich nervös.

Da verzog sich der Zigarettennebel einen Augenblick, und nahe der Lautsprecherbox sah ich eine Gruppe von jungen Leuten, die anders gekleidet waren als das Diskovolk und versuchten, den Lärm zu überschreien. Sie redeten alle gleichzeitig und gestikulierten wild. Ein paar der Jungen trugen Ohrringe, und schwere Ketten baumelten auf ihren schwarzen T-Shirts. Auf einer Tischkante saß Ilona und rauchte, wippte mit den Beinen im Takt der Musik. In ihrem Minirock und mit den schwarzen Netzstrumpfhosen wirkte sie wie ein leichtes Mädchen aus einem Tatort-Krimi. Ihre Lippen leuchteten rot, und ihre Hände steckten in fingerlosen Handschuhen. Als sie mich sah, warf sie die rechte Hand in die Luft, und ich nahm es als Zeichen des Schicksals. Ilona fuhr einem großen Blonden durchs Haar und deutete auf mich.

»Das ist Mila, meine Schwester«, brüllte sie. »Meine *Halb*schwester und das ist Mark, mein halber Bruder.« Ich betrachtete ihn aufmerksam, aber er kam mir nicht bekannt vor. »Die gleiche Mamutschka!« schrie mir Ilona ins Ohr. Ich nickte und ärgerte mich. Jetzt mußte ich sicher noch eine Weile bleiben und konnte nicht gleich verschwinden.

Mark schien meine Gedanken zu lesen. Er sagte: »Wir wollten gerade gehen. Kommst du mit?«

Mark hieß eigentlich Marko und war ein gutaussehender Junge. Ein bißchen jung für meinen Geschmack, aber kein Milchgesicht.

Er trug einen schlichten silbernen Ring im Ohr, und eine Art Kapitänsmütze saß schief auf seinem Kopf. Eine schwarze Lederjacke, mit Schnallen verziert, hing ihm lose über den Schultern. Das dicke blonde Haar hatte er zu einem Zopf gebunden.

Vielleicht ist er schwul, dachte ich und hoffte, daß es nicht so war. Ich hatte keine Ahnung, wohin die Gruppe lief, und Ilona dachte nicht daran, es mir zu erklären. Sie redete mit einem dicklichen Mädchen, das hohe Cowboystiefel trug, obwohl es Sommer war und warm.

Wir gingen auf ein Abrißhaus zu, stiegen knarrende Stufen hinauf, und alle ließen sich auf die nackten splittrigen Dielen nieder. Ich schob mich zwischen Mark und Ilona und fühlte mich wie ein Vogel, der im fremden Nest aufwacht.

Mark roch nach Schweiß und spielte mit seinem Kapitänskäppi, mit dem Zeigefinger ließ er die Mütze kreisen wie einen Propeller. Die Lederjacke verrutschte und entblößte eine nackte Schulter. Ich wagte nicht, hinzusehen; ich nahm es aus den Augenwinkeln wahr. Zwei Mädchen brachten eine riesige Schüssel Salat, warmes Knoblauchbrot, Salz und Pfeffer und einen Quark, den sie Tsatsiki nannten. Zu trinken gab es Bier, Wein und eine himbeerrote Limonade. Abgesehen von den Löchern im Boden, dem Sperrmüll in den Ecken und dem muffigen Dunst, der von einem alten Sofa mit tiefen Beulen und einigen an der Wand gestapelten Matratzen herrührte, war es beinahe gemütlich.

Eine Frau kam herein, mit einem kleinen Kind auf dem Arm. Der Junge quengelte und strampelte und wollte offenbar dorthin, wo es etwas zu essen gab. Ilona sprang auf und nahm das Kind und reichte ihm ein Salatblatt.

»Das ist Noah«, sagte meine Halbschwester stolz, »mein Sohn.«

»O Gott, wirklich?« sagte ich. »Ich wußte gar nicht, daß ich Tante bin!«

Noah kaute an dem Salatblatt; es paßte nicht ganz in seinen Mund hinein und hing ihm wie eine lange grüne Zunge übers Kinn.

Warum konnte Ilona schon ein Kind haben? Warum ich nicht?

Ich rutschte ein bißchen näher an Mark heran. Er piekste Noah in den Bauch, und das Kind lachte. Ich kniff den Kleinen in das speckige Beinchen, der Junge beäugte mich mißtrauisch.

»Nun laßt ihn mal essen«, sagte Ilona.

Ich beachtete sie gar nicht und streckte die Arme aus. »Komm her, Süßer, komm zu deiner Tante!«

Noah lief breitbeinig davon und versteckte sich hinter der Frau, die ihn gebracht hatte und jetzt auf einem Hocker saß, Salz auf ihr Knoblauchbrot streute und sich unterhielt. Auch sie trug dünne schwarze Dinge auf dem Leib, ein Dutzend klimpernde silberne Armreifen, und ihr Haar hatte sie streng nach hinten gekämmt, wie eine Flamencotänzerin.

»Sag jetzt bloß nicht, das ist deine Mutter!« Ich meinte es nicht ernst, doch Ilona zuckte nur mit den Schultern.

»Das *ist* meine Mutter«, sagte sie. Einen Moment verschlug es mir die Sprache, und Ilona lachte über den Ausdruck in meinem Gesicht.

»Sie ist so … jung«, wandte ich ein.

»Sie hat mich geworfen, als sie siebzehn war.«

»Und … Mark …?«

»Da war sie sechzehn«, sagte Ilona. Sie schien nichts dabei zu finden und wischte ihrem Sohn Kräutersoße aus dem Gesicht.

»Weiß deine Mutter, daß du rüber willst?«

Ilona seufzte. »Sie weiß es schon. Aber …«

»Sie haßt ihn, was?«

»Wen?« fragte Ilona erstaunt.

»Nun, unseren Erzeuger.«

»Ach was … Nein, das ist es nicht. Sie macht sich nur Sorgen. Sie sagt, im Westen sei es genauso eine Scheiße wie hier, nur anders. Da mußt du Kohle haben, und alles dreht sich um die Kohle. Und wer keine hat, steht blöd da.« Noah zappelte in ihrem Arm und wand sich, aber sie hielt ihn fest und wischte ihm das Gesicht sauber.

Ein paar Wochen später begann die Revolution, die niemand geplant hatte, die so schnell kam wie ein Gewitter, und so schnell wieder abklang, und die alles veränderte.

Sie begann damit, daß ein paar tausend Menschen das Land verließen. Einer der ersten war der einzige Fernsehmechaniker, den ich kannte, und ich wartete schon eine ganze Weile auf ihn. Schließlich nahm Mark meinen Fernseher mit in das Abrißhaus. Einer seiner Kumpel sei Elektrotechniker und könne das Gerät reparieren. Ich abonnierte keine Zeitung, besaß weder Radio noch Telefon, und als die Menschen wie verrücktgewordene Schafe davonrannten, lag ich mit einer Grippe im Bett und las.

»Am späten Nachmittag stieß er auf umherliegende Knochen – hier hatten die Wölfe ein Tier getötet. Die Überreste hatten noch eine halbe Stunde zuvor zu einem Karibukalb gehört, das schrie und rannte und höchst lebendig war. Nachdenklich betrachtete er die sauber abgenagten und wie poliert wirkenden Knochen, die rosa schimmerten, da das Leben in ihren Zellen noch nicht völlig erstorben war. Blieb vielleicht auch von ihm nichts weiter als das, ehe noch der Tag zu Ende war? Das war also das Leben – wie? Ein eitles und flüchtiges Etwas! Nur das Leben war es, was einem Qual bereitete. Der Tod tat nicht weh. Sterben hieß ja schlafen. Es bedeutete Aufhören, Ausruhen. Warum wollte er dann nicht sterben?«

Es klingelte Sturm, und ich erschrak fürchterlich. *Jetzt holen sie dich,* dachte ich. *Sie haben es endlich herausgefunden.* Fast fühlte ich mich erleichtert. Irgendwie hatte ich seit Monaten auf jemanden gelauert, der heftig danach verlangen würde, eingelassen zu werden, um mir Handschellen anzulegen und mich abzuführen. Ich sah Leopold so deutlich in dem Wasser des Schwimmbads treiben, daß ich glaubte, das Chlor zu riechen. Ich sah seinen Wagen vor dem Russenmagazin. Die Sitze, das Lenkrad, meine Haare, meine Fingerabdrücke, mein Gesicht im Spiegel. Es klingelte. Klingelte. Klingelte. Ich legte Jack London auf meinen Nachtschrank und dachte daran, aus dem Fenster zu flüchten.

»Mila?« schrie der Unbekannte. »Mila! Bist du da? Mach auf!« Die Stimme kam mir vertraut vor, doch ich wußte sie nicht einzuordnen. Sie überschlug sich, kreischte, und ich rätselte und bohrte mir den Nagel meines Daumens in den linken Unterarm. Frau oder Mann?

Dann wurde es still. Ich lauschte. Es klopfte leise. »Mila«, sagte Mark. »Mach bitte auf.«

Ich öffnete ihm die Tür und ließ ihn ein und schloß hinter ihm ab. Er war kreideweiß, und ich glaubte, er sei vor irgendwem auf der Flucht. Er schaltete das Licht aus und begann mich zu küssen. »Mila«, sagte er. Sein Gesicht war feucht; entweder regnete es, oder er hatte geheult wie ein Schloßhund. »Mila, Mila.« Er hing wie ein Ertrinkender an mir.

Ich versuchte ihn abzudrängen. Was bildete sich der Kerl nur ein? Wir hatten ein paarmal zusammen geschlafen. Na und? Ich mochte ihn ganz gern, sein Zöpfchen und das alles, aber es war doch nichts Ernstes.

»Mila …« Er wollte etwas sagen, aber er brachte nichts heraus. Er schluchzte.

»Schsch«, sagte ich. Nun wollte ich aber wissen, was eigentlich los war. Ich wiegte seinen Kopf in meinen Armen. »Ist ja gut; ist ja gut«, sang ich in sein Ohr. Meine Lippen berührten seinen Ring; ich knabberte daran herum und schmeckte das Bittere des Silbers.

Es schien ihn zu kitzeln. Er schob mich zur Seite, richtete sich auf und rieb sich die Stelle. »Sie ist weg«, sagte er.

»Wer?« fragte ich dußlig.

»Ilona.«

»Weg?«

Er nickte. »Abgehauen. Über die grüne Grenze.«

»Grüne Grenze?«

»Ungarn.«

»Bist du sicher?«

»Na klar, Mensch. Sie hat angerufen!«

»Aus Berlin-Zehlendorf?« fragte ich verwirrt.

»Nee«, sagte er. »Aus Österreich.«

Es kam mir vor, als säße ich in einem Kettenkarussell, das sich viel zu schnell drehte. Was will sie denn *da*? Mozart. Hundertwasser. Ingeborg Bachmann. Mehr fiel mir nicht ein. Oder doch? Es gab keine Mauer dort und keine Ostsee. Dafür Berge. Wiener Wald und Prater. Kaffeehäuser und Walzerklänge. Und eine Grenze zu Ungarn, die neuerdings grün war.

»Und Noah?«

»Er ist bei ihr.« Mark ließ sich erschöpft auf mein Bett fallen, und ich legte mich zu ihm. Wir lagen ganz ruhig da und hielten uns umschlungen. Er tat mir leid. Sogar sein Zopf hatte sich aufgelöst. In der Nacht träumte ich von Noah. Er trug die Kronjuwelen wie Kirschen hinter sein Ohr geklemmt.

Ich erwachte davon, daß Mark leise schnarchte. Die Sonne schien ins Zimmer. Mark war nicht zugedeckt, und ich betrachtete seinen Körper. Er war weiß und mager. Er lag zusammengerollt und wandte mir seinen mickrigen Hintern zu. Ausgezogen und ohne Kapitänsmütze erschien er mir nur halb so sexy. Ich nahm die Lederjacke vom Fußboden, setzte den Hut auf und trat vor meinen Holzwurmspiegel.

Sperma sickerte mir die Schenkel hinab. Es sah aus wie Schneckenschleim. Ich ging ins Bad. Mark hatte zum ersten Mal nicht darauf bestanden, sich ein Kondom überzustülpen.

»Ilona hat unseren Neffen entführt«, sagte ich zu ihm. Wir saßen in der Küche und aßen mit Salz und Pfeffer bestreute Butterbrote zum Frühstück.

Mark verschluckte sich und hustete. Ich klopfte ihm auf den Rücken, und er japste nach Luft. Tränen stiegen ihm in die Augen.

»Noah ist mein Sohn«, sagte er.

Ich glaubte, mich verhört zu haben. »Wie bitte?« Wie ein Sohn, dachte ich. Er meint, Noah sei wie ein Sohn.

»Du hast schon richtig gehört«, sagte er ganz ruhig. »Noah ist mein Kind.«

»Ist das wahr?« fragte ich begriffsstutzig.

»Meinst du, ich mach so blöde Witze?« Mark sah mich böse an.

Ich schüttelte den Kopf. Für mich klang es wie ein blöder Witz.

»Also … Ilona und du … ihr seid … die Eltern …?«

»Noah ist unser Kind«, sagte Mark leise.

»Na ja«, sagte ich. »Die Welt ist verrückt, was?«

Mark begann zu weinen. Schon wieder.

»Ach, Mensch«, sagte ich. »Es gibt Schlimmeres.«

»Was denn zum Beispiel?« fragte Mark und zog die Nase hoch.

»Also …«, sagte ich und überlegte. »Als unentdeckter Mörder herumlaufen; darauf zu lauern, daß es plötzlich stürmisch klingelt oder jemand mit dem Finger auf einen zeigt.«

Mark zuckte gleichgültig mit den Schultern. Er hockte eine Weile schweigend da und schaute die Fliege an, die auf der Butter herumkrabbelte. »Das schlimmste ist, jemanden zu verlieren, den man liebt«, erklärte er schließlich.

Ich seufzte traurig und hoffte, Mark würde bald gehen. Seine nassen Wangen fingen an, mir auf die Nerven zu fallen.

»Vielleicht werde ich Ilona und Noah nie wiedersehen«, meinte er und griff geistesabwesend nach der Kaffeekanne. Der Salznapf fiel um.

»Siehst du«, sagte er, »das Unglück verfolgt mich.«

»Ach Quatsch! Du mußt nur ein bißchen Salz über deine Schulter werfen. So.« Ich zeigte es ihm. Mark tat es und lächelte spöttisch.

»Wenn jetzt die Mauer nicht umkippt …«

»Wer weiß«, sagte ich zerstreut. Mir fiel ein, daß ich einen Termin beim Arzt hatte. Ich räumte hastig den Tisch ab und warf den Halbbruder meiner Halbschwester, so freundlich ich konnte, hinaus.

KAPITEL IX – KARTOFFELN

Ein paar Tage lang fuhr ich vom Büro gleich in meine Wohnung und wartete auf Mark. Ich hockte in der Küche, dem hellsten
Raum, und spielte mit einem Jojo. Er ließ sich nicht blicken. Das
Jojo verhedderte sich irgendwann, und ich warf es aus dem Fenster
und sah Panzer hin und her fahren. Auf dem Armeegelände wurde wohl wieder Krieg gespielt oder himmlischer Frieden.
Ich nahm mir ein Buch, rutschte von einer Zeile zur nächsten und
begann wieder ganz oben. Eine Spinne krabbelte unter dem
Schrank hervor und lief quer durch die Küche. Sie war schwarz
und behaart und rannte wie besessen. Ohne zu zögern warf ich das
Buch nach ihr. Ich verfehlte sie. Die Spinne stoppte ganz kurz, einen Moment schien sie starr vor Schreck, dann verkroch sie sich in
den Beutel mit den Kartoffeln.
Meine Mutter hatte mir einen ihrer monströsen Kochtöpfe ge-
schenkt. Ich warf den Kartoffelsack in das Ding, schlitzte ihn mit
meinem Messer auf, ließ Wasser darüber laufen und entzündete ein
Streichholz. Die Kartoffeln tanzten schon bald erregt, der Schaum
schwappte über, und es zischte. Ich stellte die Flamme kleiner.
Die Kartoffeln kochten, bis sie auseinanderfielen. Ich stellte das
Gas aus, und stocherte mit einer Gabel in dem Brei herum. Die
Spinne tauchte nicht auf, und Mark kam nicht.

Am nächsten Tag ging ich noch einmal in das Abrißhaus.
Marks Zimmer war zugeschlossen. Das hatte er noch nie getan.
Ungläubig rüttelte ich an der Tür. Ich stellte mir vor, wie er auf
Ilonas Matratze hockte und Noahs Teddy anstarrte. Ich klopfte
wieder und wieder und riß an der Klinke. Dann gab ich auf. Hinter meiner Stirn hämmerte es weiter. Ein schneller harter Rhythmus schlug in meinem Kopf.

Das dicke Mädchen, sie hieß Maja, wie die Biene, zuckte mit den Achseln und grinste schadenfroh.

»Ich wollte ihn nur fragen, wann er meinen Fernseher vorbeibringt«, erklärte ich und zeigte Zähne und Kringel um die Mundwinkel. »Geh'n wir was trinken?«

Maja ließ sich nicht zweimal einladen. In dem Café spendierte ich ihr einen schwarzen Tee mit Orangengeschmack und einen Toast »Hawaii«. Ganz nebenbei servierte ich ihr Marks Geheimnis.

Ihr blieb der Mund offenstehen, und ich sah Käse und Ananas auf ihrer Zunge. Sie schluckte die Stücken herunter, und an der Art, wie sie den Tee hinterherkippte, merkte ich, daß sie vergessen hatte zu kauen.

»Noah?« fragte sie schließlich. »Von Mark?«

Ich nickte bedeutungsvoll. »Aber erzähl es keinem. Schwöre, daß du es keinem erzählst, ja? Und schon gar nicht darf Mark wissen, daß du es weißt.«

»Hui«, sagte sie nur und pustete auf ihre Finger, als hätte sie sich gerade verbrannt. Zu einem Meineid ließ sie sich nicht hinreißen.

In dem Briefschlitz meiner Wohnungstür steckte ein zusammengefalteter Einkaufsbeutel aus Papier. Ich dachte erst an einen Kinderspaß, aber dann sah ich, daß die Tüte beschrieben war. »Liebe Mila, komm bitte sofort. Es ist etwas passiert. Anna.«

Tim! Es ist etwas mit Tim passiert! *Sofort!* Ich sollte *sofort* kommen. Ja, aber wo wohnten sie jetzt? Ich wendete das Papier hin und her, ich fand keine Adresse. Was hatte sie gesagt, als ich sie das letzte Mal sah? Sie wollte Gardinen kaufen, hellen Stoff für Gardinen. Aber sie hatte mir nicht verraten, wo sie wohnte. Nur, daß es da eine Gärtnerei gab. *Gärtnerei.* Mir fielen zwei Gärtnereien ein, doch eine lag etwas außerhalb der Stadt. Ich mußte also zu der anderen.

Es war ein Mehrfamilienhaus, und im dritten Stock fand ich ein simples Plasteschild mit Annas Nachnamen. Sie war nicht da. Ich läutete an der Nachbartür, und eine Frau mit fußligem Haar öffnete. »Sind Sie eine Verwandte?« fragte sie.

Ich nickte. Schließlich wäre Tim beinahe mein Sohn gewesen.
»Der Junge liegt im Krankenhaus«, sagte die Frau. »Der arme kleine Kerl.« Die Frau erzählte, daß Tim beim Spielen von einer Mauer gerutscht und durch das Glasdach der Gärtnerei gefallen sei. »Er hat eine schwere Gehirnerschütterung und irgend etwas gebrochen ist auch. Sind Sie eine Nichte?«
»Ja«, sagte ich. »Die Nichte des verstorbenen Herrn Kraus.«
Bevor ich ging, drückte sie mir noch einen schwarzweiß karierten Nylonbeutel in die Hand. »Ein bißchen Obst für den Kleinen«, sagte sie. »Grüßen Sie ihn von mir, ja?«
Ich versprach es und dankte ihr so überschwenglich, wie es sich für die Nichte eines verstorbenen Onkels gehörte.
Tim trug einen Verband um den Kopf und den linken Arm in Gips. Unter seinen Augen hingen schwarze Flecken wie Fledermäuse. Anna saß an seinem Bett und las aus einem dicken Buch vor. Tims Augen leuchteten auf, als er mich sah, und ich freute mich und erschrak zugleich. Er schien jünger, als ich ihn in Erinnerung hatte, fast wie ein Kleinkind, dabei war er doch gewachsen und älter geworden. Inmitten von all dem Weiß kam er mir vor wie ein Küken, das sich verirrt hatte und das man beschützen muß, damit es nicht gefressen wird oder totgefahren.
Ich beugte mich zu ihm und gab ihm einen Kuß auf die Wange. Er roch nach einer grausigen Seife, aber ich küßte ihn noch einmal.
Dann umarmte ich Anna und murmelte »Herzlichen Glückwunsch«, obwohl ich eigentlich »Guten Tag« sagen wollte, als wäre sie eben erst Mutter geworden, als hätte sie Tim gerade geboren. Anna schaute mich verwirrt an. Ich fand mich selbst seltsam.
Der Junge hob seinen Gipsarm, auf den schon einige Namen gekritzelt waren. »Du mußt Mila draufschreiben!« befahl er.
»Was machst du nur für Sachen«, sagte ich vorwurfsvoll lächelnd und präsentierte meine Mitbringsel. Tim streichelte den Kaktus ehrfürchtig mit dem Zeigefinger. Ich legte das Digedagheft auf den Nachttisch und schüttete das Obst auf die Bettdecke. Es waren ein paar schrumplige kleine Äpfel und eine Banane mit Punkten, die wie Sommersprossen aussahen.

»Er wollte unbedingt, daß du dich auf seinem Gips verewigst«, sagte Anna. »Er wollte dich unbedingt wiedersehen, Mila.«
Tim aß die Banane sofort, und ich schrieb meinen Namen auf seinen weißen Arm.
»Der Kaktus ist schön, Mila«, sagte Anna und tätschelte mir die Hand.

Ich begann damit, jeden Tag in Jacobis Laden zu gehen, um nach Mitbringseln für Tim Ausschau zu halten. Herr Jacobi, der Tim und Anna flüchtig kannte, ließ mich herumstöbern, und meist fand ich auch etwas, von dem ich hoffte, daß es einen Jungen in seinem Alter aufheitern würde: Stevensons »Schatzinsel« und Poes »Grube und Pendel«, ein paar berittene Hartgummiindianer, eine Maus zum Aufziehen, eine Spinne, die sich bewegte, wenn man Luft in sie pumpte, und eine durchsichtige Wasserpistole.
Herr Jacobi musterte mich durch seine Brillengläser, die seine Augen so vergrößerten, daß sein Gesicht ein einziger Blick war. Ich blätterte in einem Buch, aber er hörte nicht auf, mich anzustarren.
»Nun geraten die Herren Genossen ganz schön ins Schwitzen«, sagte er unvermittelt. Seine Stimme klang belegt, und er sprach betont beiläufig.
Ich lächelte ihm unsicher zu. Was wollte er von mir? Mich testen? Wofür? Oder war er gar einer von diesen Horch- und Guck-Leuten?
»Kann schon sein«, meinte ich lapidar.
»Die Zeit ist reif«, sagte er ernst.
»Na klar.«
»Die Zeit ist gekommen.«
Ich nickte. Es kam mir vor, als zitierte er aus einem Neue-Deutsche-Welle-Song.
»Wer weiß«, sagte er, »vielleicht kann ich Ihnen und Ihrem Freund bald einen Reiseführer nach San Francisco anbieten.«
»Sicher«, sagte ich liebenswürdig.

Ich besuchte Tim fast täglich, und natürlich lauerte er gespannt auf die Kleinigkeit aus Jacobis Laden. Manchmal brachte ich ihm auch einen magischen Gegenstand aus meiner Wohnung mit, einen angebrannten Topflappen, der nach Gas und gelöschtem Feuer roch, eine zeigerlose Uhr oder mein leeres aufgeschlitztes Plastesparschwein und erfand dazu Geschichten von Großbränden, Ufos und Einbrechern.

»Hast du das Messer noch?« fragte Tim.

»Nein.«

»Schade«, sagte er.

Ich schüttelte den Kopf. »Weißt du, ich brauchte es nicht mehr. Es war versandet und stumpf. Ich habe es in den Kanal geworfen.«

In Wirklichkeit konnte ich mich von dem Ding nicht trennen. Es blieb ein Geschenk meines Vaters, und es ruhte, wie eh und je, unter meiner Matratze.

»Ist dein Nest fertig?«

»Mein Nest? Ach so. Nein, ich glaube nicht.«

Tim blickte mir nachdenklich in die Augen und fragte: »Was fehlt dir denn noch?«

Ich pustete Luft durch die Lippen und sagte: »Ein paar Federn und Äste vielleicht … ein bißchen Moos, Blätter …«

»Und wirst du dann ein Kind bekommen?« fragte Tim streng.

Es war keine altkluge Frage, er wollte es wirklich wissen.

»Ja«, sagte ich. »Wenn das Nest fertig ist, will ich ein Kind.«

Diese Ernsthaftigkeit war neu an ihm. Einen Augenblick kam mir der Gedanke, daß Tim von der Mauer *gesprungen* sein könnte. Doch er sah keineswegs bedrückt aus; er wirkte sogar ganz zufrieden.

Zum Abschied reichten wir uns die Hände. Er drückte zu und ließ einen Moment nicht los. Er sagte nichts, hielt einfach nur meine Hand fest.

Am Entlassungstag wartete ich vor dem Krankenhaus. Anna war hinter der schweren Tür verschwunden, und ich hockte auf einer steinernen Treppe und döste in den frühen Morgen hinein.

Ich hatte noch zwei Stunden Zeit, bevor ich ins Büro mußte, und eigentlich wäre ich lieber noch im Bett geblieben. Statt dessen saß ich hier, mit ein paar selbstgepflückten Wiesenblumen für Anna und einem Willkommensgeschenk für ihren Sohn.

Junge Männer liefen an mir vorbei und kamen mit je einer Frau und einem eingepackten Baby wieder aus dem Gebäude heraus. Die frischgebackenen Väter hielten sich gerade, die Schultern zurückgezogen; sie trugen die Koffer und stemmten die schwere Glastür auf. Die Mütter umschlangen ihre Kinder mit beiden Armen, wiegten sie beruhigend und grinsten mir ihr Glück ins Gesicht. Ich bekam Magenschmerzen vor Neid.

Warum *sie*? Warum nicht *ich*?

Ich stand auf und rieb mir den Hintern und schaute zu den Fenstern hinauf. Warum brauchte Anna nur so lange?

»Mila? Was machst *du* denn hier?«

Maja starrte mich an wie eine Erscheinung.

»Ich warte auf einen Freund«, sagte ich müde. »Und du?«

Statt zu antworten, hielt sie die Tasche, die sie bei sich trug, hoch. Sie gehörte Mark. »Er ist hier«, sagte sie. »Heute nacht …« Sie sog die Luft zwischen den Zähnen ein. »Ich hab ihn gefunden. Ich dachte, er wäre tot. O Scheiße. Ich dachte, der wäre hin.« Sie steckte sich mit zitternden Händen eine Zigarette an. »Tabletten«, sagte sie und blies mir den Rauch ins Gesicht. »Schlaftabletten.«

Betreten schaute ich auf Marks Tasche, aus der ein Zipfel eines schwarzen Hemdes lugte. »Wie geht es ihm?« fragte ich steif.

»Keine Ahnung. Sie haben ihn ausgepumpt, seinen Magen meine ich. Wirklich keine Ahnung. Komm doch mit.«

Unwillkürlich trat ich einen Schritt zurück. »Lieber nicht … Vielleicht ein anderes Mal. Ich hoffe, es geht ihm gut.« Das hoffte ich wirklich. Es tat mir plötzlich leid, daß ich sein Geheimnis verraten hatte. Das wäre nicht nötig gewesen.

Ich bot ihr an, die Blumen für Mark mitzunehmen. Sie ließ die Zigarette fallen und griff lieblos nach den Pflanzen.

An einem Donnerstag begegnete ich Viktor in Jacobis Laden. Eine große knautschige Ledertasche hing quer über seinem Körper, und er sah aus, als würde er etwas Wichtiges mit sich herumtragen.

»Mensch, Mila!« sagte er sofort, als er mich sah. Er sprang auf mich zu und gab mir die Hand, und sein Daumen streichelte mich ganz selbstverständlich dabei. »Wo hast du nur die ganze Zeit gesteckt?« War das eine Floskel? Oder was meinte er damit?

»Hast du schon unterschrieben?« fragte er und zwinkerte mir zu. Sein Blick wanderte zu dem Buchhändler, und der schüttelte den Kopf. Herr Jacobi reichte ihm etwas in einem unbeschrifteten A4-Umschlag über den Tisch. Was wurde hier gespielt?

»Oh, schade, ich hab sowenig Zeit!« rief Viktor aus. Er schien es wirklich zu bedauern. Jedenfalls hoffte ich das.

»Wie wär's mit … Morgen, nein, warte … Übermorgen?« Wir verabredeten uns für Sonnabend nachmittag im Café.

Ich steckte den Schlüssel vorsichtig in meine Wohnungstür und drehte ihn zweimal herum. Auf Zehenspitzen schlich ich mich in den Flur und schaltete das Licht nicht an. Meine Nachbarin lauerte auf mich; da war ich mir sicher. Hundertprozentig. Schließlich hatte ich die Treppe nicht geputzt. Das war beinahe so sträflich, wie die falsche Wäscheleine auf dem Dachboden zu benutzen.

In der Küche saß die Spinne. Sie hockte träge auf dem Linoleum, in der Mitte des Raumes, als sei genau *die* Stelle *ihr* Platz. Sie bemerkte mich und lief auf eine staubige Ecke zu und verschwand in einer Ritze zwischen den Fußbodenleisten. Ich lächelte ihr verträumt hinterher. Eine Verabredung mit Viktor. Vielleicht hatte das Leben doch einen Sinn.

Zum Abendbrot verwöhnte ich mich mit Pellkartoffeln und Quark. Den Wein trank ich aus dem Glas, und ich zündete einen Kerzenstummel an.

Marks Kapitänsmütze baumelte auf dem Flaschenhals. Ich nahm sie und setzte sie verkehrt herum auf.

KAPITEL X – TÜTENSUPPE

Manchmal ist San Francisco so gemütlich wie ein Dorf. Ich spaziere mit Alice auf dem Arm in die Abenddämmerung hinein, den Ozean im Rücken, leere wellige Straßen vor uns, ein Kind mit einem Hund läuft an uns vorbei, die geparkten Autos sind groß, verbeult und glänzen matt. Die Holzhäuser sind bunt wie Ostereier. Der kleine Supermarkt hat noch geöffnet, und wir kaufen zwei Blaubeermuffins.

Ich stelle mir vor, daß Viktor neben mir geht, seine Tochter in die Luft wirft und wieder auffängt, wie das Väter so tun. Aber er ist nicht da, und wenn er hier wäre, hätte er sich vermutlich spätestens jetzt von uns abgeseilt, um am Ende der Straße ein kühles Bier zu trinken. Ich spüre in mir etwas aufsteigen wie Sodbrennen, ich bin sauer wie eine Partygurke. Es ist absurd, daß ich so nachtragend bin. Ich weiß. Den Toten trifft keine Schuld. Viktor hat sich nicht davongeschlichen, auch wenn mein gekränktes Herz das glauben will.

Den ersten giftigen Stich verspürte ich, als ich damals das Café betrat. Ich kam eine Viertelstunde zu spät, und Viktor war nicht da.

Ich war so nervös, daß ich gar nicht bemerkte, daß sich kaum Leute in dem Café aufhielten. Ich blieb zögernd stehen und schaute mich nach allen Seiten um. War er wieder gegangen? Oder hatte er mich schlicht versetzt?

Auf der dunklen Seite nahe dem Tresen sah ich zwei Männer sitzen, die mir irgendwie bekannt vorkamen. Mit ihren teigigen Gesichtern verband ich etwas Unangenehmes, aber was? Ich sann nicht lange darüber nach. Der einzige Kellner blickte finster zu mir herüber.

Ich wankte hinaus zur Straßenbahnhaltestelle und brachte es noch fertig, dem Asphalt zuzulächeln. Alles in Ordnung, oder? Die Welt geht nicht unter. Ich hatte nur zwei Nächte nicht geschlafen, so gut wie nichts gegessen, von heißen Küssen und wilden Umarmungen geträumt und ein halbes Monatsgehalt für ein neues Kleid ausgegeben.

Jemand räusperte sich betont deutlich. Ein freudiger Schreck durchfuhr mich und verebbte gleich wieder. Es war der Kellner.

»Waren Sie verabredet?« fragte er und blickte sich nervös um.

»Geht Sie das etwas an?« gab ich schnippisch zurück. Mein Magen knurrte wütend. Hunger machte mich manchmal aggressiv.

Der Mann zog die Augenbrauen hoch und musterte mich verblüfft.

»Nein, es geht mich nichts an«, sagte er sachlich. Er schien nicht beleidigt.

»Entschuldigung«, gab ich klein bei. »Läßt Viktor schön grüßen und bestellen, daß er …«

Der Kellner schüttelte den Kopf. »Ihren Viktor kenne ich nicht«, sagte er. »Aber vermutlich ist er verhaftet worden.«

»Ver … haftet?«

»Alle sind verhaftet worden.«

Jetzt war ich an der Reihe, mein Gegenüber verblüfft zu mustern. Aber er sah nicht aus, als hätte er sich an seiner Theke selbst bedient.

»Alle?« fragte ich und rätselte, wie er das meinte.

»Da drin sitzen nur noch zwei von der Staatssicherheit. Die Gäste sind *alle* verhaftet worden.«

»Warum das denn?« murmelte ich. Mir fiel wieder ein, woher ich die beiden schwammigen Typen kannte. Feuerstein hatte sie einst Dick und Doof genannt …

»*Warum?*« fragte der Kellner und lachte. »Warum – darum. Heute ist der siebente Oktober. Hoch lebe die Republik. Was weiß ich.«

»Einfach so …?«

»Einfach so. Angeblich war eine Demo geplant. Aber sie haben sogar die Rentnerband, die hier seit zwanzig Jahren spielt, mitgenommen.« Er wandte sich plötzlich halb ab. Einer seiner Stasi-Gäste hob den Finger. Sollte das eine Mahnung sein oder wollte er bestellen?

135

»Danke«, sagte ich hastig. Der Kellner nahm sich nicht die Zeit, darauf zu reagieren. Er lief eilig zurück.

Viktor im Gefängnis. Mein Herz tat einen entzückten Sprung. Wegen mir. Na ja, jedenfalls, weil er auf *mich* gewartet hatte. Wenn das kein Futter war für den nächsten Traum …

Ich ging nach Hause, zog die Vorhänge zu, warf mich auf mein Sofa und stellte mir vor, wie ich Viktor im Knast besuchte. Hand an Hand, nur eine extra dicke Glasscheibe zwischen uns, wären wir uns nah wie niemand sonst, abgesehen von Romeo und Julia vielleicht, und alles wäre ganz klar. Ich würde natürlich die Jahre hindurch auf ihn warten, zurückgezogen und tapfer den Alltag bewältigen. Bis er eines Tages … Aber was war mit unserem Kind? Ich brauchte doch erst ein Baby, zumindest eines im Bauch …?

Am nächsten Tag suchte ich Herrn Jacobi auf.

Ich sagte nichts, stand vor ihm, runzelte die Stirn und versuchte, unglücklich auszusehen. Er nahm mich kurz in die Arme und klopfte beruhigend auf meinem Rücken herum.

»Das war ein Schreck, was?« fragte er.

»Wieso *war*?«

»Na, wie ich hörte, ist Viktor heute früh entlassen worden.«

»Heute früh …? Entlassen …? So schnell?« Ich hoffte, Herr Jacobi würde mir meine Enttäuschung nicht anmerken und redete einfach weiter: »Dann brauche ich ihn nicht zu besuchen, nein? Wo ist er denn jetzt? Haben Sie ihn schon gesehen? Wissen Sie, wie ich ihn erreichen kann?«

Herr Jacobi hob beide Hände, als hielte ich eine Pistole auf ihn gerichtet. »Nun mal langsam«, brummelte er. »Leider habe ich seine Adresse nicht. Er kommt jeden Donnerstag her. Vielleicht versuchen Sie es dann oder Sie hinterlassen ihm eine Nachricht.«

Ich schluckte. Was sollte ich ihm denn schreiben? *Schade, daß du verhaftet worden bist. Schade, daß ich Dich im Gefängnis nicht besuchen konnte. Schade, daß ich nicht weiß, wo Du wohnst und wie ich Dich erreichen kann.* »Ist nicht so wichtig«, murmelte ich. Dann fiel mir etwas ein. »Ich möchte unterschreiben«, sagte ich fest.

Herr Jacobi schaute mich wie ein Uhu an. »Gern«, sagte er schlicht. Er bückte sich ächzend, kramte eine Weile in den Fächern herum und legte ein Blatt auf den Ladentisch. »Müssen wir eine neue Liste anfangen«, sagte er. Er fummelte einen vergoldeten Kugelschreiber aus seiner Hemdtasche und reichte ihn mir feierlich. Ich blickte auf die Überschrift: »Aufbruch 89«. Ich überflog den Text, das heißt, eigentlich las ich nur den ersten Absatz. Ich tat so, als würde ich das Papier schon kennen und unterschrieb.

Wenige Tage später begegnete ich Marks Mutter.
Sie sah verändert aus; sie hatte die schwarze Kluft abgelegt und trug ein Kleid mit tausend Blümchen, blaue, gelbe, rote.
Sie lief inmitten einer Menschenmenge und schrie Worte, die ich nicht verstand. Ich stand am Rand der Straße und gaffte.
Es war schon ziemlich kalt, doch Marks Mutter lief ohne Jacke, nur in ihrem Sommerkleid, als wäre ihr heiß. Ich begann mich zu ihr durchzudrängeln, doch mein schlechtes Gewissen stoppte mich wenige Meter, bevor ich sie erreichte. »Neues Worum!« verstand ich. Dazu fiel mir nur ein: Worum geht's? »Neues Worum! Neues Worum!« Leider stand mein Fernseher immer noch in dem Abrißhaus; ich hatte wirklich keine Ahnung, worum es ging.
Schließlich erblickte ich auf einem der vielen Transparente die Worte NEUES FORUM – NEUE HOFFNUNG. Also mit F, dachte ich verwundert. Die Leute begannen etwas anderes zu brüllen, etwas, was sich reimte und was ich sofort verstand: »Demokratie – jetzt oder nie!«
Mein Herz schlug plötzlich im Rhythmus der Worte, als hätte es darauf gewartet. Ich stolperte über einen Buckel des Kopfsteinpflasters, rappelte mich auf und lief ein paar Schritte stumm mit. Dann hielt ich es nicht mehr aus und fiel in den Singsang ein. »Demokratie – jetzt oder nie!« Ich schrie mit tausenden wildfremden Menschen. Es machte auf einmal Spaß, eine von vielen zu sein. Ich erinnerte mich merkwürdigerweise in diesem Moment daran, daß ich als Kind gern Fußball gespielt hatte. Nur ein einziges Ziel im Kopf, rennen, außer Atem sein, kreischen, schießen, treffen und

»Tor!« schreien. »Tor! Tor! Tor!« Leider spielten meist nur die Jungen Fußball. Die Mädchen mußten sich mit Basketball begnügen; ein Spiel, das ich haßte.

Die Demonstranten legten den Verkehr lahm und beherrschten die Straße, als hätten sie nie etwas anderes getan. In den meisten Gesichtern war keine Angst zu erkennen, nur Wut, eine fröhliche frohlockende Wut. Wir zogen an den grauen Häusern vorbei, und die Stadt erschien mir klein wie ein Puppenhaus oder wie eine Kulisse, die ich jahrelang für echt gehalten hatte. Alles nur Pappe! Der Wolf pustete und pustete, und die Schweinchen hatten keine Chance. Das Volk hier pustete und pustete seine Regierung davon. Wer hätte das gedacht.

Eine Hand griff nach meiner, und ich drehte mich um. Viktor! Er grinste mich breit und glücklich an; seine Wangen glühten und seine Augen glänzten. Für ein paar Sekunden schien er von innen zu leuchten, wie eine Laterne aus Pergament. Ohne darüber nachzudenken, stellte ich mich auf die Zehenspitzen und hielt ihm die Lippen hin. Er küßte sie.

Als ich wieder sehen konnte, bemerkte ich eine Frau an seiner anderen Hand. Sie hielt ein Pappschild mit dem Wort *Freiheit* in die Höhe, darunter das gezeichnete Victory-Zeichen. Es sah aus, als hätte sie ein Biologiebuch als Vorlage genommen. Die Hand mit den zwei gespreizten Fingern erinnerte an die Pfote eines Schimpansen. Sie war voller Runzeln und wirkte breit und ledrig. Ich lächelte zu meiner Rivalin hinüber, aber sie beachtete mich gar nicht.

Viktor hielt uns fest und schaute nach vorn. Er brüllte etwas dicht an meinem Ohr, und einen Moment machte ich mir Sorgen um mein Trommelfell.

»Wir sind das Volk! Wir sind das Volk!« Wir waren ein einziges Meer. Tausende von Tropfen, die sich in ein hohles Land ergossen. Unsere Wellen platschten gegen die, die am Rand standen. Polizisten, die hilflos lächelten und Blumen in den Händen hielten. Sie wurden gegen die Häuserwände gedrückt, aber niemand krümmte ihnen ein Haar.

Die Schweine würden aufgeben müssen. In ihrer Dummheit hatten sie versäumt, ein Haus aus Stein zu bauen oder irgend etwas Glaubwürdiges. Was konnten sie jetzt schon noch tun? Panzer auffahren lassen und schießen? Natürlich konnten sie das. Vielleicht lauerten sie auch irgendwo, um uns zu verhaften? Ich stellte mir mein blasses Gesicht hinter Gittern vor. Ein Bild in der Tagesschau. Angeklagt wegen staatsfeindlichen Verhaltens, eine Aufständische. Von meinen Morden wäre natürlich nicht die Rede. Im Gegenteil. Niemand würde auch nur auf die *Idee* kommen, mich zu verdächtigen.

»*Wir sind das Volk!*« Die Leute gerieten immer mehr in Ekstase. Sie schrien, klatschten, schrien, klatschten. Sie waren begeistert. Begeistert von sich selbst. Ich war auch begeistert von mir selbst. Ich schrie so laut ich konnte. Ich klatschte wie noch nie in meinem Leben. In meiner Kehle kratzte es, und meine Hände brannten. Eigentlich klatschte ich sonst nicht gerne. Im Theater, im Konzert oder im Zirkus – es störte mich. Gerade hatte ich mich in die fremde Welt da vorne vertieft, da kam der Beifall wie eine Ohrfeige. Riß mich aus der schönen Unwirklichkeit. Hier war das anders. Hier ging es nicht um höflichen Applaus. Wir waren das Volk, wir durften laut sein, wir durften schreien und klatschen, auch wenn oder gerade weil Papa Staat das verboten hatte. Reden hielt niemand an diesem Tag. Die wurden nicht gebraucht. Die Menschen brüllten sich ihre verletzten Seelen aus dem Leib. Schrien ihre Furcht weg. Klatschten sich Mut zu. »Sta-si-in-die-Pro-duk-tion!« lautete der nächste Schlachtruf. Der Zug bewegte sich auf die Spitzelzentrale zu, vorbei an dem Untersuchungsgefängnis. »Schämt Euch! Schämt Euch!« Fäuste schwangen im Takt der Schreie; die Luft vibrierte, als würde sich die heimliche Angst in ihr entladen. Die Betonfestung blieb stumm. Kein Licht brannte. Kein Mucks war zu hören. Ich stellte mir versteckte Kameras vor, die unsere Gesichter abtasteten. Es schien mir keine Frage, daß sie sich rächen würden. Wenn nicht heute, dann morgen. Jemand warf eine Handvoll Steine gegen die Mauer, die die Häuser umgab. Keine Brocken, eher aufgelesene Kiesel, die auf den Beton klickten, als wäre eine Perlenkette zerrissen. Sofort löste das einen neuen Slogan aus. »Keine Gewalt! Keine Gewalt!« Diesmal schrie ich nicht mit. Ich konzentrierte mich darauf, Viktor nicht zu verlieren. Im übrigen war ich der Ansicht, daß *diese* Regierung und ihre Schnüffler einen blutigen Abgang verdienten. Wenn ich ein Schild bekritzelt hätte, dann mit einem Drachen, dem man die Köpfe abschlägt. Aber als Viktor mir eine Kerze in die Hand drückte und sie anzündete, schützte ich die Flamme vor dem Wind wie den unbehaarten Kopf eines Babys. Leider verlor ich Viktor dabei aus den Augen. Ich drängelte mich mit meiner brennenden Haushaltskerze durch die Menge, aber er und die Schimpansenfrau waren verschwunden.

Zum Abendbrot kochte ich mir eine Tütensuppe. Ich hatte vergessen, einkaufen zu gehen. In der Küche fand sich weder ein Rest Brot noch ein Schluck Wein. Die Suppe enthielt nur ein paar winzige Nudeln und zuviel Salz. Trotzdem aß ich gierig, brühte mir einen Pfefferminztee und rief mir die Gesichter der Leute auf der Straße in Erinnerung. Viele lachten, wenn sie nicht gerade wütend brüllten, sie wirkten glücklich und ausgelassen, euphorisch, vielleicht wie nie zuvor. Und doch saß einigen die Angst im Nacken. Sie liefen, die Schultern hochgezogen, die Lippen zusammengepreßt oder die Arme vor dem Bauch verschränkt. Irgendwie schienen sie froh zu sein, als sie dann klatschen und wie die Indianer schreien durften.

Wir sind das Volk! Jippijippijeh! Nieder mit den Bleichgesichtern! Aber tut ihnen nicht weh!

Noch am selben Abend verließ meine Spinne ihr Versteck. Sie kam aus dem Loch zwischen den Fußbodenleisten gekrabbelt und lief in einem nicht einmal rasanten Tempo durch die Küche. In meinen Schläfen pochte es noch: Keine Gewalt! Keine Gewalt! Ich schnappte die Spinne, faßte das sich windende Etwas zwischen Daumen und Zeigefinger an einem ihrer schwarzen Beine, hielt die Luft an und rannte. Ich mußte mit der linken Hand das Fenster öffnen, während die Spinne in meiner rechten zappelte. Ich warf sie hinaus und klatschte dreimal in die Hände, in dem Rhythmus, den ich heute gelernt hatte.

Ich erwachte davon, daß etwas gegen das Fenster schlug. Gleichzeitig klingelte es. Ein Stein knallte gegen die Scheibe, dann noch einer und noch einer. Ich wartete darauf, daß Glas durch meine Wohnung splittern würde. Doch der Steinewerfer hörte auf, Steine zu werfen. Der Klingler klingelte jedoch weiter. Ich sprang auf und schaute im Vorbeigehen auf meinen Wecker. Elf Uhr. Noch heute oder schon morgen? Elf Uhr abends oder früh?
Vielleicht stand mein Chef vor der Tür, um zu fragen, warum ich nicht zur Arbeit komme. Vielleicht brachte er das Kündigungsschreiben gleich mit. Schließlich hatte ich oft genug verschlafen.
Ich versuchte rasch, krank zu erscheinen und griff mir ein fleckiges Geschirrtuch, das ich an meine Nase preßte. Ich schnaubte kräftig und öffnete die Tür. Am liebsten hätte ich sie gleich wieder geschlossen. Viktor starrte mich verwirrt an. »Bist du krank?«
O Gott! Ich trug ein lappiges T-Shirt, das freie Sicht auf meine dicken Schenkel gewährte. Ich hatte wirres strähniges Haar, ein Rest Schminke lief vermutlich quer über mein Gesicht, und ich preßte mir ein fleckiges Geschirrtuch an die Nase.
»Hallo Viktor«, hauchte ich.
»Hast du Grippe oder was?« fragte er hartnäckig. Schritte erklangen auf der Treppe, und ehe ich auch nur einen meiner Schenkel bedecken konnte, guckte Herr Jacobi mich mit seinen wie durch eine Lupe vergrößerten Augen an.
»Wie spät ist es?« fragte ich geistreich. »Ist noch heute oder schon morgen? Ich meine, welcher Tag ist heute? Ist jetzt ... Nacht? Also, ich bin nicht krank, um ehrlich zu sein. Ich habe geschlafen.«
»Geschlafen?« fragte Viktor erstaunt.
»Entschuldigen Sie den Überfall«, sagte Herr Jacobi höflich. »Es ist schon recht spät. Doch wir wollten Sie zur Mitgliederversammlung abholen.«

»Ach so«, sagte ich und lächelte erleichtert. Wahrscheinlich träumte ich den ganzen Quatsch.

»Komm schon, zieh dir was an!« befahl Viktor.

Natürlich gehorchte ich augenblicklich. Wenn der Traum doch kein Traum war, dann mußte ich mich wohl beeilen, damit ich Viktor nicht gleich wieder verlor.

Wir gingen zu einer nahegelegenen Kirche aus rotem Backstein. Ich glaubte nicht an Gott und fühlte mich als Heidin unter Christen immer unbehaglich. Etwa so, als hätte ich Diabetes, und alle um mich herum würden Süßigkeiten essen. Schon die Art, wie sie die Hände falteten und den Kopf senkten, ließ mich schaudern.

Jetzt brachte mich Viktor um dreiundzwanzig Uhr dreißig zu einer Kirche. Zum Glück kamen wir gar nicht erst hinein. Etwa tausend Leute standen davor und versuchten, sich in die Kirche zu drängeln. Es war schlimmer als bei der Disko. Ich drückte mich so nah wie möglich an Viktor heran. Er roch so salzig, daß ich gern an ihm geleckt hätte. Aber er schaute gar nicht zu mir her. Er packte meine Hand und versuchte, mich durch das Gedränge zu zerren. Natürlich hatten wir keine Chance. Er umfaßte meine Hüfte und schob mich ein Stück vor sich her. Wir kamen nicht viel weiter, aber das machte mir überhaupt nichts aus. Wahrscheinlich begehrte Viktor nur Einlaß und war deshalb erregt. Aber ich nahm es persönlich.

Ich drehte mich zu ihm um, und so kam es, daß er mich umarmte. Ich küßte ihn. Eine Stimme schwebte plötzlich über uns, und einen Moment meinte ich, es wäre Gott. Die Stimme sagte: »Liebe Mitglieder, Freunde und Sympathisanten des Neuen Forums! Wir wiederholen die Veranstaltung in einer Stunde. Bitte nicht mehr in die Kirche kommen! Es ist kein Platz mehr! Bitte geduldet euch etwas! Die Veranstaltung wird in einer Stunde wiederholt!«

Ein enttäuschtes Brummen machte die Runde. Ich rieb meinen Körper an Viktor. »Wir haben eine Stunde Zeit«, flüsterte ich. Viktor ließ die Kirche Kirche sein und gab sich der Unzucht hin. Jedenfalls ein paar Sekunden lang. Unsere Zungen begegneten sich, als wären sie es, die sich paaren wollten. Dann tatschte Herr Jacobi auf meine Schulter.

»Was machen wir denn jetzt, Viktor?« fragte er hilflos. Er konnte wohl wirklich schlecht sehen.

Als wir endlich in die Kirche gelangten, schob mich Viktor in eine Reihe, in der noch ein winziges Plätzchen frei war. Ehe ich mich hinsetzen konnte, drängelte er mich beiseite und quetschte sich selbst auf die Bank. Er grinste mich frech an, dann zog er mich auf seinen Schoß.

»Okay so?« fragte er in mein Ohr. Viktor legte die Arme um mich, als müßte er mich festhalten, damit ich nicht herunterfiel. Ich spürte seine knochigen Beine unter meinem Hintern und bekam sofort ein schlechtes Gewissen. Sicher wog ich ein paar Pfund zuviel. Aber ich konnte ihm wohl schlecht anbieten, daß er sich auf *mich* setzte, oder?

In dieser Nacht betete niemand. Es war fast zwei Uhr morgens, und sie kamen gleich zur Sache. Es sprach auch kein Pfarrer, jedenfalls gab sich niemand als Gemeindehirte zu erkennen. Jeder, der wollte, konnte nach vorn kommen und etwas in das Mikrofon sagen. Manche verlasen Erklärungen, andere redeten, was ihnen gerade in den Sinn kam. Immer ging es darum, daß sich endlich alles ändern solle. Ich saß auf den harten Schenkeln eines Mannes, halb betäubt von seinem Duft, und hörte kaum auf das, was da vorn geredet wurde. Ich konnte mein Glück nicht fassen. Alles änderte sich. Das ganze Leben. Die Menschen erwachten aus ihrem Dornröschenschlaf, und der Prinz saß direkt unter mir und hielt mich umschlungen. Was wollte ich mehr. Erst mal nichts.

Erst mal.

Ich lehnte mich an Viktor und versuchte gleichzeitig, mich leichter zu machen. »Bin ich dir nicht zu schwer?« fragte ich, aber er hörte mich gar nicht. Er starrte den Redner an und sah ganz ernst aus. Der Redner war eine Rednerin. Die Schimpansenfrau. Zwei Haarsträhnen fielen ihr gekonnt ins Gesicht, und sie pustete sie energisch beiseite, was ihr einen rebellischen Touch verlieh. Allerdings trug sie einen albernen Charlie-Chaplin-Hut, der diesen Eindruck wieder verwischte. Sie las nicht von einem Blatt ab, sondern erzählte, daß beinahe alle ihre Freunde jetzt im Westen seien. Eine Zeitlang sei sie darüber nur traurig gewesen, aber jetzt habe sie eine große Wut im Bauch. »Warum laufen denn die Leute weg?« schrie sie. »Sie haben keinen Hunger, keinen Durst, und niemandem fehlt ein Dach über dem Kopf. Sie laufen weg, weil man ihnen verboten hat, wegzulaufen. Weil der Staat seine Bürger behandelt wie unmündige Kinder!« Einige Leute klatschten an dieser Stelle. »Wir haben vierzig Jahre lang mit einer Regierung gelebt, die uns eine Mauer vor die Nase setzt und Maulkörbe verpaßt. Damit ist jetzt Schluß!« Die Leute jubelten, obwohl die Frau sicher noch keine vierzig Jahre irgend etwas ertragen mußte. Sie war höchstens fünfundzwanzig.

»Wir fordern Freiheit!«

Viktor schubste mich von seinem Schoß, sprang auf und klatschte. »Freiheit für die Andersdenkenden! Freiheit für … jeden und jede! Reisefreiheit! Meinungsfreiheit! Pressefreiheit!« Die Schimpansenfrau hob die Faust und spreizte zwei Finger, der Beifall rauschte ihr entgegen.

Viktor küßte mich flüchtig auf die Wange und sagte etwas wie: »Komme gleich wieder.« Dann lief er davon. Ich sah noch, wie er die Frau in die Arme nahm. Ich ließ mich auf den freien Platz fallen.

Ich wartete noch drei Ansprachen ab, doch Viktor kam nicht wieder.

Aha, dachte ich, das war's dann wohl. Ich erhob mich und drängelte durch die Menge. Niemand sprach mich an oder hielt mich gar zurück.

Draußen standen junge Leute in Grüppchen herum und rauchten. Ich erkannte Maja. Sie redete mit einem Punk, auf dessen Schultern eine Ratte herumturnte. Ich entdeckte noch ein paar andere Gesichter aus dem Abrißhaus. Mark war nicht darunter. Ich machte, daß ich davonkam.

In einer spärlich beleuchteten Seitenstraße parkten plötzlich Lastwagen. Die Planen waren zurückgeschlagen. Männer saßen auf den Ladeflächen und ließen ihre Beine herabbaumeln. Sie trugen

Uniformen und sahen grimmig und müde aus. Die Männer hatten die Vierzig alle längst überschritten. Keine Armee. Kampfgruppe. Die Verärgerung über ihren Einsatz stand ihnen ins Gesicht geschrieben. Wahrscheinlich saßen ihre Kinder und Nachbarn in der Kirche.

Ich streckte mich und lief so gerade ich konnte. Hier kommt eine Staatsfeindin. Ein mutmaßliches Mitglied des Neuen Forums. Nehmt mich doch fest, wenn ihr euch traut. Knüppelt mich nieder. Oder besser: Schießt! Dann wird Viktor an meinem Grab stehen. Er wird einsehen, daß er einen schwerwiegenden Fehler begangen hat. Er wird sich schuldig fühlen. Er wird die Schimpansenfrau fortjagen. Er wird nur mich lieben. Bis in alle Ewigkeit. Amen.

Die Männer starrten mich grimmig und müde an. Weiter nichts. Einer zog seine Mütze etwas tiefer ins Gesicht. Ich erkannte ihn trotzdem. Es war Herr Schröder, der mit mir in einem Büro saß und dem ich verraten hatte, daß ein Indianerzelt mit vier Buchstaben Tipi heißt.

Ich legte mich sofort auf meine Matratzen, aber ich konnte nicht einschlafen. Ich stand wieder auf und putzte mir gründlich wie lange nicht die Zähne. Es war halb vier; ich war hellwach und plötzlich hungrig. Die letzte Tütensuppe hatte ich schon gegessen; ich besaß nicht einmal mehr einen Kanten Brot. Ich suchte in allen Schränken und Schubläden und fand schließlich im Nachttisch eine Tafel Schokolade Vollmilch mit Weihnachtssternchen auf dem Papier. Ich aß sie sofort auf; sie schmeckte schon etwas ranzig. Dann putzte ich mir noch einmal die Zähne, spuckte braune schaumige Soße ins Waschbecken und versuchte, meinem Spiegelbild nicht zu begegnen.

Ich rollte mich von einer Matratze auf die andere. Es nützte nichts. Meine Lider waren schwer, und ich gähnte drei-, viermal, doch der Schlaf ließ mich links liegen.

Etwas piekte mich in den Rücken. Ein spitzer gemeiner Stich zwischen die Schulterblätter. Mein Taschenmesser. Es ließ sich nicht mehr zuklappen und hatte sich durch den Schaumstoff gebohrt. Beinahe hätte ich mich selbst erstochen. Ich betrachtete das Messer eingehend. Wenn man es reinigte und schärfte, war es vielleicht doch noch zu gebrauchen.

Ich ging in die Küche und machte mich an die Arbeit. Nach einer Stunde sah das Messer aus wie neu. Es war scharf. Schärfer als je zuvor.

Ich hockte da und überlegte, wen ich zuerst erledigen sollte. Viktor oder die Schimpansenfrau. Es war wirklich verlockend, darüber nachzudenken. Aber ich glaubte, daß ich es diesmal nicht konnte. Ich glaubte, daß es diesmal anders sei. Ganz anders. Ich glaubte, ich sei verliebt. *Wirklich* verliebt.

Die Spinne krabbelte beinahe gemächlich über das fleckige Linoleum. Anscheinend bevorzugte sie die staubigen Ecken in meiner Wohnung. Sie hatte sich den denkbar schlechtesten Augenblick für ihre Rückkehr ausgesucht. Ich zerhackte sie mit der Klinge, eilig wie ein Chefkoch.

KAPITEL XI – MARMELADE

»Wie geht es Mark?« fragte ich Maja, als ich sie auf der nächsten Demo traf. Ich wollte es nicht wirklich wissen; es interessierte mich nur ein bißchen, ob die beiden jetzt ein Paar waren. Maja und Mark, das wäre doch hübsch.

»Mark?« fragte Maja und wich meinem Blick aus. »Ja, weißt du …« Die Menschen um uns drängten und schrien Parolen, und ich verstand nicht, was sie sagte.

»Waaas?« brüllte ich.

Sie nickte und kam ganz dicht an mich heran. »Du hast schon richtig gehört«, sagte sie in mein Ohr.

»Ich habe gar nichts gehört«, schrie ich zurück.

»Er ist tot«, sagte Maja. Sie sagte es ganz leise jetzt, aber die Demonstranten holten gerade Luft, und ich verstand sie deutlich.

»Tot?« Es kam mir vor, als hätte ich dieses Wort das erste Mal gehört. Was bedeutete tot? Ich schüttelte den Kopf und setzte mich hin, wo ich war. Auf die Straße. Die Menschen umkreisten mich, einige stolperten über meinen Körper, der sich zusammenzog wie ein Fötus. Maja blieb tapfer bei mir stehen und stemmte sich gegen die Flut.

»Komm hoch, Mila!« schrie sie. »Komm hoch!« Sie zerrte an mir, und ich dachte: Teh Oh Teh. Man kann es von links nach rechts lesen und von rechts nach links. Ein sehr kurzes Wort, eigentlich nur ein Laut. Die Lippen mußten sich einen Moment vorwölben wie bei einem Fisch.

Ich wartete auf den Schmerz. Auf Tränen. Es kam nichts.

Schließlich stand ich auf und lief mit Maja weiter. Sie hatte sich eine Punkerfrisur schneiden lassen, die sie noch dicker machte. Wenigstens schleppte sie keine Ratte mit sich herum.

Sie sah kein bißchen traurig aus, eher verlegen. Sie rauchte hastig,

als könnte ihr etwas entgehen. Ich hatte das Rauchen wieder auf-
gegeben, aber als sie mir eine Zigarette anbot, griff ich dankbar danach. Es war eine filterlose, und ich mußte ständig Tabakkrümel
ausspucken.

»Du mußt es mal so sehen«, sagte ich zu mir selbst. »Mark hat sich
etwas in den Kopf gesetzt, und er hat es geschafft. Er hat es wirklich geschafft.«

»Hast du was gesagt?« brüllte Maja.

»Nicht so wichtig.«

Ich *fühlte* mich nicht schuldig. Ich *wußte*, daß ich schuld war. Ganz
allein. Nein, nicht ganz allein. Ein wenig hatte auch Maja Schuld.
Und Ilona. Und Marks Mutter. Und vermutlich Marks Vater. Und
Mark selbst natürlich. Aber vor allem ich.

Plötzlich schwebte ein Mikrofon vor meiner Nase.

»Sag was«, sagte Maja und kicherte.

Ich schluckte. Dann nahm ich mich zusammen und sagte: »An
manchen Tagen schäme ich mich Ich zu sagen. Heute ist so ein Tag.
Und dann bin ich froh, wenn ich Wir schreien kann. Es macht
Spaß, Wir zu schreien. Ohne ein Ich gäbe es wahrscheinlich kein
Wir, aber bisher gab es jede Menge Ichs ohne ein Wir ...« An dieser Stelle wußte ich nicht weiter. Maja klatschte. Sonst klatschte
niemand. Das Mikrofon war ohnehin ausgeschaltet, wie Maja mir
Stunden später gestand. Da half sie mir, meinen Fernseher aus dem
Abrißhaus zu schaffen. Ein Punk, der Benni hieß und in dem Zimmer von Mark und Ilona wohnte, borgte uns seinen Trabant Kombi, den er von seinen Eltern geliehen hatte. Maja besaß zwar keinen Führerschein, aber sie konnte so einigermaßen fahren. Sie
bumste die Bordsteinkante hoch und fuhr direkt vor die Haustür.
Irgend etwas in dem Auto knirschte verdächtig.

»Und das Mikrofon war aus?« fragte ich noch einmal.

»Es war aus. Ich schwör's dir.«

Zu meiner Überraschung warf sich mein Gast auf mein Sofa und
verlangte nach einem Kaffee. »Mit Milch und Zucker«, rief Maja
mir nach. Offenbar war sie davon überzeugt, daß ich mich dankbar
zeigen mußte.

Als ich wiederkam, rauchte sie, und der Fernseher flimmerte. Ich hatte nur eine Zimmerantenne, und es war kaum etwas zu erkennen. »Ein Thriller«, sagte Maja. Es klang so, als wollte sie noch eine Weile bleiben.

Ich stellte den Kaffee vor ihr ab und schob ihr den Zucker hin. »Milch ist nicht«, sagte ich und blieb stehen. Die Augen fielen mir fast zu; normalerweise ging ich um die Zeit schlafen.

»'n Frauenmörder«, sagte Maja.

Ergeben ließ ich mich neben ihr nieder. Ein wohliger Geruch nach Kaffee und Tabak umhüllte mich, und im Fernsehen zirpte fünfzehn Minuten lang eine Grille.

»Wie findste denn Benni?« wollte Maja wissen.

Ich riß die Augen auf und drehte schlaftrunken den Kopf zu ihr.

»Nett«, sagte ich und überlegte, wie er ausgesehen hatte.

»Sonst nichts?«

»Was denn sonst noch?« fragte ich unwillig. Er hatte grüngelb gefärbtes Haar gehabt und trug eine Sonnenbrille, die ihm ständig von der Nase rutschte. Irgendwie sah er aus, als käme er gerade von einem Kindergeburtstag.

»Na ja«, antwortete Maja. »Er ist verliebt in mich. Sagt er.«

Wir schwiegen eine Weile und betrachteten das Krisselbild. Nach den Geräuschen zu urteilen, mordete der Mörder gerade.

»Hast du jemanden?« fragte Maja altmodisch.

Ich zuckte mit den Schultern. »Vielleicht. Ich weiß auch nicht so richtig.«

»Verrätst du mir seinen Namen?« fragte sie und grinste liebenswürdig.

Ich beugte mich zu dem Apparat vor, kratzte mich nervös und tat so, als wäre der Film gerade spannend.

»Na?« hakte Maja nach.

In der Nacht träumte ich von Mark. Er sah aus wie immer, nur daß er seinen Zopf verkehrt herum trug, und das Haar sein Gesicht verdeckte.

Ich erwachte davon, daß mein Herz wild klopfte. Es raste, als wollte es aus mir herausspringen. Ich schaltete die Nachttischlampe an und setzte mich auf. Mein Mund fühlte sich trocken an, aber ich mochte nicht aufstehen und in die Küche gehen. Ich holte das Jack-London-Buch unter meinem Kopfkissen hervor, schlug es auf und nahm die Salzstange heraus. »Er hockte im Moos, hatte einen Knochen im Mund und saugte an den Resten des Lebens, die diesen noch zartrosa färbten. Der süße Geschmack nach Fleisch, zart und unwirklich fast wie eine Erinnerung, machte den Mann wahnsinnig. Seine Kiefer schlossen sich um den Knochen, und er begann knirschend zu kauen. Manchmal brach der Knochen – manchmal auch waren es seine Zähne.«

Zögernd biß ich von der Salzstange ab und schob das Stück im Mund hin und her. Es war fad und pappig, nur das Salz schmeckte frisch und nach Ostsee. Ich hätte mit Mark wegfahren sollen, ans Meer, dachte ich. Wie wollte ich denn für ein Kind sorgen, wenn ich nicht mal mit einem Mann mit angeknackster Seele umgehen konnte. Ich spürte meinen Herzschlag wieder und las rasch weiter: »Später zermalmte er die Knochen zwischen Felsstücken, stampfte sie zu Brei und verschlang sie. In der Eile traf er beim Stampfen auch seine Finger und fand noch einen Augenblick Zeit, um davon überrascht zu sein, daß seine Finger nicht sonderlich schmerzten, wenn der niedergefallene Stein sie traf.«

Das Schlimme war, daß ich eigentlich gar nichts bereute. Herr Kraus, Leopold und selbst Mark wären höchstwahrscheinlich noch am Leben, wenn sie mir nicht begegnet wären. Aber ich hatte nicht das Gefühl, etwas grundsätzlich Falsches getan zu haben. Mal abgesehen von der versäumten Fahrt an die Ostsee … Was hätte ich denn anders machen sollen?

Als ich aufwachte, klapperte Maja schon im Bad herum und summte. Eine Melodie konnte man beim besten Willen nicht erkennen. Ich überlegte, was ich ihr zum Frühstück auftischen sollte. Außer einem Rest Kaffee, einem Beutel Pfefferminztee, ein bißchen Erdbeermarmelade und zirka fünfzig Gramm Butter besaß ich nichts, das ich ihr anbieten konnte.

Die Tür zum Bad stand offen, und ich schaute zu Maja hinein, um guten Morgen zu sagen. Sie putzte sich gerade mit meiner Zahnbürste die Zähne. Ich sagte nichts. Maja lachte mich mit ihrem schaumigen Mund an. »Ich geh gleich Brötchen holn«, nuschelte sie. Wahrscheinlich hatte sie meine Küche schon inspiziert.

Sie zog los, ohne auch nur eine Mark von mir zu verlangen. Das und die Aussicht auf frische Bäckerbrötchen versöhnte mich ein wenig mit dem Schicksal meiner Zahnbürste. An dem nassen Ding klebte noch etwas Zahnpasta. Ich nahm den Stiel zwischen Daumen und Zeigefinger, eilte in die Küche und hielt den Bürstenkopf in das Kaffeewasser, das Maja aufgesetzt hatte und das bereits sprudelte. Ich drehte meine Eieruhr um und schaute zu, wie der weinrote Sand rieselte. »Ägypten«, sagte ich beschwörend. Das sagte ich immer, wenn ich die feinen Körnchen sah. »Ägypten.«

Dann verspritzte ich Majas tote Bakterien in der Küche.

Als ich mir die Zähne putzte, fielen allerdings die Borsten aus.

Die Brötchen waren warm, und in der Marmelade fand ich zu meiner Überraschung noch eine halbe Erdbeere. Der Tag fing also gar nicht so schlecht an. Maja erzählte mir, daß sie Benni ein wenig hinhalten wollte. Er sollte sich Gedanken machen, wo sie blieb. »Was meinst du?« fragte sie. »Wird er eher mich vermissen oder den Trabi von seinen Alten?«

»Dich natürlich«, sagte ich großzügig. An dem Auto schien ihm nicht viel zu liegen, wenn er es Maja borgte.

Sie legte mir ihre breite Hand auf den Unterarm; ihre Fingernägel waren dunkelgrün lackiert; es kostete mich etwas Mühe, sie nicht abzuschütteln. Vielleicht sucht Maja eine Freundin, dachte ich. Nie wäre ich auf die Idee gekommen, daß sie mich eiskalt belogen hatte.

Es klingelte, und plötzlich stand Benni vor der Tür. Er sah blaß aus, nur seine Wangen waren rot. Sein grüngelbes Haar stand ihm wie lange nicht gemähtes Gras vom Kopf ab. Ich verstand nicht, was Maja an ihm fand. Er sah wie ein Kind aus.

»Habt ihr's gesehen?« schrie er. »Habt ihr's in der Glotze gesehen?«

Er stürmte an uns vorbei und schaltete das Gerät an. Vielleicht vermißte Benni ja am meisten meinen Fernseher?

Wir sahen nur Zacken und Wellenlinien, und auch der Ton war verzerrt. Benni hantierte verzweifelt mit der Antenne herum, legte sie auf den Boden, hielt sie hoch, stellte sie sich auf den Kopf, aber ohne Erfolg.

»Was ist denn los?« fragte Maja schließlich streng.

»Was los ist … Mensch, Mädchen …« Er packte Maja und stemmte sie in die Höhe, daß seine Muskeln anschwollen. Dann ließ er sie herunterplumpsen.

»Die Mauer«, sagte er. »Die Mauer fällt.«

»Du spinnst«, sagte Maja.

»Ich muß jetzt zur Arbeit.« Ich war schon eine Stunde zu spät dran. Benni schlug sich mit der Hand gegen die Stirn. »Mensch, Weiber, ich erzähl euch doch keinen Scheiß!« Er packte Majas Hand und zerrte sie grob mit sich. Sie drehte sich nach mir um. »Kommst du mit?«

»Wohin denn?«

Ich erhielt keine Antwort und folgte den beiden unentschlossen. Benni schob Maja in das Auto seiner Eltern. »Los«, sagte er zu mir, »worauf wartest du?« Ich zuckte mit den Achseln. »Steig ein!« befahl er.

»Wohin fahren wir?« fragte ich stur.

»In den Westen, Mensch!«

Maja winkte mich herein, und ich gab zögernd nach. Schlimmstenfalls würden sie uns erschießen, oder? Eigentlich hatte ich keine Lust, wegen Benni erschossen zu werden.

»Viktor!« sagte Maja, die wohl merkte, daß ich wieder aussteigen wollte. »Los, wir holen Viktor ab!«

»Welchen Viktor?« schrie Benni gereizt.

»Na, ihren Liebsten, du Döskopp!«

Benni gab klein bei, als er hörte, daß Viktors Wohnung auf dem Weg lag. Auf dem Weg zur *Grenze*.

Ich versuchte darüber nachzudenken, wie Viktor unseren Überfall aufnehmen würde. Die beiden auf den Vordersitzen rauchten, ein dicker Nebel breitete sich aus, Benni hustete, und wenn er nicht hustete, räusperte er sich, als wolle er uns gleich etwas Bedeutsames mitteilen. Aber er sagte gar nichts mehr.

Viktor hatte mir beschrieben, wo er wohnte, als wir vor der Kirche standen und darauf warteten, hineinzukommen. Ich ließ Benni zweimal an dem Haus vorbeifahren. Wenn er sich das Ganze nur zusammengesponnen hatte? Dann stand ich schön blöd da. Und was, wenn die Schimpansenfrau die Tür öffnete? Dann müßte ich fragen: Ist Viktor zu Hause? Sie würde herumdrucksen, bis er schließlich neben ihr auftauchte, mit einem Handtuch um die Hüften. Wollte ich mir das zumuten? Na ja, was blieb mir anderes übrig?

Viktor war allein und schon angezogen. Er frühstückte gerade, und an seinem unrasierten Kinn klebte etwas Marmelade. Ich sagte ihm, was Benni erzählt hatte. Seltsamerweise glaubte er mir sofort. Er packte mich stumm bei den Schultern und rüttelte mich grob. Dabei lachte er zum Glück.

Wir quetschten uns auf den Rücksitz und hielten sofort Händchen. Als wäre nichts gewesen. Viktor grinste die ganze Zeit, Maja wickelte sich Haarsträhnen um den Finger, und Benni hustete und räusperte sich. Ich tat nichts, abgesehen davon, daß ich Viktors Hand umklammert hielt wie eine Beute.

Wenn sie uns erschossen, sollten sie uns so finden. Hand in Hand für ewig. Falls sie uns obduzierten, würden sie sehen, daß wir beide Marmelade gefrühstückt hatten. Sie würden uns für ein festes Paar halten und nebeneinander begraben.

Wir kamen erschreckend schnell zur Grenze. Vor und hinter uns fuhren Trabis, Ladas, Wartburgs und Skodas. Kein Mercedes, kein BMW, kein Opel.

Die Wachposten grüßten höflich, als wäre dies ein normaler Tag und eine normale Grenze. Sie stempelten in unseren Ausweisen herum. Weiter nichts. Als Benni anfahren wollte, stoppte ihn einer der Uniformierten mit einem Handzeichen. *Jetzt*, dachte ich.

Benni kurbelte noch einmal das Fenster herunter, und der Mann steckte seinen Kopf zu uns herein. »Sie kommen doch wieder, oder?« fragte er. Es klang nicht böse, eher neidisch.

»Sicher.«

»Na klar.«

»Was denken Sie denn?«

»'türlich«, sagten wir brav.

Er winkte uns weiter.

»Das kann nicht wahr sein!« schrie Viktor. Er preßte meine Hand wie harte Knete. »Das ist …« Seine Augen leuchteten, und ich stellte mir vor, daß ich ihm gerade mitgeteilt hatte, daß er Vater wird.

»Mein Gott«, stammelte er. »Ich kann es nicht fassen. Es ist … Wahnsinn. *Wahn-sinn!*«

Ich zog seine Hand auf meinen Bauch; er schien es nicht zu bemerken und starrte zum Fenster hinaus.

Maja und Benni rauchten. Majas Schultern zuckten, und es dauerte eine Weile, ehe ich begriff, daß sie lachte *und* heulte.

»Ich glaub es einfach nicht«, wimmerte sie.

»Das können wir mal unseren Enkeln erzählen«, sagte ich leise und legte meinen Kopf auf Viktors Schulter.

»Mensch, Leute«, brummelte Benni, die Zigarette zwischen den Lippen. »Wir fahrn zum Ku'damm, wa?«

Am Abend des nächsten Tages saßen Viktor und ich auf der Mauer. Auf *der* Mauer. Unsere Beine baumelten in den Westen, und hinter uns lag der Osten. Ein paar hundert Leute waren hier beim Brandenburger Tor. Sie lachten, tanzten, schrien, tranken. Einige brüllten: »Die Mauer muß weg!«

Aber ich fand sie ganz gemütlich jetzt.

Ich hielt Viktors Hand umklammert. Es schien mir, als hätte ich sie seit gestern nicht losgelassen. Wir hatten Sekt getrunken, doch außer einer Banane, die wir uns teilten, nichts gegessen.

Viktors Finger zappelten seit einer geraumen Weile, als wären sie eingeschlafen. Aber ich gab ihn nicht frei. In dem Gewühle würde er sicher schnell verlorengehen. Vielleicht lauerte ja die Schimpansenfrau hier irgendwo.

Viktor seufzte und lächelte mich gequält an. Er gab mir einen schnellen heftigen Kuß auf den Mund, dann entriß er mir seine Hand. Ich versuchte sofort, nach ihr zu angeln. Aber er versteckte seine Hände in den Höhlen seiner Achseln.

»Nimm es mir nicht übel«, sagte er lahm.

»Was?« fragte ich gereizt. »Was soll ich dir nicht übelnehmen?«

»Ich mag dich sehr gern«, sagte er und stockte. »Sehr, sehr gern.«

»Aber …?«

»Aber …«, sagte er gedehnt. Er ließ seinen Blick über die Massen schweifen. »Die Welt ist verrückt«, murmelte er. »Vollkommen verrückt.«

Ich wippte hin und her und schlenkerte mit den Beinen.

»Mila … Ich kann nicht …«

Aha. So. Nun war es heraus. Was sollte *das* denn nun wieder heißen?

»Warum …?« fragte ich heiser.

»Wir sollten uns Zeit lassen«, meinte er zögernd.

»Zeit?« Er wich meinem Blick aus. Es schien mir, als würde ich ihn das erste Mal sehen. In seinem zerknitterten Musketierhemd und dem offenen Trenchcoat sah er wirklich aus wie D'Artagnan. Er konnte sogar etwas französisch sprechen, und er kannte Jack London und schwärmte von San Francisco, und er hatte breite glänzende Schultern und Haare auf der Brust – soweit war ich schon vorgedrungen.

»*Etwas* Zeit«, sagte er.

»Wieviel?« fragte ich sachlich, als müßten wir handeln.

»Ich weiß nicht«, antwortete er ernsthaft. »Vielleicht drei Monate oder vier oder auch ein Jahr …«

»O Scheiße«, entfuhr es mir.

»Tut mir leid. Es ist …«

»Es ist wegen der anderen, hab ich recht?«

»Weißt du, es ist anders, als es aussieht. Es ist nicht so einfach … Ich bin ihr etwas schuldig, aber ich kann dir nichts darüber sagen. Ich habe es ihr versprochen.«

»Schon gut«, sagte ich. »Du mußt mir nichts erklären. Ich hab schon verstanden.« Aber eigentlich hatte ich gar nichts verstanden.

Wollte er mich nun oder nicht? Und warum saß er hier neben mir, wenn er der Schimpansenfrau noch wer weiß was schuldete?

Er klopfte mir auf die Schulter, als wäre ich sein Fußballkumpel. Es lief mir kalt den Rücken hinunter. Ich lächelte ihn an und sagte: »Du bist auch nicht gerade meine erste Wahl. Mein Freund hat sich vor ein paar Tagen umgebracht. Aber ich bin keine schwarze Witwe, die sich irgendwo einspinnt und trauert. Wie es aussieht, öffnet sich jetzt die Welt, und ich möchte dabeisein, wenn sie das tut.« Ehe er noch etwas sagen konnte, rief ich tschüs! und sprang von der Mauer. Eine beleibte Frau fing mich auf, und wir umarmten uns. Sie duftete nach Westparfum und Westhaarspray.

Es war ganz leicht, in dem Gewühl zu verschwinden. Nach einer Weile blickte ich mich um. Viktor saß noch immer auf der Mauer. Ich lief mit tiefgekühltem Herzen durch die Menge. Ich wollte nicht fühlen. Ich wollte nicht hassen. Jemanden zu hassen bedeutete, ihm den Tod zu wünschen. Ich wollte Viktor nicht töten.

Ich hängte mich in ein Grüppchen Wildfremder. Sie baten mich, sie an der Mauer zu fotografieren, und dann blieb ich bei ihnen. Sie waren lustig und beschwippst und tranken immer noch. Ich lachte mit ihnen und trank mit ihnen, bis mir schlecht war. Wir zündeten ein deutsches Papierfähnchen an und freuten uns, daß es so schön brannte.

Am Morgen erwachte ich auf einem S-Bahnhof. Einer der Wildfremden lag neben mir und schnarchte. Er hatte seine Hand in meiner Hose.

Ich befreite mich sacht und flüchtete auf den Bahnsteig.

»Entschuldigen Sie«, sagte ich schüchtern zu einem älteren Herrn, der mit offenen Augen auf einer Bank lag und ziemlich verloddert aussah. »Wie komme ich bitte nach Zehlendorf?«

Der Mann schnaufte und setzte sich auf. »Wann …«, murmelte er.

»Jetzt«, sagte ich.

»Wann … see«, lallte der Mann. »Richtung Wann … see.«

»Danke.«

Er nickte und sank langsam auf die Bank zurück.

KAPITEL XII – JOGHURT

Ich irre schon eine Weile in dem »Transbay Transit Terminal« umher, einem grauen unpersönlichen Gebäude, und bleibe schließlich vor dem Informationsschalter stehen. Alice hängt schwer in ihrem Känguruhbeutel und schläft.

Ich reihe mich in die Schlange ein, meist warten hier Studenten. Sie schieben ihre Rucksäcke und Reisetaschen müde vor sich her. Ihre Augen sind blank und leer wie Glasmurmeln; vielleicht beginnen hier gerade die Ferien. Alice seufzt wohlig im Schlaf; in dem Mundwinkel, der nach unten zeigt, sammelt sich ein Tropfen milchiger Speichel.

»Glen Ellen?« Der Mann am Schalter fragt laut und verständnislos. Er schüttelt den Kopf und zieht die Schultern hoch. Ich nicke und lege ihm das Etikett der Rotweinflasche vor die Nase.

»Glen Ellen«, wiederhole ich leise und trotzig.

»No.« Der Mann erklärt entnervt, daß es keinen Greyhound-Bus gäbe, der in eine Stadt Namens Glen Ellen fahre.

»Glen Ellen. Sonoma Valley«, sage ich, als wolle ich nicht wahrhaben, daß ich an einen Trottel geraten bin.

»Sorry«, sagt der Mann. Aber es scheint ihm nicht leid zu tun. Kein bißchen. Er wendet sich ab, seinem nächsten Kunden zu. Ich starre ihm nach, wedele mit dem Schildchen herum, meinem Beweisstück. »Sorry!« brüllt er zu mir herüber. Alice zuckt zusammen. Also gibt es *doch* unfreundliche Menschen in San Francisco.

Meine Tochter schaut sich ungläubig um und beginnt zu weinen. Sie mag es nicht, geweckt zu werden.

Der Busbahnhof ist überdacht und dunkel. Ich laufe zwischen den Plattformen umher, summe »Suse liebe Suse«, bis Alice wieder schläft, und lese die Aushängetafeln.

Irgendwie müssen gerade alle Busse abgefahren sein. Kein Passagier steht herum. Ich schaue durch die Fenster der parkenden Fahrzeuge; auch hier niemand.

Dann sehe ich den schwarzen Jungen. Er zuckt mit den Schultern, den Armen, den Beinen. Alles an ihm zuckt.

»Can you help me?« frage ich vorsichtig.

Er entblößt eine Reihe makellos weißer Zähne, und ich sehe einen lachsfarbenen Kaugummi auf seiner Zunge aufleuchten. Seine Augen sind groß und mustern mich neugierig. Er kaut betont lässig, mit offenem Mund, und nimmt seinen Walkman ab. Sein Körper hört allmählich auf zu zucken.

Inzwischen halte ich eine Karte von Kalifornien in der Hand, und nun male ich ein Kreuz an den Ort, zu dem ich will.

Der Junge fährt mit dem Finger auf der Karte umher und sieht sich dann auf dem Busbahnhof um. Er deutet auf einen leeren Bus und erklärt mir, daß ich mit der »Red Line« Richtung Santa Rosa fahren müsse. Er streichelt Alice vorsichtig, beugt sich über sie und schnuppert, und seine Nase scheint zu tanzen.

»Mhm«, macht er und lacht.

Meine Tochter verströmt einen Geruch von verdunstender Milch.

Der Bus fährt erst in vier Stunden. Ich vertrödele die Zeit am Embarcadero-Center. Esse ein Turkey-Sandwich und eine Stunde später ein Käse-Sandwich und sehe den Skatern zu, die mit ihren Boards über den backsteinroten Platz gleiten und auch vor den Treppen nicht zurückschrecken. Sie stehen so sicher auf diesen Dingern, als wären sie an ihren Füßen festgewachsen.

Ich kann nicht mal über ein Seil springen, ohne zu stolpern.

Eigentlich will ich San Francisco nicht verlassen, aber hierbleiben will ich auch nicht. Ich habe keine Angst um mich. Aber was wird aus Alice, wenn sie ihre Mutter ins Gefängnis stecken? Eine Großstadt ist einfach ein zu hohes Risiko.

Vielleicht finden wir ein Fleckchen für uns in der amerikanischen Provinz, nicht zu weit ab von Viktors Traumstadt. Aber auch nicht zu nah dran. Einen Ort, den niemand kennt. Nicht einmal der Angestellte eines Informationsschalters im Busbahnhof von San Francisco.

In Glen Ellen hat Jack London gelebt. Vielleicht ist Glen Ellen der Ort, den wir suchen.

Mein Vater sah nicht besonders erfreut aus, als er mich vor seiner Tür in Berlin-Zehlendorf entdeckte. Er trug einen blauglänzenden Pyjama, der mit goldenen Sternchen übersät war, und Kleine-Muck-Hausschuhe.

Statt guten Tag zu sagen, fragte er: »Wie spät ist es denn?«

Ich schaute auf die Uhr. Es war sechs Uhr zwölf. Ich sagte es ihm.

»Früher Besuch«, murmelte er ärgerlich.

»Soll ich später noch mal kommen?« fragte ich brav.

Er seufzte und winkte mich herein wie ein Märchenerzähler, der in der tausendzweiten Nacht im Schlaf gestört wird.

»Haben bis heute früh gefeiert«, entschuldigte er sich mürrisch. »Dachte mir schon, daß du auch noch kommst.«

Auch noch?

Ich war zu spät. Tausendundeine Nacht zu spät.

Er schob mich in das Wohnzimmer, der Fernseher lief ohne Ton und zeigte klare große Bilder der Mauer in Farbe. Ich setzte mich auf die mit schwarzem Leder bezogene Couch und versank augenblicklich darin.

Ringsum standen Regale voller Bücher, Videos, CDs, Akten und Zeitschriften. Die leeren Flaschen auf dem Tisch – Schnaps, Wein, Bier, Sekt – versuchte ich zu ignorieren oder tat jedenfalls so, als schaute ich über sie hinweg.

Meine Finger griffen nach einem Korken und begannen, ihn auseinanderzupulen. Mein Vater legte mir die Fernbedienung auf den Tisch. »Muß noch 'n Stündchen schlafen«, erklärte er. »Sonst bin ich nicht zu gebrauchen.«

Er nickte mir zu und verschwand. Ich warf die Korkstückchen eins nach dem anderen auf einen plüschigen Läufer, der wie ein totes Tier auf dem Dielenfußboden lag. Dann griff ich mir die Fernbedienung. Ich hatte noch nie so ein Ding in der Hand gehabt.

»Die Mauer muß weg! Die Mauer muß weg!« schallte es mir plötzlich entgegen. Die Kamera schwenkte über die Leute von gestern
abend. Sie hopsten herum, umarmten sich, kletterten, tanzten. Ich
sah ein engumschlungenes Liebespaar; ich sah Viktor und mich. Ich
gaffte in die Röhre, die Kamera fuhr nicht noch einmal zurück,
aber ich hatte keine Zweifel: Viktor und Mila, das Paar des Jahres,
das Paar auf der Mauer, das Paar der Nation! Die Politiker aller
Parteien erhoben sich und sangen die deutsche Hymne.

»Ein Fest der Liebe, ein Fest der Freude! Nun wächst zusammen,
was zusammengehört!« jubelte der Reporter.

Vonwegen. Gar nichts wuchs und erst recht nicht zusammen.

Ich schaltete ab.

Der Verkehrslärm schwappte in das Zimmer, und dennoch kam es
mir plötzlich zu still vor. Ich erhob mich, schaute aus dem Fenster
auf fremde Menschen, Autos und Busse. Ein Bäcker öffnete seinen
Laden, und es stand niemand an. Ich hatte keine müde West-Mark
und einen Bärenhunger.

Mein Vater ließ sich nicht blicken, und auch sonst niemand. Ich
schlich in den Flur hinaus. Die Tür zur Küche stand offen.

Aus dem Kühlschrank nahm ich mir einen Pfirsich-Maracuja-Joghurt, obwohl ich keine Ahnung hatte, was Maracuja war, und
Pfirsiche hatte ich seit Jahren nicht gegessen. Dann pflückte ich mir
eine Banane von einer Staude und nahm eine Apfelsine und eine
grüne Frucht, die ich nicht kannte. Ich schleppte meine Beute auf
die schwarze Couch, kehrte noch einmal in die Küche zurück und
holte einen Teller, einen Löffel und ein Messer.

In dem Joghurt fand ich viele kleine orangene Stückchen. Süß und
zart und liebevoll zerschnippelt, wie für einen Zahnlosen. Die Banane war unverschämt groß und gelb, und die Apfelsine hatte keine Kerne. Ich tastete mit der Zunge nach den Kernen, damit ich sie
ausspucken konnte, aber es gab nichts auszuspucken.

Die Orangen im Osten kamen aus Kuba, sie waren grün und sauer und voller Kerne. Richtige Apfelsinen gab es meist nur zu
Weihnachten im Russenmagazin. Natürlich mußte man zwei bis
drei Stunden nach ihnen anstehen.

Mit der grünen Frucht kam ich nicht zurecht. Ich zerteilte sie und fand einen ölig glatten Kern. Das Fruchtfleisch sah gut aus, es war fest und leuchtete freundlich grüngelb. Aber es schmeckte nach nichts. Ich warf das Ding in einen der drei Mülleimer in der Küche. Wozu brauchte mein Vater drei Abfalleimer? Jeder hatte eine andere knallige Farbe.

Ich nahm mir die restlichen sieben Joghurts aus dem Kühlschrank und aß sie langsam nacheinander auf. Es waren sieben verschiedene Sorten: Nuß, Erdbeere, Heidelbeere, Waldfrucht, Mandel-Banane, Blaubeere und Kiwi-Mango.

Die Becher leckte ich aus, schob sie ineinander und stellte sie ratlos auf den Kühlschrank. Zu Hause hatten Plastebecher einen gewissen Wert: man konnte Stifte in sie stellen oder Büroklammern in ihnen aufbewahren oder Pfennige. Woher sollte ich wissen, was mein Vater mit solchen Behältern machte. Jedenfalls war ich jetzt satt.

Ich lief vor den Regalen auf und ab und sah mir die Rücken der Bücher an. Mein Vater besaß jede Menge Reiseführer. Ich zog einen Bildband über San Francisco heraus und blätterte darin herum. Die berühmteste Brücke der Welt leuchtete mir rotgolden entgegen. Alcatraz schwamm in der Bay wie ein steinernes Wrack. Die »Transamerica Pyramid« kratzte den wolkenlosen Himmel mit einer Spitze, die wie ein gigantischer Stachel aussah.

Ich überlegte ungefähr drei Minuten lang, ob ich das Buch für Viktor mitnehmen sollte. Es gäbe sicher kaum ein Mitbringsel, das ihn mehr entzücken könnte – so gut kannte ich ihn schon. Vielleicht mußte ich seiner Liebe zu mir nur einen Schubs geben, damit er in meine Arme fiel.

Das Buch war allerdings zu groß, um es unauffällig unter der Jacke verschwinden zu lassen.

Ein kleiner Junge betrat das Zimmer, und ich stellte den Band zurück. Er trug ein Mickymaus-T-Shirt und eine Windel, die aufgedunsen und feucht aussah. Barfuß und breitbeinig stapfte er einmal um den Tisch herum. Unter den Arm geklemmt trug er etwas, das aussah wie eine Mehldose.

»Wer bist du denn, kleiner Mann?« fragte ich blöd. Eigentlich wußte ich ja, wer er war. Schließlich hatte ich vor etwa anderthalb Jahren eine Geburtsanzeige bekommen.

»Henning?«

Der Junge grinste, und sein Schnuller fiel ihm aus dem Mund.

Er lief davon und hinterließ eine weiße körnige Spur. Es war kein
Mehl, sondern Zucker.

»Hallo Mila, schön, dich zu sehen. Wie geht's?« Ilona streckte mir
ihre Hand hin.

Ich ergriff sie und schaute verlegen hoch. Statt der schwarzen Kluft
des Abrißhauses trug sie ein zimtfarbenes Kostüm. Sie hatte ihr
Haar rotbraun gefärbt und es in seltsame Wellen gelegt.

»Starr mich nicht so an«, sagte sie barsch.

Ich murmelte eine Entschuldigung, und Ilona winkte ab.

»Morgens bin ich meist nicht zu gebrauchen«, sagte sie, und mir
fiel auf, daß unser Vater ähnliche Worte gewählt hatte. »Normalerweise schlafe ich um die Zeit noch. Aber ich habe ein Vorstel-
lungsgespräch. Dreimal darfst du raten, wo?«

Ich zuckte einfallslos mit den Achseln.

»Bei ›Woolworth‹«, erklärte sie. »Unser Papa hat mir den Job ver-
schafft. Ohne Knete läuft halt nichts.«

Ich nickte ihr stumm zu.

»Wie geht's dir denn so? Ist ja jetzt ganz schön aufregend bei euch
im Osten, was?«

Bei euch im Osten?

Ilona ging in den Flur, und weil sie weiter plapperte, trottete ich
hinterher. »Wer hätte das gedacht. Plötzlich 'ne Revolution. Da
seid ihr ja richtig zu beneiden.«

Sie zog sich vor dem Spiegel die Lippen nach und setzte sich einen
schwarzen Samthut auf. Ich kam mir neben ihr in meinen grünen
Jeans und dem grünen filzigen Pullover wie ein Krokodil vor.

»Tschau, bis dann«, rief sie und verschwand.

Ich bemalte mein Gesicht ein wenig mit Ilonas Lippenstift. Es half
nicht viel. Jetzt sah ich aus wie ein Krokodil mit blutrotem Maul.

Die drei Kinder schienen sich jedoch nicht vor mir zu fürchten.

Henning tapste in seiner aufgequollenen Windel auf mich zu, die Ärmchen ausgestreckt. Ich tat so, als wäre ich noch mit meinem Make up beschäftigt.

Lukas und Noah brüllten etwas, das sich so ähnlich wie »Chuu-uaaa!« anhörte.

»Seid ihr Löwen?« fragte ich höflich.

»Chwaaa«, fauchte Lukas mich an. »Wir sind Saurier, siehste doch!«

»Ich bin ein Krokodil«, gab ich zu.

»Wir sind Tyrannosaurus Rexe!« klärte Lukas mich auf. Die Kinder brüllten jetzt mit vereinten Kräften, und ich überlegte, was ein Krokodil so sagt. Nichts. Es liegt nur faul am Ufer, sonnt sich und wartet auf eine passende Beute. Es wird nur aktiv, wenn es sich lohnt, die Schnauze weit aufzureißen.

Noah stieß einen hemmungslos lauten Urschrei aus und fletschte die Zähne. Er schnappte nach Henning. Der Kleine lachte voll Angst, rannte und rutschte auf den glatten Dielen aus. Er knallte mit dem Kopf gegen die Türkante. Das Gebrüll, das jetzt begann, übertraf bei weitem das der beiden Tyrannos. Ich nahm meinen jüngsten Halbbruder auf, murmelte beschwörend auf ihn ein und pustete.

Schließlich sprang die Badtür auf, und Resi erschien, naß und in ein Handtuch gehüllt. Sie riß mir ihren Sohn aus dem Arm und lächelte gleichzeitig. »Grüß dich, Mila«, sagte sie, oder etwas Ähnliches, genau konnte ich es nicht verstehen. Henning schrie ohne Unterbrechung. Resi trug ihn vor den Spiegel, und nach einer Weile siegte die Neugier: der Kleine wollte sich beim Heulen betrachten und beruhigte sich allmählich.

Ein kleines rotes Horn wuchs auf seiner Stirn.

Die beiden anderen Jungen hatten sich verzogen.

»Wie geht's dir denn?« fragte Resi zerstreut und wischte Hennings Tränen mit dem Zipfel des Handtuchs ab.

Mir fiel keine passende Antwort ein, und ich starrte auf ihre entblößten mageren Brüste.

»Gut«, antwortete ich schließlich so undeutlich und mürrisch wie möglich.

»Das ist schön«, sagte sie einfach. »Dein Vater muß leider in ein paar Minuten zur Arbeit«, fügte sie hinzu.

Mir schoß das Blut ins Gesicht. »Ich gehe gleich«, sagte ich.

»So war das nicht gemeint. Du bleibst doch zum Frühstück, oder?« Henning zappelte mit Armen und Beinen, und sie setzte ihn ab.

»Ich wollte nur mal vorbeischauen und Hallo sagen«, erklärte ich. Mir saß ein Kloß im Hals, und ich sprach zu leise.

»Es ging alles ein bißchen schnell«, sagte Resi ebenso leise. »Wir haben keine Zeit gehabt, uns auf die neue Situation einzustellen, verstehst du?«

Plötzlich kam mir ein Verdacht. »Wie viele seiner Kinder waren schon hier?« fragte ich direkt.

Resi seufzte. »Einige.« Um ihre Mundwinkel und Augen lagen winzige Falten. Sie sah alt und traurig aus. Früher hatte ihr die Vergangenheit meines Vaters, seine vielen Frauen, seine vielen Kinder nichts ausgemacht. Früher.

»Bin gleich fertig. Dann gibt's Frühstück«, sagte sie munter und klopfte mir auf die Schulter.

Mein Vater saß nicht länger als sieben Minuten am Küchentisch. Er aß zwei Toastbrote mit Butter und Käse, ein Ei, trank zwei Tassen Kaffee und las die Zeitung.

Zu mir sagte er: »Bist aber groß geworden, Kind.« Mehr nicht.

Ich trank eine halbe Tasse Kaffee. Die drei Jungen kleckerten mit Ei und Pflaumenmus herum.

Resi hatte für sieben gedeckt. Die siebente Person fehlte noch.

»Wo ist mein Joghurt?« fragte mein Vater.

»Keiner mehr da«, antwortete Resi.

Mein Vater lugte über seine Zeitung. »Wieso nicht?« fragte er vorwurfsvoll. »Waren doch gestern noch welche da.«

»Jetzt nicht mehr.« Resi streifte mich mit einem Blick, aber ich nippte an dem Kaffee. Auf dem Kühlschrank stand noch immer der Plastebecherturm.

Mein Vater faltete die Zeitung zusammen und trank den letzten Schluck im Stehen. »Tja dann«, sagte er. »Ich muß leider …«

Wir gaben uns die Hand. »See you later, alligator«, sagte er freundlich.

Resi beschäftigte sich mit den Kindern, vor allem mit Noah, der absichtlich alles herunterwarf. Ilona überließ ihren Jungen wieder einmal seiner rechtmäßigen Oma.

»Ich sag's deinem Papa!« schrie Resi plötzlich, als der Junge zum dritten Mal ihr mit Pflaumenmus beschmiertes Messer über den Rand des Tisches schob.

Seinem Papa?

Noch ehe ich den Gedanken zu Ende denken konnte, kam ein Gespenst hereinspaziert. Es war Mark.

»Guten Morgen«, sagte er gleichmütig. Er trug sein Haar jetzt kurzgeschoren wie ein russischer Soldat, aber es blieb Mark.

»Das ist Mila, das ist Marko«, stellte Resi uns vor.

»Ich dachte, du bist tot«, sagte ich.

»Ach nee«, sagte Mark amüsiert. »Das hättest du wohl gerne, was?«

Resi bückte sich, um das Messer aufzuheben, und starrte uns von unten herauf an.

»Maja hat mir gesagt …«, stammelte ich.

Mark nickte schadenfroh. »Das sollte sie auch. Das hat sie *allen* gesagt. Dir, meiner Mutter, den Leuten im Haus … Das war ein schöner Schreck, was?«

»Du Mistkerl«, flüsterte ich. »Du blödes Schwein.«

Lukas kicherte.

»Meine Mutter ist die einzige, die nachgefragt hat«, sagte Mark und verzog plötzlich schmollend die Lippen. »Alle anderen haben mich einfach gestrichen. Aus ihren Köpfen. Aus ihren Herzen sowieso.« Er sah plötzlich so aus, als würde er gleich weinen. Aber er faßte sich.

»Ich wollte das Licht ausknipsen. Und beinahe hätte es auch geklappt. Aber *für euch* wollte ich tot sein. Verstehst du?«

Ich schüttelte den Kopf. »Du armer Idiot«, sagte ich. »Die Welt dreht sich nicht nur um dich.« Ich stand auf und warf mein unbenutztes Messer auf den Fußboden. »Ich bin froh, daß du nicht tot bist«, sagte ich. »Jetzt kann ich dich in aller Ruhe vergessen.«

Zu Resi sagte ich: »Ich habe eure Joghurts aufgegessen. Tut mir leid. Es wird nicht wieder passieren.«

Ich schmiß die Tür – so laut ich konnte – hinter mir zu.

Auf der Straße atmete ich auf. Ich war wirklich froh, daß er noch lebte.

DRITTER TEIL

KAPITEL XIII – BROT

»The next station is Glen Ellen, Downtown«, sagt der Busfahrer. Ein freundlicher grauhaariger Mensch, mit tiefen, wie ge-
schnitzt wirkenden Grübchen. Er spricht betont langsam und
deutlich, wie ein Darsteller in einem Englischkurs im Fernsehen.
Ich sitze keinen Meter von ihm entfernt und nicke seinem Spiegelbild dankbar zu.

Alice zappelt auf meinem Schoß. Beugt sich immer wieder vor
und versucht, in fremdes Haar zu greifen. Manchmal gelingt es ihr.
Das Haar gehört einem kleinen schwarzen Mädchen, und es trägt
viele bunte Holzperlen in den geflochtenen Zöpfen.

Das Kind dreht sich um und starrt uns an. Mein Baby kreischt vor
Vergnügen über soviel Aufmerksamkeit. Die Kleine beschwert
sich bei ihrer Mutter, die neben ihr sitzt und laut und anhaltend
gähnt. Die Frau trägt schwere goldene Ohrringe, und das hochge-
steckte Haar läßt freie Sicht auf die Fettpolster ihres Halses. Die
Frau ist so breit, daß ihrem Kind nur wenig Platz zum Sitzen
bleibt.

Alice wird still, und ich hoffe schon, sie ist eingeschlafen, da wirft
sie sich plötzlich vor, streckt gleichzeitig die Ärmchen aus und
zieht mit aller Kraft.

Während ich versuche, das Opfer meiner Tochter zu befreien,
taucht ein Bild von Viktor in mir auf: er beugt sich lang über den
Tisch, um sich eine Scheibe Brot aus dem Korb zu angeln. Es ist
wie ein Stück Film in Zeitlupe. Viktor. Seine Augen. Sein Mund.
Seine Nase. Seine Finger. Seine Hand. Sein Arm. Sein Körper. Ich
sehe ihn so deutlich, daß ich ihn berühren möchte.

Unvermittelt schnappt das Mädchen wie ein Hund nach den Fingern von Alice. Unter dem Stoff ihres Kleides fühle ich das Herz
meiner Tochter rasend pochen. Die Kleine vor uns kaut auf den

Babyfingern herum, doch offenbar beißt sie nicht zu. Nicht wirklich.

Der Bus hält. »Glen Ellen. Downtown«, sagt der Busfahrer fürsorglich. Wir sind die einzigen, die aussteigen.

Nach dem Fall der Mauer änderte sich so einiges in meinem Leben. Zum Beispiel konnte ich jetzt wählen.

Ich konnte eine Partei oder eine Bürgerbewegung und Politiker wählen.

Ich kam mir wie Alice im Wunderland vor.

Wahrscheinlich würde das Politbüro in den nächsten Tagen zurückkehren und »April April« rufen. Wahrscheinlich war das alles ein erstaunlicher Scherz. Wahrscheinlich testete die Regierung nur die Staatstreue ihrer Untertanen.

Viktor und seine Freundin kandidierten auf Spitzenplätzen des Neuen Forums. Manchmal druckte die Zeitung seltsam unscharfe Fotos von Viktor, von der Schimpansenfrau und von anderen Kandidaten. Sie guckten so ernst drein wie gesuchte Bankräuber. Gelegentlich sah ich sie in der Stadt Plakate kleben oder Luftballons verteilen. Viktor war so eifrig bei der Sache, daß er mich nur dann nicht übersah, wenn ich ihm einen von seinen blöden Luftballons abnahm. »Hallo, Mila«, sagte er dann, kein bißchen verlegen. »Warum kommst du eigentlich nicht ...« – An dieser Stelle hielt ich die Luft an. – »... zu den Mitgliederversammlungen?«

Meinte er das ernst, oder wollte er sich über mich lustig machen? Ich pustete ihm meine enttäuschte Luft ins Gesicht und nuschelte irgendeine Antwort. »Das kann nicht sein, daß man dafür keine Zeit hat«, sagte Viktor streng. Ich hob bedauernd die Schultern und nahm die Wahlaussagen, zwei Aufkleber und einen Sticker aus seinen schönen Händen entgegen.

Bald wählte ich auch zwischen Ananas und Weintrauben, zwischen Pfirsich-Maracuja-Joghurt und Heidelbeer-Quark, zwischen Croissants und Sechskornbrot. Das war schon schwieriger. Ich konnte mich einfach nicht entscheiden. So kam es, daß ich an manchen Tagen gar nichts aß und an anderen zuviel. Wenn ich hungrig einkaufen ging, war es am schlimmsten. Dann kaufte ich zehn Sorten Käse, zwölf Sorten Wurst und drei verschiedene Brote. Zu Hause aß ich alles gleich auf. Am nächsten Tag bekam ich dann meist nichts herunter. Aber wenn ich satt einkaufen ging, stand ich ewig vor den Regalen und wußte nicht weiter. Sollte ich die Würstchen in der Büchse nehmen oder die eingeschweißten oder die frischen? Ich entschied mich nach einer Weile für die frischen. Aber am Fleischstand fragte mich die Frau: »Welche möchten Sie? Die kleinen, die langen oder die mittleren?« Ich verließ den Laden, ohne etwas gekauft zu haben.

Schließlich machte ich mir eine Liste, kopierte diese hundertmal in unserem Büro und kaufte nur noch geplant ein. Das ging soweit ganz gut. Nur beim Brot konnte ich nicht widerstehen.

Mit der Zeit plagte mich ein regelrechter Heißhunger auf frisches Brot.

Warmes, knuspriges, duftendes Brot. Brot mit Körnern, Brot mit Sesamstreuseln, mit Sonnenblumenkernen, mit Zwiebeln, mit Nüssen, mit Mohn, mit Kümmel, Weißbrot, Vollkornbrot … Scharfgebackenes knuspriges Mischbrot oder helles butterweiches. In aller Herrgottsfrühe erwachte ich mit diesem unangenehm leeren Gefühl im Magen; es trieb mich aus dem Bett, obwohl ich sonst ganz gern etwas länger schlafe, trieb mich auf die Straße, und ich trottete zum Bäckerladen an der Ecke. Es war nur ein gewöhnlicher Back-Shop, der von irgendwoher beliefert wurde.

Und so stand ich oft und lauerte auf das Lieferauto, in dem die heiße Ware in schnöden Plastekästen lag. Das passende Kleingeld klebte in meiner Hand, und noch während die Männer die Kisten hereinschleppten, drängte ich mich in das Geschäft. Ich riß den Laib an mich und hastete hinaus, die Grußworte der Verkäuferinnen verebbten im Sand meines Unterbewußtseins. Jedesmal nahm ich mir vor, wenigstens auf Wiedersehen zu sagen, und jedesmal vergaß ich es.

Ich rannte mit meiner Beute in den nächsten Hauseingang, schlug meine Zähne in die Kruste und riß einen ersten großen Brocken.

Manchmal traf ich in diesem Zustand Menschen. Ich kaute wild und war mir meiner aufgeblähten Backen durchaus bewußt. Die Schulkinder schlichen mißtrauisch an mir vorbei und schauten mir dann, über das Treppengeländer gebeugt, beim Essen zu. Aber das machte mir nichts aus, es waren Kinder, und Kinder zählten nicht. Auch die Postboten, die Vertreter für Staubsauger und die Gasleute ließen mich in Ruhe. Sie wühlten in ihren schwarzen Ledertaschen, blätterten in ihren Listen und fragten höchstens nach Frau Schneider. Alle fragten nach Frau Schneider. Irgendeine Behörde mußte ihre Adresse vertauscht haben. Hier, in diesem Haus, gab es nämlich keine Frau namens Schneider. Ich klärte sie auf, wobei einige Krümel aus meinem Mund spritzten und zu Boden fielen. Sie wirkten immer verärgert und zufrieden zugleich, wenn sie hörten, daß Frau Schneider nicht hier wohnte. Dann tippten sie an ihre Mützen und machten höfliche Gesichter, als wäre es schon in Ordnung, wenn eine junge Frau hier stand und Brot in sich hineinstopfte.

Nur Frau Lehmann fand etwas gegen meine Anwesenheit einzuwenden. Sie schnüffelte um mich herum, als wäre ich die Katze des Nachbarhauses. »Zu wem möchten Sie denn?« fragte sie, und ihr unnatürlich weißes Gebiß blitzte mich an. Ich schüttelte nur den Kopf und zuckte mit den Schultern. Ich redete nicht gern mit vollem Mund, wenn es nicht unbedingt sein mußte. Natürlich gab sich Frau Lehmann mit meinem Schweigen nicht zufrieden. Sie nestelte eine Weile an ihrem Briefkasten herum, obwohl der offensichtlich nichts enthielt, als eines dieser Werbezettelchen für Eierkohlen. Sie schimpfte auch gleich über die Flut von Reklame, die erst die Briefkästen verstopfte, um später dann die Hausflure zu verunreinigen. Verärgert schaute sie mich dabei an, als wäre ich diejenige, die ihr die Eierkohlen aufschwatzen wollte. Ich versuchte zu lächeln, denn allmählich begann ich mich satt zu fühlen, und meine Gier schrumpfte auf Haselnußgröße zusammen.

»Vierhundertfünfzig Deutsche Mark«, sagte Frau Lehmann empört, »für eine Tonne Kohlen!« Sie schnaufte und wedelte sich mit dem Zettelchen Luft zu. »Und das ist schon ein Sonderpreis.«

»Nun«, sagte ich, »es handelt sich um Eierkohlen.«

Das gleiche rätselhafte Papier flatterte auch mir jeden zweiten Tag ins Haus. Der Mensch, der es verteilte, mußte sehr früh unterwegs sein, da ich ihn nie traf. Das flößte mir eine gewisse Ehrfurcht ein, denn ich konnte mir beim besten Willen nicht vorstellen, so früh aufzustehen, um fremde Leute über die Preise von etwas zu informieren, was sowieso nur im Ofen landete. Natürlich hatte ich keine Ahnung, was Eierkohlen sind. Vielleicht konnte man sie zur Not auch hartgekocht aufs Frühstücksbrötchen legen?

Wenn ich mit meinem ersten Frühstück fertig, also satt war, stieg ich in die Straßenbahn und fuhr zur Firma. Ein mittelgroßes westdeutsches Unternehmen hatte uns inzwischen adoptiert. Wir zogen in ein Hochhaus und bekamen Chefs aus Nordrhein-Westfalen. Mit meinen ehemaligen Kollegen arbeitete ich nicht mehr zusammen. Die meisten waren ohnehin entlassen worden. Herrn Schröder hatte man fristlos gekündigt; alle wußten, warum. Herr Karbe und Frau Fielitz wurden in den vorzeitigen Ruhestand versetzt. Frau Weihrauch, die immer noch zu viele Katzen besaß, kündigte und gründete ein Tierheim.

Ich arbeitete in einem Büro in der siebzehnten Etage und hatte gerade gute Aussichten, in die neunzehnte befördert zu werden. Noch drei, vier Jahre – dann wurde ich vielleicht Beamtin, und ein mehrwöchiger Aufenthalt in einem Fünfsternehotel in Hawaii wäre auch kein Problem, vorausgesetzt, daß ich bis dahin nicht zu schwer wurde fürs Flugzeug.

Sonntags schloß ich mich ein, die Brötchen vom Vortag im Backofen, und las. Die Geschichte von dem Mann und dem Wolf, einer hungriger als der andere. Einer wie der andere beseelt von der Liebe zum Leben, die nichts weiter bedeutete, als zu töten, um nicht getötet zu werden. Der Mensch überlebte, und nach seiner Rettung stopfte er seine Matratze mit Zwieback aus.

In dem Buch war ein Foto von Jack London. Da blickte er verwegen wie ein Seeräuber, und sein Haar hing ihm ins Gesicht. Er war der einzige, der mir durch die leeren Stunden des Sonntags half.

Es geschah dann auch an einem Montag, daß ich sehr früh erwachte und voll Verlangen in der ungeheizten Wohnung umherlief. Draußen war es stockfinster; der Tag hatte praktisch noch nicht begonnen, doch ich hechelte und torkelte vor Hunger, wie der Mann in Jack Londons Geschichte.

Ein Schlüssel drehte sich im Schloß; das Klimpern klang vielversprechend, und ich stieß die Tür auf. Doch dieser Montag hielt eine Überraschung für mich bereit, und zwar eine höchst unangenehme: die Regale waren leer. Nicht eine Scheibe Brot, nicht ein Brötchen, kein Krümel, gar nichts.

»Wir warten noch auf den Lieferwagen«, sagte die Verkäuferin schuldbewußt. »Wenn Sie sich vielleicht einen Moment gedulden können? Er muß jeden Augenblick eintreffen.«

Ich schluckte meinen angesammelten Speichel hinunter, und mein Magen knurrte wütend.

»Möchten Sie eine Tasse Kaffee?« fragte die Frau beunruhigt. »Natürlich auf unsere Kosten.«

Ich nickte nur matt und lehnte mich erschöpft an die Wand.

Die Verkäuferin hantierte mit dem Geschirr herum und schwätzte so freundlich wie aussichtslos gegen meine Stimmung an, irgend etwas vom Wetter; ich hörte kaum zu. Der Wagen kam nicht. Die Frau verschwand, um zu telefonieren. Ein paar Kunden traten ein, warteten und schauten alle drei Sekunden auf die Uhr und gingen murrend wieder. Ich blieb.

Meine Beine begannen zu zittern, dann die Hände, und ich verschüttete den lauwarmen Kaffee.

»Ist unterwegs!« rief mir die Frau fröhlich zu. Geflissentlich übersah sie die Pfütze auf dem Tisch und schenkte mir ein glückliches Lächeln. »Sie sagen, er ist unterwegs«, verkündete sie so bedeutsam, als spräche sie vom Erlöser.

Sie schaltete ein kleines Transistorradio an, das erbärmlich klang, und wischte, als ich gerade unruhig auf und ab schritt, die Kaffeekleckse weg.

Natürlich war ich kurz davor, durchzudrehen. Im Radio rasselten sie Verkehrsnachrichten herunter, und es gab überall Staus. Dann spielten sie einen Elvis-Song, und ich fragte mich plötzlich, wie dieser Mann in ein paar Jahren so fett werden konnte. Erst vor wenigen Tagen war ich in eine Elvis-Ausstellung geraten; eine Kollegin von mir wollte sich in den Fan-Club einschreiben, weil sie hoffte, irgendeinen neuen Elvis kennenzulernen, und ich begleitete sie in der Mittagspause. Der Eintrittspreis hätte für einige Brote gereicht, aber was tut man nicht alles, um freundlich zu sein und nicht ganz den Anschluß zu verlieren.

»Are you lonesome tonight?« wollte Elvis wissen.

»I am hungry«, sagte ich.

»Wie bitte?« fragte die Verkäuferin.

»Ich kann nicht mehr«, flüsterte ich.

»Oh.« Sie kam hinter ihrem Tisch hervor und stürzte auf mich zu. Ich ließ mich in ihre ausgebreiteten Arme sinken.

Ich kam wieder zu mir, als sie mir ein Stück Brot zwischen die Lippen schob. Es war nicht mehr warm, aber immerhin frisch.

»Ist er da?« fragte ich.

»Wer?«

»Elvis. Nein, der Lieferwagen.«

»Regen Sie sich nicht auf. Es ist alles in Ordnung. Soll ich einen Arzt rufen?«

»Nicht nötig.« Ich stellte mich auf meine wackligen Beine, riß ihr die mit Kümmel gewürzte Scheibe aus der Hand und stopfte sie in den Mund. Mein Blick huschte wie eine Maus über die vollen Regale.

»Wann ist es denn soweit?« fragte die Frau und deutete lächelnd auf meinen Bauch.

Ich kaute und zuckte mit den Schultern; ich hatte keine Ahnung, wovon sie sprach.

Erst als ich den Bissen heruntergeschluckt hatte, nahm ich wahr, was sie sagte: »Wann kommt denn Ihr Baby?«

»... dauert nicht mehr so lange«, murmelte ich. Sah ich schon so pummlig aus?

Die Frau lächelte noch entzückter, und ich fragte sie, ob es ihr etwas ausmachen würde, mir noch von dem Brot abzuschneiden. Sie zersäbelte gleich einen ganzen Laib und ließ die eintretenden Kunden warten.

Zu Hause nahm ich dann das Sitzkissen vom Korbstuhl und schob es mir unter den Pullover. Im Spiegel erblickte ich eine werdende Mutter: blaß und aufgedunsen. Sie gefiel mir; sogar das fettige Haar bekam jetzt einen Sinn. Vielleicht zum ersten Mal in meinem Leben sah ich glaubwürdig aus.

Die Bäckerin stellte mir nach und nach alle Brotsorten ihres Ladens vor und ließ mich großzügig kosten. Sie wußte es zu schätzen, wenn ich meine Urteile über die verschiedenen Geschmacksrichtungen fällte. So fand ich das Weißbrot zu fad, die Rosinenbrötchen zu krümelig, und die Mohnhörnchen schmeckten einfach nach Pappe. Sie machte sich Notizen und schrieb ihre Bestellisten neu. Auch ermunterte ich sie, selbst zu backen, denn die Leute liebten den Pflaumenkuchen klebrig und saftig und nicht genormt, mit abgezählten Früchten.
In den Hausflur ging ich nur noch selten. Einmal traf ich Frau Lehmann; inzwischen trug ich ein molliges Federkissen, das meinen Mantel auffällig ausbeulte, und sie lud mich zu einer Tasse koffeinfreien Kaffee ein. Sie beugte sich mit spitzem Mund zu mir, und einen Augenblick fürchtete ich, sie wollte mich küssen. Doch dann fragte sie: »Darf ich Ihnen ein *rosa* oder ein *blaues* Jäckchen stricken?«
Ich dachte an die Eierkohlen und sagte: »Schwarz wär mir lieb.«
Sie wunderte sich gar nicht, nickte und seufzte, zog eine Schublade auf und ein schimmliger Geruch nach Medizin schlug mir entgegen. Sie schenkte mir einen schwarzen Angorapullover, und ich tat so, als würde ich mich freuen, denn ich freute mich wirklich, und das Ding war so riesig, daß es sogar einem Zeppelin gepaßt hätte. Leider nur war ich allergisch gegen Angorawolle und bekam kleine Pickel davon. Aber natürlich behielt ich das für mich und überließ ihr zwei Stück Pflaumenkuchen, die ich zufällig dabei hatte.

In der Firma hatte ich meinen Zustand bisher verheimlicht und die Kissen zu Hause gelassen. Doch eines frühen Morgens traf ich eine kleine Angestellte aus der fünfzehnten Etage; ihr Blick saugte sich an meinem geschwollenen Körper fest, und es nützte mir gar nichts, daß ich ihr fröhlich wie Frau Holle zuwinkte. Meinen Sprung von der vierzehnten in die siebzehnte Etage vor einigen Monaten nahm sie mir sicher genauso übel, wie den bevorstehenden Aufstieg in die neunzehnte. Ich verstand ihren Ärger gut; schließlich tippte sie, Mutter von drei Kindern, schon jahrelang auf einer mechanischen Schreibmaschine, deren Tasten oft verklemmten, und erhielt einen kläglichen Lohn. Einen Augenblick spielte ich mit dem Gedanken, mir ihr Schweigen und ihr Wohlwollen zu erkaufen, doch ein Blick in meinen Terminkalender zeigte mir, daß es unmöglich war, Zeit für eine langwierige Bestechung zu erübrigen. So ließ ich den Dingen ihren Lauf.

Kurz vor Feierabend ließ mich der Chef zu sich kommen.
Er trug jeden Tag einen Anzug, immer einen anderen, und Krawatten aus Seide mit Papageien und Schlangen darauf.
Er erhob sich, als ich eintrat, umrundete den Schreibtisch und lief mit ausgebreiteten Armen auf mich zu. Was immer das bedeuten mochte, so gewiß nichts Gutes. Ich machte mich auf die Umarmung gefaßt, doch er berührte nur sacht meine Schultern.
»Gratuliere, meine Liebe!« rief er. »Wie schön, Sie zu sehen!«
»Gratuliere?« fragte ich unwirsch. So einfach wollte ich es ihm nicht machen. Er schaute irritiert, die Lachfältchen klebten um seine Mundwinkel wie Zucker. Er dirigierte mich in einen Sessel, der groß und behaglich aussah und wie gemacht schien für werdende Mütter, nur der Hocker für die Füße fehlte.
»Wie geht es uns?« fragte er, als wäre er mein Arzt.
»Danke«, sagte ich und ließ ihn wieder hängen. Was sollte das Getue?
»Wissen Sie«, sagte er und öffnete eine Schublade und kramte darin herum. Er wollte doch nicht etwa in meiner Anwesenheit rauchen?

»Wissen Sie, wir haben uns Gedanken gemacht ...« Er stellte eine Konfektschachtel auf den Tisch, und als er sie öffnete, bemerkte ich, daß drei Pralinen fehlten.

»Wir?« fragte ich.

»Nun, ich ... und die Kollegen.« Er räusperte sich und schob die Schachtel ein Stück in meine Richtung. Es fehlten die Pralinen mit Mandelsplittern.

»Wir sind mit Ihrer Arbeit sehr zufrieden«, sagte er. »Alle sind das.« Ich nickte und betrachtete die Ausbuchtungen, die das verschwundene Konfekt hinterlassen hatte.

»Sie sind wirklich zu beneiden. Ihre Qualitäten wünschten wir uns bei allen Mitarbeitern. Und nun machen Sie auch noch Karriere auf einem anderen Gebiet.« Er lachte. »Nun, wir möchten Sie auch dabei unterstützen und schlagen Ihnen einen Schonplatz vor, der Ihnen die Aufregungen in der Verwaltung erspart. Wir wollen«, sagte er hastig, »doch nichts riskieren. Ich hoffe, Sie verstehen das nicht falsch ...«

Er holte tief Luft und trommelte mit seinem Kugelschreiber gegen den leeren Aschenbecher.

»Nun nehmen Sie schon eine Praline!« herrschte er mich an.

Ich gehorchte, Befehl ist Befehl, und ich glaubte immer noch an die neunzehnte Etage. Die Praline schmeckte nach Rum und Rauch. Meine Zunge schob sie von einer Ecke in die andere, und ich hoffte, meine Übelkeit zu bekämpfen, indem ich sie ignorierte.

»In der fünfzehnten Etage wird eine Stelle frei. Ein ruhiges, freundliches Plätzchen ...«

Weiter kam er nicht. Der Gedanke an verklemmte Tasten gab mir den Rest. Während ich mich erbrach, hörte ich die Hilfeschreie meines Chefs, als wäre er weit entfernt, auf einem untergehenden Schiff.

Als ich wieder zu mir kam, sagte ich: »Ich kündige.« Doch die Ratte war schon von Bord gegangen. Nur die Schränke voller Akten standen siegessicher da. Und ich lag in einer glibbrigen Lache, eine schwangere Fröschin, so grün, so kalt, so traurig.

In den Tagen, die folgten, genoß ich das Leben. Das heißt, ich lag faul auf dem Sofa und stand nur auf, wenn das Brot alle war, das die Bäckerin mir jetzt nach Hause brachte. Von meinem letzten Gehalt kaufte ich mir eine Anlage mit CD-Player und allem drum und dran und ungefähr zwanzig Scheiben Elvis Presley. Ich aß und träumte, aß und träumte und aß.

Ich vermißte die siebzehnte Etage nicht und sehnte mich nicht mehr nach der neunzehnten.

Meine Mutter rief an, und ich staunte, wie sicher meine Stimme klang und wie unsicher ihre.

»Du bist *schwanger*? Kind, von wem denn?« Sie redete, als hätte ich mir eine unheilbare Krankheit eingefangen. »Na ja«, sagte sie schließlich zweifelnd. »Wenn du Hilfe brauchst …«

Eines Morgens besuchte ich Frau Lehmann. Sie bekam gerade Kohlen, aber sie zeigte sich erfreut über mein Kommen. Sie hatte ein paar Babysachen gestrickt, und ich mußte weinen, als ich sie sah. »Das sind die Hormone, Kindchen«, meinte Frau Lehmann. Sie tätschelte vorsichtig meinen Bauch oder genauer gesagt, den Wasserball, den ich neuerdings trug.

Einer der Kohlenmänner schlurfte in die Küche, in der wir bei Kaffee und Pflaumenkuchen saßen, und Frau Lehmann wies ihn herrisch zurecht, daß sich neben der Wohnungstür eine Klingel befinde. Der Mann entschuldigte sich höflich und zwinkerte mir zu, während Frau Lehmann den Scheck unterschrieb. Unter dem Kohlenruß steckte ein Gesicht, das ich kannte. Seine Augen leuchteten blau wie der Pazifische Ozean.

Frau Lehmann begleitete den Mann zur Tür, und ich schrieb mir von der Rechnung die Telefonnummer ab.

»Eierkohlen«, sagte ich in den Hörer, »ich möchte bitte Eierkohlen bestellen.«

»Ja, wieviel denn?« fragte eine gereizte weibliche Stimme. Es irritierte mich einen Moment, daß eine Frau mit mir sprach. Ich sagte, ohne zu überlegen: »Drei Kilo.«

»Drei …?« Die Frau hustete.

»Oder sieben«, sagte ich schnell.

»Wir liefern erst ab zweihundertfünfzig Kilogramm.« Sie klang jetzt müde.

»Na schön, dann nehme ich eine Tonne. Was kostet's?« Ich wollte nicht, daß die Frau einen schlechten Tag hatte meinetwegen.

»Vierhundertsiebzig«, antwortete sie. »Inklusive Mehrwertsteuer.«

»Schön, schön. Bringen Sie die Kohlen bitte am zehnten April.«

Ich sagte ihr meinen Namen und meine Adresse und legte auf. Dann steckte ich das frische Brot in einen Beutel und ging zu den Enten im Park. Die Biester waren satt und fett. Die Stückchen schwammen auf dem Wasser und versanken ins Reich der Fische. Später joggte ich mit der leeren Einkaufstasche im Park herum; mein Bauch hüpfte aufgeregt, und ein Japaner filmte mich mit einer Videokamera, die aussah wie ein Kinderspielzeug. Seit meiner Schulzeit war ich nicht mehr gerannt, und so ließ ich mich bald auf eine Bank fallen und träumte von einem schwarzen Gesicht.

Am frühen Morgen des zehnten April drückte ich die Luft aus dem Wasserball, wusch mir die Haare und versuchte vergeblich, mir ein paar Locken zu drehen.

Als er dann kam, trug ich ein Tuch um den Kopf und ein fast durchsichtiges Kleid. »Wolltest du gerade irgendwohin?« fragte er. Ich antwortete nicht und zog ihn in die Wohnung. Ich wischte ihm die Lippen mit einem Lappen ab, als wäre er mein Baby. Er ließ es sich gefallen, zwinkerte nur verwirrt mit seinen Pazifikaugen. Ich biß ihn ein wenig in die Unterlippe, und meine Zunge drang in seinen Mund. Er schien nichts dagegen zu haben. Seine rußigen Hände begannen meinen Körper zu erkunden, erst vorsichtig, dann hastig, so daß ich ihn zur Ruhe zwingen mußte. Wenn mir schon einmal etwas gelang, wollte ich es genießen.

Er blieb bis zum Abend, und er blieb die ganze Nacht, und ich dachte mir Namen für das Kind aus. Es sollte Jack heißen oder Elvis oder Virginia oder Marilyn oder auch Marie-Luise.

Als ich erwachte, war er verschwunden. Es mußte Vormittag sein; die Sonne glitt ins Zimmer und blendete mich. Eine feine Schicht Kohlenstaub lag noch auf meinem Bett. Ich strich über meinen glatten Bauch, und überlegte, wie ich es der Bäckerin und Frau Lehmann erklären sollte.

Mir würde schon eine Geschichte einfallen, eine die glaubhafter war, als die Wahrheit. Dann klingelte es. Ich rührte mich nicht, die Klingel schrillte, und schließlich stand ich auf.

Er sah so sauber aus wie der Beutel, den er mir entgegenhielt.

»Ich bringe frische Brötchen«, sagte er, »sie sind noch heiß.«

Ich lächelte und schaute in seine Augen, die wie das Meer leuchteten.

Aus Feuerstein war ein richtiger Mann geworden.

KAPITEL XIV – PAMPELMUSEN

Glen Ellen.

Meine Tochter riecht säuerlich nach Erbrochenem. Sie hat die Hügel hinter der Golden Gate Bridge nicht vertragen. Ein paar Kleckse der geronnenen Milch sind auch auf mir gelandet. Ich sehne mich nach einem Bad.

Ich miete ein Zimmer in einem Motel, das London Lodge heißt. Die Frau, die mir die Schlüssel reicht, fragt nach unserem Auto. Sie lächelt ungläubig, als ich ihr erzähle, daß wir mit dem Bus gekommen sind.

Das Wasser fließt in die Wanne; ich ziehe erst Alice aus und dann mich. Unsere Sachen verteile ich auf die Sessel, die aussehen wie große weiche Plüschteddys. Wäre Viktor hier, hätte ich unsere Kleidungsstücke ordentlich zusammengelegt und in den Schrank gepackt.

Manchmal kommt es mir jetzt so vor, als hätte ich Viktor gegen Alice getauscht.

Ich steige in das Wasser, und meine Tochter klammert sich an mich. Ihre Angst rührt mich, aber die Kleine stinkt erbärmlich. Ich setze mich, und Alice brüllt, als ihre Zehen naß werden. Ich wiege sie hin und her und singe ihr das erstbeste Lied ins Ohr, das mir einfällt: »Leise rieselt der Schnee«. Wir sitzen in einer kalifornischen Badewanne, und meine Tochter will nichts von Schnee wissen. Sie schreit.

Mühselig halte ich das strampelnde Bündel, versuche immer wieder, sie auf meine nassen Schenkel zu plazieren, seife sie ein, wasche ihr die verklebten Haare. Sie brüllt, windet sich verzweifelt in meinem Arm und läuft erst rot an und dann blau.

Baden wäre mit Viktor leichter gewesen.

Alice hört erst auf zu schreien, als ich sie auf das Doppelbett setze. Sie blickt erstaunt und neugierig um sich, und ich lasse sie da, nackt und triefend, und steige in die Wanne.

Eine Zeitlang trug ich Schwarz; nichts Auffälliges, schwarze Leggings und ein weites schwarzes T-Shirt mit einem dezenten Schleifchen am Ausschnitt. Frau Lehmann und die Bäckerin gaben sich damit zufrieden. Sie seufzten und kniffen sich die Tränen aus den Augen, und ich biß mir tapfer auf die Lippen. Ich mußte ihnen nichts erklären; auch nicht, warum ich mich nur noch so selten blicken ließ.

Sogar meine Mutter fand sich schnell damit ab, daß ich plötzlich nicht mehr schwanger war. In ihrem Leben änderte sich gerade Entscheidendes. Sie hatte sich ein gebrauchtes japanisches Auto gekauft, das so klein aussah wie eine größere Schuhschachtel, und heiratete – aus heiterem Himmel, fand ich – ihren Fahrschullehrer. Sie überließ mich ganz meiner Jugendliebe, wie sie Fred, ein wenig abfällig, nannte.

»Meinst du, es ist richtig, eine alte Geschichte wieder aufzuwärmen?« fragte sie. Meist beschränkten wir uns jetzt darauf, miteinander zu telefonieren. Es war wirklich einfacher. Nicht daß es besonders schwierig wäre, wenn wir uns trafen. Aber durchs Telefon konnte sie nicht sehen, daß auf meiner Hose Kaffeekleckse waren, und sie entdeckte nicht, daß das Fenster in der Küche geputzt werden mußte. Und vor allem konnte sie keinen Blick auf das Bett werfen, auf das zerknüllte fleckige Laken und die Daunenfederberge.

»Es ist keine alte Geschichte, Mutter«, antwortete ich. »Es ist eine neue.«

Sie lachte, aber ich meinte es ernst.

Fred war jung, kräftig, gutaussehend. Und alles, was ich von ihm wollte, war ein Kind.

Wir liebten uns auf eine einfache, aber sehr direkte Art.

Wenn er nach Hause kam – er wohnte inzwischen bei mir –, knöpfte ich ihm die Hose seiner Arbeitskluft auf und schickte ihn duschen. Ich zündete eine Kerze an, legte eine Elvis-CD auf und schenkte mir Rotwein und ihm Bier ein.

Er kam stets sauber, gekämmt und ordentlich angezogen aus dem Bad.

Ich öffnete sein Hemd; meist war seine Haut noch feucht. Er hatte einen glatten schönen Körper mit sanft schwellenden Muskeln, eine weiche gewölbte Brust, einen breiten Rücken und einen verletzlichen Nacken.

Ich öffnete behutsam seine Jeans. Fred küßte mich so leidenschaftlich, daß am Ende meine Lippen brannten und wund blühten. Manchmal schnappten meine Zähne nach seiner Zunge oder nach seiner Unterlippe; ich biß ihn kurz und böse, und er stöhnte.

Er knetete meine Brüste, als wolle er Plätzchen backen, und erst, wenn ich seinen Penis massierte, griff er mir hastig zwischen die Beine. Ich war ihm stets einen Schritt voraus, das schien ihn zu verwirren. Wahrscheinlich hatte er mich als die eiserne Jungfrau in Erinnerung, mit der er sich vor Jahren einen kurzen erbitterten Kampf geliefert hatte.

Diesmal war ich diejenige, die ihn aufs Bett zerrte.

»Gib's mir«, stöhnte ich in sein kirschrotes Ohr. »Gib's mir!«

Gib mir dein Sperma, gib mir mein Kind.

Fred gehorchte aufs Wort. Und beinahe jede Nacht, jeden Morgen wähnte ich mich in anderen Umständen.

Das erste Mal wurde mir am vierzehnten April schlecht; vier Tage nachdem ich meine Lieferung Eierkohlen bekommen hatte.

Natürlich ertrug ich meine Übelkeit gelassen und erbrach nur heimlich, wenn Fred schlief.

Meine Periode blieb aus, und am nächsten Tag ging ich unangemeldet zum Arzt.

Noch in der Umkleidekabine begann ich zu bluten. Ich ließ mir von der Schwester eine Binde geben, die sie mit kehlig lauter Stimme »Vorlage« nannte, und flüchtete verschämt.

Mit Fred sprach ich nicht über meine körperlichen Angelegenheiten.

»Nimmst du eigentlich die Pille?« fragte er einmal lahm.

»Na klar«, sagte ich.

Ansonsten unterhielten wir uns über die Schulzeit, über die Lehrer, über unsere Klassenkameraden und sogar über das Schulessen.

»Weißt du noch, die gatschigen Nudeln …«

»Ja, und der klebrige Reis …«

»Das Gemüse in der Suppe sah aus wie Seetang.«

»Und hat auch so geschmeckt.«

Es machte uns beiden Spaß, uns zu erinnern. Es war, als würden wir Dias an der Wand betrachten. Die Projektoren in unseren Hirnen knatterten und sprühten und spuckten immer neue Bilder aus.

»Erinnerst du dich an die Grashüpfer?« fragte Fred.

»Grashüpfer?«

»Die Grashüpfer im Zeichenunterricht. Finni, Niko und ich hatten sie gefangen und sie in die Tuschkästen gesperrt. Und dann …«

»Ja, klar«, sagte ich. »Überall hüpften sie herum. Auf dem Fußboden. Auf den Bänken. Zwischen unseren Beinen, und auf unseren Rücken und Köpfen. Es war irre.«

Die Tiere waren groß und grün gewesen, und Frau Engel lief heulend aus dem Raum.

»Die arme Frau Engel«, seufzte Feuerstein voller Mitleid. Er sah wirklich bedrückt aus, und ich legte meine Hand auf seine Brust und zupfte an einem Haar.

»Ich wollte dich schon immer gern ficken«, sagte er freundlich. »Schon als ich noch keine Ahnung hatte, wie es geht.«

»Ich weiß«, sagte ich. »Als du's dann wußtest, hattest du ja nichts Eiligeres zu tun.«

Der Mann an meiner Seite lachte schuldbewußt. »Ich war ein Idiot«, sagte er. »Ein Riesenidiot. Die Armee macht einen dazu.«

Wir lagen nackt auf dem Bett und rauchten eine von seinen Zigaretten. Wir wechselten uns alle zwei Züge ab, und mein Knie drängte sacht gegen seine Hoden. Interessiert betrachtete ich seinen Schwanz, der wuchs und prall wurde und sich aufrichtete.

Beinahe ruppig drang er in mich ein, als wolle er nur etwas gegen die erneute Schwellung seines Gliedes unternehmen.

Was würde er wohl tun, wenn ich ihm Nachwuchs bescherte? Eigentlich wollte ich einen reifen weisen Vater, der seiner Tochter oder seinem Sohn erklären konnte, welche Gesetze beim Nüsseknacken wirkten und so. Aber den konnte ich ja immer noch beschaffen. Die ersten zwei Jahre mußte das Kind ja noch nichts vom Nüsseknacken wissen.

Ich konnte mir Fred einfach nicht als Vater vorstellen. Zwar war sein Körper erwachsen geworden, aber ich hielt es für mehr als wahrscheinlich, daß er irgendwo noch Knallerbsen bei sich trug. Eines Tages bei einem Spaziergang warf er den Kopf in den Nacken, und ich dachte, er halte nach Regenwolken Ausschau, da sagte er: »Weißt du, ich habe lange über uns nachgedacht.«

»Ach ja?« Meine Stimme klang spöttischer als ich beabsichtigte. »Da bin ich aber gespannt«, sagte ich so ernsthaft ich konnte.

Fred schwenkte seinen Blick vom Himmel auf mich hinab und sagte: »Wie wär's mit einem Bambino?«

»Mit einem was?« fragte ich arglos. Merkwürdigerweise verstand ich ihn im ersten Moment wirklich nicht. Gab es ein Eis, das so hieß? Im zweiten Moment dachte ich an den traurigsten aller Disney-Filme, in dem ein grausam süßes Rehkitz seine Mutter verliert. »Bambi?«

»Bam-bi-no«, wiederholte er verärgert, und erst dann fiel mir ein, daß er diesen Ausdruck schon einmal gebraucht hatte; damals war er dreizehn oder vierzehn gewesen, und um nichts in der Welt wollte ich ein Knallerbsenkind.

»Ach so.« Meinte er das ernst, oder war das eine Laune? Oder wollte er mich testen?

»Muß ich erst drüber nachdenken«, murmelte ich.

»Ein süßes kleines Baby, ein Hosenscheißer, den wir in den Schlaf schaukeln und für den wir Papierboote falten ...« Fred zog mich fest an sich. »Was meinst du?«

Warum eigentlich nicht? Konnte ja nicht schaden, wenn er sich auch anstrengte.

»Warum eigentlich nicht?« fragte ich zögernd. Falls es eine Falle war, wollte ich nicht zu überschwenglich reagieren.

»Nun ja, wir müssen uns schon sicher sein«, sagte er und zog einen Schmollmund.

»Sicher?«

»Sicher, daß wir zusammenbleiben. Nicht nur heute und morgen, sondern …«

»Sondern?«

Er zuckte mit den Achseln. »Für immer. Was sonst?«

Für immer. Für immer mit Feuerstein. Ich schluckte Luft, um nicht lachen zu müssen. »Ein Kind«, sagte ich versonnen, als wäre das ein ganz neuer Gedanke. Wir küßten uns leidenschaftlich, und das Baby war beschlossene Sache.

Fred kam jetzt oft spät nach Hause. Er machte Überstunden, um genügend Geld zu verdienen. Geld für das Kind, Geld für die Familienkutsche, die er dann kaufen wollte, irgendeinen Kombi. Geld für die größere Wohnung, die wir bald brauchen würden.

»Du wirst schon sehen, ich werd' es schaffen. Wir werden's schaffen.« Er lächelte geistesabwesend und spielte mit einem Feuerzeug, das nicht mehr funktionierte. In seinem Mundwinkel klemmte seit geraumer Zeit eine Zigarette, aber das Feuerzeug spuckte nur Flämmchen, die gleich wieder erloschen. »Wäre gelacht, wenn wir's nicht schaffen«, sagte er müde, und ehe ihm die Augen zufielen, zündete ich schuldbewußt ein Streichholz für ihn an. Brauchten wir so viel Geld? Kostete ein Kind so viel? Brauchten wir all diese *Dinge*?

Seit ein paar Wochen suchte ich in den Anzeigenteilen der Tagesblätter und in der Umgebung nach einer Stelle für mich. Aber die Angebote waren so rar und langweilig, daß ich bald die Lust verlor und die Geduld. Die kleinen Firmen der Stadt suchten – abgesehen von billigen Reinigungskräften – nach niemandem, und die neueröffneten Läden schlossen so schnell wieder, daß es sich kaum lohnte, einen Fuß in sie zu setzen.

Ich hoffte, es würde sich schon irgendwann irgend etwas ergeben. Im Gegensatz zu Feuerstein machte ich mir keinerlei Gedanken über unsere finanziellen Verhältnisse.

Ich war zu beschäftigt, in mich hineinzuhorchen, in meinen Bauch, und scherte mich wenig um die Welt vor der Haustür.

Manchmal sank Fred abends erschöpft auf das Sofa, griff nach dem gekühlten Bier, das ich ihm brachte, und starrte in den Fernseher. Er vergaß, duschen zu gehen oder auch nur das Gesicht und die Hände zu waschen. Er saß da, schwarz und stumm wie ein Stück Kohle.

Ich beobachtete ihn, ohne daß er es bemerkte, und mir kam die Geschichte von Pinocchio in den Sinn. Aus dem Stück Holz war eine Marionette und aus der Puppe ein lebendiger Junge geworden. Der arme Fred schien den umgekehrten Weg zu gehen.

»Geld ist nicht alles«, sagte ich eines Tages streng zu ihm. Ich stellte eine Schüssel mit lauwarmem Wasser auf den Tisch, wrang den Lappen sorgfältig aus und begann meinen Freund zu putzen wie ein Möbelstück, das man noch eine Weile benötigt. Fred ließ sich meine Säuberungsaktion schweigend gefallen und schob mich nur beiseite, wenn er die Flasche an die Lippen setzte.

Natürlich begann ich mit dem Gesicht, damit er mich beim Küssen nicht beschmutzte, dann nahm ich mir die Hände vor. Ich zog ihm sein Hemd aus und wusch ihm den Schweiß unter den Achseln fort.

»Kann ich dir helfen?« fragte er schließlich und streifte die Hose und den Slip ab. Ohne zu zögern seifte ich sein Glied ein, das mir entgegenwuchs wie die Wunderblume in einem russischen Märchenfilm. Er griff grob nach mir, aber ich bestand darauf, den Schaum erst abzuspülen.

Die ersten Male zeigte sich Fred noch besorgt, wenn mir übel war. Er lauerte vor der Badtür und lauschte den unappetitlichen Geräuschen, die ich fabrizierte.

Ich belohnte ihn dafür mit der Nachricht, die er erwartete:

»Ich bin schwanger!«

»Bist du sicher?«

»Hundertprozentig.«

Aber meine Übelkeit mußte wohl doch an der Pampelmusendiät liegen, mit der ich mich seit einigen Tagen herumplagte, um ein bißchen abzuspecken. Frau Dr. Marquardt konnte jedenfalls nichts entdecken, das auf einen Embryo deutete.

»Haben Sie Geduld«, riet sie freundlich. »Es läßt sich nicht erzwingen.« Sie musterte mich aufmerksam, und ich fürchtete, sie würde jeden Moment eine Schublade aufziehen und mir einen Trostlutscher überreichen.

Einmal, als ich am späten Nachmittag von einem erfolglosen Bewerbungsgespräch nach Hause kam, saß eine fremde Frau vor der Wohnungstür. Sie trug ein hellgrünes Kopftuch und einen altmodischen Mantel und blätterte in einer Zeitschrift, als wäre sie beim Friseur. Sie hob den Kopf und blickte mich an. »Mila«, sagte sie und stand auf. »Ich habe Sie gar nicht kommen hören!« Sie streckte mir beide Hände entgegen. Zwei matte pazifikblaue Augen begutachteten mich aufdringlich.

»Frau Joditz?« fragte ich erschrocken.

»Hat Ihnen mein Sohn nicht Bescheid gesagt?« fragte sie zurück. »Das sieht ihm mal wieder ähnlich. Vielleicht wollte er Sie überraschen? Oder hat er gar *vergessen*, seine Mutter anzukündigen?« Sie legte die Hand auf ihren Mund, als hätte er Worte entlassen, die nicht ausgesprochen werden sollten. Ihre Haut sah grau und welk aus, obwohl sie wohl kaum fünfzig Jahre alt war. In ihrem Gesicht lagen Schatten wie dunkle Tümpel. Sie sah aus, als hätte sie irgend etwas hinter sich. Etwas Bitteres, Schlimmes, eine schwere Krankheit vielleicht.

Ich bat sie herein, und sie reichte mir erst ihren Mantel, ehe sie das giftgrüne Tuch vom Kopf nahm.

Freds Mutter war, soviel ich wußte, noch vor der Maueröffnung in den Westen ausgereist. Sie wohnte in Hamburg oder Bremen, oder war es Kiel? Was wollte sie hier?

»Ich möchte gern meine künftige Schwiegertochter kennenlernen«, sagte sie, als könnte sie meine frostigen Gedanken lesen.

Künftige Schwiegertochter?

»Wir haben keine Heiratspläne«, sagte ich schroff.

»Ich rede doch nicht vom Heiraten …« Sie lachte, und ihr farbloses dauergewelltes Haar hüpfte dabei.

»Er hat mich einmal angerufen und stolz erklärt, er werde Vater«, sagte sie triumphierend.

»Ach so«, sagte ich verlegen. Unwillkürlich strich ich über meinen Bauch und überlegte, wie ich ihr erklären sollte, daß ich noch nicht in anderen Umständen war.

»Und dann«, sagte sie, »teilte er mir mit, daß es doch noch nicht soweit sei.«

Ich nickte unbestimmt und ging auf ihr Lächeln nicht ein. Was gab es da zu lächeln?

»Darf ich sie denn mal kennenlernen, habe ich ihn gefragt. Warum eigentlich nicht, hat er gemeint.«

»Möchten Sie einen Kaffee?«

»Gern.«

Ich zog mich in die Küche zurück, aber sie folgte mir. Sie starrte stumm auf meine Hände, die etwas von dem Pulver verschütteten. Wie lange wollte sie bleiben?

»Möchten Sie Platz nehmen?« Ich deutete auf einen der beiden Stühle, die an einem winzigen Tisch standen. »Wir wohnen etwas beengt …«

»Machen Sie sich keine Sorgen«, sagte sie. »Ich bleibe nicht lange.«

»Sorgen?« entfuhr es mir ärgerlich. »Ich mache mir keine Sorgen.«

Sie hielt ihre Hand an die Lippen, die hellrosa geschminkt waren, wie die Lippen eines jungen Mädchens. »Habe ich Sorgen gesagt?« fragte sie. »Ich meinte: Umstände. Machen Sie sich keine Umstände, wollte ich sagen.« Sie schien wirklich bestürzt über ihren Versprecher. »Umstände«, wiederholte sie. »Bitte keine Umstände, wegen mir.«

»Hätte ich gewußt, daß Sie kommen, hätte ich … einen Kuchen backen können«, sagte ich versöhnlich. »Nun müssen Sie sich mit Keksen begnügen.«

Sie schüttelte den Kopf und ließ sich auf den Stuhl fallen. »Keine Umstände«, preßte sie hervor.

Wir tranken den Kaffee in der Küche, und sie aß die Neunundneunzig-Pfennig-Plätzchen aus dem Supermarkt. Sie aß sie mechanisch, eins nach dem anderen. Und wenn sie trank, behielt sie den Keks in der Hand, als könne ihn ihr jemand wegnehmen.

»Sorgen«, sagte sie, »das wäre ja noch schöner, daß *ich* Ihnen Sorgen mache.«

Ich mußte daran denken, daß sie ihren Sohn an die Stasi verraten hatte. Damals war er ein Kind, dreizehn Jahre alt, und kauerte auf dem Schulhof, hockte verängstigt an einem Maschendrahtzaun. *Das Blut auf der Hose.* Sie hatte denen davon erzählt. Oder vielleicht hatte sie denen sogar die Hose gezeigt. Der Lehrer war tot, und ihr Sohn hatte *Blut auf der Hose.*

»Ich muß Ihnen etwas sagen«, erklärte sie plötzlich. Sie stockte und betrachtete das Eierplätzchen in ihrer Hand. Sie legte das angebissene Ding vorsichtig auf ihren Teller und schob es hin und her. »*Leider* muß ich Ihnen etwas sagen ...«, sie räusperte sich. »Ich möchte Ihnen wirklich keine Sorgen machen. Aber ich muß es Ihnen doch sagen, oder?«

Ich starrte sie an. Was zum Teufel wollte sie?

Sie schob den Keks auf den Rand des Tellers; es sah aus, als müßte er hinunterfallen, aber er fiel nicht.

»Als er vierzehn oder fünfzehn Jahre alt war ... vierzehneinhalb, glaube ich, bekam er Mumps. Ich pflegte ihn damals und Dr. Neumann, mein Hausarzt, wissen Sie ...?«

Ich zuckte mit den Schultern.

»Mumps«, wiederholte Frau Joditz und seufzte. »Ziegenpeter.« Sie legte mir ihre fahle Hand auf den Schenkel und streichelte mich vertraulich.

»Ja und?«

»Nun ... Herr Dr. Neumann meinte, Freddi sei womöglich unfähig, Kinder zu zeugen. Ich meine, er war sich nicht sicher ...«

»Warum tun Sie das?« fragte ich kalt. »Warum erzählen Sie mir das?«

Frau Joditz zuckte zusammen. »Ich möchte Ihnen wirklich keine Sorgen machen«, sagte sie. »Aber ich dachte ... ich *muß* es Ihnen einfach sagen.«

Sie steckte sich den Keks hastig in den Mund und kaute, ohne den Blick von mir abzuwenden. »Machen Sie sich keine Sorgen«, nuschelte sie. »Sie sind noch so jung.« Sie griff sich das letzte Plätzchen und zermalmte es vor meinen Augen.

»Mumps?« Fred starrte mich an und wurde blaß. Seine Mutter hatte uns nach dem Abendbrot verlassen, und kaum fiel die Tür ins Schloß, konfrontierte ich ihn mit dem, was sie mir erzählt hatte.

»Mumps«, sagte ich. »Ziegenpeter.«

»Hodenentzündung«, sagte Fred. »Dich interessieren nicht meine Hamsterbacken, nicht wahr?« Er lachte. »Ja, meine Eier waren so dick, als hätte sie ein Strauß gelegt. Es hat höllisch weh getan. Sonst noch was?« Er war wirklich böse.

»Ich will dich nicht ärgern«, sagte ich leise. »Aber du hättest es mir sagen müssen.«

»*Aber du hättest es mir sagen müssen*«, äffte er mich nach. »Meinst du denn, es liegt an *mir*? Hast *du* dich denn schon mal untersuchen lassen? Ich meine, *richtig*? Jetzt denkst du also, ich bin schuld. Impotent, ja? Glaubst du das?«

Ich schwieg. Natürlich glaubte ich das.

Er schoß aus dem Sessel heraus, auf mich zu. Einen Moment fürchtete ich, er würde mich schlagen. Aber er piekte mir nur seinen Zeigefinger unters Kinn. »Paß auf, Mädel«, sagte er. »Ich laß mich von dir nicht fertigmachen. *Ich nicht* …«

Sein Fingernagel bohrte sich in mein Fleisch, und er schob meinen Kopf hoch, als wäre er Billy the Kid.

Schieß doch, wenn du kannst, dachte ich.

»Nicht von *dir*«, sagte er.

»Schon gut«, sagte ich. »Schon gut.« Nicht daß ich Angst hatte, er tat mir nur ein bißchen leid. Wenn hier jemand Angst hatte, dann er.

Fred ließ von mir ab und lief auf den Korridor.

Er verschwand, ohne ein Abschiedswort.

Ich betrachtete meinen Hals im Spiegel. Es war nichts zu sehen, kein roter Fleck, nichts.

KAPITEL XV – FISCH

Glen Ellen ist ein gemütliches ruhiges Nest. Es gibt eine nette Kirche aus weißen Holzschindeln, einen netten Supermarkt, nette Häuser, nette kleine Geschäfte, die im Moment fast alle geschlossen sind, viel Grün. In jedem zweiten Vorgarten flattert die amerikanische Flagge.

Der Himmel hat sich bezogen, und es ist kühler geworden. Ich gehe noch einmal in das Motelzimmer zurück, hole einen Overall mit Kapuze für Alice und eine Jacke für mich. Es sieht nach Regen aus. Aber wenn ich noch hinauf will, muß ich jetzt los. Jetzt. Natürlich habe ich keinen Schirm in meinem Rucksack; natürlich hätte Viktor auf jeden Fall einen Schirm dabei gehabt. Aber Viktor ist tot.
Es geht bergauf, eine leere asphaltierte Straße. Ich schleppe meine Tochter und den Rucksack, und es beginnt zu regnen. Ein Fußmarsch von einer Meile liegt vor uns. Ich sehne mich nach dem Nice-day-Lächeln des Muni-Fahrers, nach dem Ruckeln der Cable Car. Kein Bus, kein Taxi erlöst uns.
Es regnet, es gießt in Strömen. Die Landschaft nehme ich nur als grüne Flecken wahr; einmal flüchten vier oder fünf Rehe.
Der Regen ist frisch, aber nicht kalt, ein Frühlingsguß. Ich fange ein paar Tropfen mit dem Mund auf. Nicht aus Spaß; ich schwitze, ich habe Durst. Ich laufe, so schnell es geht. Niemals hätte ich für möglich gehalten, daß eine Meile so lang sein kann. Niemals ist meine Lust, ein Auto anzuhalten, größer gewesen. Doch kein einziger Wagen zeigt sich.
Ich trage meine Tochter unter der Jacke; ihr weißes nasses Gesicht schaut ungläubig zu mir hinauf. Die rote Kapuze rahmt ihren Kopf ein, und ihre Wangen glänzen.

Ein paar Tropfen klatschen ihr ins Gesicht, und sie wimmert, maunzt wie eine Katze. Ich küsse ihre kalten nassen Wangen und murmle ein paar beruhigende Laute.

Böschungen wölben sich rechts und links der Straße, und ich sehe Viktor dort liegen. Nein, nicht liegen. Er lehnt sich an, ruht sich aus. Er wird gleich wieder aufstehen. Den Schirm schwenken, auf uns zu laufen. Doch er kommt nicht. Er versinkt in dem feuchten Gras.

Feuerstein kam in einer Vollmondnacht zurück; er war nicht zornig und noch nicht einmal staubig. Als er mich weckte, war er nackt und feucht, es schien mir, als wäre er gerade aus dem Meer gestiegen, sogar sein Haar war naß. Mißtrauisch schnupperte ich an ihm, aber ich roch keinen Alkohol. Er duftete nach einem Rasierwasser, das ich nicht kannte, und das auf jeden Fall nicht billig gewesen war. Mein Körper reagierte, als wäre nichts vorgefallen, ignorierte den Widerstand in meinem Kopf. Sein Leib war zurückgekehrt, und er suchte nach meinem Leib. Der Mann schlüpfte in mich wie in ein Nest, und ich ordnete meine Gliedmaßen so, daß er es möglichst bequem dabei hatte. Der Mond schien zu uns ins Zimmer, und er sah aus wie das Gesicht eines griesgrämigen Kindes.

Einige Tage später brachte Fred Smokie mit, einen jungen Perserkater mit rauchigem Fell.

Ich lächelte beglückt und fiel ihm um den Hals, obwohl ich Katzen kaum weniger verabscheute als Hunde. Eigentlich waren mir alle Haustiere zuwider.

Fred bemühte sich auffällig darum, mich zu bezirzen, und da wagte ich es nicht, ihn vor den Kopf zu stoßen. Ich wollte ein gutes Mädchen sein, weil er sich alle Mühe gab, ein guter Junge zu sein. Er kam jetzt manchmal früher von der Arbeit, mit langstieligen Rosen und einem stolzen Grinsen. Leider fehlte mir die passende Vase für die riesigen Blumen, und so steckte ich sie in eine Milchflasche und vergaß sie augenblicklich. Nur Smokie konnte ich nirgendwo hineinstecken.

Das Thema Kind verschwand so plötzlich als Gegenstand unserer wenigen spröden Gespräche wie es gekommen war. Wir rannten den Vergnügungen hinterher, beinahe wie damals, nach meinem ersten Mord. Feuerstein benahm sich wieder wie Feuerstein. Während wir spazierengingen, drückte er auf fremde Klingeln und zwang mich, mit ihm davonzulaufen. Im Kino warf er sich während der Vorstellung das Popcorn in den Mund. Im Schwimmbad sprang er vom Beckenrand und zog mich unter Wasser. Feuerstein behandelte mich nun, wie seine Kumpel ihre minderjährigen Mädchen behandelten. Einmal raunte er seinen Freunden in meiner Gegenwart etwas Anzügliches zu, das ich nicht verstand, aber ihre Blicke taxierten mich wie ein Sonderangebot auf dem Wochenmarkt.

»Was hast du denen gesagt?« wollte ich anschließend wissen.

Er schaute mich überrascht an. Wir liefen nebeneinander, ohne uns zu berühren, die Barmusik verebbte hinter uns; es war etwa ein Uhr nachts.

»Denen gesagt?« Fred griff betrunken grob um meine Schultern. »He, nur Liebes … Von dir erzähl ich nur Liebes … Was immer ich gesagt haben soll.« Er lallte schon ein bißchen.

»Aber irgendwas mußt du denen doch gesagt haben«, beharrte ich.

»… nur Liebes, mein Liebchen.« Er lachte und zog mich fester an sich. Mit der anderen Hand drehte er mein Gesicht in seine Richtung und hielt es fest. Seine Finger waren hart wie Zement. »Wir lieben uns doch, oder?« faselte er und drückte seinen Mund auf meine Lippen. Einen Moment kam es mir so vor, als wollte er ein Stück von mir abbeißen. Aber er schob nur seine Zunge in meinen Mund. Sie schmeckte nach Schnaps und Rauch und war dick wie ein Schlangenkopf.

Ich biß ihn, erst leicht, dann mit Kraft, biß das Reptil, das in mich drang. Er stieß einen Schrei aus und ließ mich los.

»Was hast du denen gesagt?« fragte ich.

Fred spuckte Blut auf den Beton. »Du hast mich gebissen«, stellte er fassungslos fest.

»Also«, sagte ich, »*was* hast du *denen* über *mich* gesagt?«

»Nichts Besonderes«, antwortete er zerknirscht. »Nur was von
'nem Leberfleck.«

»Was?«

»Von deinem Leberfleck«, antwortete er verärgert. »Wir haben uns
verabschiedet; ›ich geh jetzt ihren Leberfleck lecken‹, hab ich gesagt, mehr nicht.«

»Welchen Leberfleck?«

»Ist doch völlig gleich«, meinte er kalt. Er starrte auf den Fußweg
hinab.

»Wo soll denn dieser Leberfleck sein?«

Er stöhnte und verdrehte die Augen. »Es war nicht so gemeint,
nicht so *konkret*.« Er schüttelte den Kopf über meine Begriffs-
stutzigkeit.

Nach einer Weile sagte er leise: »Jetzt sind wir quitt, was?« Er hüstelte oder lachte oder beides und zog mich mit sich. »Wir sind
quitt, Lady.«

Der Bürgersteig war mit Autos zugeparkt, und wir schlängelten
uns zwischen ihnen hindurch und liefen dann auf der Straße.
Quitt? Was meinte er damit? Ich stoppte und entzog ihm meine
Hand mit einem jähen Ruck. Die Straßenlaternen strahlten, einige Schaufenster waren erleuchtet und warfen ihr Licht über uns.
An manchen Häusern lehnten Baugerüste, und sie klapperten,
wenn der Wind gegen sie fuhr. Wir standen auf einer Bühne, einer
filmreifen Kulisse, nur schaute uns niemand zu. Oder? Vielleicht
erhoben sie sich von ihren Betten, die ehrwürdigen Einwohner
dieser Stadt, vielleicht starrten sie uns aus ihren dunklen Wohnungen an. Sorgten sich um ihre Autos, den Lack, die Spiegel und die
Antennen. Vielleicht rief schon jemand die Polizei?

»Quitt?« fragte ich theatralisch und schob mich in einen Lichtkegel.
»Du behandelst mich wie eine Nutte und meinst, wir sind quitt?«
Meine Wut war schon längst verpufft, dennoch holte ich aus, um
ihm ins Gesicht zu schlagen, aber meine Hand kam nicht an. Er
hielt sie fest.

»Ich brech dir deinen verdammten Arm«, sagte er lächelnd und
quetschte mein Handgelenk, als wolle er seine Ankündigung so-

fort verwirklichen. »Leg dich nicht mit mir an, Millie, Süße. Ich will dir nicht weh tun, aber leg dich nicht mit mir an.« Unvermittelt ließ er mich los und schaute auf seine Uhr. Er trug wieder die Uhr, die ich ihm als Dreizehnjährige geschenkt hatte. Die Zeit leuchtete rot auf. »Laß uns ein anderes Mal streiten«, meinte er versöhnlich. »In ein paar Stunden muß ich zur Arbeit.« Er gab mir einen flüchtigen feuchten Kuß, den ich nicht erwiderte.

Oft verließ ich jetzt meine Wohnung, um nicht mit Smokie zusammensein zu müssen. Ich klapperte Adressen von Stellenanzeigen ab, ging einkaufen und schaute hin und wieder in fremde Kinderwagen. Am liebsten mochte ich schlafende Babys. Sie hatten so einen entspannten Ausdruck im Gesicht und runzelten nicht die Stirn, wenn ich mich zu ihnen beugte. Allerdings waren die Mütter mißtrauischer geworden. Sie ließen ihre Schützlinge kaum aus den Augen. Die Kinderwagen, deren Räder nicht selten mit Lehm, blättrigem Morast und Hundekot beschmiert waren, schoben sie in jedes Geschäft. Vor Treppen abgestellte Babydroschken waren meist leer oder die Frauen schleppten ihre Kinder in bunten Tüchern vor dem Bauch umher.

Im Supermarkt kaufte ich Forellen für Fred, um ihn mit einem guten Essen ein bißchen aufzumuntern. Bratwürste hätten wohl auch genügt, aber die Fische gab es im Sonderangebot; das Verfallsdatum war überschritten.
Auf dem Küchentisch befreite ich die Tiere von ihrer Plastehülle, eilte ins Bad und wusch mir gründlich die Hände.
Als ich die Küche betrat, hockte Smokie auf dem Tisch, das Maul voll Fisch.
»Forellen sind nicht für Katzenviecher!« schrie ich ihn an.
Erschrocken sprang das Tier auf das Linoleum. Ich warf die Tür zu, damit die Katze ihre Beute nicht auf meinen Kokosläufer schleppen konnte.
Immerhin hatte Smokie noch zwei Forellen übriggelassen. Die konnte ich Fred zum Abendbrot braten.

Ich schaute Smokie beim Fressen zu. Den Fußboden würde ich wischen müssen. Die Katze hielt mitten im Kauen inne und sah mit ihren apfelsinenfarbenen Augen zu mir hinauf, dann würgte sie plötzlich. Ehe ich mich versah, lag mir der Fischbrei zu Füßen. Ich hielt mir die Augen zu und lugte durch einen Spalt zwischen meinen Fingern. Das durfte doch nicht wahr sein!

»Ich schmeiß dich auf den Grill, Smokie«, murmelte ich düster. Natürlich hatte ich keine Zeit, meinen Wunsch in die Tat umzusetzen. Ich mußte Fred sein Abendbrot bereiten. Ich warf die Katze kurzerhand aus dem Fenster. Das kannte sie schon.

Zunächst verband ich mir mit einem Schal Nase und Mund und besah mir die Misere. Von dem Fisch waren nur noch ein Auge und eine Flosse zu erkennen. Fettige Rinnsale flossen wie kleine kranke Bäche durch die Küche.

Smokies Kotze schob ich mit dem Handfeger, um den ich ein altes Putztuch geschlungen hatte, auf die Schaufel, kippte sie in die Toilette und spülte mehrmals. Ich wischte die Küche, wobei ich mühsam durch meinen Wollschutz atmete.

Dann machte ich mich über die Forellen her. Ich nahm sie aus, sparte nicht mit Salz und Pfeffer und stäubte sie ordentlich mit Mehl ein. Vom Laich zur Leich, dachte ich fröhlich und pfiff die Melodie von »Bunt sind schon die Wälder«. Zum Glück hatte ich zwei Zitronen im Haus, und sogar eine angefangene Tüte Mandelsplitter vom letzten Weihnachtsfest fand ich noch. »Gehelb die Stohoppelfelder«, sang ich und schwitzte, während die Forellen in Butter brieten. Die Kartoffeln waren allerdings schon schrumplig. Fred würde sich mit Toastbrot als Beilage begnügen müssen.

Mir blieb noch Zeit, den Tisch zu decken, mich zu kämmen und etwas Parfum aufzulegen, damit ich nicht so nach Fisch roch. Zu guter Letzt stellte ich eine Flasche Bier neben das Mahl, eisgekühlt, so wie Fred es mochte, und zündete eine Kerze an.

Fred schnupperte und schaute mich beeindruckt an. »Ich hab doch gar nicht Geburtstag«, sagte er zögernd. Er wusch sich rasch, während ich die Forellen im Backofen warm hielt. Für mich hatte ich nur etwas Rührei gebraten. Als das Wasser im Bad aufhörte zu laufen, belegte ich die Fische mit kleinen Kräuterbutterwürfeln und streute die Mandelsplitter darüber, die ich extra geröstet hatte. Zu guter Letzt quetschte ich die eine Zitrone über den Forellen aus, die andere zerschnitt ich und legte die Scheiben auf die Flossen. Über die Köpfe kippte ich etwas Ketchup, weil es beinahe nichts gab, das Fred ohne Ketchup aß. Außerdem wollte ich nicht, daß ihn der starre Blick der Fische beim Essen störte.

Fred kam mit akkurat gekämmtem Scheitel und mit sauberem Hemd in die Küche. Er aß mit Appetit, und ich nippte an dem Bier und starrte ihn an. Vielleicht hatte Smokie ja nur einen empfindlichen Magen? Fred löste das Fleisch sorgfältig von den Gräten, kaute gründlich und hastig, sein Kiefer arbeitete wie eine Maschine, die irgendein Soll zu erfüllen hat.

»Phantastisch«, sagte er mit leuchtenden Augen. »Millie, Süße … Ich wußte gar nicht, daß du so gut kochen kannst.«

»Ich auch nicht«, murmelte ich verlegen und schenkte ihm Bier nach.

Es kostete mich Mühe, nicht immerzu an meinen Händen zu riechen.

»So schweigsam heute?« fragte er und grinste mich an. Er fuhr mit einem Finger über meine Lippen, und eine Spur Schaum blieb an ihm haften. »Ich habe noch eine kleine Überraschung für dich«, sagte er und rutschte auf seinem Stuhl hin und her.

»Eine Überraschung?«

Er nickte. »Ein Freund von mir geht für ein Jahr nach Amerika. Und wir können solange in seine Wohnung ziehen.«

»Aha.« Ich suchte seinen Blick, aber er schaute auf den Teller. Die geschmolzene Kräuterbutter vereinigte sich gerade mit dem Ketchup. »Vielleicht bleibt er auch länger, vielleicht sogar für immer«, sagte er kauend.

Er aß alles auf, nur die Gräten, die Köpfe und ein angebissenes Stück Toastbrot ließ er liegen.

»Hundert Quadratmeter, Bad, Balkon, Garten …«

Ich räumte den Tisch ab und schob Fred einen Aschenbecher zu.

»Und wo ist der Haken?«

Er lächelte mit fettigen Lippen und zündete sich die Zigarette an der Kerze an. »Es gibt keinen. Die Miete ist bezahlbar. Es ist nicht weit von hier. Nur seine drei Katzen sollen wir in der Zeit hüten. Wir nehmen Smokie mit …«

Mein Bier kippte um und platschte auf seine Hose. Das Glas rollte über den Tisch, und ich fing es auf, bevor es herunterfallen konnte.

»Entschuldigung«, sagte ich und lief los, um einen Lappen zu holen. Ich wischte an Fred herum, und er rauchte und hielt die Arme hoch, damit ich besser an ihn herankam.

Das Telefon klingelte, und ich ging in den Flur.

Meine Mutter teilte mir mit, daß sie eine Arbeit für mich gefunden habe. Im Büro einer kleinen Firma, es gebe einen guten Verdienst, einen verträglichen Chef und Aufstiegsmöglichkeiten. Sie nannte mir einen Namen, eine Adresse und eine Telefonnummer, und ich schrieb alles auf. Meine Mutter zeigte sich besorgt um mich. Das gefiel mir. Ich bedankte mich und wünschte ihr einen schönen Abend und eine gute Nacht. »Und liebe Grüße an Paul«, sagte ich mit Klein-Mädchen-Stimme und legte auf. Ich hatte ihren Fahrschullehrer erst ein paarmal gesehen. Er war kleiner als meine Mutter, beinahe glatzköpfig und schwitzte schnell. Obwohl er jetzt mein Stiefvater war, siezte er mich, und ich siezte ihn zurück. Warum sollten wir uns auch um den Hals fallen? Er hatte meiner Mutter das Autofahren beigebracht, dafür gebührte ihm Respekt. Daß er sie geheiratet hatte, ging mich im Grunde nichts an.

Als ich in die Küche zurückkehrte, fiel Fred gerade auf das schäbige Linoleum und wand sich in Krämpfen.

»Was ist denn los?« erkundigte ich mich kühl.

Feuerstein gab keine Antwort, und ich ging zu ihm und hockte mich an seine Seite. Er sah mehlig weiß aus, und seine Augen schienen sich einen Moment orange zu färben. »Mir ist so schlecht«, stöhnte er.

Ich half ihm auf, stützte ihn, begleitete ihn ins Bad und klappte den Toilettendeckel hoch. Er hielt sich den Bauch und begann, Fischmus zu erbrechen. Ich flüchtete.

Ich räumte die Küche auf, spülte das Geschirr, trocknete die Gläser ab und trank das restliche Bier aus der Flasche.

Fred kam nicht aus dem Bad.

Schließlich ging ich nachschauen. Er lag auf dem Boden, die Augen geschlossen, und rührte sich nicht. Immerhin hatte er sich direkt in die Toilettenschüssel übergeben und sogar gespült, bevor er ohnmächtig wurde.

Ich beugte mich über ihn und suchte nach seinem Puls. Es dauerte eine Weile, ehe ich ihn unter seiner rauhen Haut gefunden hatte. Er lebte noch. Aber es kam mir vor, als atme er nur schwach. Ich ließ ihn liegen und rief den Rettungsdienst an.

»Wahrscheinlich Fischvergiftung«, sagte ich schuldbewußt in den Hörer.

Nach ein paar Minuten bewegte sich Fred und murmelte etwas Unverständliches. Ich hatte ihn in die stabile Seitenlage gebracht, und aus seinem Mundwinkel sickerte eine graue Flüssigkeit. »Es tut mir leid«, flüsterte ich und hielt seine Hand. »Aber ich kann unmöglich mit dir und vier Katzen zusammenleben.«

Die beiden Männer in den weißen Kitteln untersuchten ihn kurz und legten ihn auf eine Trage.

»Keine Panik«, sagten sie zu mir und lächelten routiniert mitleidig, »er wird's überleben.« Sie ließen mich ein Formular unterschreiben und nahmen ihn mit.

Am späten Abend schaltete ich den Fernseher an, stellte mir ein Glas mit Salzstangen auf den Tisch und einen Schoppen Rotwein. Wie einfach und schön das Leben doch sein konnte. Zu meinem Glück fehlt mir nur eines, dachte ich betrübt und hoffnungsvoll zugleich: ein tauglicher Samenspender.

Es war kurz nach dreiundzwanzig Uhr, und ich hockte mich zu dem Fernseher und knipste mich durch die Programme. Einmal verschwand das Bild, und ich starrte in mein dunkelgrünes Gesicht und dachte: wenn du bloß nicht so ein Ekel, wenn du bloß nicht so eine Kröte wärst ... Denn ich fand mich beinahe hübsch. Eine unauffällige, intelligente, halbwegs gutaussehende Frau, die den Mann vom Schlüsseldienst heiratet oder einen Versicherungsvertreter oder sogar den Zahnarzt und in kurzen Abständen drei unauffällige, hübsche, nette Kinder in die Welt setzt ...

Ich warf mich auf die Couch und faßte in etwas Haariges. Smokie wandte mir sein rundes Gesicht zu und blinzelte mich schläfrig an. Er schien meine unfreundliche Behandlung schon vergessen zu haben. Ich ließ mich dazu herab, ihn zu streicheln. Und er schnurrte und schlief ein.

KAPITEL XVI – MILCH

»JACK LONDON State Historic Park«. Es regnet noch immer, als wir den Park betreten. Alice ist ganz still geworden.
Das Haus, das wir schließlich erreichen, ähnelt kein bißchen den Bauten der Gegend. Es kommt mir dunkel und traurig vor, als beherberge es ein düsteres Geheimnis. Mir fällt ein, daß Alfred Hitchcock ein paar Meilen von hier einen seiner genialsten Filme gedreht hat. Das Gebäude ist aus ungleichförmigen Brocken zusammengesetzt. Es scheint aus Wackersteinen erbaut, die direkt aus dem Bauch des Wolfes gekommen sein müssen. Das Haus einer kinderlosen Witwe.
Wir gehen hinein; ich ziehe Alice den nassen Overall aus und hänge ihn über ein Geländer an dem erloschenen Kamin. Es ist warm hier und still. Kein Mensch ist zu sehen. Meine Schritte hallen auf dem Parkettfußboden.
Wir setzen uns auf eine kleine Besucherbank; ich ziehe den Pullover hoch und lege Alice an die Brust. Sie saugt sofort und verdreht erleichtert die Augen. Ihr Gesicht ist naß und kalt. Ich streichle und schaukle sie mit schlechtem Gewissen. Ich mute meiner Tochter allerhand zu.
Dann schlendere ich durch die Ausstellung. Fotos, Bücher von Jack London, Schaukästen mit alten Briefen und anderem Krimskrams, auf dem Kamin eine Büste, die ihm nicht ähnelt. In der Mitte des Raumes ein runder Tisch mit einem Modellsegelschiff, vier klobige eckige Stühle, mit Ketten verhangen. Hinter Glas: der Arbeitsraum. Bücherregale, unscheinbare Schreibtische, ein verbeultes Grammophon …
In dem Arbeitszimmer, auf einem der einbeinigen Holzstühle, sitzt Jack London. Er spielt lässig mit einem Bleistift, beobachtet uns, seine Augen sind schmal, er lächelt spöttisch, weich, entrückt, als

habe er Drogen genommen. Dann verändert er sich plötzlich: sein Haar …, es wird hell, es glättet sich, seine Gesichtszüge ziehen sich in die Länge, werden hager, Stoppeln sprießen auf seinem Kinn. Es ist Viktor. Ich will ihm zuwinken. Doch Viktor schüttelt den Kopf und legt seinen Zeigefinger auf den Mund. Niemand soll wissen, daß er sich hier eingeschlichen hat. In einen Glaskäfig im »House of Happy Walls«, dem »Haus der glücklichen Wände«.

Fred Joditz kehrte nicht wieder zu mir zurück. Ich besuchte ihn nur einmal im Krankenhaus und teilte ihm mit, daß ich lieber nicht mit ihm in die Wohnung seines Freundes ziehen wolle.
Er verstand sofort, und sein Gesicht versteinerte. Ich griff nach seiner schwieligen Hand. »Es liegt nicht an dir«, versicherte ich ihm.
Er trug einen blauweiß gestreiften Schlafanzug, der ihn älter aussehen ließ, als er war. »Du hast gewußt, daß die Fische nicht in Ordnung waren«, sagte er. Er entzog mir die Hand und lächelte verletzt. »Du hast es gewußt.«
Ich stritt alles ab und machte ein verzweifeltes Gesicht, und er zuckte mit den Schultern. »Hätte ja sein können, was?« Er zwinkerte mir zu und legte einen Arm um meine Schultern. »Geh schon, Millie, geh nach Hause.« Er schob mich vorwärts, als wäre ich die Kranke.

An der Straßenbahnhaltestelle stand ich starr, die Kälte kroch an mir hoch und drang durch die dicke gesteppte Jacke. Der Frost legte sich auf meine Lippen, als wolle er meinen Mund vereisen. Ich stellte mir vor, wie es wäre, zu erfrieren. Ich klappte den Kragen herunter. Ich zog die Handschuhe aus und ließ die Hände bewegungslos herabbaumeln. Aber die Bahn rauschte heran, ehe mir die Kuppe des kleinen Fingers abgestorben war.

Es begann an einem ganz normalen Tag. Der Computer ging aus, ohne daß ich etwas getan hatte; es zischte nur kurz und kaum vernehmlich, ja eigentlich war es ein Knistern, das ich wohl nur deshalb hörte, weil ich allein in dem großen weißen Büro saß.

Ich knipste nervös an einigen Schaltern herum, aber auch die Lampen, das Radio und sogar das Telefon, das sonst alle paar Minuten schrillte, versagten ihren Dienst.

»Dann eben nicht«, flüsterte ich. Ein wenig Kaffee schwappte auf meine Hand, und ich leckte mir die Finger, sorgfältig wie Smokie seine pelzigen Pfoten. Ach, Smokie. Ich dachte öfter an ihn als an Fred. Irgendwie fehlte er mir. Meine Haut schmeckte bitter und salzig. »Dann eben nicht.«

Eine Träne rollte aus meinem linken Auge, rann über die Nase, über die Lippen, übers Kinn und verlor sich zwischen meinen Brüsten. Schon wieder, dachte ich verbittert. Ich berührte meine Brust. In der Schublade lag kein einziger Tampon.

»Küß die Hand«, sagte ich gereizt. Seit ich in diesem Büro arbeitete, sagte ich immer »Küß die Hand«, wenn ich mich ärgerte. Es ging mir so glatt über die Lippen, wie das »Grüß Gott«, das mein Chef mir zurief, wenn er eigentlich »Guten Tag« meinte. Er kam aus Süddeutschland, aus einem Nest in Bayern, und ich fürchtete, er würde eines Tages ein Kruzifix im Büro aufhängen. Ich wartete auf das Ziehen im Unterleib, legte die flache Hand unter meinen Bauchnabel, aber irgend etwas war anders als sonst.

Meine Brüste schwollen an. Ich wollte es nicht glauben. Aber es war so. Die Haut spannte sich, und meine Brüste wurden schwer. Auf meinem Baumwollshirt zeichneten sich zwei feuchte Kreise ab, dann perlten Tropfen durch den Stoff, auf jeder Seite einer. Ich fing sie mit den Fingern auf und kostete. Es war Milch, keine, die sauer oder wäßrig schmeckte, nein, die Flüssigkeit ähnelte eher einer etwas zu dünn geratenen Vanillesoße. Die milde Süße ließ mich unwillkürlich seufzen.

Was geschah mit mir? Konnte ich schwanger sein? Von einem impotenten Mann? Halleluja, ich bin doch nicht Maria.

»Ich bin nicht schwanger, küß die Hand noch mal«, murmelte ich und strich über meinen Bauch, der so flach war, daß ich darauf hätte bügeln können. Meine Brüste scherten sich nicht um die Tatsachen. Sie produzierten Milch!

»Grüß Gott, Fräulein Mila …«

Als ich aufsprang, kippte die Tasse vom Tisch, und der Kaffee schwappte auf meinen Körper.

»Fräulein Mila, um Gottes willen ...«

Herr Louis tappte auf mich zu wie ein betrunkener Bär.

Ich wich seinen drallen kurzen Fingern geschickt aus.

»Stromausfall ... Nur der Strom ... ist weg.«

»Aber das macht doch nichts«, sagte Herr Louis und sah mich mißbilligend an. Er legte seine Hand auf den Computer, auf den Schirm ohne Bild. Gern hätte ich ihn weggeschoben, und zwar mit aller Kraft, aber ich hüstelte nur verlegen und verschränkte die Arme vor den Brüsten, so gut es eben ging. Ich konnte mir keinen Fehler leisten. Der Ex-Fahrschullehrer und Ehemann meiner Mutter hatte dem Sohn meines Chefs das Fahren beigebracht, ohne daß der Junge eine Prüfung wiederholen mußte. Deshalb saß ich jetzt in diesem Büro. Ich bat um einen Tag Urlaub.

Herr Louis starrte mich stumm an, sein Kopf wackelte hin und her, nicht verneinend, nur abwägend.

»Sie tropfen, Fräulein Mila. Sie müssen ohnehin nach Hause. Es ist sozusagen ...« Nun lächelte er breit, »... ein kleiner Betriebsunfall.«

Ich lachte und mein Chef schnaufte zufrieden und winkte mich aus dem Büro.

Bevor ich die Tür ins Schloß fallen ließ, registrierte ich, daß die Fingerabdrücke des Chefs wie ein Kuckuck auf dem Computer klebten.

Natürlich wurde alles noch schlimmer.

Meine Brüste wuchsen wie Früchte und erinnerten mich an Melonen – so hart, so schwer und innen so saftig.

In der Nacht ging ich ins Bett und schloß die Augen, weil es sich gehörte, nachts ins Bett zu gehen und die Augen zu schließen. Aber ich konnte nicht schlafen. Ich lag eine Weile herum, atmete ein, atmete aus; es kam mir vor, als hätte ein Gewichtheber versehentlich seine Gewichte auf mir abgelegt. Ich nahm mein mit Daunen gefülltes Kopfkissen und preßte es mir aufs Gesicht, denn ich dachte daran, wie es wäre zu ersticken. Ich hielt die Luft an, bis die Augen aus ihren Höhlen traten oder beinahe so lange. Es war sehr dunkel unter dem Kissen. Nach drei oder vier Minuten erhob ich mich und knipste das Licht an.

»Die ganze Zeit über saugte und kaute er an den zermalmten Knochen des Karibukalbes, deren letzte Reste er aufgesammelt und mitgenommen hatte. Er überquerte keine Hügel oder Wasserscheiden mehr, sondern folgte mechanisch einem großen Strom, der durch ein weites, flaches Tal floß. Er sah allerdings weder den Fluß noch das Tal – er sah nichts als Visionen. Seele und Körper liefen oder krochen nebeneinanderher, jedoch jedes für sich, so dünn war der Faden, der sie miteinander verband.«

Am Morgen erwachte ich mit dem Buch in der Hand. Das Laken war zerknautscht und feucht von der Milch. Meine Brüste schmerzten, und ich versuchte, mich an meinen Traum zu erinnern.

Ich hatte von einem Haus geträumt, einem Haus, in dem ich schon gewesen war, aber ich erkannte es kaum wieder. Es sah weiß und kalt aus, und ich wollte unbedingt hinein. Ich lief umher, auf der Suche nach dem Eingang, aber ich fand ihn nicht. Es gab keine Tür, nur Fenster, verschlossene Fenster, weit oben. Das Haus reichte bis in den Himmel, und ich mußte meinen Kopf in den Nacken werfen, um es ganz zu sehen. Die oberen Stockwerke umschlang ein weißer Nebel, der nur ab und zu auflockerte. Ich entdeckte einen Riß in der Wand, einen länglichen Spalt, kaum breiter als ein Autoreifen, und ich begann, mich in das Haus zu quetschen.

Im Bad ließ ich warmes Wasser über meine gespannten Brüste laufen, bis die Milch zu tropfen begann. Ich knetete und strich, verwandte alle möglichen Griffe und versuchte mich an die »Sendung mit der Maus« zu erinnern, in der einmal gezeigt wurde, wie man eine Kuh melkt.

Als mein Busen beinahe seine normale Größe erreicht hatte, kühlte ich ihn mit in Handtücher gewickelten Eiswürfeln. Ich lag im Bett und dachte an Schnee. Schnee, Schnee, Schnee. Alaska. Minus vierzig Grad. Schlittenhunde. Wolfsblut. Zugefrorene Bäche. Eiszapfen. Schneeflöckchen Weißröckchen. Die Schneekönigin. Kai. Gerda.

Die Würfel tauten, und das Wasser lief über meinen Körper. Eine kleine Pfütze sammelte sich in meinem Bauchnabel.

Ich erhob mich, und die Milch strömte warm in meine eisgekühlte Brust.

Ich trug einen weißen Schwesternkittel und lief aufrecht und stumm durch die schmucklosen Gänge der Klinik. Es fiel nicht auf, daß ich immer wieder an den gleichen Türen vorbeihastete, oder wenigstens hoffte ich das. Ich mußte nur entschlossen aussehen, und ich *war* entschlossen.

In dem Krankenhaus gab es zwei Wöchnerinnenstationen. Eine Station lag in der siebenten, die andere in der achten Etage. Wenn ich aus dem Fenster sah, erblickte ich weiße Nebelfetzen wie Teile von Wolken. Es roch nach Desinfektionsmitteln, und ein schaler Geschmack legte sich auf meine Zunge.

In der ersten Zeit hatten meine verstohlenen Blicke vor allem den Milchpumpen gegolten: es gab die kleinen Plastedinger mit Gummiball und die großen schweren Maschinen, die aussahen wie moderne Folterinstrumente. Ich konnte mir beim besten Willen nicht vorstellen, mich mit Hilfe eines solchen Geräts leerzupumpen.

Heiligabend verteilte ich, als Engel verkleidet, Dominosteine und Lebkuchenherzen. Es war still, nur meine Schritte hallten durch den Flur. Einige Tränen flossen, selbst die Neugeborenen verstummten, als ich erschien. Beim Anblick der Säuglinge richteten sich meine Brustwarzen auf. Nicht daß ich gerührt war. Es geschah ganz automatisch, als müßte es so sein.

Die Babys lagen in Glaskästen – eines neben dem anderen, aufgereiht wie im Supermarkt. Die meisten von ihnen schliefen, manche niesten, und eines brüllte. Die beiden Nachtschwestern kicherten über irgend etwas, pusteten Kerzen aus, nur um sie wieder anzuzünden.

Ich hockte unter dem großen Tisch, auf dem schon Hunderte,

vielleicht Tausende dieser Winzlinge gewickelt, gebadet, gewogen und gemessen worden waren. Ich stellte mir ein Fließband vor, ein Fließband voller Puppen, die Arme und Beine bewegen konnten, mit den Augenlidern klapperten und die Münder öffneten und schlossen, wie an Land gespülte Fische.

Zwei Babys schrien, und die Schwestern hoben sie aus ihren Betten und trugen sie aus dem Raum. Eine kehrte noch einmal zurück und löschte die Kerzen.

Ich verließ mein Versteck beinahe gemächlich und starrte die Säuglinge an. Die meisten schliefen, die Ärmchen angewinkelt neben dem Kopf, als hätte man sie geformt wie Mohnhörnchen.

Mein Herz hüpfte, und mir brach der Schweiß aus. Welches …? Ein Milchfläschchen polterte zu Boden und hinterließ eine feine weiße Spur. Ich machte mir nicht die Mühe, es aufzuheben. Die Luft zwischen den Zähnen einsaugend, steuerte ich auf die Reihe unbelegter Betten zu, das heißt, auf die Reihe, in der fast nur leere Betten standen.

Und in einem der Glaskästen da lag … Ja, da lag … Da lag mein Kind.

Es schlief und bewegte die Lippen, als suche es …

Ich nahm es vorsichtig auf. Es duftete nach Puder und etwas undefinierbar Süßlichem.

»Mein Pusselchen«, flüsterte ich.

Die Milch schoß aus meiner Brust; ich riß, ohne stehenzubleiben, die Jacke auf, zupfte an meiner Bluse, fluchte ein bißchen und seufzte wie Mütter seufzen. Es tropfte auf den Asphalt. Ich ließ es tropfen. Ich hatte es eilig. In dem Bündel auf meinem Rücken regte es sich. Ich hörte das Kind im Schlaf schmatzen.

Der Schlüsselbund in meiner Hand versprach Wärme, versprach Ruhe.

Ich lauschte in die Nacht: sie blieb stumm wie ein Fisch. Und wie ein Fisch glotzte der Mond: streng, humorlos und ohne Erbarmen. Wie Fische glotzten die Scheinwerfer der vorbeifahrenden Wagen, die Fenster der umliegenden Häuser, die Laternen … Ich flüchtete in das Haus, in dem kein einziges Licht brannte. Erst kürzlich hatte man einen Lift eingebaut, aber ich scheute mich vor den Geräuschen, die der Fahrstuhl verursachen würde. Ich hastete die Treppe hinauf und zählte die Stufen. Auf der siebenundsiebzigsten stolperte ich in die Dunkelheit, und das Baby erwachte und mauzte verblüfft.

Ich schaltete den Computer an; der Bildschirm verstrahlte sein vertrautes Blau. Das Baby suchte mit geschlossenen Augen nach der Brust, seine Lippen landeten auf meiner Wildlederjacke, und es begann zu kreischen.

Ich schälte mich hastig, voll Panik aus meinen Sachen; entkleidete mich, soweit es nötig war, und die Kleine verstummte abrupt, wie zugestöpselt. Sie saugte gierig und erleichtert und ohne Pause.

»Fräulein Mila! Ein frohes Weih … Um Gottes willen! Mila?«
Ich fuhr auf. Herr Louis stand sehr dicht über mich gebeugt und starrte mich besorgt und ärgerlich an. »Fräulein … Sie haben doch nicht etwa die Nacht hier verbracht?«
»Stromausfall …«, murmelte ich und schnappte nach Luft. »Wo ist …?«
Herr Louis fächelte mir mit einem Stoß holzfreiem Papier Luft zu und schüttelte den Kopf. »Sie nehmen Ihre Arbeit zu ernst. Haben Sie nicht noch Urlaub? Kein Mensch arbeitet in seinem Urlaub. Ich meine, ich weiß Ihren Eifer zu schätzen, aber …«
Er redete und redete und leckte sich die Lippen, und in seinen Augen glitzerte es feierlich.
Ich schluckte leer. Das Baby war nirgends zu sehen.
»Sie sind so blaß. Ist Ihnen nicht gut? Soll ich einen Tee …?«
Er riß einen Schrank auf, und ein Kännchen mit Kaffeesahne kippte um und schwappte über meine Bluse. Herr Louis schwieg vor Schreck, und ich tastete nach meinen Brüsten. Sie waren feucht, klein und weich wie Rosinen.
»Das macht nichts«, sagte ich kaum hörbar.
Ich erhob mich und schaute unter dem Tisch nach und zog Schubläden auf. »Es ist nicht mehr da«, sagte ich müde.

»Bin gleich zurück«, sagte Herr Louis. Seine Lippen glänzten und lächelten.

Ich sah ihm nicht nach. Suchte etwas, worauf ich meine Hand legen konnte. Drückte eine Taste, und der Computer startete.

»Weißt du, wo sie ist?«

Der Computer antwortete nicht.

Herr Louis brachte mir einen Pfefferminztee, tätschelte meine Schulter und fragte: »Haben Sie schon die Nachrichten gehört? So eine komische Geschichte. Wer stiehlt denn ein solches Würmchen? Frisch aus der Klinik. Das ist nun wirklich ... Fräulein ... Mila ... Was ist denn?«

Ich sank langsam, ganz langsam hinein in das Penatenblau, tauchte ein und schwamm durch die gläserne Leere, tiefer und tiefer. Weit, weit unten wimmerte ein Kind, und meine Brüste zogen mich hinab.

KAPITEL XVII – AVOCADO

Viktor zwinkert mir zu. Er sitzt noch immer hinter Glas. Ich senke verlegen den Blick und schaue ihn gleich wieder an. Er pfeift. Ich kann es nicht hören, aber ich sehe, daß er pfeift. Ich bin ganz froh, daß er uns nicht zu nahe kommt. Immerhin ist er tot. »Hi«, sagt eine freundliche Stimme. Am Informationsschalter steht ein junger Mann.

»Hallo«, sage ich. Meine Stimme zittert. Kann der Mann Viktor sehen? Der Mann steht plötzlich neben uns und redet schnell auf mich ein. Irgendwie geht es ums Wetter, um den Regen und um Babys. Ich lächle schief. Er schaltet einen Fernseher an, ein Video, das Jack London als Farmer zeigt. Der Film läuft nicht länger als fünf Minuten und beginnt dann von vorn.

Ein Telefon klingelt, und der Mann entschuldigt sich.

Ich schaue mich nach Viktor um; er ist verschwunden. Alice sitzt auf meiner Hüfte und niest mehrmals auf meine klamme Jacke.

Wahrscheinlich hat sie sich erkältet, als ich sie nackt und naß auf dem Motelbett sitzen ließ.

Zwei Besucher treten ein, ein älteres Ehepaar. Sie schütteln ihre riesigen Schirme, und die Tropfen fliegen.

Ich wandere mit Alice durch die Ausstellung; betrachte die Zeugen aus Holz und Papier, Zeugen, so stumm wie die Toten selbst.

Das Ehepaar sitzt mißmutig auf der kleinen Bank und starrt aus dem Fenster. Es regnet. Das Video läuft noch immer und zeigt Jack London gerade mit einem ziemlich dicken Pferd.

Der Mann steht artig und allein hinter dem Informationsschalter und lächelt hinüber. Ich gehe zu ihm und erkundige mich nach dem Weg zu Jack Londons Grab. In meinem Rucksack befindet sich ein klebriger Tannenzapfen, den ich dorthin bringen will.

Die Stelle liegt ungefähr eine halbe Meile von hier entfernt, in der

Nähe des Wolfshauses, das abbrannte, bevor die Londons es beziehen konnten, und von dem nur noch eine Ruine übriggeblieben ist.

Doch es regnet und Alice niest, und wir haben den Rückweg noch vor uns. Ich bin mir plötzlich nicht mehr so sicher, daß Jack London sich über den Tannenzapfen freuen würde.

Das Ehepaar gesellt sich zu uns. Es sind Farmer, die den Schweinepalast besichtigen wollten. Jack London hatte für seine Schweine keinen einfachen Stall gebaut, sondern jeder Schweinefamilie ein eigenes Quartier gegeben. Die Tiere wohnten also in einer Art Reihenhausanlage. Sie spazierten aus ihren Schlafstätten über die Höfe und trafen sich am gemeinsamen Futterhaus. Das Paar ist auf halber Strecke umgekehrt, durchweicht, trotz ihrer monumentalen Schirme.

Das Video läuft, und als ich aufsehe, schmust Jack London mit einem Ferkel.

Alice lutscht an einer Kordel meiner Jacke.

Auf der letzten Seite eines Heftes lese ich, daß der Schriftsteller im Alter von vierzig Jahren an Nierenversagen gestorben sei. Daß die Welt etwas anderes glaubt, scheint im House of Happy End niemanden zu interessieren. Von Morphium und Selbstmord ist keine Rede.

Ich erzähle den Farmern, daß Alice und ich zu Fuß hier hinaufgelangt sind, im strömenden Regen und ohne Schirm. Sie bieten sofort an, uns zum Motel zu fahren. Alice schreit in dem dunklen Auto und verstummt erst, als die Frau anfängt zu singen. Eine halbe Stunde später bringe ich mein müdes Mädchen ins Bett.

Herr Louis mußte sich nicht einmal die Mühe machen, mich hinauszuwerfen. Ich war nur auf Probe eingestellt, und er konnte mich einfach gehen lassen. Wahrscheinlich war er ebenso erleichtert wie ich.

Das Baby, das gekidnappt wurde, hieß Charlotte. Am Tag nach Heiligabend war es wieder da. Die Nachrichtensprecher behaupteten, es sei gar nicht entführt worden. Eine betrunkene Schwester habe es nur versehentlich auf die falsche Station gebracht. Es konnte aber nicht ermittelt werden, um welche Pflegerin es sich handelte. Die Frau sei als Engel verkleidet herumgelaufen und habe Süßigkeiten verteilt.

Ich erinnere mich wirklich nicht daran, daß ich das Baby in die Klinik zurückgebracht habe. Allerdings entsinne ich mich ja auch nicht, daß ich auf den Computer gefallen bin. Irgend etwas schepperte und krachte; ich lag auf dem Boden; Herr Louis jaulte, erschrocken und erzürnt. Er ließ ein Taxi kommen, das mich nach Hause fuhr.

Die Milch in meinen Brüsten versiegte. Ich trank und aß kaum noch, und die Milch versiegte. Ich trocknete aus, wie eine von meinen erbärmlichen Zimmerpflanzen.

Das Brot im Brotkasten verschimmelte. Ich kaufte kein neues.

Anfangs kochte ich noch Tee oder Kaffee und aß Zwieback. Ich dachte an den Mann in Jack Londons Geschichte. Zwieback reichte zum Überleben.

Aber eigentlich schmeckte der Kaffee nach nichts. Aber eigentlich schmeckte der Tee nach nichts. Und der Zwieback in meinem Mund war ein geschmackloser Brei. Ich mußte mich zwingen, ihn hinunterzuschlucken.

Ich schmeckte nichts.

Ich öffnete den Kühlschrank. Es stank nach Essen. Ich zog mir Gummihandschuhe an. Ich räumte die Eier, den Käse, die steinharte Salami und alles aus, warf alles fort.

Ich öffnete die Fenster, damit der Wind hineinwehen und den Gestank mit sich nehmen konnte. Doch es war windstill in dieser Stunde.

Ich schloß die Fenster und legte mich ins Bett.

Ich lag auf meinem Bett und hörte der Wanduhr zu.

Tick Tack, Tick Tack, dachte ich. Im Halbschlaf hoffte ich, daß jemand mich finden, auf eine weiße Wolke heben und kräftig pusten würde. Tick Tack.

Meine Mutter kam und der Fahrschullehrer. Sie brachen die Tür auf. Sie weckten mich, aber ich weigerte mich, die Augen zu öffnen. Ich weigerte mich, etwas zu sagen. Ich weigerte mich, den Kamillentee zu trinken, der so grausam nach Kamillentee roch, daß mir schlecht davon wurde. Tick Tack.

Die Uhr machte mich glücklich. Sie tickte ununterbrochen.

Meine Mutter brachte einen Arzt mit, den ich nicht kannte.

»Sagen Sie etwas«, forderte er.

»Tick Tack«, sagte ich lächelnd.

Er fühlte meinen Puls und maß meinen Blutdruck. Er hatte harte braune Stoppeln im Gesicht; sein Bart verdeckte die Lippen, und er trug eine Brille, hinter der kleine graublaue Augen lauerten.

»Körperlich ist sie fit«, sagte er zu meiner Mutter, als wollte er mich in ein Rennen schicken.

»Aber sie ist so dünn«, sagte sie.

Dünn? Das wäre ja mal wirklich was Neues.

»*Das* ist nicht das Problem«, sagte er. Die beiden gingen in die Küche und tuschelten miteinander.

Meine Mutter kam allein zurück. »Es ist alles in Ordnung, Kind.«

»Tick Tack«, flüsterte ich beunruhigt. Sie hatte noch nie so seltsam gelächelt. »Tick Tack?« fragte ich und deutete auf die Uhr. Meine Mutter tätschelte mir die Hand. »Ja, ja, meine Kleine«, sagte sie. »Eine Ticktack.«

Ich seufzte erleichtert. Meine Mama verstand mich also doch.

Eines Morgens, als ich erwachte, war die Uhr verschwunden. Ich merkte es sofort. Es war ganz leer im Zimmer.

Ich stand auf und fuhr mit den Fingern über die Wand, an der sie gehangen hatte. Eine goldbraune Silhouette zeichnete sich auf der Tapete ab. Aber sie war stumm. Ich eilte ins Bad und steckte mir den Finger in den Hals. Was immer da in mir war, sollte herauskommen. Ich würgte. Es kam nichts. Ich keuchte, kämpfte mit dem Nichts. Ich war hohl. Wie die letzte Matroschka. Das Püppchen, das übrigbleibt.

In der Küche saßen zwei Personen. Sie rauchten, und der Qualm schwebte um ihre Gesichter. Ich erkannte sie trotzdem. Es waren die Lehrer. Die toten. Herr Kraus und Leopold Christiansen. Ich mußte mich nur zu ihnen setzen. Dann wäre alles entschieden. Sie hatten sicher etwas Arsen für mich dabei, oder ich verriet ihnen, wo sie das Messer finden konnten.

Der Rauch verzog sich, und eine Stimme sagte etwas zu mir. Die Stimme meiner Mutter.

»Die Uhr ist nicht mehr da«, klagte ich.

»Sie spricht«, sagte meine Mutter. »Hörst du, sie spricht!«

»Natürlich spricht sie«, meinte die andere Person ruhig.

»Schau, wer dich besuchen kommt«, sagte meine Mutter zu mir. Ich schaute. Da saß eine Halluzination. Mein Vater würde mich niemals besuchen. Es sei denn, ich wäre tot. Zur Beerdigung kommen auch die Väter. Dann sagen sie alle wichtigen Termine ab. Aber nur dann.

»Ich möchte nicht verbrannt werden«, sagte ich. »Ich möchte einen gemütlichen Sarg aus hellem Holz und innen mit rotem Samt.«

Einen Moment schwiegen wir alle. Wie es sich gehörte, nach der Verkündung des Letzten Willens.

Dann räusperte sich mein Vater. »Ich habe dir etwas mitgebracht, Mila.«

Er erhob sich langsam und hielt mir eine Hand entgegen. Da lag eine grüne Frucht.

»Ich glaube, du weißt noch nicht, wie man Avocado ißt«, sagte er sanft.

Seine Hand zitterte, als er die Frucht aufschnitt. Der große Kern sah aus wie ein frischgelegtes Dinosaurierei. Der Stein rollte auf den nackten Tisch.

»Sie muß weich sein, das ist wichtig«, murmelte er. »Weich wie Butter.«

Das Fruchtfleisch schillerte saftig und gelb.

»Willst du dich nicht setzen?« fragte er.

Ich nickte und setzte mich. Mein Vater bestreute die Avocado mit Kräutersalz und begann, mich zu füttern. Das Fruchtfleisch zerschmolz in meinem Mund. Ich mußte kaum kauen. Ich schloß die Augen und öffnete sie gleich wieder. Meine Eltern waren noch da.

Meine Mutter führte mich oft im Park spazieren. Manchmal begleitete uns der Fahrschullehrer.

Er hatte immer einen Dackel dabei und trug einen olivfarbenen Jogginganzug mit gelben Streifen an den Seiten. Wir wechselten nur Floskeln: das Wetter, die Sparmaßnahmen der Regierung, Mieterhöhungen – solche Sachen. Ich freute mich trotzdem, ihn zu sehen. Er bemühte sich so sehr, höflich zu mir zu sein. Der Hund störte mich nur die ersten Male. Dann ignorierte ich ihn einfach. Einmal drehte er sich auf den Rücken und zeigte mir seinen Bauch. Aber ich streichelte ihn nicht.

Meine Mutter brachte neue Pflanzen mit und warf die alten in den Müll. Sie putzte meine Wohnung und beglich die überfällige Stromrechnung. Sie füllte meinen Kühlschrank. Die Butter war in Silberpapier verpackt, und eine blaue Kuh lächelte mich an. Der Kühlschrank glänzte. Alles sah nett aus. Alles sah so aus, wie es aussehen sollte.

»Dachte mir doch, daß du noch hier wohnst«, sagte Viktor und drückte mir ein paar welke Alpenveilchen in die Hand.

»Willst du etwa reinkommen?« fragte ich.

»Na ja«, sagte er und starrte mich erschrocken an. Ich gab den Weg frei, und er trat tatsächlich ein. Als er sich an dem Türrahmen abstützte, schrie ich: »Vorsicht! Frisch gestrichen!«

»Oh«, sagte er und betrachtete seine weißen schmierigen Finger. »Tut mir leid.«

Ich steckte die Alpenveilchen in ein Marmeladenglas, in dem einige Pinsel standen. Man konnte ohnehin nichts mehr für sie tun.

Viktor lief in meiner Wohnung umher und begutachtete die Wände.

»Alles erst vorgestrichen?« fragte er.

»Vorgestrichen?« Ich war der Meinung, ich wäre so gut wie fertig.

»Nun ja«, sagte er zögernd und rieb sich den Hinterkopf. »Zumindest die Türen … Da schlägt die alte Farbe durch.« Viktor tippte auf einen schmetterlingsgroßen Fleck.

»Die Türen habe ich bereits zweimal gestrichen«, sagte ich wütend.

»Allein?« fragte er rasch.

Ich antwortete nicht. Was ging ihn das an?

Viktor flatterte wie ein großer Vogel in die Küche. Er trug noch immer einen Trenchcoat, der ihm mindestens zwei Nummern zu groß war.

»Ich kann dir leider keinen Platz anbieten«, sagte ich mürrisch.

Er sah mich eindringlich an; in seinem Gesicht stand eine Frage. Ich kam allerdings nicht darauf, was er wissen wollte.

»Da drüben sitzt jetzt die Bundeswehr«, erklärte ich, um nicht stumm zu bleiben. Ich deutete durch das Küchenfenster auf das hundert Meter entfernte Grundstück. »Die haben die Uniformen gewechselt; das ist alles.«

Viktor starrte mich an, als hätte er mich nicht gehört. »Du fragst dich, warum ich hier bin, nicht wahr?« sagte er nach einer Weile. »Ich wollte wissen, was aus dir geworden ist. Du bist mir als Engel erschienen, ist das nicht komisch? In einem Traum. Du warst ein schwarzer Engel, schön und unnahbar. Ich griff nach dir, aber du hast dich entzogen. Ich konnte dich nicht halten …«

Natürlich beeindruckte mich sein Traum. Aber ich glaubte nicht, daß er deswegen gekommen war. Er sah irgendwie nicht gesund aus, oder? Ich musterte ihn verstohlen. Um die Taille herum und im Gesicht hatte er zugenommen. Seine Haut sah blaßgelb aus. Seine Bartstoppeln schimmerten bläulich, als würden sie demnächst grau werden. Er war älter geworden, älter als ihm wahrscheinlich lieb war.

Ich redete weiter über die Armee vor meinem Fenster, und er warf einen Blick hinaus und lächelte bitter. »Wir haben verloren, Mila. Die Chance ist verpaßt, die Welt ein bißchen zu verändern. Wir betreten die alten ausgetretenen Pfade, statt der Kommunisten regiert jetzt das Geld, und die Marktwirtschaft kann nur eine Mordwirtschaft sein, weil sie die Kleinen und Schwachen frißt … und manchmal auch tötet.«

Ich verstand nicht, wovon er redete. Ich hatte davon gehört, daß er aus dem Neuen Forum ausgetreten war; heute sprach niemand mehr von den Bürgerbewegungen. Sie verschwanden beinahe so schnell wie sie entstanden waren.

»Tötet?« fragte ich. Ich konnte mich nach wie vor nicht für Politik und ihre endlosen Debatten erwärmen, aber der Tod interessierte mich.

Viktor zog seinen Mantel aus, legte ihn sorgfältig zusammen und reichte ihn mir. Dann krempelte er seine zerknitterten Hemdsärmel soweit hinauf, daß mir schwindlig wurde.

»Ja, manchmal auch tötet«, wiederholte Viktor ruhig.

Ich brachte den Trenchcoat ins Bad, den einzigen Raum, in dem ich noch nicht angefangen hatte zu renovieren. Als ich zurückkam, strich er bereits mit kräftigen zornigen Bewegungen die Küchentür.

Ich stand hinter ihm und sah ihm zu. Wieso war er so wütend?

Er arbeitete eine Stunde, ohne sich nach mir umzusehen, und ich fürchtete schon, er würde ein Honorar verlangen und dann verschwinden, da wandte er sich mir zu.

»Ich träume schwarz, und nun ist alles weiß«, murmelte er und lächelte mich an.

In meinen Händen begann es zu kribbeln. Ein schwerer kalter Klumpen lag in meinem Magen. Es ist Viktor, dachte ich, *Viktor*. Ich wollte zu ihm gehen, ihn berühren, die Arme um ihn schlingen. Mein Herz begann wie wild zu pochen, und ich wandte mich ab.

»Ich koch uns 'nen Kaffee.« Ich fürchtete, er würde meine Angst spüren. Meine dumme sinnlose Angst.

Was wollte er von mir? Ich betete mit dem Wasserkessel in der Hand, daß er das wollte, was ich wollte. Aber was wollte ich?

Wie bequem war es doch, allein zu sein. Bequem, gemütlich und einsam. In Wahrheit wollte ich nur meine Ruhe. Keine aufregenden, verwirrenden Dinge. Keine Worte. Keine Gespräche. Keine Liebe. Keinen Sex. Einfach nur … Tick Tack. Tick Tack. Tick Tack.

Viktor warf mir wieder einen fragenden Blick zu.

»Nachher sehen wir aus wie die Fliegenpilze«, sagte ich zu ihm, während ich den Kaffee brühte. Er kam zu mir herübergeschlendert, und ich überlegte, wohin wir uns setzen sollten.

»Wir machen doch jetzt Pause, oder?« Er nahm mein Gesicht in seine Hände, und mir fiel auf, daß sie weicher waren, als Feuersteins Finger. Seine Daumen streichelten mich, und ich stellte mich auf die Zehenspitzen, wie ein Kind, das über den Ladentisch sehen will, bot ihm meine Lippen. Der Kuß dauerte so lange, daß ich zu schwitzen begann. Viktor löste sich von mir und breitete eine Rauhfasertapetenrolle im Flur aus; er schaute so gewissenhaft drein, daß ich zunächst annahm, er wolle *jetzt* die Tapete zuschneiden. Aber dann knipste er im Korridor das Licht aus und half mir aus meinem fleckigen Malerzeug. Mein Körper quoll unter seinen warmen Fingern; meine Brüste wurden schwer, und ich fürchtete, die Milch würde wieder einschießen. Alles wurde schwer; ich konnte nur schwer atmen, schwer schlucken, und mir wurde allmählich klar, daß es die Art war, wie er mich anfaßte, die Art, wie er roch, die Art, wie er an meinem Ohr atmete, daß all dies meinen Körper verwandelte. Er griff nicht nach mir wie Fred, und er streichelte mich nicht zaghaft wie Mark. Irgendwie schien es, als würden wir aufeinanderzuwachsen, ineinander verlaufen, so selbstverständlich wie … na ja … zwei Spiegeleier, die in der Pfanne zusammenfließen.

Sein Atem ging schneller. Ich küßte ihn, und er erwiderte meinen Kuß, ohne die Augen zu öffnen. Meine Finger fuhren über seine Lider, die Wangen, über die Lippen, das stachlige Kinn, den Hals, über die Brust, die voller Haare war, hinab zu der Kuhle seines Bauches. Sein Schwanz stand wie die Haushaltskerze, die er mir an einem neunundachtziger Oktobertag gereicht hatte. Er schob sich über mich, aber er lag nicht mit seinem ganzen Gewicht auf mir, nicht gleich, sein großes weißes D'Artagnan-Hemd schien ihn anzuheben, dann landete er sanft auf mir, in mir. Die Tapete wellte sich, rieb sich an uns wie eine zweite Haut, und schien uns umschlingen zu wollen. Ich hörte, wie sie riß und brach, und ihr pappiger Geruch mischte sich mit dem salzigen Victors.

KAPITEL XVIII – NÜSSE

Im Saloon von Glen Ellen sitzen Männer an der Bar, die Beine angewinkelt, als hätten sie nur eben mal ihre Pferde gegen dreibeinige Hocker getauscht. Manche tragen Cowboyhüte und Stiefel, Jeans, karierte Hemden und breite Gürtel. Ich setze mich an einen leeren Tisch, nahe der Tür. Die Männer wenden ihre Köpfe halb über ihre Schultern und mustern mich kurz. Ein Kellner schlendert heran, und ich bestelle ein Glas Rotwein. Was zum Teufel willst du hier? Läßt dein Kind allein, um hier herumzusitzen? Ich springe auf, aber ich renne nicht zur Tür hinaus. Ich laufe herum und betrachte die Fotos an den Wänden. Alice schläft. Sie schläft tief und fest, denke ich und schaue die vergilbten Bilder an. Die Fotos zeigen Glen Ellen vor zirka achtzig Jahren und den berühmtesten Einwohner der kleinen Stadt.

In einem Nebenraum spielt ein Mann allein Billard.

Ich schaue mir die Aufnahmen an, geschützt vor den fremden Blicken. In einem wurmstichigen Bücherschrank finde ich ein paar alte Jack-London-Ausgaben. Ich denke an Herrn Jacobi. Ich bin lange nicht in seinem Laden gewesen, und ich frage mich, ob er noch Plastesparschweine führt. Welche Bücher stehen wohl jetzt in seinem Laden? Rosamunde Pilcher vermutlich und Stephen King. Der Billardspieler sagt etwas, und ich starre ihn verwirrt an. Hat er mit mir gesprochen?

»Sie kommen von Deutschland?« fragt er auf deutsch.

Ohne meine Antwort abzuwarten, erzählt er, daß er seine Armeezeit in Deutschland verbracht habe und in Wuppertal stationiert gewesen sei.

»In Wuppertal«, wiederhole ich. Ich bin noch nie dort gewesen, und mir fällt nicht ein, was ich sagen könnte, und so nicke ich und schweige.

Er winkt ab. »Ist lang her.« Er lächelt nicht einfach, seine Oberlippe zieht sich nach oben und gibt den Blick auf makellos angeordnete Zähne frei.

»Deutschland«, sagt er, seufzt und schüttelt den Kopf. In seinen Augen liegt Spott; er scheint manches über mein Land zu wissen, was er mir lieber nicht sagen möchte. Er lehnt den Queue gegen die Wand, bietet mir eine Zigarette an, und ich nehme sie. Seit der Schwangerschaft rauche ich nicht mehr, aber ich weiß noch, wie es geht. Ich hole mein Glas und stelle es aufs Fensterbrett.

Er fragt, in welcher Stadt ich wohne und was ich hier will.

»Berlin.« Ich habe keine Lust auf langwierige Erklärungen.

»Ost oder West?« fragt er.

»Berlin«, wiederhole ich verwirrt. »Die Mauer ist weg.«

»Ich weiß«, sagt er und grinst.

»Ost«, sage ich.

»Du bist allein?« fragt er.

»Allein?« Ich schüttle den Kopf und erzähle ihm von Alice. Ich habe eine Tochter. Ich werde nie mehr allein sein. Jedenfalls die nächsten siebzehn, achtzehn Jahre nicht.

»Und du reist mit deine Kind nach Glen Ellen …« Seine Arme kreisen spöttisch über dem Billardtisch.

»Ich besuche Jack London«, sage ich ernst.

»Du bist in Amerika das erste Mal?«

Ich nicke und zeige ihm meinen Tannenzapfen. Er nimmt ihn und dreht ihn ratlos in den Händen.

»Er kommt aus … Berlin«, sage ich. »Ich schenke ihn dir.«

Er lacht und legt ihn behutsam auf den Rand des Billardtisches.

Alice schläft noch. Während ich mit John Billard spielte, hatte ich sie schreien gehört. Aber sie schläft noch.

Ich ziehe mich um, schlüpfe in ein Fünf-Dollar-T-Shirt mit Golden-Gate-Bridge-Aufdruck und lege mich zu meinem Kind. Alice dreht sich im Halbschlaf zu mir und sucht nach der Brust. Ich nicke ein, während sie trinkt.

Viktor kam nicht regelmäßig, und er sprach nicht davon, daß wir zusammenziehen sollten. Er redete überhaupt wenig über sich, und die Schimpansenfrau erwähnte er nicht ein einziges Mal. Das machte mich mißtrauisch. Wenn er meine Wohnung verließ, dachte ich daran, ihm zu folgen. Vielleicht gab es die andere ja noch? Vielleicht führte er ein Doppelleben? Ich grübelte darüber nach, während ich für ein paar Stunden am Tag Obst und Gemüse verkaufte. Mein Chef war Türke, und er behandelte die Kunden so freundlich er konnte. Trotzdem hatte er es schwer. Die Konkurrenz war groß, und ein Fremder blieb ein Fremder. Jedenfalls in unserer Stadt.

Viktor arbeitete als Bauleiter und pendelte zwischen Büro und Großbaustelle hin und her. Manchmal schaute er im Laden vorbei und kaufte kiloweise Bananen und Weintrauben für »seine« Bauarbeiter. Mein Chef ließ uns dafür eine Weile allein, und wir hielten verlegen Händchen wie Zwölfjährige. Sobald jemand den Raum betrat, ließen wir uns los, und Viktor verglich die Kartoffelsorten miteinander oder wühlte in den Säcken mit den Haselnüssen und den Erdnüssen herum. Wenn ein Kunde länger blieb, kam es vor, daß Viktor ohne Gruß verschwand. Ich blickte auf, und Viktor war nicht mehr da.

Eine kleine braune Nuß lag auf dem Boden und sonst nichts.

An einem Morgen klingelte es heftig, und ich schrak aus einem Traum. Viktor lag nackt neben mir und schlief. Die Klingel schrillte, und ich sah auf die Uhr. Es war noch nicht einmal sieben, und als ich mich erhob, fiel mir ein, daß Sonnabend war. Keiner hatte das Recht, uns am Wochenende den Morgen zu verderben. Unschlüssig blieb ich stehen, bis das Bimmeln aufhörte. Ich schlüpfte zu Viktor zurück, der mich nur benommen anblinzelte und sich zur Seite drehte. Ich schloß die Augen und strengte mich an, wieder einzuschlafen. Es klingelte noch einmal, ganz kurz, und ich zog die Bettdecke über den Kopf. Unter den Daunen roch es nach Viktor, nach seinem Schweiß, nach Sperma, einem Hauch Rasierwasser und ein wenig nach Nüssen. Wenn ich schon wach war, konnte ich ihm auch beim Schlafen zusehen. Ich schlug die Decke zurück und betrachtete ihn, und es klingelte wieder. Ich sprang auf, wickelte eine Decke um mich und öffnete die Tür mit einem Ruck. Eine Frau stieß mich zur Seite und drängte an mir vorbei. Sie trug ein Kopftuch, und ich konnte ihr Gesicht nicht richtig erkennen. Ich eilte ihr nach und sah sie über Viktor gebeugt. Das Tuch hing vor ihrem Gesicht, sie stand gekrümmt, mit rundem Rücken, der wie ein Buckel aussah. Erst als sie sich aufrichtete, erkannte ich sie.

»Das ist nicht mein Sohn«, sagte Frau Joditz.

Ich unterdrückte einen Schrei, ein Wimmern stieg aus meiner Kehle, und ich warf ein Federkissen auf Viktors Unterleib.

»Ich möchte Ihnen wirklich keine Sorgen machen«, murmelte sie, »aber das ist nicht mein Fred.«

»Was machen Sie denn hier?« Ich klemmte die Decke unter meinen Achseln fest.

Sie lächelte mich hohl an und nahm das grüne Kopftuch ab. »Ich wollte zu meinem Sohn.« Sie starrte wieder auf Viktor hinab, als könnte er sich plötzlich verwandeln.

»Wo ist er denn?« fragte sie und riß sich von dem Anblick los. »Wo ist denn Fred? Was haben Sie mit ihm gemacht?«

»Mit ihm gemacht …?« Ich trat mit bloßen Füßen auf ein paar Haselnußschalen und zuckte zusammen. »Er wohnt nicht mehr hier, das ist alles«, antwortete ich und unterdrückte ein Stöhnen. Eine warme Flüssigkeit sickerte die Innenseiten meiner Schenkel hinab. Viktors Kondome hatte ich gleich am zweiten Abend in den Müll geworfen.

»Das bin ich ihm schuldig, daß ich nach ihm sehe. Er ist so ein lieber Junge. *Was haben Sie mit ihm gemacht?* Warum ist er nicht hier? Wo ist er denn?« Sie schaute sich in dem Zimmer um, als hielte ich ihn irgendwo versteckt. Sie hob den Blick zur Lampe und schwankte ein wenig.

»Also schön«, sagte ich und nannte ihr Freds Adresse.

»Welche Nummer?«

»Zehn B«, wiederholte ich.

»B?« Sie sah mich verwundert an, als hätte sie den Buchstaben noch nie gehört.

»B. Sie müssen über den Hof gehen, dann kommen Sie direkt auf den Eingang zu. Zweiter Stock.« Die letzten Worte flüsterte ich. Viktor regte sich, und ich hatte keine Lust, ihn an diesem seltsamen Gespräch teilhaben zu lassen. Sein Hintern lugte unter dem Kissen hervor, und Frau Joditz grinste unvermittelt.

»Sind Sie eine von *denen*?« wollte sie wissen.

»Von *denen*?« Ich versuchte, sie ein Stück in Richtung Tür zu drängen, aber sie stand starr wie ein Fels.

»Na, Sie wissen schon. Von *denen*, die … na … na …? Geben Sie's ruhig zu. Ich bin doch nicht von gestern …«

»Es ist wohl besser, wenn Sie jetzt gehen«, drängte ich.

»Wieviel Geld hat Ihnen mein Sohn gegeben für eine Nacht? Oder gibt's da eine Pauschale?«

»Wenn es so wäre«, antwortete ich wütend, »würde Ihr Sohn mir noch einen ganzen Sack Scheine schulden, nein *zehn* Säcke oder *zwanzig*.«

»Keine Sorge, Mila. Ich … psch … verrate Sie nicht. Und ich habe Sie für meine Schwiegertochter gehalten!« Sie kicherte, und die Schatten auf ihrem Gesicht hüpften. »Keine Sorge.«

Sie sprach unverschämt laut, und ich griff stumm nach ihrer Hand und zog sie wie ein widerspenstiges Kind mit mir. Ihre Finger fühlten sich feucht und kalt an. Sie seufzte. »Wenn Sie wüßten, wie sehr ich mir ein Enkelkind wünsche.« Sie atmete ein, und als sie wieder ausatmete, pustete sie mir ins Gesicht. Die Luft aus ihrem Mund roch faulig nach Bier. »Welche Nummer sagten Sie …?«

»Zehn B. Soll ich Ihnen die Adresse aufschreiben?«

Sie schüttelte den Kopf und ließ die Schultern hängen. »Zehn B«, wiederholte sie.

»Hinterhof, zweiter Stock.«

Ich schob sie auf den Hausflur hinaus. Daß ich sie nicht die Treppe hinunterstieß, hatte sie nur dem Umstand zu verdanken, daß ich Viktor nicht wecken wollte.

Falls er nicht schon wach war …

Er lag noch so da, wie ich ihn verlassen hatte, nur das Kissen schien ein Stück verrutscht, und ich bemerkte zum ersten Mal, daß sein Hintern heller war als der Rest seines Körpers. Um sicher zu gehen, daß er nicht schummelte, kitzelte ich ihn zwischen den Schulterblättern.

Wenig später nahm Viktor mich das erste Mal in seine Wohnung mit. Ein lauer Wind wehte, wir hatten einen langen Spaziergang gemacht und standen schließlich vor einem grauen staubigen Haus. »Hier wohne ich«, sagte Viktor steif, und seine Stimme klang belegt. Er schaute das Haus an und nicht mich, und ich wurde nervös. Wir stiegen schweigend die Treppen hinauf; ich hielt mich zwei Stufen hinter ihm. Viktor zeigte mir die drei Zimmer, den Balkon, das Bad und die Küche. Seine Wohnung war penibel aufgeräumt; er mußte tagelang Staub gewischt haben. Trotzdem entdeckte ich Spuren. Zuerst im Bad, wo auch sonst. Einen rostroten Lippenstift, ein Fläschchen Nagellack in Pink, eine zweite benutzte Zahnbürste. Auf dem Flur hing ein bunter Seidenschal. Ich stellte mir die Schimpansenfrau vor. Ich stellte mir vor, wie sie dieses Tuch um ihren langen Hals wickelte.

Ich wußte, daß ich Viktor wollte. Ich wußte, daß ich ihn für mich wollte. Nur mit einem Kind würde ich ihn teilen können.

An der Wand hing ein Poster mit der Golden Gate Bridge. Sie sah eher blutrot als golden aus, unter ihr lag dunkeltürkis der Ozean, ein Nebelschleier zog über sie hinweg.

»Es ist die schönste Brücke der Welt«, sagte Viktor begeistert. »Kannst du dir vorstellen, drei Kilometer über den Pazifik zu spazieren, San Francisco im Rücken? Der Wind bläst dir um die Ohren. Du kannst alles hinter dir lassen ...«

Ich nickte höflich, mit zusammengepreßten Lippen. »Wohnt sie noch bei dir?« platzte es aus mir heraus. Meine Hände schwitzten, mein Herz raste, und ich lächelte lässig.

»Wer?« Er schaute mich erschrocken an.

»Die Frau«, sagte ich tonlos und wartete darauf, daß er mir etwas von einer Cousine oder Schwester erzählen würde.

Aber sein Gesicht wurde ganz ernst. Er schüttelte den Kopf. »Sie ist ausgezogen«, antwortete er knapp. Er holte tief Luft, aber dann sagte er nichts mehr. Er warf braune Kandiszuckerstückchen in seinen Tee und rührte lange um.

Nach einer Weile erhob er sich und zog die Schublade eines kastanienfarbenen Sekretärs auf. »Ich möchte dir etwas schenken«, murmelte er, und dann wühlte er zwischen seinen Sachen herum. Ich wartete artig und stumm und wagte nicht einmal, mich zu räuspern, und er kehrte mit einer winzigen Schachtel zu mir zurück. Das Ding war aus Holz und ähnelte einer Walnuß.

»O Viktor«, flüsterte ich; natürlich dachte ich, es wäre eine Schmuckdose, und er wolle mir einen Ring schenken. Als ich es öffnete, saß da ein schwarzblaues Insekt und zappelte mit den Beinen. Es sah aus wie ein Vieh aus einem Alptraum. Ich ließ es fallen.

Viktor lachte. »Es ist ein Glückskäfer ... *unser* Glückskäfer«, fügte er entschuldigend hinzu.

Ich angelte nach dem Glück, und als ich es in den Händen hielt, schaute ich in zwei winzige, gehässige gelbe Augen.

KAPITEL XIX – BANANEN

Die Sonne scheint. Kein Wölkchen mehr am Himmel. Alice und ich sitzen auf der Wiese an der Bushaltestelle. Meine Tochter reißt begeistert einen Halm nach dem anderen ab. Sie steckt das Gras in den Mund; ich ziehe es wieder heraus.

Alice scheint das Ganze für ein lustiges Spiel zu halten. Sie strahlt mich an und sagt: »Mmmmamamam.«

»Mama«, verbessere ich freundlich.

Die Straße ist breit und sauber und leer. Kein Bus in Sicht. Wenn es einen Fahrplan gibt, so hat man vergessen, ihn in Glen Ellen auszuhängen.

Die Zunge meiner Tochter wird allmählich grün. Wir warten seit fast einer Stunde.

Ein paar Schritte weiter laufen die Leute in den Village Market und kommen mit riesigen gefüllten Papiertüten wieder heraus. Ich beneide sie um die Selbstverständlichkeit, mit der sie die braunen Beutel in ihren großen Autos verstauen und gemächlich davonfahren.

Ich muß nach San Francisco, in das Beach-Motel, um meinen Koffer und ein paar Sachen zu holen. Mit einem Taxi zum Flughafen … Zu Hause erwartet mich ein Grab, ein Hügel, auf dem das Unkraut sicher schon gerupft ist. Und womöglich die Polizei, ein Gerichtstermin, eine Zelle … Ein Heimplatz für Alice. Alles kann ich ertragen, nur nicht das – Alice von mir getrennt.

Wir kehren nicht nach Deutschland zurück. Heute nicht. Morgen nicht. Nie wieder. In Amerika bin ich Viktor näher, als wenn ich an seinem Grab stehe.

Vielleicht nehmen wir einen Inlandflug, irgendwo in die Landesmitte, nach Colorado oder South Dakota. Vielleicht bleiben wir in San Francisco.

Ich öffne den Rucksack und krame darin herum; dann fällt mir ein, daß ich den Tannenzapfen verschenkt habe. Ich finde den vermißten Schnuller meiner Tochter, Viktors Glückskäfer und die Walnuß von Al Capone. Ich suche eine Weile nach einem passenden Stein, dann zerdrücke ich die Schale in meiner Hand. Die Nuß schmeckt süß und bitter.

Den Käfer setze ich ins Gras. Er zittert, als wäre er krank, und schaut zu mir auf. Vielleicht fürchtet er, von mir verlassen zu werden.

Schließlich kommt der Bus: gemächlich, im Schneckentempo und viel zu schnell.

Er glänzt in der weichen Vormittagssonne; am Lenkrad erkenne ich den Mann mit den Kirk-Douglas-Grübchen.

Der Fahrer öffnet die Tür für mich, und ich winke und lache und schüttle den Kopf.

Es kommt mir seltsam vor, was ich tue, aber ich kann nicht anders. Ich werfe das blauschwarze Glück mit den gelben Augen in den Rucksack zurück und blicke dem leuchtenden Fahrzeug nach wie einem Ufo, das sich in die Lüfte erhebt.

Ein Auto hupt, und ich sehe Viktor, der mit dem Tannenzapfen gegen die Windschutzscheibe pocht.

»Wohin?«

John beugt sich aus dem offenen Fenster, und der Zapfen tanzt in seiner Hand, tanzt auf silbergrauem verbeultem Blech.

Ich denke einen Moment nach und schaukle Alice im Takt meines Herzens. Was ist wohl aus den vielen bösen Möwen geworden, mit denen Hitchcock gedreht hat?

»Bodega Bay?« frage ich zögernd.

Ich konnte es nicht fassen. Ich konnte mein Glück nicht fassen. Viktor wollte wirklich *mich*? Ich schaute in den Spiegel und schüttelte den Kopf. Ich schlief in letzter Zeit schlecht, und mein Gesicht war blaßgrau; Schatten lagen unter meinen Augen. Ich sah aus wie eine Eule, die man am Tag geweckt hatte: schrecklich müde. Die Schimpansenfrau würde in ein paar Tagen einen anderen heiraten. Einen unbekannten Bundespolitiker. Viel erzählte Viktor nicht zu diesem Thema. Er liebe die Frau nicht mehr und trage ihr nichts nach, sagte er.

Wir fuhren ein paar Tage an die Ostsee. Es war zu kühl zum Baden, aber wir saßen am Strand und schauten aufs Meer hinaus, und Viktors Jacke paßte uns beiden, paßte um uns beide herum. Ich baute eine kleine Sandburg mit Muscheln und stellte mir vor, wie Viktor hier mit unseren Kindern spielen würde. Sie würden ihn einbuddeln, bis nur noch der Kopf herausschaute.

Es roch nach Seetang, nach salzigem Modder. Ein angenehm widerlicher Geruch. Der Sand war feucht und körnig. Kleine kalte Steine piekten in mein Fleisch.

Ich wußte nicht, ob ich schon schwanger war. Ich dachte nicht darüber nach. Wir liebten uns unter Viktors Jacke, am Strand, im Takt der Wellen. Es war Nacht, und der Wind blies bald kräftiger. Die Wogen klatschten in einem schnelleren Rhythmus ans Ufer. Vielleicht jetzt, dachte ich. *Jetzt.*

Dann hörte ich diese Stimmen. Ich lauschte, an Viktors Atem vorbei. Die Stimmen kamen schnell näher, und Viktor hielt in der Bewegung inne. Wir glitten auseinander und rollten hinter ein Fischerboot. Er fluchte leise auf englisch. Ich sagte nichts und angelte nach meiner Hose und den kleineren Teilen. Viktor reichte mir einen Strumpf. »Thank you very much«, flüsterte ich. Der zweite Strumpf blieb verschollen.

Es waren Kinder, nicht älter als elf oder zwölf. In ihren Mündern glühten halbgerauchte Zigaretten; sie trugen Bierbüchsen vor sich her und plapperten laut durcheinander.

»Unsere werden nie so sein«, flüsterte ich in Viktors Ohr.

»Unsere was?« fragte er.

»Unsere Kinder.«

Die Jungen und Mädchen gingen ein paar Schritte an uns vorbei. Einer schleuderte einen Stein in das Boot. Es schepperte, und die anderen wurden aufmerksam und kehrten zurück. »He, eine kleine Kahnfahrt gefällig?«

Sie stürzten auf das Boot zu, in dem noch unsere Schuhe standen.

Als sie es erreichten, sprang Viktor auf und brüllte. Keine Worte. Nur Laute. Böse Laute. Die Kinder ließen ihre Büchsen fallen und nahmen Reißaus. Ein Junge verlor seine Baseballkappe, aber er drehte sich nicht einmal um.

Viktor stand halbnackt und groß da und atmete heftig, wie nach einem langen Lauf.

Ich streichelte seine festen Waden und hangelte mich höher. Aber er stieß mich zurück. »Keine Kinder«, sagte er leise, »hörst du? *Keine Kinder.*«

Ich versuchte, den Haß in seiner Stimme zu überhören.

»Sie sind weg«, sagte ich kalt. »Reg dich ab, sie sind weg.«

Schweigend zogen wir uns an. Sand rieselte mir den Rücken herunter.

Ich stellte mir vor, wie unsere Kinder ihren Vater zubuddelten, bis *nichts* mehr von ihm zu sehen war. »Papa, wo bist du denn, Papa, sag mal piep!« Vielleicht ahnte er etwas von meinen Gedanken, oder er stellte sich gerade etwas Ähnliches vor. Er stapfte hastig durch den Sand, und ich mußte seine Hand loslassen. Ich lief hinter ihm her und trat in ein Loch und stolperte. Ein scharfer Schmerz umfaßte meinen linken Knöchel. Ich wußte schon, was jetzt kommen würde. Viktor würde sich nicht umdrehen, sondern einfach weitergehen. Ich würde mich vorwärtsschleppen, in der Hoffnung, irgendwo auf menschliches Leben zu treffen. Der kranke Wolf lauerte mit hängender Zunge auf mich.

Viktor wandte sich um. Er rannte sofort los. In meine Richtung.

»O Gott, Mila, hast du dir was getan?«

Ich ächzte statt zu antworten. Er nahm mich auf und trug mich in seinen Armen wie ein Opfer aus den Nachrichten. Er schleppte mich, ohne zu stöhnen, bis ins Hotel.

Er zog mir die Hose aus und den einen Strumpf, und ich rollte unauffällig den Slip ein wenig herunter. Er legte sich mein verletztes Bein auf den Schoß und berührte sanft den Knöchel. Ich lag ganz still, und meine Zehen spürten, wie die Liebe zum Leben unter dem Jeansstoff triumphierte.

Eines Tages, kurz vor Feierabend, betrat Anna Kraus den Gemüseladen. Sie trug ein blaues, eng anliegendes Kostüm und einen Hut, der dazu paßte. Sie verlangte zwei Säcke Kartoffeln, zwei riesige Köpfe Blumenkohl, Tomaten, Äpfel, Champignons und drei Kilo grüne Bananen. Sie siezte mich und tat nervös und eilig. Im ersten Augenblick glaubte ich, sie erkenne mich nicht, aber als mein Chef uns den Rücken zudrehte, zwinkerte sie mir zu. »Tragen Sie mir die Sachen bitte in mein Auto?« fragte sie. Mein Chef wandte sich sofort um und bot sich selbst an, wobei er die Schultern zurückzog. »Das ist sehr freundlich«, sagte Anna schnell, »aber Ihre Kollegin hilft mir gern, nicht wahr?«

»Selbstverständlich«, sagte ich und griff nach den Kartoffelsäcken. Die beiden drückten mir auch noch die Tüten in die Hände, und Anna nahm nur die Tomaten. Wir luden stumm alles ein. Anna nahm sich eine grüne Banane, dann schlüpfte sie in ihr Auto und öffnete die Beifahrertür. »Steig ein!« befahl sie. Natürlich gehorchte ich. »Ich muß mit dir reden. Stört es dich, wenn ich dabei esse? Ich habe schrecklichen Hunger.«

»Die Banane ist noch grün«, sagte ich.

Anna zuckte gleichgültig mit den Achseln. »Ich mag sie so. Wenn sie weich, gelb und glibbrig sind und braune Flecken kriegen, schmecken sie mir nicht.«

Ich nickte und wartete. Die Banane mußte hart wie ein Stock sein.

»Wie geht es dir? Was macht Tim? Wo ist er?«

Anna schaute in den Rückspiegel. »Tim«, sagte sie. »Tim ist in Italien. Mit der Schulklasse. In Rom. Mir geht es ...« Sie deutete auf das Lenkrad. »Tja, es hat sich einiges verändert.«

»Ein neues Auto ...«, sagte ich blöd.

»Ein neuer Mann«, sagte Anna. »Ich habe geheiratet, Mila.«

»Schön«, sagte ich zögernd. »Ich hoffe, ihr liebt euch und so weiter?«

»Lieben?« Anna betrachtete die Banane und drehte sie hin und her, als könne sie sich nicht entscheiden, an welcher Seite sie sie aufreißen sollte. »Mein Gott, ich bin nicht mehr die Jüngste, Mila. Irgendwann habe ich aufgehört, auf die große Liebe zu warten, weißt du? Man kann nicht alles haben. Ich habe meinen Mann geliebt, und ich liebe Tim mehr als mein Leben, das genügt mir. Und Heinrich ... nun ja, ich mag ihn, und er mag mich und hat Verständnis für Tim.«

Heinrich, o Gott. Sie konnte doch unmöglich mit einem Mann leben, der Heinrich hieß!

»Verständnis?«

»Ja, er *versteht* ihn. Er hilft ihm bei den Mathematikaufgaben und schenkt ihm schöne Dinge. Jonglierbälle zum Beispiel oder eine Taucherbrille.« Anna hielt die Banane jetzt zwischen ihren Zeigefingern, als wolle sie die Länge der Frucht messen. Die Banane war dick und groß und nicht einmal richtig krumm. Sie zog die grüne Schale ab. »Heinrich ist sechzig und war grauenhaft einsam. Tim hat seinen Mercedes-Stern geklaut. So haben wir uns kennengelernt.« Sie biß in die Banane, während sie sprach. Sie schien tatsächlich hungrig zu sein.

»Ich bin gekommen, um dich zu warnen, Mila«, sagte sie plötzlich.

»Mich zu warnen?« fragte ich arglos.

Anna drückte mir wie selbstverständlich die Bananenschale in die Hand und biß in eine Tomate.

»Das solltest du nicht tun«, murmelte ich.

»*Was* sollte ich nicht tun?«

Ich zeigte auf die Tomate. »Die ist gespritzt. Du mußt sie erst abwaschen.« Anna schaute die Tomate an, als sähe sie sie zum ersten Mal. »Eine Frau war bei mir ... eine ältere ... Sie schnüffelt herum und sammelt Informationen über dich.«

»Über *mich*?«

»Sie hat mir ihren Namen nicht genannt und ziemlich wirr geredet. Zuerst dachte ich, sie wollte betteln oder suchte Arbeit als Putzfrau. Aber dann hat sie nach dir gefragt.«

Anna aß die Tomate auf, dann betrachtete sie ihre Finger und leckte sie einzeln ab. »Sie stand einfach da ...« Anna hielt ihre feuchten Hände in die Luft und sah sich nach etwas um, mit dem sie sie abtrocknen konnte. Ihre Finger zappelten, und ich dachte daran, ihr meine Jeans anzubieten, doch sie begann nervös auf dem Lenkrad herumzutrommeln. »Stell dir vor, sie ist über den Balkon geklettert!« Sie schaute durch die Frontscheibe und in den Rückspiegel, und manchmal streifte sie mich mit einem ärgerlichen Blick.

»Ich wollte sie hinauswerfen, da erwähnte sie dich und sagte, daß sie deine Schwiegermutter wäre und die Oma deines ungeborenen Kindes.« Anna musterte meinen flachen Bauch mit geringschätziger Miene. »Die Frau sagte immer wieder, daß ich mir keine Sorgen machen soll. Alles geschähe in deinem Interesse und in dem deiner zukünftigen Kinder.«

Ich nahm die Bananenschale von einer Hand in die andere, öffnete das Handschuhfach und legte sie hinein.

»Sie behauptete, sie wolle ein paar Informationen über dich sammeln, bevor sie einer Heirat zwischen dir und ihrem Sohn zustimmt. Sie wußte, daß du Schülerin in der Klasse meines Mannes warst und fragte, ob mir etwas aufgefallen sei an dir … Welches Verhältnis du zu meinem Mann hattest – ein besonders positives oder ein besonders negatives? Du hättest in den Fächern meines Mannes sehr gute Noten gehabt; in den anderen aber nur mittelmäßige. Dann fragte sie nach Leopold Christiansen. Sie wollte wissen, ob du eine intime Beziehung zu ihm hattest …« Sie schluckte, und in ihren Augen sammelten sich Tränen. »Natürlich habe ich ihr nicht das geringste verraten und sie schließlich rausgeschmissen … Mila, ich will gar nicht wissen, in welchen Schwierigkeiten du steckst oder wer diese Frau ist. Ich wollte dich nur warnen. Sei auf der Hut! Die Alte ist hinter dir her, und sie weiß eine Menge. Ich fürchte, sie wird zur Polizei gehen.«

»Was will sie denen erzählen? Daß ich ihren impotenten Sohn mit einer Fischvergiftung ins Krankenhaus geschickt und ihn dann verlassen habe? Ist das ein Verbrechen? Die werden sich ins Fäustchen lachen.«

Anna verbarg ihr Gesicht für einen Moment in den Händen. »Eigentlich wollte ich dich nie wiedersehen, du … du … Monster …«, sagte sie und schluchzte.

Ich legte meinen Arm auf ihre Schulterpolster und wartete, bis sie sich beruhigte. Bekam man von grünen Bananen und gespritzten Tomaten nur Durchfall oder etwas Schlimmeres?

»Danke, daß du mich gewarnt hast«, sagte ich gerührt. »Ich verspreche dir, daß ich auf mich aufpassen werde. Bestellst du Tim liebe Grüße von mir?«

»Natürlich nicht«, sagte sie.

Im Laden griff ich nach einer grünen Banane, die schon zu reifen begann. Die Schale ließ sich schlecht lösen, das Fruchtfleisch schmeckte bitter und meine Zähne wurden stumpf. Ich warf das angebissene Ding weg und suchte mir eine von den herabgesetzten; sie war gelb mit braunen Flecken und nur ein ganz klein wenig matschig.

Mein Chef war schon gegangen. Er hatte mir einen Zettel dagelassen mit einer Notiz, die ich nicht lesen konnte. Jedesmal, wenn er zu früh verschwand, hinterließ er eine unleserliche Erklärung. Ich räumte ein bißchen auf, fegte den Dreck der Kunden zusammen und wählte eine große Frühstücksavocado aus. Ich wartete noch ein paar Minuten, aber es kam kein Kunde mehr. Es war still, und ich nahm mir noch eine Banane. Ich biß ohne Appetit in die weiche Masse und betrachtete das Obst und Gemüse, das irgendwie darauf zu warten schien, daß ich endlich von hier verschwand.

Es war ein schöner Abend. Ein warmer Wind wehte, die Kinder spielten auf den Höfen, die Fenster waren weit geöffnet, auf dem regenfeuchten Kopfsteinpflaster spiegelte sich die Sonne. Ich ging zu Fuß nach Hause und versuchte, die alten Männer, die sich auf die Fensterbretter stützten und in weißen Unterhemden steckten, zu ignorieren. Ich grüßte Frau Baumgart von nebenan und sogar ihren Spitz, der mit glasigem Ausdruck in den Augen an mir vorbeihechelte. Heimat, dachte ich. Schachmatt, dachte ich. Ich war eine Verliererin. Ich hatte eine Menge verloren: meinen Vater, Herrn Kraus, Leopold Christiansen, Anna und Tim, Mark und Fred. Jetzt begann ein neues Spiel. Diesmal hatte ich mir fest vorgenommen, zu gewinnen. Oder genauer gesagt: meinen Gewinn festzuhalten. War ich ein Monster?

Viktor saß auf dem Sofa, ein großes Kissen stützte seinen Rücken; er las in einem Buch. »Hallo«, sagte ich kleinlaut, und er hob den Kopf und lächelte, nein, er strahlte mich an. Ich schrumpfte unter seinem Blick, denn ich hatte ihn nicht verdient. Ich war ein Monster. Ich würde ihm alles wegfressen, sein ganzes Leben. Ihm ein Kind anhängen, das er nicht wollte. Ihm eine Existenz anhängen, die er nicht wollte. Ihm ein Monster anhängen, das nichts weiter von ihm wollte, als seinen Samen, seinen Körper, seine Seele; ein Monster, das er zu lieben glaubte, und das ihn liebte.

Ich hockte mich vor ihm hin, umschlang meine Beine und preßte das Kinn auf meine Knie. Ich hockte da und dachte daran, ihm alles zu erzählen, alles, von Anfang an.

»Als ich ein junges Mädchen ... also ich meine, ich war dreizehn und liebte meinen ... na ja ... Lehrer. Ich wollte ihn unbedingt und ein Kind ... Aber er ... Also er mochte mich auch, das war es nicht ... Aber Anna ... Seine Frau ... Was soll ich dir erzählen? Ich habe ihn ... Ich meine, er ist gestorben ... wegen mir. Genauer gesagt ...«

Viktor schüttelte unwillig den Kopf. »Hör mal zu«, sagte er und hielt das Buch wie eine Trophäe. »Hör doch mal, wie es *klingt*.« Er sah mich verwundert an und zog mich zu sich. Er las mit rauher leiser Stimme; sein Körper fühlte sich warm an, und die Worte kannte ich auswendig, wie ein Lied. »Des Mannes Knie waren zu rohem Fleisch geworden wie seine Füße, und obwohl er sie mit einem Stück aus dem Rücken seines Hemdes verband, hinterließ er auf Moos und Steinen eine rote Spur. Einmal, als er einen Blick zurückwarf, sah er, wie der Wolf hungrig seine blutige Fährte beleckte, und er begriff klar, was sein eigenes Ende wäre, wenn – ja, wenn nicht er selbst dem Wolf den Garaus machte. Dann begann ein tragischer Existenzkampf, wie er sich grausamer niemals abgespielt hatte: ein kranker Mann, der auf allen vieren dahinkroch, und ein kranker Wolf, der sich hinkend fortbewegte – zwei Kreaturen, die ihre todgeweihten Körper durch die Einöde schleppten und einander nach dem Leben trachteten.«

Frau Dr. Marquardt umarmte mich, und die Schwester schlug mir kumpelhaft auf die Schulter. Wir lächelten alle drei, als hätten wir uns gegen den Rest der Welt verschworen. Frau Dr. Marquardt mußte keine Schublade aufziehen und keinen Trostlutscher verschenken. Einen Augenblick sah sie so aus, als würde sie am liebsten eine Flasche Sekt entkorken. Doch dann besann sie sich, hob die Brille, die sie heute an einer Kette trug, auf die Nase und stellte mir den Mutterpaß und ein Rezept aus. »Eisen und Magnesium«, murmelte ich folgsam. Frau Dr. Marquardt sagte etwas von Routine und erklärte ein bißchen, aber ich hörte ihr nicht zu. Ich dachte nur, daß etwas Schweres mich auf der Erde halten mußte, damit ich nicht davonschwebte mit dem Baby in meinem Bauch. Ich nannte das, was in meinem Körper lebte, sofort Baby, obwohl es wahrscheinlich noch nicht viel größer war als eine Kaulquappe.

»Alles Gute«, sagte Frau Dr. Marquardt feierlich und schüttelte mir die Hand. »Wir sehen uns jetzt öfter.«

Ich blieb stehen und grinste sie an und wartete darauf, daß sie mir jetzt so etwas wie einen Oscar verlieh, irgendeine Trophäe für meinen Triumph. Doch sie wandte sich ihrem Schreibtisch und den Karteikarten zu, und die Schwester nahm meinen Arm und führte mich in einen Nebenraum, als wären mir die Augen verbunden.

»Dort sind die Behälter für den Urin«, erklärte sie und zeigte auf einen schiefen Plastebecherturm, der neben der Kaffeemaschine stand. »Geben Sie bitte den Mittelstrahl hinein und stellen Sie's wieder hierhin. Dann warten Sie einen Moment. Ich muß Ihnen noch Blut abnehmen und Sie wiegen.« Ich nickte artig, schnappte einen der Becher und lief damit auf die Toilette. Was zum Teufel war ein Mittelstrahl? Offenbar galt hier ein System, von dem ich bisher nichts geahnt hatte: wenn frau Mutter wurde, bekam sie einen blauen Paß und mußte ihr Blut und ihren Mittelstrahl opfern.

Die Schwester wirkte etwas nervös. Das Wartezimmer war voll, und einige Schwangere lauerten darauf, an die Reihe zu kommen. Die Nadel glitt rasch in meine Haut, und das Blut floh aus meinem Kopf, aus meinen Gliedern, strömte in die Mitte meines Körpers.

»Na so was!« sagte die Schwester entrüstet. Sie zog die Nadel wieder heraus und stach noch einmal zu. In meinen Ohren begann es zu rauschen.

»Dann müssen wir wohl den anderen Arm nehmen«, hörte ich sie wie durch Watte sagen. »Ich … ich …«, murmelte ich.

»Geht's noch?« fragte sie verärgert. »Nicht daß Sie uns hier vom Stuhl rutschen.«

»Ich muß mich hinlegen«, sagte ich, bevor ich vom Stuhl rutschte.

Auf der Straße saugte ich die Luft in mich ein, und mein Bauch quoll ein wenig auf. Ich beschloß, erst im Park herumzuspazieren, bevor ich in den Supermarkt und von dort nach Hause ging.

Es regnete, und im Park war niemand sonst. Der Regen malte Kreise auf den Teich. Obwohl das Wasser flach war, konnte man keinen Zentimeter tief blicken. Es war braun wie eine vergammelte Banane. Die Schwäne und Enten schwammen ans Ufer, als sie mich dort stehen sahen. Ich fand nur ein paar Kekskrümel für sie in meiner Jackentasche. Der größere Schwan, den ich für den männlichen hielt, fauchte wütend. Die Enten schwammen kommentarlos davon. Ich atmete ein und langsam wieder aus und wieder ein. Eine Portion saubere Regenluft für mein Kind. Also schwanger. Also doch. Also *wirklich.*

Ich hatte keinen Schirm dabei und keine Kapuze an der Jacke und das Wasser rann mir den Hals entlang – der hochgeschlagene Kragen nützte kein bißchen. Es machte mir nichts aus. Im Gegenteil. Zwei Jungen standen plötzlich auf der morschen Brücke und warfen Dinge ins Wasser. Der eine sah dick aus, mit einem breiten Grinsen im Gesicht; der andere war schmächtig, blond, und eine Brille saß schief auf seiner Nase. Sie trugen verkehrt herum aufgesetzte Baseballkappen wie die Kinder am Ostseestrand und mausgraue kragenlose Jacken. Ich reckte den Hals, aber ich konnte nur erkennen, daß sie etwas aus ihren Rucksäcken zogen. Die Enten flogen auf und davon. Die Schwäne steuerten würdevoll auf ihr Nest zu. Die Kinder zündelten und warfen das Silvesterzeug, und es zischte auf der Wasseroberfläche. Rauchschwaden stiegen auf.

Der hagere Junge, der kaum älter aussah als zehn, deutete auf mich, und der andere schmiß schon. Etwas explodierte vor meinen Füßen. Moddriger Dreck rieselte auf meine Wildlederschuhe. Ich zeigte ihnen meinen Mittelfinger wie im Fernsehen. Dann fiel mir das Baby ein. Wahrscheinlich fliegt schon die nächste Bombe, dachte ich, schlang die Arme um den Leib und duckte mich. »Könnt ihr nicht damit aufhören? Könnt ihr nicht *bitte auf-hö-ren?*« schrie ich. Etwas zischte an meinem Ohr vorbei, und ich zog den Kopf ein und umarmte mich wie ein leidenschaftlicher Liebhaber. »Aufhören … bitte …« Meine Stimme war hauchdünn jetzt, und ich wußte, daß die Jungen mich nicht hören würden. »Bitte …«, flüsterte ich.

Als ich wieder hochschaute, waren die Jungen verschwunden. Der Teich dampfte, und ich war allein.

KAPITEL XX – SCHNITZEL

Es war Donnerstagabend, und im Supermarkt liefen die Menschen wie Ameisen herum; schließlich drohte das Wochenende. Ich musterte das eingeschweißte Obst und Gemüse mit verächtlichem Interesse und schob meinen Wagen zwischen den Reihen entlang.

Viktor hatte sich ein Schnitzel zum Abendbrot gewünscht. Er wünschte sich selten genug etwas, und deshalb mußte ich ihm seine Bitte erfüllen.

»Ein Schnitzel«, sagte er. »Weißt du noch, wie früher … Schnitzel mit Spiegelei obendrauf, Bratkartoffeln und Erbsen, ein lauwarmes Bier, der Kellner kennt seine Gäste, und alles kostet nur fünf Mark fünfzig.« Viktor seufzte, und ich starrte ihn entgeistert an. Er schwamm doch nicht etwa auch auf der Nostalgiewelle?

»Du meinst ein *Ost*schnitzel?« fragte ich.

Viktor warf mir einen verunsicherten Blick zu. »Na ja, ein argentinisches Steak tut es auch«, sagte er leise.

Wir saßen beide im Bett und frühstückten von einem Tablett. Wir schlugen unseren Eiern gegenseitig die Köpfe ab. Ich war ein wenig heftig dabei, und das Eigelb sickerte über den gezackten Rand. »Ein Happen Fleisch eben«, sagte Viktor, leckte die Schale ab und blinzelte mir dabei zu.

Mit meinem leeren Wagen steuerte ich zu den Drogerieartikeln und warf ein billiges Duschgel und Viktors Lieblingszahnpasta in den Metallkorb. Ich dachte daran, noch eine andere Sorte zu kaufen, da ich den Pfefferminzgeschmack neuerdings nicht mehr mochte. Als ich mich umsah, fiel mein Blick auf die Regale mit den Babyartikeln. Flaschen, Sauger, Schnuller, Töpfchen, Kindersicherungen … Regale voller Brei, Milchpulver und Säfte. Riesige Windelpakete, meist im Doppelpack, in rosa oder in blau. Ich vergaß die Zahnpasta. Meine Hände wurden feucht. Am liebsten hätte ich den Wagen gleich vollgeladen. Meinem Baby sollte es an nichts fehlen. Schließlich entschied ich mich für ein Glas mit Williams-Christ-Birnen-Mus und eine kleine Flasche Karottensaft. Ich legte ein großes Paket Papiertaschentücher über meine Beute und ging zum Fleischstand.

Der seltsame Geruch fiel mir sofort auf. Es stank. Ich reihte mich brav in die Schlange ein. Reichen zwei Schnitzel? dachte ich. Drei sind besser. Drei sehen nicht so knausrig aus. Meine Hände ballten sich zu Fäusten, meine Fingernägel bohrten sich in meine feuchten Handflächen. Ich versuchte, die Tiere nicht zu sehen. Aber ich sah sie, als hätte ich mich zu ihnen hinuntergebeugt. Ich sah sie zum ersten Mal wirklich. Es waren Leichenteile. Beine, Rücken, Ärsche … Zungen, Bruststücke … Innereien, Knochen, Speckschwarten … Zerhackte Rinder, gevierteilte Schweine, geköpfte Hühner … Neonlicht strahlte gnadenlos in das Gemetzel. In meinem Magen begann es zu brodeln, und schneller als befürchtet stieg etwas Warm-Saures in mir auf. Ich suchte nach einem Halt, aber die Frau, zu der ich mich wandte, entzog mir ihren Arm. Ich sank auf die Knie, während ich mich erbrach. Die Leute tuschelten und schimpften und liefen weg. Natürlich half mir niemand, und ich dachte daran, meinen Mutterpaß zu zücken. Vielleicht erbarmte sich dann jemand? Eine Frau in Kittel, mit Eimer und Schrubber, eilte aus dem Nirgendwo. »So eine Sauerei«, sagte sie, ohne mich anzusehen, »Sie sind schon die Dritte heute. Eigentlich habe ich jetzt Feierabend.« Sie warf das nasse Wischtuch direkt in meine Plörre. Ich nickte ihr schuldbewußt zu, erhob mich und wankte an den Fleischstand. »Drei Schnitzel bitte«, sagte ich leise, aber bestimmt.

»Du bist doch nicht etwa schwanger?«
Viktors Worte echoten in meinem Kopf; sie klangen nicht böse, eher gutgelaunt mitfühlend, als hätte ich ihm von einem Wespenstich erzählt.
»Und wenn …?« Ich schaute auf das Fleisch auf seinem Teller; es

war paniert und sah knusprig aus. Nur das Spiegelei hatte ich vergessen, und die Bratkartoffeln und die Erbsen fehlten auch.

Ganz langsam hob ich die Wimpern und starrte Viktor an. Er sah schneeweiß aus, doch als er meinen Blick bemerkte, stieg ihm das Blut ins Gesicht. Warum mußte ich ihm auch die Geschichte vom Supermarkt erzählen? Ich hätte mir für meine Appetitlosigkeit doch auch eine Ausrede einfallen lassen können.

»Und San Francisco …?« Er sah wirklich bekümmert aus. Als hätte man die Mauer plötzlich wieder hochgezogen.

»Wir nehmen das Baby mit«, sagte ich und lächelte schuldbewußt. Jeden Morgen drückte ich eine bonbonfarbene Antibabypille aus dem Zellophan, warf sie in die Toilette, spülte und legte die Packung wieder neben das Rasierzeug.

Viktor biß in das Fleisch, und es knirschte zwischen seinen Zähnen, als er den Knochen des toten Schweins traf. Wieder stieg Übelkeit in mir auf, und ich trank einen Schluck stilles Mineralwasser. Viktor spuckte ein Stück Zahn aus.

Schwanger. In guter Hoffnung. Gesegneten Leibes. In anderen Umständen. Ich trug ein zweites Leben mit mir herum. Ich war *trächtig*.

In meinen Brüsten zog es, und unterhalb meines Bauchnabels breitete sich ein weicher wattiger Schmerz aus und drückte gegen die Blase. Wenn ich allein in meiner Wohnung war, legte ich mich auf den Kokosläufer, streichelte die Haut, unter der mein Kind lebte, und sprach leise zu ihm: »Wer reitet so spät durch Nacht und Wind … Dunkel war's, der Mond schien helle … Ottos Mops kotzt …«

Der Embryo kam mir vor wie ein Wesen, das sich tief in seine Höhle verkrochen hatte. Wenn ich es berührte und mit ihm sprach, würde es wachsen und eines Tages herauskommen, wenn ich es aber nicht beachtete, würde es verdorren, kleiner und kleiner werden und schließlich ganz verschwinden.

Viktor sah mich anders an als vorher. Seine Augen und seine Lippen wurden schmaler. Manchmal kochte er mir einen Früchtetee, der dunkelrot aussah und einen sauren Geruch verströmte. Er setzte sich neben mich, trank Kaffee und schaltete den Fernseher ein. Statt zu rauchen, knabberte er Salzstangen. Ich sah dem Dampf zu, der von meiner Tasse aufstieg. Ich mochte keinen roten Tee, aber ich trank ihn Schluck für Schluck.

Viktor zündete Kerzen an, las mir aus seinen Büchern vor, und ich hörte, wie er versuchte, sich nicht zu räuspern. Als ich ihm das Ultraschallbild präsentierte, bestellte er meine Lieblingspizza. Er legte seine Hand ergeben auf meinen Bauch, der noch kein bißchen geschwollen war.

Ich nahm ein paar Tage Urlaub, um einzukaufen. Die Babysachen waren so daunenweich, daß ich nicht länger widerstehen konnte. Ich hielt die Strampler, Hemdchen und Jäckchen an die Wange, bevor ich sie in den Einkaufskorb warf. Eine Verkäuferin mit blassem Gesicht ließ mich nicht aus den Augen. Es war mir egal. Beinahe jedenfalls.

Keine zehn Meter weiter gab es einen Unterwäscheladen. Er hieß Susi, und im Schaufenster leuchteten hunderte kleine Halogenlämpchen auf die Ware. Die Puppen waren weiblich und ganz schwarz und hatten keine Augen und keine Nasenlöcher und schwarze Lippen. Sie trugen rote und weiße BHs und Slips; ihre Strohhaare lagen in Locken um ihre leeren Gesichter. Sie standen eigenartig verrenkt herum, die Hände schienen etwas achtlos über die Schulter zu werfen, und die Becken drückten sie nach vorn, fast gegen die Scheibe. Ich dachte an die Schlüpfer in meinem Schrank, aus denen die Gummibänder heraushingen. Die meisten stammten aus Sparpackungen eines Textil-Discounters, zehn oder fünfzehn Stück, weiß und aus Baumwolle, manchmal mit Blümchendruck oder albernen Tieren. Bisher hatte ich der Kleidung unter der Kleidung kaum besondere Beachtung geschenkt. Abgesehen von der Zeit, in der ich Leopold Christiansen liebte.

Ich steuerte ohne nachzudenken in das Geschäft. Die Slips leuchteten wie bunte Edelsteine, und um die Büstenhalter rankten sich Spitzenblumen. Die Stücke hingen einzeln auf kleinen Bügeln, und jedes kostete doppelt soviel wie eine Packung taillenhoher Baumwollhöschen.

Ich blätterte mein Geld hin und kaufte schwarze Strümpfe, die bis zu den Schenkeln reichten, und einen Body zum Aufknöpfen. Die dazu passenden Strapse nahm ich nur deshalb nicht, weil ich nicht wußte, was genau ich mit ihnen anfangen sollte.

Auf der Straße taumelte ich ein wenig. Irgendwer grüßte mich und lächelte, und ich nickte vage. Dann erkannte ich Frau Lehmann. Ich erschrak, denn vor einigen Wochen hatte ich eine Todesanzeige in der Tageszeitung gelesen und wäre beinahe zu der Beerdigung gegangen. Aber es mußte wohl eine andere Frau Lehmann gestorben sein. »Frau Lehmann«, sagte ich verblüfft. »Frau Irmgard Lehmann ...« Mir fiel der schwarze Angorapullover ein, den sie mir geschenkt hatte. Der einzige Schwangerschaftspullover, den ich besaß. Vielleicht würde ich keinen Ausschlag bekommen, wenn ich ein langärmliges T-Shirt drunterzog?
Frau Lehmann entblößte ihre gleichmäßigen Zähne, die wahrscheinlich falsch waren. »Ingrid«, sagte sie.
»Was?«
»Ich heiße *Ingrid* Lehmann, Kindchen. Wie geht es Ihnen denn?«
»Gut«, antwortete ich und tätschelte meinen Bauch. »Ich bin ...«
Ich überlegte, ob ich »schwanger« oder in »anderen Umständen« sagen sollte. »Ich ... ich bin ... trächtig«, stotterte ich und schaute verlegen drein. »Ihre Strampler werden also bald zum Einsatz kommen.«
Frau Lehmann ergriff stumm meine Hand und schüttelte sie längere Zeit. Ich erinnerte mich dunkel, daß ich damals das Verschwinden meines erfundenen ungeborenen Kindes mit einem mysteriösen Zwischenfall während der Niederkunft erklärt hatte. Ich sah Tränen in die graublauen Augen Frau Lehmanns treten.
Ich nahm ihre kleine kalte runzlige Hand und zog sie mit mir. »Kommen Sie«, sagte ich bestimmt, »kennen Sie dieses nette neue Café schon ...?«
Es gibt Tage, da muß man einfach Geld ausgeben, und so lud ich

Frau Lehmann zu einem Gläschen Sekt ein. Sie bedankte sich gerührt, und ich erkundigte mich nach ihrem Briefkasten und den Werbezetteln für Eierkohlen. Der Kellner zündete eine Kerze für uns an und brachte uns Salzgebäck, das wir nicht bestellt hatten, und Frau Lehmann pickte sich die Herzen mit Mohnstreuseln heraus.

»Ich freue mich so«, sagte sie. »Ich freue mich so für Sie …« Sie streichelte meine Hand, und ich zog die Nase hoch. »Es wird alles, alles gut«, behauptete sie. »Diesmal wird das Schicksal Sie begünstigen.«

Ich schluckte und bestellte noch ein Glas Sekt für Frau Lehmann und ein Mineralwasser für mich.

»Mögen Sie kosten?« fragte Frau Lehmann und kicherte.

Ich nickte rasch, ehe sie es sich anders überlegte, und wir tauschten die Gläser. Es schien ihr nichts auszumachen, daß ich ihr Glas sofort austrank. Ich bestellte noch einmal dasselbe.

Wie sich herausstellte, hatte Frau Lehmann jetzt eine Gasheizung und benötigte keine Eierkohlen mehr. Die Werbezettel erhielt sie allerdings weiterhin.

Ich ließ sie plappern, und es gefiel mir sogar, daß sie meine Hand berührte. Ich war schwanger, ich *war* etwas Besonderes. Die Männer begriffen gar nichts. Sie mußten zur See fahren oder sich schlagen oder Whisky trinken bis zum Umfallen. Sie mußten den Rasen schrecklich kurz mähen, auf den Rängen vor einem Fußballfeld den Verstand verlieren und Silvester die Raketen anzünden. Sie mußten arbeiten und nochmals arbeiten und starrten doch nur dem Mercedes des Nachbarn neidisch hinterher. Ich durfte ein Kind in mir tragen, einen neuen Menschen in mir wachsen lassen. Ich verwandelte mich in einen pummligen Schmetterling. Viktor blieb zeitlebens eine Raupe. Vielleicht war es das, was ihn ängstigte.

Eine komische weiße Wolke klebte am Fenster, ich bemerkte sie aus den Augenwinkeln, und als ich hinsah, traf mich ein aufmerksam kalter Blick. Freds Mutter trug eine weiße Kapuze oder eine helle Fellmütze. Sie klopfte gegen die Scheibe, und ihre Lippen verzogen sich zu einem zufriedenen Grinsen. Ich schaute sofort in mein Glas und beobachtete die Bläschen, die auftauchten und zersprangen, aber ich konnte die Frau spüren. Sie stand da und glotzte herüber. Ich hörte dumpf ihre Stimme, aber ich verstand kein Wort.

»Kennen Sie die Dame?« fragte Frau Lehmann.

Ich schüttelte heftig den Kopf. »Eine Verrückte«, murmelte ich. »Eine von denen, die sonntags in Hausschuhen einkaufen gehen.« Frau Lehmann seufzte. »Die Arme«, sagte sie.

Als ich am späten Abend meine Plastetüten leerte, gab es kleine dumme Überraschungen. Der Body war zu groß, und der seidige schwarze Stoff schlabberte um meinen Körper herum; die Strümpfe spannten sich um meine Schenkel und zwickten unangenehm. Sie reichten nicht einmal so hoch, wie ich gedacht hatte. Ich stand vor dem Spiegel des Kleiderschranks und betrachtete mich argwöhnisch. So teuer das Zeug gewesen war, so billig sah es jetzt aus. Ich vermutete Viktor noch unter der Dusche, doch als ich plötzlich seine Schritte hörte, blieb mir nicht einmal mehr die Zeit, den Schrank zuzuwerfen. Ich sprang unter die Decke und zog sie bis zum Kinn hinauf.

Viktor beachtete mich gar nicht. Er warf seinen Bademantel über einen Stuhl, musterte sich flüchtig in dem Spiegel und schlüpfte in eine kurze, grau-violett gestreifte Schlafanzughose. Er schloß den Schrank und drehte den Schlüssel sorgsam herum, bevor er sich neben mich legte.

Ich zog die Decke bis zur Nasenspitze.

»Ist dir kalt?« murmelte er und streckte die Hand nach mir aus.

»Nein«, sagte ich streng. »Mir ist ganz und gar nicht kalt.« Ich hielt die Decke so, daß sie sich um meinen Körper spannte, und Viktors Finger schwebten über dem gelb-blau-rot gemusterten Baumwollstoff, landeten seicht und verharrten dort. Er blinzelte mich überrascht an und wandte sich mir zu. Auf seiner nackten Brust saßen noch Wassertropfen, und er verströmte den Vanillegeruch unseres Duschgels.

»Ist was?« fragte er.

Ich schüttelte den Kopf. »Nichts. Was soll sein?«

»Ich dachte nur …« Statt weiterzusprechen, gähnte er und drehte sich auf den Rücken.

»Schlaf gut«, sagte ich.

Viktor lachte kurz und gezwungen. Er hörte nicht auf, beleidigt zu sein. Ich war die Betrügerin und er der Betrogene. Ich hatte gewonnen und er verloren. Das Kind in meinem Bauch wuchs, und er konnte es nicht ändern. Er würde nie wieder gut schlafen.

Die Spitze auf meiner Haut begann zu kribbeln, als würden kleine Spinnen über meinen Körper laufen. Mein Bauch spannte sich und ich hielt den Atem an, aber das Jucken auf der Brust und rings um die Schenkel dauerte an. Ich zählte stumm, keine Schafe, einfach Zahlen. Ich begann bei Null und endete bei vierhundertsiebenundsiebzig. Dann kratzte ich mich.

Ich pellte die dummen Strümpfe von meinen Beinen und schämte mich ein wenig. Schließlich hätte ich das Geld auch den Hungernden der Welt spenden oder einem Bettler in den Filzhut werfen können.

Meine Fingernägel bearbeiteten meine Brüste, und Viktor lag ganz starr und atmete, so gleichmäßig er konnte.

Die Druckknöpfe ließen sich schwer öffnen, und ich riß eine Weile an dem Body herum. Beinahe geräuschlos befreite ich mich von der Nylonhaut. Allerdings wälzte ich mich unter der Decke hin und her.

»Hast du Flöhe?« fragte Viktor schließlich gereizt.

»Kannst du nicht schlafen?« fragte ich zurück.

Er antwortete nicht, und ich stopfte die Unterwäsche vorsichtig unter das Bett. »Keine Panik, es sind keine Tierchen«, meinte ich. »Nur eine … Allergie … oder so …«

Die Schaufensterscheiben des Gemüseladens waren über Nacht eingeworfen worden. Mein Chef jammerte und fluchte und redete mit der Polizei, und ich fegte die Scherben zusammen. Es geschah nicht zum ersten Mal und würde, das wußten wir, wieder passieren. Keine hundert Meter weiter gab es eine Disko, in der sich sonnabends die Glatzen amüsierten. Morgens gegen sechs zogen sie durch die Straße, zerschlugen die Spiegel der parkenden Autos, zerkratzten den Lack und grölten ihre dummen Sprüche.

»Die verdammten Nazischweine«, murmelte mein Chef.

Der Polizist sagte nichts dazu. Er saß auf einer Obstkiste und füllte ein Formular aus. Er beeilte sich nicht sonderlich. Aus seinem Walkie-Talkie plapperte es unentwegt. Einmal nahm er es auf und sagte: »Ich bin jetzt bei dem Geschädigten.« Er nannte die Straße und die Hausnummer und schaute zu mir herüber. »Sie sollten lieber Handschuhe anziehen«, meinte er. Er sah bullig aus wie ein Boxer, und ich wartete darauf, daß die Holzkiste unter ihm einbrach. Ich schippte das Glas in himmelblaue Müllbeutel, und die Zacken fraßen sich durch die Tüte.

»Schon das dritte Mal«, klagte mein Chef. »Das dritte Mal in diesem Jahr …« Er schüttelte den Kopf. »Und wer soll das jetzt bezahlen? Die Versicherung hat gekündigt, und ich bekomme keine neue … Und nächsten Sonntag sitzen wir vielleicht wieder hier …« Er sprach ganz ruhig, aber ich hatte das feuchte Taschentuch in seiner Hand gesehen. Wahrscheinlich lagen meine Entlassungspapiere schon in der Schublade. Überall wurden Geschäfte eröffnet, die dann ein paar Monate später wieder schlossen.

Die Kiste knirschte, und ich hielt einen Moment inne und lauschte gespannt.

»Die sollten's Rico dichtmachen«, sagte der Polizist.

»Dann kommen sie von woanders«, sagte mein Chef resigniert.

»Dann kommen sie nicht vom Rico, dann kommen sie aus der Kneipe.« Er schnaubte in das rostrote Herrentaschentuch. Vielleicht hatte er doch nur Schnupfen. Das Telefon klingelte, und er sprach mit dem Glaser.

Zwischen den Scherben lag ein zusammengeknülltes Stück Papier. Ich nahm es auf, faltete es auseinander und steckte es in die Hosentasche.

»Verkaufen Sie mir zwei Honigmelonen, Herr Hüsiyn?« fragte der

Polizist, ohne von seinem Formular aufzusehen. »Ich habe bald Feierabend und meine Kinder lieben Honigmelonen.« Er lächelte jetzt, und ich sah, daß ihm ein Zahn fehlte.

»Ich darf am Sonntag nichts verkaufen«, sagte mein Chef. »Aber ich schenke Ihnen zwei.«

Mein Chef beauftragte mich, den Glaser zu empfangen. Er klopfte mir traurig zwischen die Schulterblätter, bevor er ging. Als ich allein war, schaute ich den Zettel noch einmal an. Jemand hatte Buchstaben aus einer Zeitung geschnitten und sie zu einem Wort zusammengeklebt. Das Wort hieß TÜRKENNUTTE.

VIERTER TEIL

KAPITEL XXI – DAMPFHERINGE

Ein helles, beinahe weißes Licht quillt durch die Fenster des Motelzimmers. Die Fenster sind erst kürzlich geputzt worden. Ihre Ränder sind noch feucht, als würden sie schwitzen. Ich schaue mit Alice hinaus auf den leeren Parkplatz vor unserer Tür. Auf einem Pfeiler sitzt ein Vogel, ein Raubvogel mit gebogenem Schnabel und langen gelben Krallen. Er sitzt da und rührt sich nicht. Ich flüstere meiner Tochter ins Ohr: »Ein Vogel ... a bird ...«, und sie lächelt, spöttisch wie mir scheint. Ich bewege mich langsam zur rechten Wand hinüber und klopfe, erst zaghaft, dann energischer. John kann mir sicher sagen, wie der Vogel heißt. Aber John meldet sich nicht. Vielleicht schläft er oder sitzt in der Wanne oder bastelt an der Klimaanlage. Vielleicht spielt er irgendwo Billard. Er sagt mir nicht, wann er geht und wohin. Und ich frage nicht. Ich klopfe noch einmal. Dann lasse ich es.

Das braune Gefieder des Vogels glänzt wie seidiges Haar. Ich möchte die Hand nach ihm ausstrecken, ihn berühren. Ihm eine Feder auszupfen für Alice. Aber ich wage nicht einmal, die Tür zu öffnen.

Wenn ich an John denke, fallen mir zuerst seine Lippen ein. Wenn er lächelt, bewegen sie sich wie eigenständige Wesen. Sie dehnen sich und geben nur allmählich den Blick auf seine Zähne frei. Es kommt mir vor wie ein Trick, den er lange geübt haben muß. Manchmal stelle ich mir vor, wie es wäre, diese Lippen zu küssen. Nicht daß ich verliebt bin. Es interessiert mich nur, technisch sozusagen. Seine Lippen sind verspielt und gewohnt zu spielen; sie besitzen Talent; das sehe ich ihnen an. Wenn er trinkt, trinken seine Lippen mit. Sie glänzen feucht, und seine Zunge wandert versonnen über die glatten Bahnen.

Der Tannenzapfen von Viktors Grab liegt im Handschuhfach seines Wagens. Wenn er die Klappe öffnet, kullert der Zapfen heraus. Er fängt ihn auf, und ich warte darauf, daß er ihn aus dem offenen Fenster schmeißt. Aber er tut es nicht. Er angelt sich ein Feuerzeug und eine Zigarette und legt die Frucht des Baumes zurück in ihr Verlies.

Ich weiß nicht, warum er bei uns bleibt. Ich weiß nicht, wer er ist. Er lächelt, wenn er uns sieht. Er läuft uns am Strand entgegen. Er wirft Alice in die Luft und fängt sie wieder auf. Er lächelt mir zu. Mit diesem Lauern in seinem Blick.

Er verläßt den Raum, wenn ich Alice stille.

Er bucht getrennte Zimmer.

Er berührt mich nicht, nie, nicht einmal aus Versehen.

Manchmal verschwindet er für Stunden oder auch für eine Nacht und einen Tag.

Wenn er wiederkommt, will er schnell fort. Er schiebt uns ins Auto und bezahlt mit seiner Kreditkarte. Und wir fahren ein paar Meilen am Meer entlang.

Ich stelle mir alles mögliche vor: vielleicht ist er ein Bankräuber oder ein Heiratsschwindler, oder er flieht vor seiner Frau und seinen fünf Kindern.

Irgendwann bremst er scharf an einer Tankstelle oder vor einem Motel, als wäre er beinahe daran vorbeigefahren.

Manchmal frage ich ihn nach dem Namen des Ortes, manchmal lasse ich es.

Ich bin nicht verliebt; ich möchte ihn nur heiraten. Dann können wir uns trennen. Dann bin ich Amerikanerin. Und Alice ist Amerikanerin. Und ich muß den Sternenbannern in den kalifornischen Vorgärten keine fragenden Blicke mehr zuwerfen.

Als ich zu Viktor zog, nahm ich nur wenig mit. Meine Bücher, das Sofa, den Holzwurmspiegel, den Kokosläufer, meine Musikanlage und die CDs, ein löchriges Elvis-Poster … Für mein Messer fand sich ein Platz unter dem Weihnachtsbaumständer in der Speisekammer.

Viktor kam oft müde und schweigsam nach Hause. Seine Haare sahen wie Stroh aus und standen ihm zu Berge, wenn er sie gerade gekämmt hatte.

Er weigerte sich, zum Friseur zu gehen, weil er den Geruch dort nicht mochte und die fremden Berührungen. Also schnitt ich mit einer stumpfen Schere an ihm herum; einmal rutschte ich ab und verletzte ihn ein bißchen. Kurz darauf lief er mit Schritten, die im Treppenhaus hallten, davon.

Ich legte mich auf mein Sofa und streichelte meinen Bauch. Ich genoß es, keine Kartoffelsäcke und Apfelkisten mehr schleppen zu müssen. Das Kind in mir war schwer genug. Ich hatte zwanzig Kilo zugenommen, acht Kilo mehr als eine Durchschnittsschwangere, wie Frau Dr. Marquardt mir vorhielt. Das Baby drückte nach unten, als wollte es sich herausdrängeln, und jeder Schritt schmerzte. Die meiste Zeit überlegte ich, wie ich das Zimmer für das Baby einrichten konnte. Den kleinsten Raum neben der Küche, in dem nur ein paar Bücherregale, ein Schreibtisch und ein Computer standen, hielt ich für geeignet. Viktor nannte es sein Arbeitszimmer, obwohl er es selten betrat, geschweige denn in ihm arbeitete. Im Geiste schaffte ich die Bücher bereits in den Keller und schob eine Wickelkommode in den Raum, manövrierte ein Gitterbett an die Wand, mit dem Kopfende nach Norden, oder doch lieber eine Wiege? Über allem würde etwas schweben – eine Möwe aus Holz vielleicht oder ein Schwarm bunter Schmetterlinge. Ich wollte kleine weiße Schränke mit vielen Schubladen und eine Spieluhr, aus der nicht Brahms, sondern Mozarts Wiegenlied erklang. Als Blickfang stellte ich mir einen großen Marienkäfer vor, der mit glitzernden gütigen Augen zu meinem Baby hinabschaute.

Viktor hielt nicht viel von meiner Idee. »Wir kaufen ein Bett, mehr nicht«, sagte er. »Alles andere besorgen wir, wenn das Baby da ist und wenn es diese Dinge wirklich braucht.«

»Soll ich unser Kind vielleicht auf dem Teppich wickeln? Oder auf dem Bügelbrett?«

»Nur anfangs, Mila. Wir müssen doch erst einmal herausfinden, was es nötig hat und was nicht … welche Dinge es wirklich …«

»Es braucht … vor allem … ein Zuhause …« Ich schluchzte melo-
dramatisch, und Viktor griff sich mit beiden Händen fahrig an die
Stirn, als wolle er sich eigentlich die Ohren zuhalten. »Wir haben
doch noch ein Weilchen Zeit, Mila«, sagte er, und wir ließen es
darauf beruhen.

Ich preßte ein Papiertaschentuch gegen meine Nasenlöcher, aus
denen Blut sickerte. Erstaunt betrachtete ich das satte dunkle Rot
auf dem weißen Zellstoff, und mir fiel ein, daß meine Zeichenleh-
rerin mich in der dritten oder vierten Klasse vor dieser Farbe gewarnt hatte. »Kein Rot, Mila«, sagte sie. »Nicht *dieses* Rot. Es
schlägt dein Bild kaputt. Es schlägt dir dein schönes Bild tot.« Nur
der Sowjetstern durfte rot sein, alles andere mußte grau sein oder
matt blau und verschwommen grün. Und die Gesichter sollten
senffarben sein, und sie lächelten mit breiten verschmierten rost-
braunen Lippen.

Ich krümmte mich um mein Kind; es konnte sich jetzt nicht mehr
ausstrecken, und manchmal schlug es verärgert aus, wie ein junges
Fohlen.

Viktor trug eine Mütze auf dem Kopf, als er zurückkam. Sein
Mund sah aus wie ein Strich. Sein Blick glitt an mir vorbei und
wanderte im Zimmer umher. »Alles in Ordnung?« fragte er.

»Sicher«, sagte ich und lächelte. Ich verbarg das blutige Taschentuch in meiner Faust. »Es geht mir gut.«

»Schön«, sagte Viktor und nahm seine Mütze ab. Sein Kopf war
beinahe kahlgeschoren. Ich schaute schnell weg.

»*Mir* geht es wunderbar«, sagte ich.

Viktor setzte sich mit dem Rücken zu mir auf die Couch. Unwillkürlich starrte ich ihn an. Ein paar abgeschnittene Haare klebten an
seinem Hemd. Sein Nacken sah nackt und weiß aus. Seine Ohren
leuchteten wie feuchte Himbeeren.

»Es gibt da etwas, was ich dir sagen muß …« Viktor warf mir einen
kurzen Blick über die Schulter zu. »Etwas Seltsames …«

Mein Herz schlug schneller, und das Baby strampelte beinahe sofort. Ein Stöhnen stieg aus meiner Kehle, ein hoher wimmernder
Laut.

»Wir lassen es lieber«, sagte Viktor erschrocken. »Ich meine, wir können auch morgen …«

Ich schüttelte den Kopf. »Jetzt«, stieß ich hervor.

»Na schön, aber reg dich nicht auf, ja?« Viktor drehte sich zu mir und legte seine Hand auf meine Hand, die auf meinem Bauch lag. Eine Wolke süßer Chemieduft schwebte zu mir herab, ein seifiger Friseurgeruch. An seiner Stirn klebte ein winziges Pflaster.

»Also … ich bekomme anonyme Anrufe … von einer Frau. Von einer älteren Frau. Es geht um dich. Sie behauptet komische Sachen von dir … Geht es dir wirklich gut?«

»Ja.« Ich wandte meinen Kopf zur Seite, atmete durch die Nase, in den Bauch hinein und stieß die Luft nach einer Weile wieder aus. Wie ich es in dem Schwangerenkurs gelernt hatte, den ich seit einiger Zeit besuchte. »Es geht mir gut. Du mußt mich nicht schonen.«

»Ich muß dich nicht schonen?«

»Nein.«

»Also schön …« Er schaute mich besorgt an und packte meine Hand noch fester. »Sie behauptet, du hättest ihren Sohn vergiftet und noch andere Dinge …« Ich lachte, und Viktor schaute mich irritiert an. »Sie ist vielleicht verrückt«, sagte er ruhig. »Aber sie weiß eine Menge von dir.«

»Ich kenne die Frau«, sagte ich hastig. »Sie *ist* verrückt. Sie stellt mir nach. Beobachtet mich. Fragt Leute aus. Wahrscheinlich hat *sie* die Scheibe vom Laden eingeschmissen. Die Frau ist leider vollkommen …«

»Kennst du ihren Sohn?« fiel Viktor mir ins Wort.

Ich nickte. »Fred Joditz. Ich habe dir mal von ihm erzählt. Er hatte eine leichte Fischvergiftung. Nichts weiter. Wir waren zusammen, und wir haben uns getrennt. Es war nichts Ernstes. Ich habe ihn nie geliebt.«

»Und er dich …?«

»Woher soll ich das wissen?«

»Ich weiß nicht, Mila. Wie es aussieht, steckst du in Schwierigkeiten. Diese Frau hat gesagt, du hättest ihren Sohn beinahe umgebracht. Sie sagt, sie würde nur deshalb nicht zur Polizei gehen, weil du ein Kind von ihm erwartest.«

»*Was?*«

»Mila, du mußt mit ihr reden, ehe etwas passiert. Ehe ein Unglück passiert.«

»Du willst mich zu *dieser* Frau schicken? Zu dieser Irren? Ist das dein *Ernst?*«

»Natürlich komme ich mit«, sagte Viktor.

»Nein«, sagte ich. »Niemals.«

»Dann gehen wir eben zu diesem Fred. Vielleicht kann er seine Mutter davon abbringen … Von diesen Verrücktheiten abbringen.«

»Ich gehe nicht zu Fred.«

»Sei vernünftig, bitte. Ich habe Angst um dich, Mila«, sagte er leise. Sein Gesicht sah jetzt so aus, als wäre es aus Knete oder Ton, und einen Moment stellte ich mir vor, daß ich mit den Fingern Kuhlen in seine Haut drücken könnte. Er wandte den Blick nicht von mir ab, und unser Kind stieß gegen unsere Hände.

»Warum hast du das gemacht?« fragte ich.

»Was …?«

»Deine schönen Haare? Warum hast du sie dir abschneiden lassen?« Ich strich vorsichtig über die Stoppeln auf seinem Kopf. Es fühlte sich seltsam an, wie winzige Brennesselzähne. Ich hob die Hand und wartete darauf, daß die Haut brennen und sich Bläschen bilden würden. »Warum nur? Warum so *kurz* …?«

Viktor lächelte, aber seine Augen blieben ernst. »Wann gehen wir zu Fred, Mila?«

Das Kind gab keine Ruhe. Mitten in der Nacht, es war zwei oder drei Uhr, schien es sich aufrichten, sich aus seinem Käfig befreien zu wollen. Kleine harte Beulen wuchsen aus meinem Bauch und wanderten auf und ab. Es sah aus wie in einem dieser Zeichentrickfilme, in der die Maus unter dem Teppich langläuft, um der Katze zu entkommen.

Viktor lag auf dem Rücken, die Decke bis zur Brust hochgezogen, und murmelte etwas, das sich anhörte wie »Dampfheringe«. Ich rappelte mich auf und schwang meine Beine aus dem Bett.

Ich ging in die Küche und begann zu essen. Es war wirklich eine Unart von mir. Aber ich konnte es nicht lassen. Ich hatte Hunger, sobald ich aufwachte. Einen fürchterlichen Hunger.

Ich aß zwei Tafeln Nußschokolade, drei Bananen, einen Erdbeerjoghurt mit ganzen Früchten und eine Scheibe Sonnenblumenbrot mit einer extradicken Scheibe Käse.

Dampfheringe, dachte ich und öffnete eine Büchse Fisch. Die grätenlosen Stückchen lagen in einer glitschigen roten Soße. Ich aß mit den Fingern und schlürfte am Ende die Tunke aus der Dose. Ich leckte das Blech ab und paßte auf, daß ich mir nicht in die Zunge schnitt.

Das Kind in meinem Bauch beruhigte sich, als könnte es von allem kosten.

Ich trank etwas Apfelsaft, ging pinkeln und dann wieder ins Bett. Den Rest der Nacht schlief ich traumlos und fest.

In dem Haus, in dem Fred wohnte, roch es nach Katzenurin. Der beißende Gestank stieg mir in die Nase. Unwillkürlich hakte ich mich bei Viktor ein und schnupperte an ihm. Das Haarshampoo, nach dem er noch schwach duftete, beruhigte mich nur wenig. Das Haus war fremder als fremd. Seine Innenwände trugen eine Art Kriegsbemalung. Ein kotiges Braun überdeckte die anderen Farben. Die rostenden Briefkästen waren im silbergrauen Zickzackmuster besprüht und sahen aus, als wären sie mit schmutzigem Schnee beworfen worden.

Natürlich wohnte Fred nicht im zweiten Stock, sondern hoch oben, unter dem Dach; die Beleuchtung funktionierte nur bis zur Hälfte des Hauses, und am Geländer klebte Kaugummi. In dieses Paradies hatte mich Feuerstein also entführen wollen.

Die Katzentoilette schien der Fußabtreter vor seiner Wohnungstür zu sein. Nach dem ersten Klingeln öffnete niemand, und ich wandte mich der Treppe zu, doch Viktor bestand darauf, es noch einmal zu versuchen.

Nach dem vierten schrillen Laut öffnete sich die Tür einen Spalt, und Fred taxierte Viktor hinter einer Sicherheitskette. »Tut mir leid, ich kaufe nichts«, erklärte er höflich. Ich hielt mich ein Stück hinter Viktor und ließ die Haare vors Gesicht fallen.

»Wir wollen nur mit Ihnen sprechen«, sagte Viktor.

»Sind Sie von den Zeugen Jehovas? Also ich bin bestens auf den Weltuntergang vorbereitet, verlassen Sie sich drauf.« Fred lachte.

Viktor zog mich vor, wie ein Zauberer das Kaninchen, und Freds Gesicht erstarrte. »Na, sieh mal einer an«, sagte er verblüfft. »Millie, Süße!« Er zog die Kette zurück und riß die Tür auf, und einen Moment fürchtete ich, er wolle nach mir greifen, und trat einen Schritt zurück und blieb auf Viktors Füßen stehen.

Fred deutete eine Verbeugung an und winkte uns herein.

Smokie strich sofort zwischen meine Beine, dann stolperte Viktor über die Katze. Sie schien fetter geworden und bewegte sich tapsig. Als sie mich anschaute, sah ich, daß ihr ein Auge fehlte. Das andere blickte mit gleichmütigem Interesse.

»Was ist mit Smokie passiert?« fragte ich.

Fred zuckte mit den Achseln. »Die anderen Katzen mochten ihn nicht.«

»Echt?« Ich wußte nicht, warum ich in unseren alten Tonfall verfiel; es schien mir wohl einfacher, *so* mit Feuerstein zu reden.

»Na ja«, sagte Fred und musterte unverfroren meinen Ballonbauch. »Ich war nicht dabei … Denk es mir nur, weil …« Er legte den Kopf schräg und hob spöttisch die Augenbrauen. »Wollt ihr 'n Bier?«

Er lotste uns in ein Zimmer, das groß und leer wirkte. Zwei alte schmächtige Holzschränke standen herum, an denen die Katzen deutliche Spuren hinterlassen hatten. Die Stühle und der winzige runde Tisch sahen wie Gartenmöbel aus.

Als ich mich in den Korbstuhl setzte, knirschte er leise, als wäre es ihm zuwider, mich zu tragen.

Fred verschwand, und Viktor wanderte umher und blätterte schließlich den Kalender an der Wand durch. Es war ein Abreißkalender: jeder Tag ein Witz. Viktor lächelte nicht einmal.

Fred stellte die Flaschen vor uns hin. Für Gläser gab es keinen Platz auf dem Tisch, und offenbar besaß unser Gastgeber auch keine. In seinem Mundwinkel hing eine Zigarette, die nicht angezündet war. Er sah aus wie ein Junge, der Rauchen spielt. »Weshalb bist du gekommen?« fragte er nun geradeheraus und öffnete meine Flasche.

Ich schaute in seine Augen, die mir nicht mehr ganz so blau erschienen. Irgend etwas in seinem Gesicht war anders ... Aber er sah gut aus, besser als in den letzten Tagen unseres Zusammenseins. Das ärmellose T-Shirt ließ ihn muskulös und jung erscheinen. Um seinen Hals lag eine dünne silberne Kette, und er trug einen schlichten schwarzen Ring am kleinen Finger der linken Hand.

Viktor räusperte sich. »Es war meine Idee«, sagte er.

Fred warf ihm einen erstaunten Blick zu, einen Blick, als würde er ihn zum ersten Mal sehen. Zum ersten Mal *richtig* sehen.

»Es geht um Ihre Mutter ...«, sagte Viktor behutsam.

»Um Millies Mama? Was ist mit ihr?« Feuersteins Stimme klang einen Moment ehrlich besorgt; er mochte meine Mutter. Sie hatte ihm ein Paket in die Kaserne geschickt, als er es brauchte, als er ein bißchen Aufmunterung brauchte. Das würde er ihr nie vergessen.

Viktor schüttelte verärgert den Kopf. »Ich meine Frau Joditz, *Ihre* Mutter, Fred.«

»Warum siezt du mich?« fragte Feuerstein und lächelte schief. »Millies Freunde sind auch meine Freunde.«

Ich verschluckte mich an dem Bier, versuchte, den Husten zu unterdrücken, und verschluckte mich noch mehr. Weder Viktor noch Fred schlugen mir auf den Rücken; sie warteten einfach, bis ich fertig war.

»Deine Mutter behauptet seltsame Dinge über ... über Mila. Sie bedrängt uns, schiebt sich in unser Leben ...«

Fred lächelte und winkte ab. »Und deshalb macht ihr euch die Mühe, mich zu besuchen, ja?« Erst jetzt griff er nach Viktors Flasche und öffnete sie, ohne hinzusehen, mit einer langsamen spöttischen Bewegung. »Meine Mutter mischt sich oft in Sachen ein, die sie nichts angehen. Sie ist eine alte gelangweilte Frau mit ... gewissen Problemen ... Warum ignoriert ihr sie nicht einfach? So kommt man noch am besten mit ihr klar.«

»Es ist leider nicht so einfach, sie zu ignorieren«, sagte Viktor. »Sie ruft mich dauernd an, schickt anonyme Briefe, horcht Milas Bekannte und Freunde aus ... Und sie hat gewisse Gerüchte in Umlauf gebracht ...«

»Gerüchte ...?«

»Sie behauptet, Mila wollte Sie ... wollte dich vergiften ...«

»*Wollte*?« Fred lachte laut, und es klang so abrupt wie ein Hundebellen. »Millie, Süße, du *hast* mich vergiftet ... Meine Mutter hat dir eingeredet, ich sei impotent, und du hattest nichts Eiligeres zu tun, als mir diese Fische zu servieren. Aber Schwamm drüber. Ich bin ja nicht so.«

»Fred, es war ein Versehen, ein Unfall. Woher sollte ich wissen, daß sie nicht mehr ganz frisch waren?«

Smokie hüpfte plötzlich auf meinen Schoß; ich war zu aufgeregt, um mich zu erschrecken. Ich streichelte ihn widerwillig und fragte mich, ob er mich wiedererkannte. Wohl kaum. Wäre er sonst auf meinen Schoß gesprungen?

»Ja«, sagte Fred, »woher solltest du das wissen ... Natürlich glaube ich dir.« Er trank seine Flasche in einem Zug leer und stellte sie behutsam ab. »Natürlich war es ein Unfall; es ist ja noch mal gut ausgegangen. Schließlich lebe ich noch.«

Smokie beobachtete mich mit dem übriggebliebenen apfelsinenfarbenen Auge, und ich versuchte, ihn von meinen Knien zu schubsen.

»Auf das Leben«, sagte Fred und prostete mir zu. »Auf die Liebe und das Leben.«

»Auf die Liebe zum Leben«, murmelte ich und schob Smokie so freundlich ich konnte von meinem Schoß.

Viktor saß steif auf seinem Stuhl. Seine Hände lagen auf dem Tisch, und er rührte das Bier nicht an. »Ihre Mutter behauptet, Mila bekommt ein Kind von *Ihnen*.«

»*Deine* Mutter behauptet, Mila bekommt ein Kind von *dir*«, verbesserte Fred.

Viktor schaute irritiert, als sei ihm das Du entfallen, das Fred so kategorisch festgelegt hatte. »Wir möchten dich bitten«, sagte er schließlich, »mit deiner Mutter zu reden. Du weißt, daß sie lügt. Du weißt, daß sie Mila nur schaden will. Du weißt, daß du nicht ...« Er griff nach dem Hals der Flasche, als wollte er sie erwürgen.

»Ich weiß, daß ich nicht der Vater eures Kindes bin«, beendete Fred den Satz.

Viktor erhob sich plötzlich und taumelte zur Tür. »Komm, Mila«, sagte er heiser. Er sah so blaß und elend aus, daß es mir wehtat. Trotzdem blieb ich noch einen Moment sitzen und trank das Bier aus. Ich wollte Viktor nicht nachspringen. Ich wollte Fred nicht zeigen, daß er gewonnen hatte.

»Du hast dich verändert«, sagte ich leise. »Wo ist der Kohlenstaub? Hast du eine neue Freundin, oder wäschst du dich jetzt selbst?«

Fred lachte angestrengt. Ich sah seinen Adamsapfel auf und nieder hüpfen.

Gemächlich schob ich mich aus dem Stuhl und stemmte meine Hände in die Hüften. Das Kind regte sich nicht. Es schien zu schlafen oder zu lauschen.

Viktor wandte sich noch einmal widerwillig nach Feuerstein um. »Und?« fragte er. »Sprechen Sie ... Sprichst du mit deiner Mutter?«

»Na klar«, antwortete Fred. »Obwohl ich nicht glaube, daß das viel Sinn hat. Sie ist sehr ... starrköpfig. Und sie hat eine Menge über dich herausgefunden, Millie. Mehr als dir lieb sein wird.«

Er öffnete die Tür, und der Gestank der Katzen schlug uns entgegen.

»Und du willst Smokie wirklich nicht mitnehmen?«

Ich schüttelte den Kopf.

»Die Katze gehört Mila, aber sie will sie nicht haben«, sagte er zu Viktor. »Da kann man nichts machen, was? Ein hübsches Tier und wertvoll, ein echter Perser, aber sie ... du willst nicht, was?«

»Nein«, sagte ich.

»Dann nicht«, sagte er.

Wir saßen in Viktors Wagen, einem türkisgrünen Hyundai mit elfenbeinfarbenen Bezügen. Viktor sah immer noch weiß aus.

»Viktor«, flüsterte ich, »es tut mir leid …«

»Was tut dir leid?« fragte er unwirsch.

Ich überlegte. Was tat mir leid? Ich stellte mir vor, wie mir zumute wäre, wenn wir die Schimpansenfrau besucht hätten.

»Du weißt schon …«, sagte ich zögernd.

»Allerdings«, sagte Viktor. »Allerdings.«

Er fuhr viel zu schnell, donnerte durch Schlaglöcher und haarscharf an den Baustellen vorbei. Das Kind trat mit aller Kraft. Viktor beschleunigte in einer Kurve; ein Baum flog auf uns zu, aber er riß das Steuer herum.

»Verdammt!« schrie ich, eher ungläubig als erschrocken. »Willst du uns umbringen?«

Viktor bremste scharf, und der Gurt schnitt in meinen Bauch.

»Warum hast du mit ihm geflirtet?« fragte er.

»*Was* habe ich?«

»Du hast mit ihm geflirtet.«

Mir fiel nicht ein, was ich entgegnen sollte. Ich sagte nichts und verdrehte die Augen und stöhnte.

»Du hast sein Kasperlespiel mitgemacht und mit ihm geflirtet.«

Viktor war eifersüchtig! Eifersüchtig auf Feuerstein! Wie schön für mich. Wie schrecklich.

»Wir sollten nach Hause fahren und in Ruhe darüber reden«, sagte ich, als wäre ich jemand, der auf ihn aufpassen mußte.

Viktor schwieg und schaltete das Radio an und stellte es sehr laut. Dann fuhr er wieder los. Ein monotoner Rhythmus hämmerte auf uns ein; aus den Lautsprecherboxen schossen harte sinnlose Töne. Nach einer Weile drehte er das Techno-Gewummer ab und sagte:

»Du hast es von Anfang an geplant, stimmt's?«

»Was?«

»Das Kind. Du *wolltest* es … von Anfang an.«

KAPITEL XXII – CORNFLAKES

Ich stehe halbverdeckt hinter der schweren Gardine. Der Raubvogel hockt wie eine Statue keine drei Meter entfernt. Ein bißchen Glas ist zwischen uns, aber ich könnte das Fenster öffnen oder die Tür. Ich könnte einen Schritt auf ihn zugehen oder zwei. Die Hand ausstrecken nach dem glänzenden Gefieder oder wenigstens einen Finger. Vielleicht ist er ja an Menschen gewöhnt. Vielleicht wird er ab und zu gefüttert. Vielleicht wartet er darauf, daß ich mich zeige.

Der Kopf meiner Tochter lehnt schläfrig an meinem Hals. Ich weiß nicht, ob sie sieht, was ich sehe. Dieses seltsam weiße Licht. Den großen fremden Vogel. Ich rühre mich nicht. Ihr Atem wird gleichmäßig, ihr Körper schwer. Ich schleiche zum Bett und lege sie – langsamer als in Zeitlupe – dort ab. Wie schön sie ist, wenn sie schläft, wie verwundbar. Vielleicht würde der Vogel sich auf sie stürzen, wäre das Glas nicht.

Ehe ich den Blick von ihr wende, schlägt sie die Augen auf und schaut verwirrt um sich. Sie schreit, dringend, gellend, empört. Ihr Gesicht ist nun rot und verzerrt. Ich genehmige mir ein Stöhnen, dann werfe ich mich zu ihr und biete ihr meine Brust. Sie saugt sich in den Schlaf zurück.

Mein Blick schwenkt zum Fenster hinüber. Der Vogel ist nicht mehr da. Ich schiebe Alice den kleinen Finger in den Winkel ihres Mundes, und sie gibt mich frei – diesmal ohne zu erwachen.

Ich laufe hinaus, über den Platz, auf dem mein nichtvorhandenes Auto steht, an Johns verbeultem Ford vorbei, und schaue in den Himmel wie Hans-guck-in-die-Luft. Aber es gibt nichts zu gucken. Jedenfalls keinen Adler. Ein maisgelber Schulbus fährt an mir vorbei – mit ein paar an die Scheiben geklebten Kindergesichtern. Ich winke ihnen zu und zeige auf den Vogel, den ich plötz-

265

lich doch noch entdeckt habe, und der über uns kreist, als wäre das große gelbe Ding da weit unten eine lockende Beute. Ich springe auf und ab, wedle mit den Armen, als könnte ich das Tier zur Landung bewegen. Die Kinder auf der letzten Bank drehen sich Kaugummi kauend nach mir um.

Die Luft ist klar und süß und salzig, der Wind wirbelt mir das Haar ins Gesicht. Einen Moment denke ich daran, die Schwingen auszubreiten und dem Adler zu folgen. Ein leichtes Brodeln im Bauch, ein paar kräftige Flügelschläge, die Energie, die mich hinaufhebt in den Himmel, Felder, Stück für Stück, wie auf einem Fließband, und dann das Meer. Doch meine Arme sind dünn und schwer. Die Uhr rutscht um mein Handgelenk. Mir wachsen keine Federn. Ich kann nur hier stehen und die Luft einsaugen. Eine Luft, die sich mit dem weißen Licht mischt, sich in ihm aufzulösen scheint, wie Eis in einem Cocktail. Etwas rinnt mir kalt die Kehle hinab und füllt meine Lungen.

Ich huste und japse und huste. Jemand schlägt mir auf den Rücken, erst sacht, dann härter, dann ruht sich seine Hand einige Herzschläge lang zwischen meinen Schulterblättern aus. Ich blinzle John zu. Es ist das erste Mal, daß er mich berührt.

Die Vormittage während meiner Schwangerschaft verliefen gleichmäßig und äußerst langweilig. Bis zum Termin waren noch einige Wochen Zeit. Doch mittlerweile mißtraute ich dem Datum. Mein Bauch konnte unmöglich noch größer werden, das Baby noch weiter wachsen. Ich übte richtig zu atmen – die Luft durch die Nase saugen, in den Bauch hinein und langsam auspusten –, las all die grausigen Berichte über Geburten und massierte meinen Damm, von dem ich bis vor kurzem nichts wußte, mit Johanniskrautöl. Das Kind sollte möglichst aus mir hinausflutschen.

In meinen Schamlippen staute sich das Blut, als wollten sie platzen. Viktor schlief nicht mehr mit mir. »Ein Orgasmus kann bei einer Hochschwangeren Wehen auslösen«, teilte er mir mit. Er verriet mir nicht, woher er seine Weisheit hatte. »Gelesen«, murmelte er. »Wo?« hakte ich nach. »Irgendwo«, sagte er.

An den Vormittagen lief ich in der Wohnung umher, griff aus dem Kühlschrank, was sich so bot: Bohnensalat mit Schafskäse, hartgekochte Eier mit Seehasenrogen, französischen Camembert mit Feigenmarmelade, Schinken, den ich mit Avocado, Meerrettich und Senf beschmierte.

Einmal zog ich all die schwarzen Sachen an: den Body, die Strümpfe und den Pullover von Frau Lehmann. Ich ertrug den Juckreiz gelassen, lief auf und ab, aß und trank, und meine Haut beruhigte sich allmählich.

Ich strippte ein bißchen vor dem Spiegel und staunte über meinen entblößten Bauch. Warum liebte Viktor meinen Leib nicht so wie ich? Warum begehrte er mich nicht so, wie ich mich begehrte?

»Ich liebe dich«, sagte ich zu dem Kopfkissen und klemmte es zwischen die Schenkel. An mein Geschlecht reichte ich nicht mehr heran.

Ich meinte es ernst. Ich liebte mich wirklich. In diesem Augenblick und auch noch im nächsten.

Nach jedem Orgasmus wurde mein Bauch hart wie ein Brett.

So verbrachte ich die Vormittage.

Warum liebte Viktor mich nicht mit unserer Tochter im Bauch?

»Ich liebe dich«, sagte ich zu Viktor und wartete ab, was passierte. Natürlich war ich wieder unauffällig gekleidet, mit einer weiten Hose mit verstellbarem Bund und einem lappigen XXL-Second-Hand-T-Shirt. Die schwarzen Sachen ruhten im Schrank, versteckt hinter Nachthemden, die mir nicht mehr paßten.

Er wich meinem Blick nicht aus. »Ich liebe dich auch«, sagte er ernst. Er saß am Schreibtisch, an seinem Computer. Seine Fingerkuppen berührten die Tastatur, und er schaute mich mit geweiteten Augen an. Wenn ich ihn störte, zeigte er es zumindest nicht. Allerdings zeigte er auch nicht gerade, daß ich willkommen war.

»Störe ich dich?«

»Du störst mich nie«, behauptete er. Es klang spöttisch, oder? Ich versuchte, in seinem Gesicht zu lesen. Er hob die Hände und verschränkte sie hinter dem Kopf. Es sah aus, als wollte er sich ergeben.

»Wirst du bei der Geburt dabei sein?« Ich wußte, es klang wie Erpressung. Vielleicht sollte es so klingen.

Er hörte nicht auf zu lächeln, aber seine Lippen schienen sich zusammenzuziehen. »Nein«, sagte er. »Ich kann nicht, Mila.«

»Du *kannst* nicht?«

Er schüttelte den Kopf. Ich sah, daß er blaß wurde.

»Warum …? Darf ich das fragen? Warum kannst du nicht?«

Viktor holte tief Luft. Aber er antwortete nicht. Er runzelte die Stirn und schwieg.

Ich ging zu ihm und setzte mich auf seinen Schoß als wäre nichts. Sollte er spüren, wie schwer das Kind war. Sein Kind. Er konnte es nicht mehr fortzaubern. Eltern haften für ihre Kinder. Das stand auf jedem seiner Baustellenzäune. Schwarz auf gelb. Er legte seinen Arm um mich. Auf seiner Stirn saß Schweiß, und er senkte die langen Wimpern. Ich streichelte sein Gesicht mit meinen Lippen. Küßte die weiche Haut unter seinen Augen, knabberte an seinen Stoppeln. Ich gab mir wirklich Mühe mit ihm.

»Du brauchst mir nichts zu erklären«, raunte ich in sein Ohr. »Ich bin dir nicht böse.«

»Wirklich nicht?« fragte er zweifelnd.

»Wirklich nicht«, log ich.

»Du mußt mir nichts sagen. Nur wenn du selbst es willst.«

Er nickte.

»Ich möchte dich nur verstehen können, das ist alles.«

»Ich verstehe mich ja selbst nicht«, murmelte er.

Ich blieb auf ihm sitzen, bis er mich fortschob. »Möchtest du etwas trinken?« Er drängte mich sanft, aber bestimmt, mit beiden Händen.

Viktor brachte mir ein großes Glas frischgepreßten Zitronen-Orangen-Saft. Ich trank gierig und ohne mich zu bedanken alles aus.

Natürlich bekam ich schreckliches Sodbrennen davon.

Er wird mich verlassen, dachte ich. Früher oder später.

»Es ist ein Mädchen«, sagte ich.

»Das ändert nichts«, sagte er.

»Millie, Süße, wie geht's dir denn?« fragte er besorgt.

Feuerstein roch nach Bier, und ich wußte, daß ich die Tür schließen mußte, bevor er über die Schwelle trat, ihn nicht einlassen durfte.

»Wie soll's schon gehen«, sagte ich, so gleichgültig ich konnte. Es war Vormittag. Ich trug Viktors Bademantel und darunter den Body und die Strümpfe, in die ich vor wenigen Minuten kleine Schlitze geschnitten hatte, damit sie mir nicht ins Fleisch kniffen.

»Du liebe Güte«, sagte Fred. »Du bist aber ... groß geworden«, stammelte er.

»Du meinst dick«, sagte ich.

Feuerstein nickte verlegen. Ich ließ ihn ein.

Er war nicht betrunken. Oder nur ein bißchen.

Er hatte einen fleckigen Leinenbeutel dabei, in dem die Flaschen klirrend gegeneinander stießen. »Es gibt was zu feiern«, sagte er.

Er drängelte an mir vorbei und tätschelte meinen Hintern.

Ich protestierte ein wenig und dachte: Warum nicht, schwanger kann ich schließlich nicht werden von ihm.

»Ich wollte nicht allein feiern«, erklärte Feuerstein. »Millie, du warst und bist ... meine liebste Freundin.«

Vielleicht war er doch betrunkener, als er aussah.

»Es ist wohl besser, wenn du jetzt gehst«, sagte ich lahm.

»Ach ja? Du hast mir noch gar nicht eure Wohnung gezeigt!« Er zog einen Schmollmund. »Habt ihr schon 'n Kinderzimmer? Sicher, was? Du hast längst alles eingerichtet, oder? Ich wette, die Gardinen hängen bereits. Sind sie rosa oder blau? Zeig's mir doch mal!«

Ich seufzte tief. »Feuerstein ... wozu ...? Was *willst* du ...?«

Fred schnalzte mit der Zunge und betrachtete sich in Viktors goldumrandeten Spiegel. »Hübsch, wirklich hübsch«, sagte er. »Da gibt es nichts dran auszusetzen, oder?«

Ich zuckte mit den Schultern. Wollte er, daß ich dem Spiegel ein Kompliment machte oder ihm? »Nein, nichts«, sagte ich.

»Und ihr seid so richtig glücklich …« Fred fragte nicht, also mußte ich nicht antworten. »Na klar«, sagte ich trotzdem.

»Wie schön. Ich freue mich für dich.«

»Das tust du nicht«, sagte ich. »Also, Fred, warum bist du hier?«

»Zeigst du mir die Küche, Millie? Die Küche kannst du mir doch zeigen, Schatz. Wir trinken was und plaudern ein bißchen, und dann gehe ich wieder.«

Ich dachte an den Abwasch, der in der Spüle stand, die klebrigen Teller und Tassen, und schüttelte den Kopf.

»Plaudern über alte Zeiten. Ich meine über *ganz* alte. Du hast ihn geliebt, stimmt's?«

»Von wem redest du?«

»Ach, Millie … Weißt du das nicht? Erinnerst du dich nicht? Wie kam wohl das Blut auf meine Hose? Hältst du mich wirklich für so dämlich?«

»Welches Blut?« fragte ich, um Zeit zu gewinnnen. Mein Herz setzte aus, um dann in einen holprigen Takt zu stolpern.

»Das Blut auf *meiner* Hose. Im Kino. Erinnerst du dich denn gar nicht? Du hattest diese Uhr gekauft … Also wir haben einen von diesen Filmen gesehen, einen von den üblichen … Nichts Besonderes … Wie hieß er doch gleich? Mit der Blonden … Die mit den süßen Titten … Na, du weißt schon … Und dann war das Blut auf meiner Hose. Das Blut von Herrn Kraus«, antwortete er sanft.

»Ich weiß nicht, wovon du redest.«

Feuerstein schüttelte den Kopf. »Das weißt du nicht? Ich rede von deinen Händen. Ich erinnere mich ziemlich genau. Soll ich's dir erzählen?«

»Du hast getrunken.«

»… ein bißchen, Millie, ein bißchen … Na und? Ich weiß, was ich sage, Süße. Ganz genau … weiß ich das.«

»Ach ja?«

»Ich rede von deinen Händen, von dem Blut, von deiner Uhr. Eine hübsche Uhr, wirklich. Ich trage sie noch …« Er streifte den Ärmel seiner Jacke behutsam zurück und ließ die Zahlen rot leuchten. »Sie geht jetzt richtig«, murmelte er. »Aber wenn du willst, ver schieben wir die Zeit … Sagen wir … so 'n Viertelstündchen zurück. Ein Viertelstündchen reicht, ja?«

»Na schön, Feuerstein …« Meine Zunge fuhr unwillkürlich über meine Lippen und machte sie feucht. »Na schön … Und was genau willst du damit sagen?«

»Es ist gefährlich, von dir geliebt zu werden.«

Widerwillig lächelte ich. »Kann schon sein.«

»Ich könnte zur Polizei gehen.«

»Na, komm«, sagte ich, »komm schon, ich zeige dir die Wohnung.« Ich ließ den Bademantel von meinen Schultern gleiten, nahm seine Hand und stieß die Tür zum Schlafzimmer auf.

Wir spielten nicht lange miteinander herum.

Er lag hinter mir und faltete meine Schamlippen auseinander und drang in mich ein. Ich kam schnell, fast zu schnell, leicht und süß wie Zuckerwatte.

Feuerstein arbeitete noch eine Weile an seiner Explosion. Ich stellte mir vor, wie mein Kind den Stößen lauschte und dem lauten fremden Atem.

»Es gibt wirklich etwas Neues«, sagte er, als er sich die Hose hochzog. »Ich war beim Arzt, Millie. Er meint, ich bin okay. Er hat lauter Untersuchungen veranlaßt und sagt, es gibt keinen Grund anzunehmen … ich wär zeugungsunfähig.« Feuerstein sprach, als würde er eine schwer entzifferbare Schrift lesen. »Mit mir stimmt *alles*, Millie. Siehst du's ein?«

»'türlich«, antwortete ich und rekelte mich zufrieden. »Natürlich bist du okay, Fred.«

»Du machst dich nicht lustig, nein?«

Ich schüttelte den Kopf. Fred zog eine Flasche aus seinem Beutel und drehte den Verschluß auf. Es war irgendein brauner Schnaps. Cognac oder Whisky oder Rum. »Ich hab's dir immer ordentlich besorgt, oder etwa nicht«, murmelte er, bevor er die Flasche an die Lippen setzte.

»Na sicher«, sagte ich.

Viktor kam etwas früher als sonst. Aber ich lauerte schon lange auf ihn.

Fred lag auf dem Bett und schnarchte. Er verströmte einen süßlichen Geruch nach Alkohol, Sperma und Schweiß. Die Flasche war leer.

»Er hat mich dazu gezwungen«, sagte ich. »Er hat mich vergewaltigt.«

Meine Stimme zitterte. Ich schluchzte und heulte und rieb mir die Augen. Um die Handgelenke hatte ich mir rote Striemen gekratzt, und ich achtete darauf, daß Viktor sie sehen konnte. Ich zog das Messer unter dem Kopfkissen hervor und reichte es ihm.

Er hielt die Waffe in der Hand, als sollte er eine Geburtstagstorte anschneiden.

»Du mußt«, sagte ich hysterisch, »es ist Notwehr!«

Viktor bedachte mich mit einem mitleidigen Blick, klappte das Messer zusammen und steckte es in die Hosentasche. Ich schluchzte enttäuscht.

Viktor legte beide Arme um mich und sagte: »Schsch. Schon gut. Schsch.«

Einen Moment glaubte ich, ich sollte nicht so laut sein, damit Fred nicht aufwachte.

»Du mußt es tun«, wiederholte ich.

Viktor schüttelte den Kopf. »Bist du wahnsinnig? Wie stellst du dir das vor? Das wäre keine Notwehr, sondern Selbstjustiz!«

Ich heulte ein bißchen und rieb meine Handgelenke. »Du *mußt* es tun! Er hat mir *so* weh getan …«

»Mila, bitte … Es *geht* nicht. Wir würden im Knast landen, alle beide. Außerdem kann ich kein Blut sehen. Mir wird schlecht davon. Sei mir nicht böse …«

Ich lachte und wand mich aus seinen Armen und trat ans offene Fenster.

»Mila«, sagte Viktor besorgt. »Geh da weg. Du wirst dich erkälten!«

Ich legte die Hände auf das Fensterbrett und beugte mich ein Stück vor.

»Mila, bitte … Du bekommst eine Lungenentzündung.«

Ich versuchte, ein Bein hinaufzuschwingen.

»Mila …«

Aber es gelang mir schon nicht, die Schuhe zuzubinden, geschweige denn ein Bein aus dem Fenster zu schwingen.

»Und was willst du tun?« fragte ich frostig.

»Wir rufen die Polizei«, schlug er vor.

»Ha. Er wird das Gegenteil behaupten. Aussage steht gegen Aussage. Das Ermittlungsverfahren läuft zwei Jahre und wird dann eingestellt. Alles verrinnt im Sand. Unser lieber Rechtsstaat schützt die Täter vor den Opfern. Ich habe keine Lust auf entwürdigende Verhöre.«

Meine kleine Rede mußte Viktor beeindruckt haben. Als ich mich umdrehte, zog er Fred vom Bett und warf ihn gegen die Wand, wie den Frosch im Märchen. Fred sackte in sich zusammen und lächelte.

Viktor wuchtete den Eindringling noch einmal hoch und warf ihn noch einmal gegen die Wand. Fred blinzelte schläfrig. Er lag ausgestreckt auf dem Boden, die Arme angewinkelt, wie früher, wie im Englischunterricht.

Viktor musterte mich plötzlich erschrocken, und ich schaute an mir herunter. Der Body war etwas eingerissen; Fred hatte die blöden Druckknöpfe nicht gleich aufbekommen. Die Strümpfe hatten Laufmaschen und Löcher.

»Hat er dich gezwungen, *das* anzuziehen?«

Ich nickte. »Was sonst?« Ich zog trotzig die Nase hoch.

»Dieses Schwein«, sagte Viktor fassungslos. Er stand so verloren da, daß ich fürchtete, er habe einen Schock. Seine Augen sahen glasig aus. Er stand steif da wie eine Schaufensterpuppe.

»Zieh dir was anderes an!« sagte er plötzlich barsch.

»… erst mal duschen …«, hauchte ich, als würde mir die Stimme den Dienst versagen. Viktor nickte.

Ich duschte ausgiebig, putzte die Zähne und kämmte mich. Mir war nach Pfeifen zumute, aber ich hielt mich zurück. Ich lauschte. Aus dem Schlafzimmer drang kein Laut. Den Body und die Strümpfe warf ich in den Mülleimer.

In einem Schrank im Flur lagerten meine Sommersachen. Nach langem Suchen fand ich ein weites apricotfarbenes Kleid mit Puffärmeln. Zu meiner Verwunderung paßte es mir noch, obwohl es über dem Bauch wie eine zweite Haut spannte. Ich zog ein Bikinihöschen unter; etwas Sand rieselte mir die Schenkel entlang. Leise summte ich das Scott-McKenzie-Lied. Gab es eigentlich einen Strand in San Francisco? Ich trat vor den Spiegel und fand, daß ich aussah wie ein schwangerer Käfer, dem jemand das dritte und das vierte Bein ausgerissen hat.

Ein unbestimmtes Hungergefühl trieb mich in die Küche. Ich schüttete Cornflakes in eine große Schüssel und aß sie ohne Milch. Manchmal hörte ich auf zu kauen, um zu lauschen. Aber ich nahm nichts wahr, keinen Laut, und aß weiter. Es knackte zwischen meinen Zähnen, als würde ich zarte Knochen zermalmen. Ich hockte auf dem Boden; der Kühlschrank hinter mir summte. Die Küchenuhr tickte. Tick Tack. Ich lächelte ihr zu. Sie war aus Holz, himmelblau und mit Rosen bemalt und erinnerte an eine Wiege. Sicher der Geschmack der Schimpansenfrau. Die Batterie trieb die Zeiger vorwärts. Tick Tack. Viktor, ich liebe dich. Tick Tack. Viktor, töte ihn. Tick Tack.

Die beiden Männer saßen auf dem Bett und tranken. Sie lächelten mir zu, als sie mich sahen. Sie hatten gerötete Augen und Wangen. Viktor trank aus der Flasche und reichte sie Fred. Fred trank aus der Flasche und reichte sie Viktor.

»Feiert ihr etwas Bestimmtes?« erkundigte ich mich.

»Milliedubisswundabaa«, lallte Fred. »Du bisso … umwerfenmitdeinm … Bauch.« Er lachte, und Speichel trat über seine Lippen. »Unhasson umwerfenn … Freund …«

Viktor klopfte auf das Kopfkissen. »Komm her, Mila«, bat er. Seine Augen waren noch glasiger geworden. Sie suchten nach mir und glitten vorbei. Sie sahen aus wie an Land gespülte Fische. Er trug sein Hemd schamlos offen. »Sei lieb und komm.« Er klopfte auf das Kissen, mit dem ich mich vor wenigen Stunden vergnügt hatte. »Komm schon, Mila.«

Die zweite Flasche war fast leer. Es war Whisky. Auf dem Etikett prangte ein Sternenbanner. »Wir trinken auf … Amerika«, klärte mich Viktor auf. Sein Gesicht glänzte. »Auf … San Francisco … Auf das Tor zur goldenen Welt … Also, ich meine …« Er überlegte einen Moment und kämmte gedankenverloren die Haare mit einer Hand. »Na, du weißt schon … Golden Gate … Auf das goldene Tor zur Welt …« Er lächelte zufrieden und schielte in meine Richtung. »Auf den Wind, der über die Bay pf … pfeift …« Er hob seinen Arm und ließ ihn fallen.

»Aufn Wind ist gut …« Fred lachte. »Der Wind, der Wind … 's himmlische Kind …«

»Frage den Wind, warum er kein Kind will«, sagte Viktor einen Moment plötzlich ganz klar. »Er wird dir ins Gesicht pusten.«

»Unauf … dich, Millie«, säuselte Feuerstein. »Unauf … unser Baby.«

»Auf *unser* Baby, so so. Wie lieb von euch.« Ich lächelte und blickte von einem zum anderen. »Schön, daß ihr euch so gut vertragt.« Die beiden nickten. »JawasdenkstduMillie.« Fred winkte mir zu, als wäre ich weit weg. Viktor steckte sich eine kalte Pfeife in den Mund.

In meinem Unterleib zog es, und mein Bauch wurde hart. Die erste Wehe. Was sonst.

»Es gibt da nur ein kleines Problem«, sagte ich.

»Schpcks … Schp … pucksaus Millie!« Fred lächelte breit und entblößte seine Zähne. Sie waren gleichmäßig grau. Viktor sog an seiner Pfeife. Sein Gesicht sah jetzt schweißnaß aus.

»Ich … ich … glaube … es geht los!«

»Was geht los?« fragte Viktor interessiert.

Ich legte die Hände auf den Bauch. »*Es* geht los.«

Einen Moment sagte niemand etwas. Fred glitt die Flasche aus der Hand. Der Whisky sickerte in das Daunenbett.

»Hört mal zu«, sagte ich. »Ihr müßt die Hebamme holen. Ich will eine Hausgeburt.«

Die beiden nickten, als wüßten sie, was zu tun sei. »'chrufsiean!« Fred warf seine Beine mit zu viel Schwung aus dem Bett. Er landete auf den Knien, verlor das Gleichgewicht und fiel gegen die Wand.

»Sie hat kein Telefon«, behauptete ich. »Sie wohnt auf dem Land …« Ich nannte den Namen eines Dorfes, das zwanzig Kilometer weit ab lag.

»Hausgeburt«, murmelte Viktor matt. Seine Stirn zog sich in Falten, und er legte einen Finger wie einen Revolver an die Schläfe.

Ich nickte unbarmherzig und stöhnte. Viktor biß hörbar auf die Pfeife. Die Haut spannte sich über seinen Kieferknochen.

»Ich fahre«, sagte Viktor langsam.

Ich schüttelte den Kopf und deutete auf Fred. »Er«, preßte ich heraus, »fährt mit«, hörte ich mich sagen.

Wieder nickten die beiden. »Ma … machdirkeineSorgenMillieSssss … süße …«

Ich streckte die Hand nach Viktor aus. Der Arm unter dem Hemd fühlte sich glatt und warm und lebendig an. »Geh«, sagte ich. Nicht, dachte ich. Ich rannte in der Wohnung umher, trat gegen die Whiskyflasche, dann riß ich das Fenster auf.

»Bleib!« schrie ich. »Bleib! Bleib!«

Viktor zerkratzte gerade mit dem Schlüssel den türkisfarbenen Lack. Dann fand er das Schloß. Er hörte mich. Er winkte mir zu.

Dann schob er Fred auf die Rückbank.

»Bye, bye!« rief er und stieg in den Wagen.

Ich ging in die Küche und aß Cornflakes. Ich weichte sie in Milch ein, damit sie nicht mehr knackten. Ich mochte jetzt keine Geräusche in meinem Kopf.

Die Wehen kamen alle drei bis vier Minuten.

Ich schaute eine halbe Stunde »Raumschiff Enterprise«, dann bestellte ich ein Taxi.

»Zum Flughafen«, sagte ich zu dem bärtigen Fahrer.

Er warf einen irritierten Blick auf meinen Bauch.

»Das sollte ein Scherz sein«, erklärte ich gutmütig.

KAPITEL XXIII – ZWIEBEL

Alice sitzt nur mit einer Windel bekleidet auf dem nackten Boden des neuen Motels und weint monoton. Wir haben die Koffer noch nicht ausgepackt. Ich bereite einen Bananenmanschbrei für sie zu. »Sie hat Hunger, und sie ist müde«, sage ich zu John, obwohl er nicht gefragt hat. »Und sie hat das Herumfahren satt.« John sagt nichts dazu, er zieht sich in die Küche zurück, und als er wiederkommt, hält er einen großen Plastebecher in der Hand. Er setzt sich zu Alice und schüttet Eiswürfel vor ihre Füße. Das Gesicht der Kleinen ist vom Heulen ganz verschwollen, Tränen rinnen über ihre Wangen, unablässig und sanft wie Dauerregen im Sommer. John schiebt das Eis an ihre nackten Zehen, und die Tropfen hören beinahe sofort auf zu fallen.

Das Telefon klingelt, und John sagt seine üblichen Yes-No-Okay-Sätze. Er gibt einen Termin für den nächsten Tag an wie ein Arzt. Vielleicht ist er ja eine Art Doktor, ein Wunderheiler, der durch Handauflegen heilt. Seine braunen Augen sind schmal, sein Haar rabenschwarz. Seine Urgroßmutter, die Mutter der Mutter seines Vaters, sei Indianerin gewesen. Vielleicht kennt er sich aus mit Geheimnissen, mit flattrigen Seelen und kränkelnden Körpern. Es würde mich nicht wundern.

Alice beugt sich vor und greift nach den Eisstücken. Sie strahlt, die Wangen noch naß, quiekt vor Erstaunen. John lacht zufrieden. Er füllt ihre Hände mit den gefrorenen Würfeln.

»In Deutschland ich habe Eiszapfen gepflückt und daran geleckt«, erklärt er mir fröhlich. »Deine Kind sieht nur Sonne, Sonne, Sonne ...«

Ich löse meinen Blick von seinen Lippen, schiebe Alice den Brei auf einem gelben Löffel in den Mund. John legt ihr Eisstücke auf Kopf, Schultern und Beine. Sie hält still, rührt sich ein paar Sekunden nicht. Ich unterdrücke den Impuls, aufzuspringen und ein Handtuch zu holen. Sie wird schon keine Lungenentzündung bekommen.

»Ich habe nichts gegen Sonne«, sage ich leise. »Die Sonne hier meint es gut mit uns. Sie verbrennt nicht einmal Babyhaut.«

John schiebt das restliche Eis zusammen und beginnt einen Turm zu bauen. Das gläserne Gebilde sackt gleich wieder in sich zusammen.

»Du willst bleiben …« Es klingt nicht wie eine Frage, und ich widerspreche nicht. »Du und deine Kind …«

»Dein Kind«, verbessere ich automatisch.

John lutscht an einem Eiswürfel. »Ich habe keine Kind«, sagt er. »Aber ich mag deine Baby, wirklich.«

Ich atme tief ein und wieder aus. Meine Zunge wird trocken, mein Hals schnürt sich zu. Viktor sitzt unübersehbar auf dem mit Samt bezogenen Kanapee und verschränkt die Arme. Sein Gesicht ist leichenblaß, aber kein bißchen verkohlt. Es sieht eher so aus, als überzöge eine dünne Eisschicht seinen Körper.

Ich kann John nicht einfach so fragen. Noch nicht.

Ich weiß zu wenig von ihm. Ich weiß so gut wie nichts.

Vielleicht ist er ein steckbrieflich gesuchter Frauenmörder?

Und *wie* soll ich ihn fragen?

Könntest du mir einen Gefallen tun und mich in der nächsten oder übernächsten Woche heiraten? Würde es dir etwas ausmachen, eine Scheinehe mit mir zu führen?

Soll ich ihm Geld bieten? Meinen Körper?

Er scheint weder an dem einen noch an dem anderen sonderlich interessiert. Er behandelt mich eher wie eine Schwester oder Cousine.

»Ich wünsche mir, ich hätte eine Baby wie deine«, sagt er plötzlich und hebt Alice hoch und hält sie über unseren Köpfen, daß ihr das Bananenmus aus dem Mund tropft. »Schade, daß ich nicht gebären kann eine süße Baby.« Er lacht laut über seinen Witz und weicht geschickt dem klebrigen Brei aus.

Ich lag nackt auf dem Klinikbett und versuchte, nicht an Viktor zu denken.

Eine Schwester rasierte mich mit ruppigen ungeduldigen Bewegungen zwischen den Schenkeln. Ich starrte auf die Kachelwand, um nicht den dauergewellten grauen Kopf sehen zu müssen. Eine Wand aus grünen, spiegelglatten Kacheln. Sie reflektierten das künstliche Licht und schienen mich anzuglotzen. Die Frau arbeitete schweigsam; schob Zäpfchen in mich hinein und prüfte den Muttermund. Sie trug Gummihandschuhe und roch nach Haarspray und Desinfektionsmittel. »Zwei bis drei Zentimeter«, sagte sie.

»Was?«

»Ihr Muttermund ... Drei Zentimeter ...«

»Das heißt, es geht jetzt los?«

Die Schwester lachte kurz und trocken. »Sonst wären Sie wohl nicht hier, oder? In ein paar Stunden schaukeln Sie Ihr Baby im Arm.«

»In ein paar Stunden ...? Aber der Termin ...«

»Vergessen Sie den Termin!« sagte sie streng. »*Jetzt* brauchen Sie nicht mehr zu rechnen.«

»Wird es ... schlimm?«

Die Schwester hob den Kopf und musterte mich mit einem flüchtigen Blick. »Versuchen Sie sich das Schlimmste vorzustellen, dann wird es halb so schlimm ...«

»Na fein«, murmelte ich. Das Schlimmste. Was zum Teufel war das Schlimmste?

»Keine Sorge. Die meisten überleben es.« Die Frau lachte fröhlich. »Jetzt gehen Sie erst mal duschen.«

Ich erhob mich schwerfällig, das Kind drückte zur Erde. Die Schwester lief eilig davon. Ihre Schritte hallten. Irgendwo hinter den Wänden schrie eine Frau, als hätte jemand auf sie geschossen. Ich stellte mir vor, wie etwas diesen Leib zerfetzte. Ich stellte mir vor, wie etwas meinen Leib zerfetzte. Dann wankte ich den Flur hinab und fand die Dusche.

Alice ließ sich Zeit. Sie kam beinahe einen Monat vor ihrem Termin, aber jetzt ließ sie sich Zeit.

Ich lief Runde für Runde um einen kleinen Tisch, auf dem Babyhefte lagen. Zeitschriften für Eltern, Werbebroschüren für Windeln, Breie und Säfte, Wundcreme und Öl. Die Babys in den Heften sahen vollkommen aus. Sie lachten und glänzten oder streckten die Arme siegessicher in die Luft, und keines sabbelte oder schrie oder hatte eine Rotznase. Manche schienen von innen zu leuchten, als hätten die Fotografen kleine Lämpchen in ihnen angeknipst.

Wenn eine Wehe kam, ging ich ans Fenster, das einen Spaltbreit offenstand, und atmete in die kühle klare Luft des beginnenden Morgens.

Eine Siebzehnjährige gesellte sich zu mir. Sie lief auf und ab und stemmte ihre Hände in die Hüften. Trotzdem erschien mir ihr Bauch eher klein. Sie hatte ein rundes Gesicht und blonde strähnige Haare. Nach einer Weile setzte sie einen Walkman auf und hörte Techno-Rhythmen. Sie lächelte mir zu, und manchmal nahm sie das Gerät ab und sagte ein paar Worte.

Sie war zwei Wochen über den Termin, aber es tat sich noch nichts. Sie hatten ihr ein Mittel gegeben, und sie sollte herumlaufen und Wehen bekommen. Sie wippte auf den Fußballen hin und her und knabberte an ihren Fingern herum und trank aus einer Colabüchse. Sie schien sich zu langweilen. Sie sah aus, als würde sie eine Freistunde auf dem Schulkorridor verbringen. Unsere Kinder würden vermutlich am selben Tag zur Welt kommen, am selben Ort, vielleicht sogar zur selben Stunde.

»Raumschiff Enterprise« schien mir wirklicher als dies hier.

Der fremde Planet lag nicht in irgendwelchen unendlichen Weiten. Der fremde Planet war ich selbst, mein Körper, mein Bauch. In mir lebte ein anderer Mensch, und eine unbekannte Kraft drängte ihn aus mir heraus.

Ich ging breitbeinig ans Fenster und atmete gegen die Wehe oder über sie hinweg. Der Himmel nahm langsam eine weißlichgraue Farbe an.

Zwischen zwei heftigen Wehen bekam ich plötzlich Hunger. Seit den Cornflakes hatte ich nichts mehr gegessen. Ich spähte aus dem Fenster. Ein paar Meter unter mir öffnete ein Dönerstand. Eine Wolke Zwiebelduft stieg beinahe sofort zu mir hinauf. Essen war hier verboten. Mein Darm war geleert worden, gereinigt wie ein schmutziger Schlauch. Man wünschte sich eine möglichst saubere Geburt. Wenn schon nicht zu verhindern war, daß Blut floß. Die Zwiebel wollte nicht aus meinem Kopf verschwinden. Eine dicke, saftige, glasige Zwiebel. Eine wundervolle Zwiebel, nackt und bereit, ihr Leben für mich zu lassen.

»Na, kommen Sie mal«, sagte eine Stimme freundlich. Sie schwebte irgendwo über mir. Ich lag auf dem Boden. Die letzte Wehe mußte mich umgeworfen haben. Oder der Hunger.

Auch im Kreißsaal war alles grün und gekachelt und sauber. Ich stellte mir vor, daß sie, wenn das Blut an die Wand spritzte, es einfach nur mit einem nassen Tuch abwischen mußten. Der Zeiger einer runden Uhr mit schwarzen Strichen sprang bei jeder Sekunde mit einem Klicken vor. Die Hebamme kurbelte an meinem Bett herum. Es ließ sich verstellen, und ich lag auf einer schiefen Ebene.

»Durch die Nase einatmen, langsam, ja so … in den Bauch … die Luft halten … Ihr Kind braucht Sie … ja so ist gut … und durch den Mund ausatmen …«

Ich hatte Glück. Es war eine von den Mütterlichen. Teigige Wangen und Lachgrübchen; um die Fünfzig. Eine rauhe, ruhige Stimme.

»Wo ist denn Ihr Mann?« fragte sie zwischen zwei Wehen.

»Dienstlich unterwegs. Das Kind kommt zu früh, wissen Sie? Ich konnte ihn nicht mehr informieren.« Ich spulte die zurechtgelegten Worte hinunter, ohne zu überlegen. Die nächste Woge rollte heran. Ein Schmerz, der meinen Körper zerreißen wollte.

Sie tätschelte meine Hand und atmete mit mir. Ich konzentrierte mich auf ihr Gesicht. Ein blasses Gesicht mit grauen Augen. Sie trug eine hellblaue Schmetterlingsbrille, die zu ihrem hellblauen Kittel paßte.

Sie streichelte meine Arme, mit einer sanften routinierten Bewegung. Bei den heftigeren Wehen griff ich nach ihrer Hand und krallte mich fest.

»Nicht verkrampfen … Atmen, atmen … Denken Sie an die Atmung … Ja so …«

Ich atmete, versuchte, oben auf der Welle zu bleiben, aber sie ging zu schnell hoch! Ich fiel hintenüber, rutschte hinunter, alles drehte sich. »Maaamaaa … Ich halt's nicht mehr aus! Ich schaff das nicht!«

»Na klar schaffen Sie's«, sagte die Schmetterlingsfrau. Einen Moment überlegte ich, ob ich die ganze Sache abblasen und nach Hause gehen sollte. Die Uhr klickte. Nicht einmal Tick Tack machte sie.

»Ganz ruhig atmen … Nicht vergessen, die Wehen helfen ihrem Kind … Holen Sie Luft für Ihr Baby … Wunderbar … Nutzen Sie die Pause … Sie machen das prima … Sammeln Sie Kraft … Es geht gleich wieder los … Nicht vergessen, jede Wehe schiebt Ihr Kind ein Stück voran …«

Aber das Baby steckte fest. Es flutschte nicht hinaus. Es klemmte irgendwo fest mit seinem verdammten Dickschädel. Es drückte gegen meinen leeren Darm. Es würde niemals herauskommen. Mein Blut konnte nicht mehr fließen. Wir würden sterben. Ganz sicher. Die nächste Welle stemmte sich gegen mich und trieb mich ab. Ich verstand den Schmetterling nicht. Er sagte etwas in weiter Ferne. Der blaue Falter löste sich von der Frau und flatterte auf mich zu. Er schlug hektisch mit den Flügeln, und in meinen Augäpfeln zuckten Blitze. Ich schloß die Lider, aber es hörte nicht auf. Der Schmetterling setzte sich auf einen weißen leblosen Körper. Viktor war nackt. Ich sah keine Wunde an ihm. Er lag auf dem Bauch, und das Insekt hockte auf seinem Nacken.

Ich schluckte und bekam keine Luft. In meinen Händen begann es zu kribbeln. Sie würden als erstes sterben. Ich stellte mir Särge vor. Für jeden Finger einen. Winzige weiße Särge. Särge wie für ein Puppenhaus.

Dann war die Stimme wieder da.

»Nicht nachlassen jetzt! Pressen Sie mit! Pressen … Nicht so …
Denken Sie an Ihr Kind! Schieben Sie es … hinaus …!! Bald ist es
geschafft! Bald …!«

Sie war ein schönes Baby. Ihre Haut sah rosig aus und kein bißchen
verknittert. Alles an ihr fühlte sich weich an: der Babyspeck, das
Haar, sogar die Ohren. Unter dem leichten Druck meines Fingers
rollte sich ihr Ohr ein wie Teig. Sie schlief in meinem Arm. Bei
jedem Geräusch zuckte sie zusammen. Wie hart jeder Laut jetzt
sein mußte.
Als sie erwachte, nieste sie ein paarmal.
Viktor würde sie lieben.
Viktor kam nicht.
Die Schwestern räusperten sich in meiner Nähe.
Sie zeigten sich mit mir geduldiger, als mit den anderen neuen
Müttern.
Zum Frühstück bekam ich einen großen Pfirsich als Obstbeigabe.
Meine Bettnachbarinnen mußten sich mit kleinen Äpfeln begnü-
gen.
Ich mochte nicht fragen, und die Schwestern sagten nichts.
Ich dachte nicht darüber nach. Meine Tochter lag auf meinem
Bauch, und ich streichelte ihr Gesicht, ihre Hände, ihr Kükenhaar.
Manchmal weinte sie. Manchmal schlief sie. Manchmal saugte sie
an der Brust. Manchmal lief sie rot an und drückte in die Windel.
Manchmal heulte ich ein bißchen in ihren Babyduft hinein.
Viktor kam nicht.

Am frühen Morgen des fünften Tages kamen meine Mutter und
mein Vater, um Alice und mich abzuholen. Meine Mutter ließ an-
dauernd etwas fallen: einen Schlüssel, ein Taschentuch und sogar
die Vase mit der vertrockneten Rose. Die Glassplitter wirbelten
durchs Zimmer wie Schnee. Eine Schwester polterte herein und
fegte grob um unsere Beine herum. Während ich meine Tasche
packte, kam eine andere Schwester und zog mein Bett ab. »Im
Kreißsaal wartet schon wieder jemand auf das Bett«, sagte sie ent-

schuldigend. Ich nahm Alice aus ihrem Glaskasten und reichte sie, an den ausgestreckten Armen meiner Mutter vorbei, meinem Vater. Er hielt sie routiniert mit einer Hand und klopfte ihren Rücken bis sie rülpste. Ein kleines weißes Bächlein schwappte auf seine Wildlederjacke.

Im Auto zog meine Mutter mit fahrigen Händen eine Flasche Sekt aus ihrer Tasche. Mein Vater fuhr. Meine Tochter lag neben ihm in einer Babyschale. In dem Auto duftete es nach Leder. Mein Vater saß wie ein starkes breites Tier vor mir. Er war älter geworden. Weiße Strähnen zogen sich durch sein Haar. Ich schaute aus dem Fenster. Die Sonne schien. Es war Samstag. Die Leute kauften Zeitungen und Brötchen. Ein Mann führte seinen Hund Gassi. Eine Frau putzte Fenster. Ein schlaksiges Mädchen lief auf Rollschuhen umher. Und ich war Mutter.

Mein Vater schaltete das Radio ein. Es liefen Uraltoldies, und er begann bei Elvis' »Rock-A-Hula-Baby« den Refrain mitzusingen. Meine Mutter ließ den Korken geschickt aus der Flasche knallen und holte tief und geräuschvoll Luft; mein Vater verstummte. »Auf deine Tochter, Mila«, sagte meine Mutter heiser und drückte mir die Flasche in die Hand. Ich trank ein paar Schluck und hustete und spuckte, und meine Mutter nahm mir die Flasche wieder ab. »Zuviel Kohlensäure«, beschwerte ich mich. Dann kamen Nachrichten und ein Bericht zur Verkehrssituation. Nach dem Wort Unfall schaltete mein Vater aus.

Meine Mutter reichte mir den Sekt herüber. »Trink, Kind«.

Ich trank. Der Sekt war lauwarm und süß. Er schäumte in meinem Mund. Ich schluckte mühselig, und meine Mutter nickte mir aufmunternd zu, als verabreiche sie mir eine Medizin.

»Ich weiß schon, was los ist«, sagte ich. »Ihr braucht mir nichts sagen; ich weiß es.«

»Wer hat es dir gesagt?« fragte mein Vater.

»Niemand. Ich weiß es.« Meine Stimme klang ungewollt hämisch.

»Aber woher …?« Mein Vater hob die Schultern und nahm einen Moment die Hände vom Lenkrad.

»Ich weiß es«, wiederholte ich stur.

Aus meiner Mutter wich die Spannung wie aus einem Ballon, aus dem man die Luft langsam herausläßt. »Wir fahren erst mal zu mir«, sagte sie.

Nach der Beerdigung zog ich mit meiner Tochter in Viktors Wohnung zurück. Das Problem war nicht, daß Viktor nicht mehr da war, das Problem war, *daß* er da war. Ich sah ihn überall. Wenn ich mich vor dem Spiegel kämmte, stand er hinter mir. Wenn ich ins Bad ging, hockte er auf dem Beckenrand. Wenn ich Alice in ihre Wiege legte, hing er an der Lampe.
Er sagte nichts, kein Wort. Manchmal kniff ich Alice in den Arm, damit sie schrie und die Stille durchbrach.
Wenn ich ins Bett ging, ließ ich eine kleine Lampe brennen. Doch sobald ich die Augen schloß, lag er neben mir, und ich hörte ihn atmen.

Der türkisfarbene Hyundai war bei überhöhter Geschwindigkeit gegen einen am Straßenrand geparkten Tanklaster geprallt. Der Tank explodierte, und auch der Wagen fing Feuer. Der Fahrer, der in dem Wrack eingeklemmt war, verbrannte auf der menschenleeren Landstraße. Von einem zweiten Mann war keine Rede.
Die näheren Umstände des Unglücks seien noch ungeklärt, hieß es.

Wenige Tage später fand ich meine Wohnungstür aufgebrochen und aus den Angeln gehoben, und auf der Schwelle roch es eindeutig nach Katzenurin. Ich trat in den Flur, knipste das Licht an, zog die Schuhe aus, legte Alice auf ihr Lammfell und hängte meine Jacke an einen der vielen freien Haken.
»Ist da jemand?« fragte ich vorsichtshalber. Natürlich erwartete ich keine Antwort, dennoch murmelte ich noch einmal dieselben Worte. Und noch einmal. Irgendwo in einem der dunklen Zimmer raschelte es, und ich hob Alice auf und drückte sie an mich.
»Keine Angst«, flüsterte ich, nahm ihr die Mütze ab und berührte ihr warmes weiches Ohr mit den Lippen.

Ich stand still und horchte und starrte in das Dunkel vor mir. Ich dachte daran, fortzulaufen, aber ich bewegte mich nicht. Stellte mich tot. Lauschte eine Weile dem unangenehm deutlichen Rascheln.

Ein einzelnes orangefarbenes Auge blinzelte mir zu.

Ich schaltete das Licht im Wohnzimmer an. Smokie hatte sich auf meinem Sofa breitgemacht, auf der Tageszeitung, die ich erst zur Hälfte gelesen hatte. Er sah krank aus. Ich trat näher an ihn heran. Er stank und sein Fell war verfilzt.

Ich ging von Raum zu Raum und schaltete das Licht ein.

In der Küche lag ein Buch aufgeschlagen auf dem Tisch. Als hätte darin eben noch jemand geblättert. Die Cable Car trudelte einen Hügel hinab, auf den blauen Pazifik zu. Oder auf Alcatraz. Die kleine Insel mit dem großen Gefängnis.

Viktor schlug die Seite um und las halblaut etwas vor. Er kümmerte sich nicht um mich. Er las sich selbst etwas vor. Er aß einen Müsliriegel ohne Rosinen und pustete die Krümel von der Golden Gate Bridge.

Ich legte meine Hand auf das Bild, als könnte es warm sein. Warm von einer Berührung.

Das Telefon klingelte.

Ich ließ es klingeln, und nahm dann doch ab.

»Ja, hallo?«

Der Anrufer blieb still.

Ich preßte den Hörer ans Ohr, aber ich vernahm nichts.

»Fred?« fragte ich.

Mein Herz pochte unsinnig. Kein Wort. Kein Laut.

»Viktor?«

Nicht einmal der Atem war zu hören. Ich legte auf.

Smokie strolchte traurig um meine Beine herum; an meiner schwarzen Hose blieben Haare haften. Das kaputte Auge sah vereitert aus.

»Smokie, mein Lieber, möchtest du sterben?« fragte ich. Wenn er bei mir blieb, würde er ganz sicher eingehen. Wie Viktors Pflanzen.

Smokie warf mir einen langen, vorwurfsvollen Blick zu.

»Schon gut«, murmelte ich. »War nicht so gemeint.«

Ich beugte mich mit Alice auf dem Arm zu ihm hinunter und streichelte ihn mit zwei Fingern. Sein Fell schien mir so dick wie das von einem Esel. Von einem alten, ziemlich staubigen Esel. Dann ging ich ins Bad und wusch mir gründlich die Hände.

Am nächsten Tag besuchte ich Frau Lehmann. Sie freute sich, mich wiederzusehen, und vor allem freute sie sich, Alice zu sehen. Über Smokie freute sie sich allerdings weniger.

Frau Lehmann nahm meine Tochter so vorsichtig in ihre Arme, als könnte sie sich bei unsanfterer Behandlung in Luft auflösen. »Deine Mama hat sich so lange ein Kindlein gewünscht«, gurrte sie ihr zu. »Und nun bist du da.«

»Ja«, sagte ich. »Nun ist sie da.«

»Wie schnell ihr Herz schlägt.« Frau Lehmann begann Alice sacht zu schaukeln. »Ihr Herz rast. Ist das … normal?«

»Das ist bei allen Babys so. Alice ist gesund. Sie hat zehn Punkte bekommen nach der Geburt, und für ein Acht-Monats-Kind ist sie erstaunlich groß und schwer.« Falls sie ein Acht-Monats-Kind ist, dachte ich.

Smokie hatte ich in eine Reisetasche gestopft und den Reißverschluß gerade soweit aufgelassen, daß er nicht erstickte.

Frau Lehmann deckte mit langsamen Bewegungen den Tisch. Sie kochte einen dünnen Kaffee und servierte die Reste eines krümligen Mohnkuchens. Smokie lugte aus seinem Gefängnis, und Frau Lehmann zündete eine Kerze an.

»Na, ein hübsches Kätzchen bist du nicht gerade«, stellte sie fest. Ich setzte ihn ihr auf den Schoß, als wäre nichts dabei, aber sie nahm die Arme hoch und rümpfte die Nase.

»Ich dachte, ich könnte ihn vielleicht hierlassen«, sagte ich.

Frau Lehmann seufzte.

»Er ist ein Perser, ein echter …«

Die Hände der Frau schwebten zweifelnd über dem stumpfen grauen Fell.

»Er … hat einem Freund gehört … Er ist verschwunden seit Viktors Tod.« Ich schwieg verlegen, und Frau Lehmanns faltige Haut bekam einen rosa Schimmer.

Irgendwie schaffte ich es, eine Träne über meinen Lidrand treten zu lassen. Ich lächelte dabei und zog die Nase hoch.

»Schon gut«, sagte Frau Lehmann hastig. Sie ließ ihre Finger vorsichtig auf das Tier sinken, beugte sich zu ihm hinab und starrte in sein lebendiges Auge. »Wir werden uns mal beschnuppern, nicht wahr, und dann sehen wir weiter, du … Wie heißt du gleich …?«

»Smokie«, sagte ich schnell. »Sein Name ist Smokie.«

Frau Lehmann nickte und schüttelte dann den Kopf. »Tut mir leid, es geht nicht. Ich kann deinen Namen nicht aussprechen«, behauptete sie und kraulte das Tier am Hals.

Alice begann zu weinen, und ich erhob mich und trug sie umher. »Wenn Sie ihn nicht nehmen«, sagte ich gereizt, »setze ich ihn im Wald aus.« Ich kitzelte Alice unsanft unter den Armen. Die Kleine verstummte erschrocken.

»Als ich vierzehn war«, sagte Frau Lehmann, »war ich in zwei Jungen gleichzeitig verliebt. Der eine hieß Franz und der andere Josef.«

Ich nickte, ohne zu verstehen, worauf sie hinauswollte.

»Also, wenn Sie nichts dagegen haben, Mila …«, sagte sie und fuhr mit der Fingerkuppe über ein geknicktes Schnurrbarthaar, »… wenn es Ihnen recht ist … nenne ich das Katerle Franz Josef.«

Smokie begann zu schnurren. Seine Augen waren geschlossen, und er schien zu lächeln.

Frau Lehmann kraulte seinen dicken Hals, und sein Fell fing den Schein der Kerze auf und glänzte matt. Er schnurrte und sah aus wie ein Kater, der Franz Josef hieß.

Der Himmel färbte sich dunkelblau und hing wie eine riesige pralle Traube über der Stadt. Der sichelförmige Mond baumelte tief zwischen den Häusern, als hätte ihn jemand für eine Party dort angebracht.

Ich hatte ein Glas Rotwein bei Frau Lehmann getrunken, und

nach der Abstinenz waren mir die zwölf Prozent Alkohol ein wenig zu Kopf gestiegen, und ich dachte, ich hätte den Lichtschalter verfehlt. Ich tastete noch einmal nach dem Knopf, doch das Haus blieb dunkel.

Unter meinen Füßen knirschten die Scherben der Lampen.

Die Wohnungstür war nur angelehnt; seit dem Einbruch ließ sie sich nicht verschließen. Es roch noch immer nach Katzenpisse. Der Gestank vermischte sich jetzt mit einem neuen, aufdringlichen Geruch. Es duftete nach süßer Chemie – Seife, Waschpulver oder Parfum. Ich drückte auf den Lichtschalter; es blieb dunkel. Unter meinen Füßen knackte es. Der Boden war übersät mit Dingen, die zerbrachen und knackten, wenn man darauf trat, wie Muschelleichen am Strand. Ich nahm den Telefonhörer ab; das Freizeichen ertönte. Aber wen wollte ich anrufen? Die Polizei? Unmöglich! Meine Mutter? Wohl kaum. Frau Lehmann? Die hatte sicher genug Ärger mit Franz Josef. Ich knallte den Hörer auf den Apparat.

Mein Vater hatte mir einmal gesagt, ich solle die Energie meiner Wut nutzen. Aber ich fühlte diese Energie nicht einmal.

Ein mattes, würdeloses Unbehagen machte sich in mir breit.

Ich suchte nach einer Kerze und tastete nach den Streichhölzern. Die Lampen waren zerschlagen worden. Alle.

Im Bad sah es am schlimmsten aus. Viktors Rasierwasser schwamm auf den Kacheln und vermischte sich mit dem olivgrünen Duschgel und dem teuren Parfum, das er mir – zusammen mit einem Roman von Elias Canetti – zum Geburtstag geschenkt hatte. Ich hatte es nur einmal benutzt.

Ich brachte Alice ins Bett, fummelte meine zwei letzten Glühbirnen in die Fassungen, fegte die Scherben zusammen und begann das Bad zu wischen. Ich warf das klatschnasse Wischtuch aus wie ein Fischernetz, aber alles wurde nur glitschiger und schäumte. Die weißen Flocken tanzten wie Gischt nach dem Sturm um meine Beine.

Einmal richtete ich mich auf und warf einen Blick in den Spiegel.

Ein blasses Wesen mit wirren Haaren starrte mir entgegen.

Das sollte *ich* sein? Ich sah aus wie eine trauernde Witwe, wie eine deprimierte erschöpfte Mutter. Ich sah schrecklicher aus, als die anderen mich sahen. Wie eine an Land gespülte Qualle. Glibbrig und tot.

Alice schrie. Ich war gewohnt, daß sie nachts ein paarmal aufwachte und an die Brust wollte. Aber ich war nicht gewohnt, daß sie *sofort* gellend schrie.

Im Schlafzimmer stand die Verrückte. Sie hob Alice hoch wie eine Trophäe. Der Kopf meines Babys kippte nach hinten, als sei das Genick gebrochen. Etwas sickerte heiß über meine Hand. Ich ließ die Kerze fallen.

Alice brüllte. Also lebte sie noch.

Frau Joditz war kleiner als ich. Ich riß ihr mein Kind aus den Händen, mit einem einzigen Ruck, und versetzte ihr einen Tritt.

Sie knallte gegen das Gitterbett, daß es krachte, und stieß einen überraschten grunzenden Laut aus. Im ersten Moment dachte ich daran, davonzulaufen. Dann fiel mir ein, wo ich mich befand. Immerhin wohnte ich hier.

»Hauen Sie ab«, sagte ich ruhig.

Freds Mutter zog sich langsam an den Holzstäben hoch. Sie schien unversehrt, einer der Stäbe war zerbrochen, und die beiden Teile ragten wie große Raubtierzähne in die Luft. Der Schein der Straßenlaterne streifte das Gesicht der Frau. Die Augen sahen schwarz aus und lagen in zwei schwarzen Höhlen.

»Ich wollte Sie nicht beunruhigen«, flüsterte Frau Joditz. »Ich wollte nur mein Enkelkind sehen.«

»Hauen Sie ab!« Ich dachte nicht daran, mich mit dieser Hexe auf ein Gespräch einzulassen oder auf etwas, was einem Gespräch ähnelte.

Freds Mutter kicherte. »Mein Enkelkind«, sagte sie, »… das letzte, was mir geblieben ist …« Sie seufzte tief. »Mein armer Junge … Was haben Sie mit ihm gemacht?«

»Hauen Sie ab, verdammt noch mal.«

»… Sie haben ihn getötet, nicht wahr?«

»Wen?« fragte ich verdutzt.

»Meinen Fred«, sagte Frau Joditz freundlich.

Ich schüttelte den Kopf. »Fred ist davongelaufen nach dem Unfall. Ich weiß nicht, wo er ist.«

»Davongelaufen? Glauben Sie das wirklich?« Sie entblößte eine Reihe gleichmäßiger gelber Zähne. »Er ist tot.«

Alice schlief an meiner Schulter ein. »Wie kommen Sie *darauf*? Ich weiß von nichts. Verschwinden Sie … *bitte*.«

Frau Joditz trat einen Schritt auf mich zu. Ich wich zurück.

Die Kerze brannte noch, und auf dem Teppich tanzte ein kleines Feuer. Ich starrte auf die gelb-leuchtende Zunge, und ein paar Sekunden spielte ich mit dem Gedanken, nichts zu unternehmen. Fliehen, die Welt …, nun ja, Viktors Wohnung, dem Feuer überlassen.

Die Flamme wurde größer, und ich trat sie rasch aus und hob die Kerze auf.

Frau Joditz sah schweigend zu.

Sie seufzte wieder, und ich bemerkte, daß ihr Gesicht naß war. Tränen liefen aus beiden Augen, ohne daß sich ihre Züge veränderten; sie ließ sie laufen, als würde sie sie nicht bemerken. Ihre Wangen glänzten wie polierte schrumplige Äpfel.

Ich öffnete die Fenster, damit der Qualm abziehen konnte.

Der Teppich war hinüber. Viktor schüttelte unwillig den Kopf.

»Sie sind so kalt«, sagte Frau Joditz plötzlich. »Ich weiß nicht, was ich Ihnen getan habe, daß Sie so kalt zu mir sind.«

Ich antwortete nicht.

Wie konnte ich mein Kind vor dieser Verrückten schützen?

»Aber ich möchte Sie nicht beunruhigen; es liegt nicht an Ihnen«, versicherte sie rasch. »Es liegt … an der Zeit. An den Menschen in dieser Zeit, nicht wahr? Was gibst du mir, wenn ich dir etwas gebe … Ist es nicht so?«

Wohin mußte ich mein Baby bringen, damit es in Sicherheit war?

»Und mein Sohn hat Ihnen eine Tochter geschenkt. Was haben Sie ihm dafür gegeben?«

»Fred ist nicht der Vater, und Sie sind nicht die Großmutter; das Mädchen gehört einzig und allein zu mir«, murmelte ich. »Und nun verschwinden Sie endlich!«

Ich ging mit energischen Schritten voraus und öffnete die Wohnungstür mit einem Ruck. Freds Mutter folgte mir langsam und band sich das hellgrüne Tuch um den Kopf.

»Fallen Sie nicht die Treppe runter«, sagte ich. »Das Licht geht nicht.«

Sie schlurfte an mir vorbei, ohne noch einmal den Blick zu heben. Ihre Füße glitten über den Boden, und die Schritte waren seltsam leise, fast geräuschlos. Ich betrachtete ihre Beine, die bleich und dürr durch die Laufmaschen ihrer Strumpfhose schimmerten, und auf den zweiten Blick sah ich, daß sie meine Filzhausschuhe trug.

KAPITEL XXIV – KAFFEE

»John«, sage ich. »John, ich möchte dich heiraten.«

Es ist Nacht. Ich habe ihn geweckt. Bin in sein Zimmer geschlichen wie ein hungriges Tier. Ich rüttle noch einmal an seinem Arm, obwohl er längst wach ist. »John, hörst du mich? Ich *muß* dich heiraten, verstehst du?«

Der Mann richtet sich auf und atmet schnell. Er packt meine Schultern und drückt sie derb. Er schüttelt mich, einmal, zweimal, er zieht mich zu sich, nur um mich wieder zurückzustoßen. Er sagt nichts.

»Es ist dringend«, sage ich. »*Äußerst* dringend.«

Ich nähere mich ihm vorsichtig, langsam; lege meine Hand auf seine glatte Brust. Seine Warzen sind hart. Kein einziges Haar sprießt in ihrer Nachbarschaft. Er stößt mich nicht zurück. Er rührt sich nicht.

Wir bleiben eine Weile so sitzen. Ich liebe ihn nicht, aber ich kann mich nicht von ihm lösen. Nicht gleich. Seine Haut unter meiner Hand bleibt kühl, und obwohl ich mir Mühe gebe, etwas zu fühlen, spüre ich seinen Herzschlag nicht. Ich atme tief durch die Nase, aber ich rieche ihn nicht.

»Du weißt nicht, wer ich bin«, sagt er schließlich. Seine Stimme klingt nicht verärgert, nicht einmal verwundert, nur schwer und rauh, irgendwie außer Atem. Und wer ich bin, weißt du schon lange nicht, denke ich. »Und wennschon …«, sage ich. Einen Moment lang möchte ich geküßt werden. Vielleicht, um mich zu verlieben. Das Verlieben ist kein Zufall, und unter Umständen wie diesen kann ich es planen. Es entsteht im Kopf und sickert hinunter zum Herzen und von dort zwischen die Beine. Oder etwa nicht?

»Du weißt nicht, wer ich bin«, wiederholt John stur.

»Ich kenne dich nicht, das ist wahr. Du bist immer weit fort, auch wenn du vor mir stehst, oder gerade dann. Vielleicht will ich dir deshalb nah sein.« Ich hoffe, ich habe gesagt, was er hören wollte. Schließlich brauche ich sein Yes, ein schlichtes, aber eindeutiges Yes.

Viktor klemmt noch immer in meinem Kopf, aber als Toter berührt er mein Herz schon nicht mehr. Es ist vorbei und nicht vorbei. Und das kann ich nur mir selbst übelnehmen.

John legt einen Augenblick seine Hand auf meine Hand. »Morgen fahren wir nach San Francisco«, sagt er.

»Die Geduld des Wolfes war furchtbar – aber die des Mannes war es nicht minder. Einen halben Tag lang lag er bewegungslos, kämpfte gegen die Bewußtlosigkeit und erwartete das Wesen, dem er zur Nahrung dienen sollte und das er selbst sich zur Nahrung wünschte. Manchmal schlug das Meer der Mattigkeit über ihm zusammen, und er verfiel in lange Träume, aber immer, ob im Wachen oder Träumen, erwartete er den keuchenden Atem und die rauhe Liebkosung der Zunge.«

Auf dem Friedhof war es kühl, obwohl der Frühling begann. Bei meinen letzten Besuchen hatte ich Viktor stets etwas vorgelesen. Manche Witwen decken für ihre toten Männer noch jahrelang den Tisch, ich jedoch befürchtete, daß Viktor vor allem darunter litt, daß er nicht mehr lesen konnte. Er mußte sich grauenhaft langweilen, dort, wo er jetzt war.

Ich klappte das Buch zu und saß noch eine Weile stumm da. Es war erst ein paar Stunden her, daß ich den Entschluß gefaßt hatte, und obwohl eine unbestimmte Angst in meinem Bauch quoll, wußte ich, daß ich fortgehen würde.

Alice lag in ihrem Wagen und spielte mit ihrem Mobile; die Glöckchen zwischen den tennisballgroßen Holzmarienkäfern klingelten in die Stille hinein. Viktor saß müde auf einem Ast und lehnte am Stamm; er starrte vor sich hin.

»Schau hinunter«, sagte ich leise. »Schau dir deine Tochter an. Sie wird jeden Tag schöner.«

Viktor wurde blasser und verschwand. Er mochte es nicht, wenn ich etwas von ihm verlangte.

Ich erhob mich und schwenkte die grüne Gießkanne über den Osterglocken und Vergißmeinnicht. Viktors Grab sah freundlich aus; falls es den Osterhasen doch gab, würde er sicher in Kürze hier einige Eier ablegen.

Ein Eichhörnchen kletterte über den Ast, auf dem Viktor gesessen hatte. Ein Tannenzapfen fiel herab. Der Zapfen war groß und glänzte. Viktor schickte mir ein Zeichen.

Von dem Geld, das die Lebensversicherung für Viktors Tod zahlte, kaufte ich zuerst ein Fahrrad.

Ich schnallte Alice so eng wie möglich an mich und radelte übers Kopfsteinpflaster, an den Baustellen vorbei, um die braunen und schwarzen Scheißhaufen der Hunde meiner Heimatstadt herum, über Kreuzungen hinweg – zum betonierten Ufer eines Flusses. Alice bekam rote Wangen vom Wind, und ihre Haare wuchsen ein wenig in diesen Tagen. Ich warf den Enten harte Brotkrumen an den Kopf. Ich murmelte meiner Tochter Jack-London-Zitate ins Ohr, während ich sie auf einer eisverklebten Bank stillte.

Das Fahrrad hatte einen Tausender verschluckt. Mehr nicht. Ich war immer noch reich.

Die Tickets trug ich seit Tagen bei mir. Sie steckten in der »Liebe zum Leben«. Ich blätterte in dem Buch, und die Karten fielen mir entgegen. Alice saugte und saugte, die Enten schwammen davon, und ich beugte mich tief über meine Tochter und flüsterte in ihr Ohr: »Die Hände hatten nicht genug Kraft, um das Tier zu erwürgen, aber der Mann hatte sein Gesicht dicht an die Kehle des Wolfes gepreßt, und der Mund des Mannes war voller Haare. Als eine halbe Stunde vergangen war, fühlte er, wie etwas warm durch seine Kehle rieselte. Es war kein angenehmes Gefühl. Es war, als würde geschmolzenes Blei in seinen Magen hinabgezwungen – und allein sein Wille zwang es hinab. Danach drehte sich der Mann auf den Rücken und schlief ein.«

John liegt auf dem Rücken und schläft. Ich bin bei ihm geblieben. Er hat nichts gesagt. Nichts getan, um mich hinauszuschicken, und nichts, damit ich bleibe. Wir liegen nebeneinander und atmen dieselbe Luft im selben Zimmer. Das ist alles.

Wir berühren uns nicht. Wir verlieben uns nicht ineinander.

Wir lassen die Liebe zum Leben links liegen. Wir verabschieden uns von dieser elenden Gier.

Als ich Alice schreien höre, gehe ich in mein Zimmer zurück. Meine Brüste sind schwer und feucht. Alice trinkt meine Milch. Sie liegt warm in meinem Arm und duftet nach Urin und süßem Babyschweiß.

Ich starre die Tür an, bis sie sich öffnet. John ist mit einem weißen Laken bekleidet. Er sieht aus wie ein Denkmal, das enthüllt werden soll.

»Ich kann nicht schlafen«, flüstert er. Zögernd bleibt er stehen, aber ich helfe ihm nicht.

Er schiebt sich wie eine Raupe neben mich. Er liegt etwa zehn Zentimeter von mir entfernt. Nach einer halben Stunde wende ich mich zu ihm. Ganz allmählich beginne ich, das Tuch von seinem Körper zu ziehen. Ich muß mich nicht anstrengen. Es rutscht beinahe von selbst. Wie im Schlaf rolle ich an ihn heran. Seine Haut ist kühl und schmeckt eigentlich nach nichts. Er erwacht nicht. Sein Glied ist unverschämt seidig und steif genug, daß ich mich auf ihn stülpen kann. Einen Moment bleibe ich so. Sein Geschlecht wächst in meinem Geschlecht, und er atmet ruhig und hält die Augen geschlossen. Ich bewege mich vorsichtig, langsam. Mein Leib saugt an seinem Leib. Er kommt, ohne einen Laut, schnell, mechanisch.

Am Vormittag des nächsten Tages kommen wir in San Francisco an.

Wir suchen uns ein Motel am Stadtrand, buchen zwei Zimmer und sehen uns ein paar Stunden lang nicht. Alice ist wund und quenglig. Ich trage sie umher, klappe mit dem klebrigen Motelbesteck und lasse sie das Toilettenpapier zerpflücken. Es hilft alles nicht viel und nicht lange.

Erst als John da ist, hört sie auf zu jammern, streckt ihm die Arme entgegen. Er schenkt ihr sein Lächeln und wirft sie in die Höhe, daß mir schwindlig wird davon.

Am Abend wimmert Alice beinahe ununterbrochen. Als ich sie an die Brust lege, beißt sie mich.

John kommt herüber, und wir leuchten mit einer Taschenlampe in den Mund der Kleinen. Das Zahnfleisch ist rot und geschwollen.

John kocht Kamillentee und schüttet ihn von einem Gefäß in das nächste, bis er endlich abgekühlt ist. Er gibt meiner Tochter die Flasche, summt und schaukelt, packt sie ins Bett, ohne daß sie aufwacht.

Ich lege mich neben Alice, und John verschwindet in sein Zimmer. Ich höre das Telefon nebenan und einen Moment auch seine kehlige melodische Stimme, versuche, etwas zu verstehen, aber es dringt kein einziges Wort durch die Wand.

Ich sehe einen Reiter auf einem kleinen flamingofarbenen Pferd. Seine Beine scheinen viel zu lang für das Tier. Es ist neblig, und ich kann das Gesicht des Reiters nicht erkennen. Ich hocke in einer Höhle und kann nicht hinaus. Etwas Großes, Gefährliches lauert draußen auf mich.

Zwei Adlerfedern ragen aus dem Haar des Mannes, wie Hasenohren, und sein Pferd trägt statt des Sattels eine Decke oder ein Fell. Ich hoffe, daß es John ist, daß er das tollwütige Vieh, das mich töten will, mit einem Schuß zur Strecke bringt. Der Reiter hat es nicht eilig, er scheint kaum näher zu kommen. Ich höre ein Schnaufen und sehe ein blutunterlaufenes Auge. Der Büffel ist verletzt und zu allem bereit, bereit, mich anzugreifen. Mich in die Luft zu wirbeln, mir seine Hörner in den Leib zu stoßen. Dann sehe ich den Herannahenden. Es ist nicht John. Es ist ein Wilder, eine Rothaut, mit nackter Brust und Farbe im Gesicht. Seine Lippen sind schwarz, eine rote Hand blüht vom Kinn bis zur Stirn wie eine klaffende Wunde. Ich weiß, wer er ist. Ich kenne ihn. Kenne seinen Namen.

Es sind Laute. »Wi-To-Jo-Pa!« schreie ich und bin mir plötzlich nicht sicher. Das Blut steigt mir ins Gesicht. Ich habe seinen Namen nicht behalten können. Ich habe ihm ein Schimpfwort entgegengeschleudert. Er wird erst den Büffel töten und dann mich.

Ich erwache vom Hämmern meines Herzens. Es ist ein Trommelwirbel in meiner Brust. Einen Moment sehe ich, daß die Hände und die Trommel rot sind. Das heftige Schlagen gilt dem Büffel, seinem Fleisch, seinem Blut.

Durch die Dunkelheit starrt mich ein Augenpaar an. Ich taste nach Alice, finde ein Bein und halte es fest. Ich höre den fremden Atem. »Alles in Ordnung?« fragt John. »Ich dachte, ich hätte dich gehört – *schreien.*«

Wir essen Spiegeleier, Speck und Bratkartoffeln zum Frühstück, und ich erzähle John meinen Traum. Er runzelt die Stirn, ohne etwas zu sagen. Alice schlägt ihren Löffel ins Eigelb, und es spritzt nach allen Seiten. John sieht nicht einmal zu ihr hin.

Wenig später führt er uns auf die Westseite des Golden Gate Parks. Es gibt umgefallene Bäume und schmale Wege und, abgesehen von Alice und mir, keine Touristen.

Ich sehe John an. Er erwidert meinen Blick mit einem freundlich ausdruckslosen Nicken. Keine Ahnung, weshalb wir hier sind – in diesem verwilderten Teil des Parks.

Es ist neblig und kühl, und Alice auf Johns Rücken sieht müde aus. Ich laufe ein Stück vor, um die beiden zu fotografieren, aber John verlangsamt seinen Schritt nicht. Meine Tochter lugt über seine Schulter, und irgendwie sehen sie aus wie miteinander verschmolzen, wie ein zweiköpfiges Fabelwesen. John tänzelt auf mich zu, dreht sich um sich selbst, schneidet Grimassen. Als ich auf den Auslöser drücken will, springt er hinter einen Baum. Ich stecke den Fotoapparat weg. Vielleicht *ist* er schon verheiratet, vielleicht hat er irgendwo Familie, zwei oder drei oder fünf Kinder, ein Haus, einen Hund, einen Kühlschrank mit hundert bunten Magneten, einen Teich mit Goldfischen … Aber warum ist er dann bei uns?

Die kalifornische Sonne läßt uns heute im Stich. Der Nebel wird dichter und setzt sich wie ein nasser Film auf die Haut. Ich denke gerade daran, John zu überreden, ins nahegelegene Cliffhouse zu gehen, da sehe ich die Büffel. Sie stehen in einem Gehege, weit weg von uns, und sind kaum zu erkennen. Genauer gesagt: sie liegen herum, müde, gelangweilt, daran gehindert weiterzuziehen, von niemandem gejagt.

Ich lehne mich an einen Baum, Alice auf der Hüfte, und sehe den Büffeln beim Grasen zu. Die Bisons kauen. Sie sind dick und zottlig. Kaum, daß sie ihre Köpfe heben.

Am nächsten Morgen warte ich mit dem Frühstück auf John. Der Tisch ist gedeckt; das Toastbrot schon zweimal getoastet; der Berg Rührei sinkt allmählich in sich zusammen. Mir fällt noch etwas ein. Ich hole Eiswürfel aus dem Tiefkühlfach, fülle ein halbes Glas damit und gieße Orangensaft aus einer Zwei-Liter-Flasche darauf. John mag den Kaffee heiß und dünn und den Saft so kalt wie Wasser aus dem Polarmeer. Ich rühre das Eis um, daß es nur so gegen das Glas knallt. Aber er kommt nicht. Er läßt mich hängen. Der Kaffee ist schon kalt und schmeckt bitter. Ich höre das Knirschen von Reifen auf Sand und kleinen Steinen. Der Ford rollt langsam vom Hof.

Ich trinke den Kaffee allein und ohne Milch und Zucker. Ich trinke aus beiden Tassen. Ich trinke die ganze Kanne leer. Ich koche noch einmal Kaffee, extra stark. Das Essen lasse ich stehen. Es stinkt. Es stinkt nach kaltem angebranntem Speck. Mein Herz pocht, meine Hände schwitzen.

Etwas hämmert hinter meiner Stirn.

Erst nach einer Weile wird mir klar, daß Alice schreit. Ich blicke mich nach ihr um und sehe sie nicht. Sie ist vom Bett gefallen. Ich hebe Alice auf, trage sie herum, ohne wirklich bei ihr zu sein. Summe »Hänschen klein«. Schiebe ihr etwas von dem kalten Rührei in den Mund. Ich höre meinen eigenen falschen Tönen zu. Ich lasse mich mit Alice auf den Boden fallen, damit der Schmerz in meinem Kopf aufhört und der Wirbelwind, der das Zimmer im Kreis um mich herumfliegen läßt. Nach ein paar Minuten gewöhne ich mich an die fliegenden, mit Kaffee bekleckerten Untertassen. Alice hängt das Rührei aus dem Mund wie einer Katze die tote Maus.

Wir sitzen bei den Nixen am Ghiradelli Square. Ohne John. Die Nixen halten Babys in ihren Armen; die Sonne läßt ihre nackten feuchten Brüste und ihre Fischschwänze schimmern wie an Land gespülten Seetang. Sie sind aus Stein, aber sie sind nicht tot. Wären sie *nur* aus Stein, würden sie nicht hier sitzen.
Und wenn ich nicht gestorben bin, dann lebe ich …
Sie haben das Meer überlebt, die Haie, die Piranhas und die Menschen mit ihren schnellen Booten und Fangnetzen.
… dann lebe ich noch heute.
Ihre Kinder sind Mischwesen wie sie, halb Fisch, halb Mensch, und tragen den zufriedenen Ausdruck gestillter Säuglinge in ihren Gesichtern. Ihre Liebe zum Leben ist ewig. Bis zum nächsten großen Erdbeben zumindest.
Die Fontäne schießt nicht in einem geraden Strahl nach oben, sondern plätschert über die Rücken der steinernen Schönheiten. Ich habe Lust, mich auszuziehen, mich mit Alice auf dem Schoß zu ihnen zu setzen. Allein der Gedanke, daß mir so schnell kein Fischschwanz wächst, hält mich davon ab.
Dann sehe ich John. Ich will aufspringen, zu ihm laufen, meine nasse Hand auf seinen dünnen nackten Unterarm legen … Er sieht mich nicht, er geht, den Rücken mir zugewandt, im Gespräch versunken, neben einer altmodisch gekleideten Frau. Unter dem Saum ihres geblümten Kleides schimmern die Waden weißgrau. Mir fällt meine Sportlehrerin ein, die ich immer gehaßt habe, ihre strammen bleichen Beine, die schrillen Pfiffe, die Verachtung in ihrem Blick. Die beiden reden, ohne nach rechts oder links, ohne auch nur einmal zurück zu blicken. Die Frau geht langsam; das hellgrüne Tuch trägt sie um den Hals.
Jemand beobachtet mich. Ich schaue auf und sehe in die Augen der Nixe. Sie schaukelt ihr Kind, und Wasserperlen rollen über ihr Gesicht wie winzige Glasmurmeln.

Wo sind die Männer der Nixen, die Väter ihrer Babys?

Sie hebt ihren Arm, langsam, als wäre er eigentlich zu schwer für sie, reicht mir die Hand. Ich nehme sie, und eine angenehme Kälte dringt durch meine Haut. Ihr Griff ist hart und schmerzhaft und verrät ihre tödliche Kraft. Wenn sie *jetzt* ins Wasser springt, wenn sie mich *jetzt* mit sich zieht … Was sonst könnte die Liebe zum Leben erwecken als die Angst vor dem Tod? Sie läßt mich los und lächelt nachsichtig. Ihre Hand versinkt wie ein leckes Boot.

Was könnte die Angst vor dem Tod anderes erzeugen, als die Liebe zum Leben?

Ich hole tief Luft, klare salzige flirrende San-Francisco-Luft, wende mich ab und halte Ausschau.

John und die Alte sind verschwunden.

Ich laufe am Rand des Highways entlang, Alice vor den Bauch geschnallt, mit einem Rucksack auf dem Rücken. Den Koffer habe ich in einen Bach geworfen, mit den schmutzigen Sachen von Alice. In ein paar Wochen sind sie ihr ohnehin zu klein. Als er am Abend kam, als John am Abend kam, schien es mir, als hätte er diesen Geruch mitgebracht, diesen Geruch nach Medizin und Alkohol, und einen zufrieden müden Blick, der an mir vorbeiglitt. Er trank ein Bier, und der Fernseher lief, und Alice schlief auf meinem Schoß, eingerollt, wie ein Tier. »Wo warst du?« fragte ich und räusperte mich.

Er tat, als hätte er mich nicht gehört, und ich wiederholte die Frage, ohne zu zögern. Und er sagte: »Ich habe meinen Job gemacht.« Er gähnte nicht, aber er sah aus, als würde er jeden Moment gähnen. Und ich dachte: Wieso sollte er dich heiraten? Er wird dich nicht heiraten. Er liebt dich nicht. Wahrscheinlich hat er den einzigen Fick mit dir verschlafen. Er langweilt sich mit dir. Er will vielleicht ein Kind, aber ganz bestimmt nicht dich.

»Was für einen Job?«

Seine Augenbrauen zogen sich in die Höhe. Er griff nach meiner rechten Hand und nahm sie zwischen seine Hände und drückte sie kurz und grob, und in seinem Gesicht lag etwas, was ich nicht sehen wollte. Ich wandte den Blick ab, aber es war zu spät.

»Wie ist dein richtiger Name?«

Einen Moment hing das Schweigen wie Spinnweben im Raum.

»Willst du das wirklich wissen?«

Ich nickte.

»Mein Name ist Bond. James Bond.« Er lachte.

»Das ist nicht witzig«, sagte ich traurig. »Das ist kein bißchen witzig, John.«

Ich weiß nicht, wohin ich eigentlich laufe mit meinen tauben Füßen. Ich bin so müde, daß ich mich – wäre ich allein – ins Gras werfen würde, mit dem Gesicht zur Erde, den Ameisen und Käfern Gesellschaft leisten. Aber ich bin nicht allein. Alice ist bei mir. Und ich muß fort aus der Stadt.

Ich habe John mit dieser Frau gesehen, dieser Verrückten, die Medizin schluckt und Alkohol, die ihren Sohn sucht. Sie ist mir auf den Fersen. Zu dicht. Ich höre sie. Höre ein Wispern, ein Hüsteln, ein triumphierendes Kichern. Irgendwo ist eine Falle, in die ich hineintappen soll. Irgendwo in San Francisco. Irgendwo in Irgendwo.

Ich rupfe grellgrüne Blätter von einem Zweig, hüpfe im Takt des holprig klopfenden Herzens eines ungeborenen Kindes, und Alice jauchzt glücklich. *Nutze die Energie deiner Wut.* Wir lachen, jubeln, schreien den Himmel an. Die Ecke eines Zahns blinkt im Mund meiner Tochter wie ein kleiner schneebedeckter Berg. Die Autofahrer werfen uns ungläubige Blicke zu. Sie fahren langsam an uns vorbei.

Einer lächelt und winkt und hält.

Aus meinem Rucksack tropft es. Das Wasser läuft nur langsam aus dem Fön. John wird noch in der Wanne liegen. Sein Körper wird jetzt bitterkalt sein und weiß wie Schafskäse.

»Cheese«, flüstere ich, und der fremde Mann lächelt und winkt uns auf die Rückbank seines Wagens.